나방 사냥꾼

나방 사냥꾼

The Moth Catcher

앤 클리브스 장편소설

유소영 옮김

구픽

"앤 클리브스는 계급 관계, 중년의 감정, 결혼의 이면, 가족의 비밀을 세밀하게 그린다. 범죄의 진실을 파헤치며 서서히 조여드는 긴장감에 독자들은 푹 빠질 것이다."
_퍼블리셔스 위클리

"아름답고도 설득력 있는 캐릭터 묘사와 폭풍우가 치는 듯한 스토리라인."
_크라임 스쿼드

"간명한 문장과 영리한 스토리가 빛난다. 형사 소설의 '타고난' 거장."
_선데이 익스프레스

"루스 렌들의 또 다른 자아, 바버라 바인의 후계자가 있다면 그것은 당연히 앤 클리브스일 것."
_헤럴드

"날카롭게 관찰된 세부사항으로 가득 찬 매 장면들이 선명하게 독자에게 전달되는 소설."
_인디펜던트

"장소를 묘사하는 특유의 감각, 균형 잡힌 캐릭터, 기막힌 플롯."
_우먼 앤 홈

"베라가 풀고 독자는 즐기는 또 하나의 경이로운 미스터리."

_숏츠

"훌륭한 캐릭터 베라가 이끌어가는 이 시리즈는 새로운 작품이 발표될 때마다 더욱 최고작이 등장한다. 만약 작가 앤 클리브스의 셰틀랜드 시리즈를 좋아한다면 베라의 노섬벌랜드와 뉴캐슬도 좋아하지 않을 수가 없을 것."

_글로브 앤드 메일

"클리브스가 대박을 쳤다! 두말할 필요 없는 승자."

_BBC 프론트 로

"사교 코미디와 형사물을 영국 스타일로 멋지게 버무린 작품. 새로운 베라 시리즈가 더 필요하다."

_북리스트

"베라만이 가능한 독특한 스타일로 독자들을 끌어들이는 소설. 베라의 마술은 고요하게만 보이는 지역 주민들의 비밀을 능숙하게 파헤친다."

_캔디스

브렌다에게 감사를 담아

1

리지 레드헤드는 귀를 기울였다. 교도소는 절대 고요해지지 않는다. 지금 같은 한밤중에도. 같은 방 여자가 잠든 짐승처럼 씩씩 숨소리를 내며 뒤척였다. 여기는 감방이 없다. 학창 시절을 연상시키는 기숙사 형태다. 프라이버시는 없다. 어둠도 없다. 바깥 복도에서 문 밑 틈으로 불빛이 스며들어온다. 경비가 삼엄하지 않은 교정 시설이지만, 벽과 대문에는 환한 조명이 달려 있고 커튼은 얇다. 바깥 복도에서 발소리가 들려온다. 교도관이 자살 위험 재소자를 확인하는 중이다. 새벽 2시에.

리지는 교도소 농장에서 일하기 때문에 신선한 공기도 마시고 건강을 유지할 수 있을 정도로 충분한 운동을 하고 있었지만, 그렇다고 잠을 잘 자는 것은 아니었다. 그녀는 자신이 부모님의 자식이 아니라고 믿었다. 자기가 주워 와서 몰래 입양된 아이라고 아주 어렸을 때 결론 내렸다. 도대체 우리한테 무슨 공통점이 있지? 그녀는 에너지가 너무 많았고, 조금만 지루해도 참지 못했다. 애니와 샘은 부드럽고 온화한 성품이었고, 덥석 끌어안는 포옹과 감상적인 키스를 좋아했다. 리지 자신은 단단하고 금속성이었다. 성인이 되었을 때 그녀는 자신과 비슷한 남자를 골랐다. 부싯돌처럼 감정이 없는 남자. 부싯돌과 부싯돌이 부딪치면 불꽃이 튄다. 제이슨 크로우는 그녀에게 불을 붙였다.

리지는 일주일 뒤 출소할 예정이었고, 계획을 짜고 있었다. 그녀는 교도소에서 오히려 건강해졌다. 술과 마약 말고도 짜릿함을 얻는 더 좋은 방법이 있다는 것을 깨달았다. 제이슨이 그것도 가르쳤지만, 그때는 그를 믿지 않았다. 그가 알려준 모든 것을 생각해 볼 때, 그녀가 개방형 교도소에 수감된 것은 행운이었다.

교도소에서 놀 거리는 단순했다. 도서관에 가서 문예 창작반 수업을 들었다. 그녀에게는 하고 싶은 이야기가 있었고, 적당한 단어를 찾아내야 했다. 그녀는 〈내셔널 지오그래픽〉에서 출간된 책 한 권을 도서관에서 발견한 뒤 자기 책으로 착각할 정도로 대출을 계속 연장하고 있었다. 침대에 누워 직접 가 보고 싶은 곳의 사진을 바라보면, 여행의 환상에 현기증이 나고 열대 우림의 냄새, 먼 바다의 소금기가 콧구멍을 채웠다. 거대한 공간들, 그녀의 야망을 담을 수 있을 정도로 큰 곳들. 부모님은 아버지가 태어난 계곡 10마일 반경 안에서 평생 살았다. 리지에게는 전투를 벌일 수 있는 거친 곳, 살을 베는 날카로운 바위가 필요했다.

십 대 시절 리지는 면도날로 자기 팔을 베고 금속과 피 냄새에 취했다. 요즘도 그녀는 때때로 쇠와 날카로운 날, 깨끗하게 벤 피부에서 완벽한 원형으로 배어 나오는 피를 꿈꾸었다. 어머니는 전혀 눈치채지 못했다. 리지는 언제나 비밀을 숨기는 데 능숙했다. 이제는 제이슨 크로우의 비밀도 숨기고 있었다. 그 비밀은 그녀를 끈질기게 괴롭혔지만, 그녀는 언젠가 그 비밀이 유용하게 사용될 날을 기다리고 있었다.

2

퍼시는 더 램에서 미니를 몰고 딸과 같이 사는 시골집으로 향하는
도로를 달렸다. 옆자리 조수석에는 그가 키운 최고의 개, 보더 혼종 매
지가 앉아 있었다. 제대로 훈련만 시켰다면 애견 대회에서 상도 받았을
것이다. 요즘 퍼시는 시력이 좋지 않아서 앞 유리창에 코를 갖다 대다
시피 하며 길을 뚫어져라 바라보고 운전했다. 딸은 운전을 그만두라고
했지만, 크게 재촉하지는 않았다. 그녀는 아버지가 더 램으로 간 뒤에
누리는 두 시간의 평화를 좋아했다. 게다가 도로에서 이어지는 집은 대
저택과 헛간을 개조한 멋진 주택 단지뿐이라 오가는 차가 많지 않았고,
하루 중 이 시간이면 그 사람들도 모두 술을 마시고 있었다. 딸 수전은
저택에서 청소 일을 하는데, 매주 재활용 쓰레기통이 빈 병으로 가득
찬다고 했다. 저택의 대령과 부인은 오스트레일리아에 사는 아들 집에
가 있었기 때문에, 그 사람들이 차를 몰고 내려올 일도 없었다. 그 외에
는 사고가 날 만한 것도 없고, 눈 감고도 집까지 올 수 있었다.

퍼시는 생각이 다른 곳에 가 있었다. 맥주는 도수가 높았고, 마을에
새로 이사 온 젊은이 중 한 사람이 파인트를 세 잔째 권했다. 늦은 시각
이었다. 수전이 오븐에 차를 넣어놓고 시계를 쳐다보며 기다리고 있을
것이다. 그녀는 '이스트엔더스'(영국 드라마 제목-옮긴이)가 시작되기 전

에 설거지를 다 마치고 부엌을 깨끗하게 정돈하는 것을 좋아했다. 수전의 남편은 아이들이 집을 떠나자마자 프루도에서 온 여자와 눈이 맞아 도망가 버렸고, 수전은 퍼시의 집에 들어왔다. 아버지를 돌봐야 하니까, 수전은 말했다. 이래라저래라 할 사람이 필요한 거겠지, 퍼시는 생각했지만, 지금은 딸에게 익숙해졌기 때문에 다른 곳에 나가 산다면 섭섭할 것 같았다.

길은 계곡 밑바닥을 따라 이어졌다. 양쪽 언덕의 가파른 경사를 따라 올라가면 돌을 쌓은 벽으로 구획 지은 들판에서 양들이 풀을 뜯고 있었고, 그 너머로 광활한 이탄지가 이어졌다. 도로 가까이 길을 따라 뻗은 좁은 숲에는 앵초가 피어 있었고, 녹색 줄기에서는 곧 블루벨이 꽃을 피울 것이다. 파릇파릇하게 잎이 돋아나고 있었고, 저물어 가는 태양이 도로에 그림자를 드리웠다. 퍼시는 은퇴했지만, 평생 농장에서 일했고 손재주가 좋았다. 그는 양 치는 일이 가장 좋았고 지금은 1년 중 가장 좋아하는 때였다. 언덕의 양떼들, 다가올 여름의 냄새. 차츰 열기를 품기 시작하는 태양.

세 번째 파인트 잔 때문에 소변이 마려웠다. 수전이 병원에 가 보라고 늘 잔소리를 하는 문제이기도 했다. 그는 하룻밤에 대여섯 번은 화장실에 가야 했다. 때로 밖에 나와 있을 때 급해지는 바람에 갓 기저귀를 뗀 어린아이처럼 바지에 지리기도 했다. 퍼브에서 만나는 젊은 친구들에게는 완벽한 인생이 어쩌고 하지만, 늙는다는 것은 그리 즐거운 일이 아니다. 나야, 세상에 근심 걱정이라고는 없지. 나이를 먹으면, 수치와 죽음이라는 근심이 생긴다. 그는 최대한 길 가장자리에 차를 세우고 얼른 뛰어내렸다. 아슬아슬하게 지퍼를 내렸고, 개울물 흐르는 소리와 도랑에 겨냥한 오줌 떨어지는 소리가 한데 뒤섞였다. 안도하며 바지를 올리면서, 그는 병원 예약을 해야겠다고 생각했다. 언제까지나 이렇게 살 수는 없다.

그때 카우 파슬리 수풀에 반쯤 가려진 소년의 얼굴이 보였다. 눈은 뜨고 있었고, 희끄무레한 머리카락은 도랑 물 안에서 잡초처럼 둥둥 떠 있었다. 한동안 가물었기 때문에 도랑에는 물이 반도 안 차 있었다. 얼굴 대부분은 수면 밖에 있었다. 멀쩡했다. 주름도, 상처도 없었다. 젊은 남자였고, 그냥 잠든 것 같았다. 모직 스웨터와 방수 재킷 차림이었고, 도랑 바닥의 진흙탕에 뒹굴지 않은 부분은 깨끗하고 마른 상태였다. 퍼시는 시체 앞에서 질겁하지 않았다. 그는 짐승도 죽여 보았고, 죽은 사람도 더러 보았다. 너무 어려서 전쟁에 참전하지는 못했지만, 그가 자라던 시절만 해도 집에서 세상을 떠나는 일이 드물지 않았다. 요즘 사람들은 보건안전법을 조롱하지만, 옛날에는 일터에서 사고도 더 자주 났다. 보호대나 브레이크가 없는 농장 기계장비, 솜씨를 자랑하려는 어리석은 남자들. 아내가 세상을 떠날 때도 그가 손을 잡고 있었다. 소년이 여기 누워 있는 광경은 충격이었고 덕분에 술이 깼지만, 구역질이 나지는 않았다.

그는 얼굴을 좀 더 자세히 들여다보고, 마지막으로 그 얼굴을 본 것이 언제였는지 기억을 더듬었다. 지난 주 더 램 술집의 라운지에서였다. 글로리아의 스테이크 파이를 먹으면서. 혼자였다. 퍼시는 친구 매티에게 소년이 누구인지 물었지만, 매티는 궁금하지 않은지 대답조차 하지 않았다. 그보다 최근, 한 번 더 본 적이 있었다. 어제 아침, 마을을 향해 도로를 걸어 내려오던 중이었다. 매지를 산책시키기 위해 언덕으로 올라갔던 길이었고, 나중에 수전에게 누구인지 물어봐야겠다고 생각했다. 수전은 그보다 이런저런 소문을 많이 주워들었고 온갖 뒷이야기를 다 알고 있었다.

퍼시는 차로 돌아가서 조수석 앞 수납 공간에서 휴대전화를 꺼냈다.

주변에는 온통 검은 새가 지저귀고 있었다. 그런 계절이었다. 영역을 표시하고 짝짓기를 하는 계절. 죽은 아내가 가장 많이 그리워지는 계절도 봄이었다. 아내와의 우정뿐 아니라, 섹스가.

그가 어디 있는지 행선지를 파악하기 위해 수전이 준 전화기였다. 오늘 저녁에도 수전이 전화해서 이제 집에 와야 한다고 일깨워 줬고, 술집에서 화장실에 들르지 않고 곧장 차에 오른 것도 그 때문이었다. 딸의 기분을 거스르면 좋지 않다. 퍼시는 휴대전화를 써 본 적이 없지만, 수전이 전화기를 줄 때 자세히 가르쳐 주었다. 숫자는 큼직해서 쉽게 읽을 수 있었다. 그가 처음 전화한 곳은 자기 집이었다. 수전은 성깔이 있기 때문에, 늦으면 찻잔을 쓰레기통에 던져버릴 수도 있다. 지금 그는 술이 깨서 배가 고팠다. 그는 이어 999번에 신고했다. 전화를 받은 사람은 지금 있는 그 자리에서 기다려 달라고 했다. 퍼시는 재킷 주머니에서 초콜릿 바를 찾아내고, 기다렸다. 오늘만은 하라는 대로 고분고분하게.

그는 경찰차나 구급차가 올 거라고 생각했다. 사이렌은 울리지 않을 것이다. 서두를 필요는 없으니까. 청년은 누가 보나 죽어서 싸늘했다. 퍼시는 그에 대해 생각하고 있었다. 처음에는 무슨 사고였겠거니 짐작했다. 하지만 차에 치어 도랑 안에 굴러떨어진 거라면, 시체는 식물 밑에 숨겨져 있지 않고 그 위에 쓰러져 있었을 것이다. 혹시 갑작스럽게 몸에 무슨 문제가 생겼어도 마찬가지다. 자동차나 트랙터에 치이지 않으려고 길가를 따라 걸었겠지만, 도랑에 그렇게 가까이 갔을 리는 없다. 퍼시는 누군가 시체를 그 자리에 놓아 둔 거라는 결론을 내렸다. 체면을 지키려고 그가 그랬듯이 도로에서 눈에 띄지 않는 곳으로 일부러 풀을 헤치고 들어가지 않았다면, 도로에서 산책하던 사람들도 못 보았을 것이다. 그때 덜덜거리며 쿨럭거리는 낡은 자동차 소리가 들려왔다. 잠들어 있던 매지가 깨어 낮게 으르렁거렸지만, 퍼시가 목을 쓰다듬어 주자 잠잠해졌다. 워낙 먼지가 묻고 우그러져서 원래 색을 짐작할 수 없는 랜드로버였다. 운전석에는 여자가 앉아 있었다. 길을 잘못 들었다, 막다른 길이라고 알려주기 위해 퍼시는 차에서 내렸다. 어차피 그의 차 옆을 지나칠 수도 없다. 하지만 여자도 차를 세우더니 내렸다. 아스팔트 위로 크게 내딛는 무릎이 어떻게 저 몸무게를 견디는지 궁금할 정도였다. 덩치가 정말 컸다. 예쁘지도 않았다. 피부는 형편없었고 옷차림도 마찬가지였지만, 눈은 사랑스러웠다. 마로니에 같은 다갈색이었다.

"퍼시 더글러스?" 이 지역 억양이었다.

퍼시는 여자를 더 램에서 본 것 같다고 생각했다. 단골은 아니지만, 이따금 보았다. 구석에 혼자 앉아 있어도, 저 정도 덩치라면 기억이 안 날 리가 없다.

"예." 여자가 시체 때문에 여기 왔다는 생각은 미처 들지 않았다.

"난 베라 스탠호프라고 합니다. 경감이죠. 요즘은 사무실 밖으로 잘 안 나오지만, 그리 멀리 살지 않기 때문에 직접 나와 봤어요." 그녀는 신분증을 꺼내 보여 주려는 듯 잠시 주머니를 뒤지더니 대신 반쯤 먹다 남은 민트 통을 꺼냈다. "당신이 말한 그 시체가 어디 있는지 보여 주시겠어요?"

"나하고는 관계없는 일입니다." 하지만 그는 길을 걷기 시작했다.

"잠깐만. 옷을 제대로 걸치지 않으면 과학 수사대가 나를 얇게 포 떠서 현미경 밑에 집어넣으려고 들 겁니다." 그녀는 랜드로버에 손을 집어넣어 비닐로 포장한 꾸러미를 꺼냈다. 흰 종이로 된 작업복과 후드, 신발 위에 덧신는 흰 부츠였다. "알아요." 그녀는 다 차려입고 말했다.

"무시무시한 설인처럼 보이죠."

그녀는 퍼시에게 길에 그대로 서서 시체 있는 방향만 가리켜 달라고 했다. 그리고 둑에 서서 개울을 내려다보았다. "어떻게 발견하셨습니까? 여기서도 눈에 잘 안 띄는데요."

퍼시는 얼굴을 붉혔다.

"마려워서?"

그는 고개를 끄덕였다.

"요즘 나도 자주 마려워요. 여자한테는 더 골치 아픈 일이죠. 당신은 행운인 줄 알아요."

무슨 말을 하는지 생각하지 않고 그냥 뱉는 것 같았다. 그녀의 주의는 도랑 안의 청년에게 집중되어 있었다.

"아는 사람인가요?"

그는 고개를 저었다. "안면은 있습니다. 마을의 퍼브에서 한 번. 며칠 전 길을 걷다가 한 번."

"어디 사세요?" 친절하고, 관심을 보이는 목소리였다.

"이 길 저쪽에 있는 1층 집에요. 처음 결혼할 때 내가 지었지요. 카스웰 대령이 땅을 조금 빌려줬어요. 나는 대체로 거의 영지 농장에서 일했습니다."

그녀는 그런 일이 어떻게 돌아가는지 안다는 듯 고개를 끄덕였다. "그럼 좀 이상하군요. 당신이 모른다는 게. 그가 이 동네 사람이라면."

"계곡에 사는 사람은 아닙니다." 퍼시는 확신했다. "손님일 거요." 그는 잠시 사이를 두었다. "수전이 아마 알 텐데."

"수전?"

"내 딸요. 같이 삽니다."

다른 차 소리가 들렸다. 이번에는 정복 경찰 두 명이 탄 경찰차였다.

베라 스탠호프는 도로로 돌아갔다. "기병대가 오셨군. 딱 시간 맞춰서. 난 차를 한 잔 마셔야겠는데, 당신은 배가 고프실 테고. 집으로 먼저 가 계시죠. 나는 여기 경찰들하고 이야기를 좀 한 뒤에 따라갈 테니까. 도랑 안의 청년에 대해 아는 대로 수전에게 들어봐야겠어요."

그녀는 30분 뒤에 나타났다. 퍼시와 수전은 아직 식탁에 앉아 있었지만, 코티지파이를 다 먹어 치우고 이제 차와 집에서 만든 케이크를 먹을 차례였다. 수전은 원래 빵 굽는 솜씨가 좋았다. 요즘 성미에 달콤한 데라고는 전혀 없어진 걸 보니 혹시 케이크와 푸딩에 다 들어간 게 아닐까, 퍼시는 문득 생각했다. 형사는 부엌 문을 두드렸지만, 누가 열어 주기를 기다리지 않았다. 그냥 안으로 들어와서 신발을 벗었다. 퍼시는 좋은 선택이라고 생각했다. 수전은 집 안에 흙을 묻히고 들어오는 사람을 참지 못했다.

"실례가 아니라면 좋겠습니다." 이 말과 함께 형사는 탁자에 앉았고, 수전은 벌써 새 잔과 접시를 가져왔다. 차를 따르고, 케이크도 한 조각 잘랐다. 반짝이는 다갈색 눈동자가 두 사람을 바라보았다.

"여기 퍼시가 당신이 도랑에서 발견된 남자에 대해 잘 알 거라고 하더군요. 일단 이름은 알아냈습니다. 재킷에 신용 카드와 현금 카드가 든 지갑이 있었어요. 운전 면허증도. 패트릭 랜들. 아는 이름입니까?" 그녀는 케이크를 베어 물었다.

수전은 이 상황을 즐기고 있었다. 브라이언이 떠나고 아이들도 가 버린 지금—캐런은 대학으로, 리는 군대로—뒷공론이야말로 인생의 낙이었다. 험담이 가장 성격에 맞았고, 그녀는 마을 여자들 대부분을 화나게 했다. 그녀에게 친구가 없는 것이 퍼시는 마음 아팠다. "패트릭." 수전은 말했다. "대저택의 하우스시터 이름이에요."

베라는 끼어들지 않고 그녀를 바라보기만 했고, 수전은 말을 이었다.

"대령과 부인은 오스트레일리아의 아들 집으로 떠나면서 저택을 돌볼 사람을 데려왔어요. 아니, 사실 집보다는 개를 돌본다고 하는 게 맞는데, 밤에도 집에 누군가 있다고 생각하면 든든하니까요. 그분들이 없는 동안에도 저는 일주일에 두 번씩 저택에 가지만—대청소를 하기 좋은 기회죠—거기서 오래 머문다거나 침을 흘리는 래브라도 개들을 산책시키고 싶지는 않아요."

"부부가 휴가를 떠날 때 저택을 지키는 건 항상 패트릭인가요?" 베라는 케이크를 다 먹었다. 묻지도 않고, 수전은 한 조각 더 잘랐다.

"아뇨, 보통은 중년 여자였어요. 이름은 루이즈. 이번에는 그녀가 올 상황이 안 되어서 회사에서 그 젊은이를 보낸 거예요. 난 불만이 없었어요. 루이즈는 자기가 마치 영지 주인인 양 거들먹거렸거든요. 나랑 똑같은 고용인 신세인 주제에." 분한 심사가 다시 드러났다.

"패트릭은 얼마나 여기 있었죠?" 베라는 찻주전자에 손을 내밀었다.

"2주일이요. 화요일에 도착했는데, 그날이 내가 청소하는 날이었어요. 카스웰 부인이 나더러 저택을 안내하고 머물 방도 보여 주라고 했죠. 장남 니콜라스가 오스트레일리아로 떠나기 전에 지내던 다락방이 있는데, 하우스시터들은 언제나 거기서 지내요."

"어땠어요? 이 패트릭이라는 청년."

퍼시는 여자들끼리 이야기하도록 내버려 두고 싶었다. 보통 텔레비전을 보는 시간이었고, 그는 일상의 흐름이 깨어지는 것을 좋아하지 않았다. 그리고 그는 수전이 뭔가 심술궂은 말을 할 거라고 생각했다. 하지만 두 여자 사이에는 유대감과 집중력이 감돌았고, 그는 그 분위기가 깨질까 봐 움직이고 싶지 않았다.

"좋은 청년 같았어요." 수전은 말했다. 퍼시는 안도했다. "대화하기

편했죠. 느긋하고. 왜 남의 집을 봐 주는 일을 하느냐고 물었어요. 영리한 젊은이가 그런 일로 생계를 유지하는 게 이상해서."

"그래서 뭐라고 하던가요?"

"지금 상황에 맞는 일이라고 하더군요. 프로젝트 중간에 시간이 비었는데, 시골 여행이 즐겁다고 했어요."

"프로젝트요?" 베라는 눈을 가늘게 떴다. "구체적으로 무슨 뜻이었을까요?"

"모르겠어요. 하지만 그렇게 말했어요."

"어디 출신이던가요?" 이제 질문이 빠르게 흘러나오고 있었다. 운전면허증을 발견했다면 뚱뚱한 여자는 주소를 알고 있을 텐데, 왜 이런 질문을 할까. 퍼시는 의아했다.

"그런 말은 안 했어요." 수전은 실망한 음성이었다. 베라 스탠호프는 그녀에게 관심을 주고 있었고, 요즘 수전에게 관심을 갖는 사람은 별로 없었다.

"하지만 추측할 수는 있잖아요." 베라는 말했다. "목소리나 말투 같은 걸로."

수전은 잠시 생각했다. "텔레비전 뉴스 진행자 같은 목소리였어요. 약간 상류층 같은."

"그럼 남쪽?"

수전은 고개를 끄덕였다.

"마지막으로 본 건 언제였나요?"

"어제 오후에요. 오늘 나는 개조한 헛간에서 사는 사람들 집안일을 했어요. 계곡 끝에 세 집이 있어요."

"어제 몇 시쯤요?" 이번에도 질문은 속사포 같았다. 퍼시는 뚱뚱한 여자의 말이 두뇌 회전 속도를 따라가느라 힘든 것 같다고 생각했다.

"4시쯤? 부엌에 있는데, 그가 개와 같이 들어왔어요."

"괜찮아 보이던가요? 초조해 보이지는 않고?"

수전은 고개를 저었다. 이번에도 그녀는 더 도움이 되지 못해 실망한 것 같았다. 상대에게 들려줄 솔깃한 정보도 없었다. 형사는 일어섰고, 순간 마법이 깨어진 듯 퍼시도 이제 일어서도 되겠다는 생각이 들었다. 문간에서 뚱뚱한 여자는 잠시 뒤뚱거리며 신발을 신었고, 퍼시는 손을 뻗어 몸을 잡아 주었다.

그녀는 수전을 돌아보고 미소 지었다. "저택 열쇠를 갖고 있나요? 내가 빌려도 될까요?"

수전은 잠시 당황했다. 책임지는 데는 익숙하지 않았다. "모르겠어요. 카스웰 부부에게 전화를 걸어서 허락을 얻어야 할 것 같은데요. 응급상황에 대비해서 전화번호를 남겨 놓으셨어요."

"그 전화번호와 열쇠를 같이 주시면 제가 알아서 처리하죠."

그래서 수전은 열쇠 꾸러미와 전화번호를 깔끔하게 적은 카드를 건넸고, 형사는 집을 나섰다.

그들은 창가에 서서 그녀가 랜드로버로 걸어가는 모습을 바라보았다. "좋은 여자분이네요." 수전이 말했다. "살은 조금 빼야겠네."

3

베라가 현장에 돌아가 보니, 조 애쉬워스가 와 있었다. 그는 현장 감식 팀장 빌리 카트라이트와 이야기하고 있었고, 도로는 출입 제한 테이프로 막혀 있었다.

"벌써 왔나, 베라?" 카트라이트가 말했다. "당신이 일에서 얻는 쾌감에는 어딘가 병적인 데가 있어."

그녀는 그의 말이 아마 맞을 거라고 생각했지만, 대답해 주고 싶지 않았다.

"그래, 좀 알아냈나, 빌리? 첫인상은?" 빌리는 여자를 지나치게 좋아하는 감이 있지만, 자기 일에는 유능하다.

"이 청년이 살해당한 장소는 여기가 아니야. 살해 현장은 다른 데서 찾아야 해."

"그럼 살인은 맞고?"

"그걸 판단하는 건 내 일이 아니지, 베라. 폴 키팅이 오는 중이야." 음침한 얼스터 남자인 키팅은 병리학자였다. "하지만 사고로 보이지는 않아. 도랑은 도로에서 가깝기 때문에 차에서 쉽게 끌어내려서 버릴 수 있어. 그리고 시체는 숨겨져 있었어. 몇 주 동안 눈에 띄지 않은 채 이대로 방치되었을 수도 있었을 거야."

퍼시 더글러스가 소변만 마렵지 않았더라도. 쥐와 여우가 시체를 파먹어서 아마 일이 더 힘들었을 것이다.

"도로변 타이어 자국은?"

"하나, 최근에 난 것. 시체를 발견한 사람의 차일 가능성이 높겠지."

베라는 고개를 끄덕이고 전문가가 관찰을 마치기 전까지는 더 이상 자기가 여기서 할 수 있는 일이 없다고 생각했다. 그리고 그녀는 침착하지 못했다. 한 곳에 눌러앉아 있는 데는 소질이 없었다. 끈기가 없다. "조, 자네가 같이 가지. 피해자가 어디 살았는지, 아니, 최소한 지난 2주간 어디 살았는지 알아냈어."

조가 랜드로버 조수석에 올라타려는데, 베라가 다시 불렀다. "걸어가지 않겠나? 멀지 않고, 난 운동 좀 해야 해."

그는 약간 놀란 것 같았지만, 질문을 던지지 않는 게 좋다는 것은 알고 있었다. 베라는 조의 그런 점이 좋았다. 다른 팀원들 못지않게 트집을 잡을 줄 알았지만, 어떤 싸움에 집중할지 취사선택했고 사소한 문제를 크게 벌이지 않았다. 생각이 여기까지 미치니 모든 문제를 크게 벌이는 홀리가 떠올랐다. "클라크에게 무슨 일인지 전달했나?"

"네, 연락을 받자마자 알렸습니다. 곧 출발한다고 했지만, 시간은 걸릴 겁니다."

그들은 잠시 조용히 걸었다. 조와 단둘이 가게 되어서 반가웠다. 베라는 이런 때가 가장 좋았다. 아들과도 이렇게 가까울 수는 없을 것이다. 길 한복판에 풀이 자랐고, 빌리와 감식 팀의 목소리가 들리지 않는 곳까지 오자 사방은 매우 조용했다.

"그런데 여기는 어떤 곳입니까?" 조는 시골 소년이 아니었고, 베라는 그가 익숙한 환경에서 벗어났다는 것을 감지했다. 조는 아이들이 안전하게 놀 수 있는 교외의 번듯한 공동주택에 새 집을 구하고 싶어했다.

그가 이상적으로 생각하는 이웃은 학교 선생님이나 소규모 자영업자였다. 존경할 만한, 그러나 너무 상류층은 아닌 사람들. 베라의 이웃들은 마리화나를 피우고 좋은 레드와인을 마시는 귀족 출신 히피 낙오자들이었다. 그리고 생계를 유지할 수도 없는 규모인 산기슭의 손바닥만 한 밭에서 뼈 빠지게 일했다.

"뭐라고 부르는지는 모르겠어. 가장 가까운 마을은 주도로 쪽에 있어. 길스윅. 집 몇 채 있고, 교회 하나, 술집 하나가 다야. 이 계곡에 이름이 따로 없는지도 모르지."

모퉁이를 돌자 드라이브 길 입구가 나왔다. 바스라지는 돌기둥은 담쟁이로 반쯤 덮여 있었다. 대문은 없었다. 저택 이름도 없었다. 베라는 아까 퍼시의 집을 찾아가는 길에 이 집을 보았지만, 차를 세우지는 않았다. 진입로는 수선화가 깔린 야생 삼림지대를 가로질렀고, 여기서는 저택이 보이지 않았다.

"젊은 남자가 살기에는 거창한 곳인데요." 조는 약간 초조하고 긴장했다. 그의 아버지는 전직 광부였고, 감리교 집사였다. 조는 모든 인간이 평등하다고 배우며 자랐지만, 솔직히 그 말을 믿지는 않았다.

"그가 소유한 곳이 아니야!" 베라는 피식 웃었지만, 수전에게서 간접적으로 전해들은 패트릭 랜들의 인상은 아마 이런 정보에서 영향을 받았던 것 같았다. 다른 사람의 집에서 빈둥거릴 시간이 있는 게으른 젊은이. 돈도 충분해서 제대로 된 직업을 가질 필요가 없는 사람. "그는 하우스시터였어."

"그게 뭡니까?"

"주인이 비우는 동안 대신 집을 봐 주는 사람."

모퉁이를 돌자 집이 눈앞에 나타났다. 기둥과 거창한 탑이 우뚝 솟은 대저택은 아니었다. 사각의 소형 주택이었다. 오래된, 단단한 석조 건물. 한쪽 끝에 더 이상 사용하지 않는 감시탑이 있었다. 스코틀랜드 약탈자를 막기 위해 국경을 따라 지은 요새화된 농장 중 하나였다. 돌은 저물어 가는 햇빛을 받아 따뜻해 보였다. "멋지군." 베라는 잠시 질투심이 가슴을 찌르는 것을 느꼈다. 그녀의 아버지 헥터는 이런 곳에서 자랐다. 땅을 물려받지 못하는 셋째 아들이었지만, 어쨌든 사람들을 열받게 했고 가족은 그와 연을 끊었다. 문득 베라는 자신의 산속 작은 집을 떠올렸다. 그녀는 그 작은 집 하나 깨끗하게 유지하지 못했다. 이런 집은 엄두도 못 낼 것이다.

그들은 계속 걸었다. 집 옆쪽으로 구식 부엌 정원이 딸려 있었다. 과일 덤불에는 망을 씌웠고, 식물이 나란히 싹트고 있었다. 모든 것이 깔끔했다. 수전은 정원사가 있다는 이야기를 한 적이 없었고, 있었다면 분명 말했을 것이다. 그렇다면 이건 카스웰의 솜씨다. 그들은 이 집을 사랑했고, 이 정도의 시간을 집에 투자할 수 있다면 분명 은퇴했을 것이다. 정원 너머로 언덕은 가파르게 바위산으로 이어졌다. 잠시 서 있으니 양 우는 소리, 물 흐르는 소리가 들려왔다.

수전의 열쇠로 문을 여니 넓은 부엌이었다. 한쪽 끝에는 낡은 크림색 아가 화덕이 있었고, 그 위에 설치된 건조대에는 행주와 작은 수건이 걸려 있었다. 화덕 옆 바구니 안에는 뚱뚱한 검정 래브라도 개가 있었고, 담요 위에 좀 더 날씬한 개 한 마리가 더 있었다.

"젠장!" 베라는 소리쳤다. "동물을 돌볼 사람을 찾아야 해." 가족들이 집으로 돌아올 때까지 퍼시에게 부탁할 수 있지 않을까 하는 생각을 했다. 다시 생각해 보니 수전을 설득하는 것이 문제일 것이다.

잘 닦아 문지른 소나무 탁자가 있었다. 부엌은 깔끔했고 모든 것이 반들반들 윤이 났지만, 〈홈 앤 가든〉 잡지에 나올 만한 곳은 아니었다. 의자는 짝이 맞는 것이 없었다. 서랍장 안의 그릇은 모두 오래된 것들이었으며, 어떤 것은 이가 빠져 있었다. 타일 바닥에 깐 러그는 돗자리였다. 아마 이 깔끔함은 수전의 수고 덕분인 것 같았다. 랜들이 다락방에 살았다면, 아마 거기도 개인 부엌이 따로 있을 것이다.

그들은 집 안을 둘러보았다. 정식 식당이 있었지만, 차갑게 느껴졌고 거의 사용하지 않는 것 같았다. 빅토리아 시대 신사들을 그린 어두운 그림이 광택 없는 금박 액자에 들어 있었다. 프랑스식 창문 밖은 판석을 깐 테라스였고, 그 너머로 정원이 펼쳐졌다. 베라는 잔디 깎기도 하우스시터의 업무 중 하나인지 궁금했다. 그리고 가족 거실이 있었다. 좌우 오목한 공간에 책장이 붙은 벽난로, 여러 세대의 개들에게 긁힌 낡은 소파, 벽난로 위 선반의 사진들. 제복을 입은 잘생긴 젊은 남자가 꽃무늬 드레스 차림의 젊은 여자 옆에 서 있었다. 나머지 사진도 모두 같은 사람이 나이 먹어 가는 모습이었다. 아이 둘과 함께 바닷가에 있는 모습, 아들의 졸업식에 대학 바깥에 서 있는 모습, 잘 차려입은 딸의 결혼식. 마지막 사진은 최근 찍은 것 같았고, 두 사람이 이 집 바깥 흰 벤치에 앉아 있었다. 70대 중반 정도, 하지만 강단 있고 정정했다. 남자는 첫 사진과 똑같은 애정 어린 눈빛으로 여자를 바라보고 있었다.

"행복한 결혼 생활의 표본이네요." 조가 말했다.

"흠, 자네한테는 너무 심오한 말이군." 베라는 가볍게 받았지만, 그녀 역시 뭉클했다. 약간 질투가 일기도 했다. 그녀에게는 개인적으로 행복한 가족이라는 경험이 없었다. "겉모습에 너무 쉽게 현혹되지는 마."

윤을 낸 넓은 계단이 2층으로 이어졌다. 침실은 큼직하고 바람이 잘 통했다. 구식 가구, 시트와 담요, 꽃무늬 퀼트. 쓸데없는 듀베 따위는 없었고, 침대 위 쿠션 몇 개는 자기 전에 던져 버리면 그만이었다. 더블 침실 두 개, 트윈 침실 두 개. 트윈 침실은 아직도 어린아이용으로 장식되어 있었다. 한 방에는 큰 탁자 위에 기차 세트와 좀먹은 흔들목마가 있었다. 손자 손녀가 있는지 궁금했다. 있다면 분명 사진을 찍었을 텐데, 아래층에는 보이지 않았다. 어쩌면 카스웰 부부는 자식들이 손주를 보기를 고대하고 있는지도 모른다. 가족 욕실 한 군데에는 깊은 에나멜 욕조가 있었고, 한때 주인 침실 벽장이었던 공간에 만들어 넣은 듯한 현대적인 샤워실도 하나 있었다. 현대화의 유일한 흔적이었다. 두 군데 다 젊은 남자가 사용한 세면도구 같은 것은 보이지 않았다. 사람이 손을 댄 흔적도, 범죄 현장으로 보이는 곳도 없었다.

"그럼 피해자는 어디 살았단 말이야?" 조는 참을성을 잃었지만, 베라에게는 수사의 이 단계에서 느긋하게 여유를 두는 것이 나쁘지 않았다. 공간의 분위기를 파악하는 시간이었다. 소설의 배경을 설정하듯이. 누군가 사는 공간에서는 그 사람에 대해 많은 것을 알 수 있고, 비록 카스웰 부부는 청년이 살해될 때 지구 반대편에 있었지만 그는 부부의 집에 머물고 있었다.

조는 난간 너머 아래층 홀을 내려다보았다. "아니, 다락방에 살았다는데, 올라가는 길이 안 보이잖습니까."

그가 맞았다. 2층에서 위로 올라가는 계단은 없었다. 하지만 분명 다락방은 있었다. 베라는 아까 바깥에서 창문을 보았다. "부엌에서 올라갈 거야." 그녀는 잠시 생각하다 말했다. "일꾼 주거구역. 일하는 사람들이 집 본채에서 오가는 건 달갑지 않지. 이 집이 주거용으로 처음 개조된 당시에는 특히 그랬어." 베라는 카스웰 부부가 그런 태도를 유지하지 않았기를 바랐다. 그녀는 이 집이 마음에 들었고, 주인이 열린 마음을 지닌 친절한 사람들이라는 인상을 받았다. 하지만 조에게 말했듯 겉모습은 사람을 현혹시킬 수 있고, 그녀도 그 점에 대해 열린 마음을 유지해야 한다.

계단은 부엌 벽장이라고 생각했던 문 뒤에 숨겨져 있었다. 화덕 반대편에 있는 식품 저장고 문처럼 흰색이었다. 문 뒤에는 가파르고 매우 좁은 나선형 계단이 위층으로 이어졌다. 안쪽 벽에 스위치가 있었고, 벽에 나사로 박은 알전구 하나가 유일한 조명이었다. 예전에는 이 계단이 2층으로 이어졌던 것으로 보였지만, 그 통로는 막은 것 같았다. 베라는 주인 침실 벽장에 샤워실을 설치할 때 같이 한 것이 아닐까 생각했다. 그러나 계단은 계속 위로 이어졌고, 불빛은 여기까지 오지 않았다. 통로는 좀 더 넓어졌지만, 여전히 좁은 나선형 계단에 큰 덩치가 끼여서 조가 끌어내는 굴욕을 겪는, 악몽 같은 상상이 떠올랐다.

폐소 공포 때문에 공황 상태가 오려고 할 때쯤, 그녀는 꼭대기에 도착했다. 현장 감식 작업복은 더욱 거추장스러웠다. 등 뒤의 조는 고르게 호흡하고 있었지만, 그녀는 숨이 턱에 닿았다. 다시 흰 나무문이 있었다. 문을 밀었지만, 아무 일도 없었다. 그녀는 문을 잡아당겼고, 벽에 몸을 잔뜩 붙이고 문을 이쪽으로 열어야 했다.

"옛날 하녀들은 다들 깡마르고 몸집이 작았나 봐." 그녀는 불편함이 대수롭지 않은 척 가볍게 웃고 좁은 복도로 나와 몸을 죽 폈다. 석회칠한 맨 벽. 장화 한 켤레. 고리에 걸린 스카프와 더플코트. 유일한 빛은 지붕에 난 작은 창문에서 들어왔다. 조가 옆에 와 섰고, 둘이 들어오니 공간이 가득 찼다. 베라는 잠시 서 있다가 패트릭 랜들의 거주 공간으로 이어지는 문을 열었다.

넓고, 밝고, 저택 면적의 절반 이상은 차지할 것 같았다. 시골 집이라기보다 도시 아파트에 더 가까운 분위기였다. 벽은 경사졌지만, 커다란 창문들에서 마지막 저녁 햇살이 넉넉히 들어왔다. 바닥에는 광택을 낸 마루 널이 드러나 있었고, 문들이 다 열려 있었기 때문에 박공벽이 곧바로 보였다. 열린 창문을 통해 밖에서 산비둘기 우는 소리와 물소리가 들려왔다. 입구 가까이 작은 욕실이 있었다. 구겨진 수건이 욕조 한쪽

면에 걸쳐져 있었다. 세면대 위 선반에 전기 면도기가 있었다. 베라는 거울에 비친 자기 모습을 보고 얼른 고개를 돌렸다.

나머지 공간은 벽 하나로 나뉘어 있었다. 넓은 개방형 주방과 거실이 그 공간 대부분을 차지했다. 주방에는 냉장고와 소형 쿠커가 있었다. 컵 하나와 접시 두 개가 식기 건조대에 놓여 있었고, 싱크대 안에는 씻지 않은 머그 두 개가 있었다. 패트릭 랜들에게 손님이 찾아왔다는 뜻일까? 나머지 공간에는 아래층에서 안 쓰는 물건을 가져왔는지 짝이 안 맞는 가구들뿐이었다. 찌그럭거리는 소파, 긁힌 탁자. 엉망진창은 아니었지만, 방은 어수선했다. 지난 주 〈옵저버〉가 의자 팔걸이에 놓여 있었고, 탁자에는 책 두 권이 있었다.

베라는 침실로 이어지는 열린 문으로 향했다. 침실은 서향이었고, 밝고 아늑했다. 마치 빛이 나는 것 같았다. 조가 등 뒤에서 서랍장을 열고 랜들의 소지품을 점검하는 것을 의식하며, 그녀는 문간에 멈춰 섰다. 방 안에는 낮은 더블 침대가 있었다. 매트리스는 아주 얇았고, 밤잠을 푹 자는 것은 힘들 것 같았다. 한쪽 구석에는 커다랗고 묵직한 옷장이 있었다. 여기서 만들어 넣었겠지. 그 좁은 계단으로 옮겨 올 수는 없다. 아니, 모든 가구는 2층 침실로 이어지는 문이 폐쇄되기 전부터 여기 있었을 것이다.

그때 그녀는 인간의 의식이란 얼마나 묘한가 생각했다. 아까 처음 방을 들여다보자마자 창문 아래 바닥에 쓰러진 남자를 분명 보았기 때문이었다. 왜 가구 같은 사소한 문제에 먼저 집중했을까. 왜 저 흉한 옷장에 정신이 뺏겼을까? 그녀는 애써 다시 보았다. 집중하기 위해서였다. 때로 첫인상은 가장 중요하다. 충격을 받은 상태에서는 나중에 놓칠 수도 있는 세세한 것들을 알아차릴 수 있다. 나이 든 남자였다. 중년. 회색 머리, 회색 정장. 공무원 분위기. 그는 바닥에 등을 대고 누워 있었고, 안경은 여전히 코 위에 얹혀 있었지만 약간 삐딱해서 한쪽 렌즈만 보일 것 같았다. 흰 셔츠는 아주 날카로운 칼날로 갈기갈기 찢겨 있었다. 셔츠는 더 이상 흰색이 아니라 적갈색이었다. 몸 아래 맨 마루에 피 같은 것이 배어 있었다.

놀란 기색을 눈치챘는지, 조가 등 뒤로 다가왔다.

"거기 있어!" 의도하지 않았는데도 고함처럼 말이 튀어나왔다. 하지만 이건 악몽이었다. 그녀와 조는 범죄 현장에서 다른 범죄 현장으로 곧장 넘어왔고, 피고측 변호사라면 당연히 증거물 오염 문제를 물고 늘어질 것이다. 이 집에 들어오기 전에 조의 재촉으로 현장 감식 작업복으로 갈아입은 것이 그나마 다행이었다.

이 모든 생각이 머릿속을 시끄럽게 하는 한편, 다른 일도 일어나고 있었다. 흥분. 이것은 전에 접해 본 그 어떤 사건과도 다른 새로운 사건이었기 때문이었다. 서로 관련되어 있지만 같은 장소에 있지 않은 시체 두 구. 살인만큼 그녀를 살아 있게 하는 일도 없었다.

4

베라는 저택에서 폴 키팅을 기다리고 있었다. 그녀는 속사포처럼 조 애쉬워스에게 지시를 내렸지만, 너무 빨리 말해서 그가 혼란스러워 하는 바람에 다시 처음부터 천천히 말해야 했다. 이어 그녀는 홀리와 통화했다.

"어디야, 홀?"

"가는 길이에요, 부인." 무슨 호스를 입에 대고 말하는 것 같았다. 아마 차 안에서 운전하면서 핸즈프리를 사용하고 있을 것이다. 하지만 베라는 화가 불쑥 치밀었다. 왜 저 '부인'이라는 호칭은 늘 사람을 놀리는 것처럼 들리지? 건방지고 불손했다.

"도로 통제선에서 멈추지 마. 내가 자넬 지나가게 하라고 지시를 내려 두지. 계곡 더 위쪽의 저택으로 와. 범죄 현장을 지나쳐서 왼쪽 첫 번째 진입로야. 내가 기다리고 있어."

"현장에서 일손이 필요하진 않으세요?" 기분이 상한 것 같은 말투였다. 별거 아닌 일로도 홀리는 기분이 상하곤 했다.

"도랑의 그 현장 말고. 살인 사건이 하나 더 있는데, 여기 새 일손이 필요해. 오염은 더 이상 안 돼." 홀리는 이 말에 입을 다물었다.

베라는 집 밖으로 나와서 이 집 주인이 사진을 찍은 흰 벤치에 앉아 기다렸다. 해가 방금 지평선 아래로 저물어서 공기는 한결 서늘했지만, 갓 깎은 잔디 냄새는 언제나 여름을 연상시켰다. 베라는 1년 중 이때를 사랑했다. 조는 경찰서로 돌려보내 전화를 걸고 정보를 수집하도록 했다. 다음 날 필요한 추가 인력을 조직하는 업무도 있었다. 그녀는 빌리 카트라이트와 이미 통화를 마쳤다. 양쪽 살해 현장에 서로 다른 수사 팀이 필요했고 그녀는 두 팀 다 빌리가 지휘해 주기를 바랐기 때문에, 현장 관찰 팀장이 한 명 더 있어야 했다. 폴 키팅은 키머스톤에서 대기 중인 유일한 병리학자였다. 그는 부검을 도울 동료를 호출하겠다고 했지만, 두 현장 다 직접 관찰하기를 원했다. "걱정마세요, 경감님. 그쪽으로 가기 전에 갈아입겠습니다. 교차 오염의 위험은 저희도 잘 알아요." 수십 년 동안 알아온 사이였지만, 그는 그녀를 절대 이름으로 부르지 않았다.

진입로에 자동차 소리가 들렸다. 홀리의 닛산 자동차였다. 아주 신형이고 실용적이다. 재미라고는 없다. 젊은 여자가 날씬한 다리부터 차에서 내렸다.

그냥 질투하는 건가? 젊고, 늘씬하고, 체계적인 사람이라? 내가 불공평한 건가?

"두 번째 살인이 있다고요." 홀리는 벌써 몸을 종이 작업복 안에 우겨넣고, 신발 위에 부츠를 신고, 머리카락을 후드 안에 집어넣고 있었다.

"하우스시터가 묵던 플랫 안에 중년 남자. 칼로 찔린 것 같지만, 내가 현장을 빠르게 훑어봤을 때 칼은 보이지 않았어. 외부에서 침입한 흔적도 없으니, 첫 번째 피해자와 서로 아는 사이였을 가능성이 있어." 베라는 건물 구조에 대해 사전 지식이 없는 침입자가 다락방 플랫에 어쩌다 우연히 들어갔을 리가 없다고 생각했다. 귀중품은 저택 본채에 있을 것이고, 그녀와 조가 부엌을 통하는 출입구를 발견하는 데도 시간이 걸렸다. 하지만 이런 추측은 나중에 해도 된다.

"신원은요?"

"아직 몰라. 조가 사진을 가져갔으니 알아보고 있을 거야. 피해자는 실종 신고가 돼 있을 부류로 보여. 점잖은 신사. 무슨 말인지 알겠지."

홀리는 짧게 고개를 끄덕였다.

"첫 번째 피해자는 패트릭 랜들. 25세. 회사를 통해 주인이 휴가 간 동안 저택에 머무르는 사람으로 고용되었어. 주인은 개를 산책시키고 잔디를 깎을 사람이 필요했던 것 같고, 급여를 주고 외부인에게 일을 시킬 능력도 있는 사람들이야. 하지만 자세한 업무 내용은 확인해 봐야 해. 조가 경찰서에서 주인에게 연락하기로 했어."

홀리는 다시 고개를 끄덕였다.

"그럼 올라가 볼까?" 대답을 기다리지 않고, 베라는 집 안으로 들어 갔다. 그녀는 등 뒤에서 부엌 출입문을 잠그고 아가 화덕 옆 흰 문을 열 었다. "먼저 올라가." 홀리가 뒤따라 계단을 올라오면서 너무 느리다고 투덜거리는 소리를 듣기는 싫었다. "꼭대기에 작은 통로가 있어. 거기 서 기다려."

랜들의 플랫은 이제 어둑어둑했다. 베라는 전기 스위치를 켰고, 비스 듬한 지붕 대들보에 설치된 조명이 방을 비추었다. 순간 이게 전부 상 상이 아닐까 하는 생각이 들었다. 침실을 들여다보면, 바닥에 시체가 없지 않을까. 맨 마루는 깨끗하지 않을까. 그러나 중년 남자는 여전히 거기 누워 인공 조명을 받고 있었다.

베라는 문간에 서서 홀리가 침실을 들여다볼 수 있도록 옆으로 약간 물러났다. "난 들어가기 싫어. 여기서 시체를 봤고, 문지방은 넘어가지 않았어. 이건 새 작업복이긴 한데, 난 이미 랜들을 살펴보러 도랑 근처 까지 갔거든. 우리가 모든 현장을 분리해서 따로 관리하지 않았다고 피고측 변호인이 뒤늦게 고함을 지르는 꼴은 보고 싶지 않아."

"제가 들어갈까요?"

허, 그럼 너랑 있는 게 재미있어 죽을 지경이라 데려왔겠니. 베라는 숨을 들이쉬고 아마 그냥 질투하는 모양이라고 자신에게 다시 말했다. 그것 말고는 이 여자가 이렇게까지 신경에 거슬릴 이유가 없었다. "그래, 그렇게 해, 홀. 빌리가 단독 현장 감식 팀을 데려올 때까지는 시간이 걸릴 텐데, 혹시 시체에 신분증이 있는지 알고 싶어. 그리고 무기도 찾아봐. 아주 날카로운 칼일 텐데, 침대나 의자 밑에 던졌을지도 몰라."

홀리는 방에 들어갔다. 그녀는 베라가 자신이 하는 일을 잘 볼 수 있도록 시체 반대쪽에 자리를 잡았다.

영리한 여자야, 베라는 생각했다. 모든 걸 염두에 두지.

홀리는 시체를 움직이거나 피부를 건드리지 않으려고 조심하며 옆에 쭈그리고 앉은 뒤 정장 재킷 주머니에 손을 넣었다. 먼저 바깥 주머니, 이어 옷자락을 들어 올리고 안주머니를 확인했다. 그녀는 고개를 저었다. "없어요."

"바지도 확인해 봐."

"움직이지 않고는 앞주머니밖에 확인할 수 없어요."

"그럼 됐어." 요즘 뒷주머니에 중요한 물건을 지니고 다니는 건 젊은 남자들뿐이지, 베라는 생각했다. 청바지를 입고 다니는 중년 남자든가. 이 남자라면 재킷 안에 지갑을 지니고 다닐 것이다. 지갑과 열쇠. 이 생각을 하니 다시 피해자가 어떻게 여기 들어왔을까, 패트릭 랜들에게 차가 있었다면 어디 세워 놨을까 하는 의문이 들었다. 저택 밖 자갈 위에 세워 놓은 차는 없었다. 그 점을 생각하고 있는데 홀리가 일어섰다.

"유감이네요. 아무것도 없어요. 드문 일 아닌가요?"

"주머니를 비웠을 거야." 베라는 말했다. "신원 확인을 늦추기 위해서, 혹은 다른 이유로."

홀리는 다시 무릎을 꿇고 침대 밑을 확인했다. "칼도 안 보여요."

아래층 큰 부엌으로 내려와서, 베라는 조에게 전화했다. "랜들의 등록차량 조회를 해 주겠어? 그의 운전 면허증을 찾았어. 회색 남자의 시체에서는 아무것도 안 나왔으니, 그의 신원을 파악할 수 있다면 아주 좋겠는데."

"회색 남자요?"

"플랫에 있던 남자." 베라는 그를 이렇게 생각했다. 회색 남자. 익명. 그녀는 조가 랜들의 자동차에 대한 정보를 알아낼 때까지 기다렸다. 소형 폭스바겐, 겨우 1년 된 차. 젊은 남자가 어떻게 이런 차를 몰 수 있었을까? 부모가 부유한 게 아니라면. 알 수 없었다. 자신이 젊었을 때조차, 젊음은 그녀에게 언제나 수수께끼였다. 비록 아는 것은 아무것도 없었지만 그녀는 회색 남자를 더 잘 이해했고 동정심도 느꼈다.

그들은 밖으로 나갔다. "뒤쪽에도 건물이 있어." 발에 덮어쓴 종이 부츠 때문에 자갈 밟는 소리가 약간 둔하게 났다. "저 중 하나는 차고로 쓰였을 거야." 황혼이 짙게 내려앉았다. 박쥐가 머리 위를 스쳐 지나갔다. 베라는 홀리의 비명을 기다렸지만, 그녀는 반응이 없었다.

차고는 두 군데였다. 하나는 정면이 뚫린 작은 헛간이었고, 곧 무너질 듯 수리가 필요해 보였다. 한쪽 벽에 통나무가 차곡차곡 쌓여 있었지만, 겨울을 난 뒤라 양은 적었다. 여기에 랜들의 차가 있었다. "차에 들어갈 수는 없어." 베라는 말했다. "랜들의 시체에서 열쇠꾸러미가 발견되었는데, 그건 빌리가 가지고 있어." 홀리는 새 장갑을 끼고 손잡이를 흔들어 보았다. 차는 잠겨 있지 않았다. 원래 조심성이 없었을까, 이런 계곡이라 범죄는 드물 거라고 생각했을까? 보안에 별로 신경을 쓰지 않은 것을 볼 때, 다시 베라는 청년에게 돈이 많았을 거라고 생각했다. 그들은 창문으로 안을 들여다보았지만, 차 안에 들어가지는 않았다. 조수석에 빈 콜라 캔 두 개가 있었다. 뒷자리 옆 포켓에는 갈색 마닐라 파일이 꽂혀 있었다.

"저걸 봐야겠어." 베라는 말했다. "감식반이 먼저 관찰한 뒤에." 그녀는 잠시 멈추었다. 자갈이 끝나고 채소밭이 시작되는 지점이었다. 다른 차량이 보이지 않았고, 두 번째 차고는 잠겨 있었다. 그렇다면 나이 든 남자는 어떻게 저택에 왔을까? 가장 가까운 대중교통은 길스윅으로 가는 버스일 텐데, 아마 자주 오지는 않을 것이다. 도로를 따라 걸어올 수도 있다. 2마일 정도, 어쩌면 더. 회색 정장과 도시용 구두 차림으로. 대낮에 걸어왔다면 누군가 분명 봤을 것이다. 다른 사람의 차를 탔을 수도 있다. 그랬다면 미리 계획한 여행이었을 것이다. 회색 남자는 히치하이크를 할 유형은 아니다. 아니면 택시—생각해 보면 이것이 가장 가능성이 높아 보였다—혹은 랜들이 차에 태워 왔을 수도 있다. 이것은 두 남자 사이에 관련이 있다는 뜻이다. 만나기로 약속했다면.

두 번째 차고는 좀 더 튼튼했고, 저택과 어울리는 석조였지만 본채보다는 최근에 지은 것 같았다. 맹꽁이자물쇠가 양쪽 문을 한데 고정시키고 있었다. 베라는 수전이 준 꾸러미 중에서 가장 작은 열쇠를 넣어 보았고, 문은 방금 기름칠을 한 것처럼 부드럽게 열렸다. 안에는 차 두 대가 있었다. 새 랜드로버, 그리고 주인이 아끼는 듯한, 오래된 모리스마이너 스테이션왜건. 두 사람은 문간에 서서 들여다보았다.

"이 저택에 사는 가족은 돈이 많네요." 홀리가 말했다.

베라는 고개를 끄덕였다. 돈, 하지만 품위. 지나친 과시욕이 없어. 호사스러운 점도 없고. 그때 그녀는 아직 아무도 카스웰 부부와 이야기를 나누지 않았다는 점을 기억했다. 그들이 정말 오스트레일리아에 있는지, 랜들에 대해 더 가진 정보는 없는지 확인해야 했다. 하우스시터가 도착하기 전에 주인은 먼저 집을 비우고 수전이 대신 안내해 준 인상을 받았지만, 그래도 둘 중 한 사람은 아마 랜들과 통화를 했을 것이다. 그녀는 다시 조에게 전화해서 추가 지시를 했다. "두 번째 피해자를 저택으로 태워준 지역 택시 회사가 있는지 알아봐. 애들레이드의 카스웰 부부와 통화는 했나?"

"전화를 걸었는데, 응답이 없습니다. 거기는 아직 이른 아침이라 아마 잠들어 있었을 겁니다. 한 시간 뒤에 다시 걸어 보겠습니다."

"부부가 하우스시터와 얼마나 접촉했는지 궁금해. 일을 시작하기 전에 만나봤는지. 청소부가 집을 안내했다면, 그가 도착했을 때 카스웰 부부는 여기 없었다는 뜻이야."

갑자기 정원에 불빛이 가득 찼다. 진입로에 설치된 검은 쇠기둥 위에 전등 두 개가 달려 있었고, 주 출입문 바깥에 달린 전등에 불이 켜졌다. 타이머로 작동하거나, 센서가 있는 것 같았다. 보안용일까, 그냥 편의상 설치한 걸까? 홀리는 차고에서 걸음을 옮겨 저택으로 향했다. 등 뒤 숲에서 올빼미 울음소리가 들리기 시작했다. 밤이 아주 빨리 다가오는 것 같았다.

"부인."

또 저 호칭. 베라가 텔레비전에서 절대 안 보는 척하는 경찰 드라마 대사가 떠올랐다. 날 그렇게 부르지 마! 난 빌어먹을 여왕이 아니라고. 그녀는 숨을 들이쉬었다. "뭐가 있나, 홀리?"

베라는 동료 곁으로 다가갔다. 홀리는 유령처럼 비현실적으로 보였지만, 베라의 그림자는 흰 불빛 아래 아주 날카롭게 드리웠다. 아직 현장 감식 작업복 차림이었기 때문에, 날카롭고 평소보다 더 커 보였다. 홀리는 작은 연못을 바라보고 있었다. 가장자리는 판석으로 둘러싸여 있었고, 이끼가 끼어 미끄러웠다. 물은 검고 번들거렸다. 모든 것이 흑백이었다. 반달이 떠 있었지만, 그것조차 백색이었다.

전등 스탠드가 바로 옆에 있어서 겨우 보이는 연못 옆 진흙 안에 칼이 있었다. 얇은 칼날, 검은 손잡이. 베라는 아까 플랫 부엌에서 본, 나무 블록에 꽂혀 있던 칼들과 비슷하다고 생각했다.

"어떻게 생각하세요?" 홀리는 자신에게 매우 만족한 것 같았다. "이게 살인 무기일까요?"

미처 대답하기 전에, 홀리가 당연히 들어 마땅하다고 생각하고 있을 칭찬을 퍼붓기 전에, 헤드라이트가 검은 풀밭을 스쳤다. 폴 키팅과 새 현장 감식 팀일 것이다. 이번에도 기병대가 제때 도착했다.

5

화요일 밤. 애니는 옆집에서 열리는 술 파티에 갈 준비를 마쳤다. 돌아가며 주최하기로 한 파티였지만, 어쩌다 보니 보통 나이절과 로레인의 집에서 열렸다. 그리고 오늘은 평소와 달리 로레인의 생일이기 때문에 평일에 열리는 축하 파티였다. 샘은 토끼고기 테린과 푸딩, 진하지만 너무 달지는 않은 초콜릿 타르트를 준비했다. 옛날부터 그의 전매특허 요리였다. 그는 자기 집에 손님들이 찾아오는 것보다 음식 준비하는 것을 즐겼다. 음식은 부엌 의자에 놓여 있고, 샘도 부엌에서 그녀를 기다리고 있었다. 애니는 그가 밸리 팜의 사회적 교류에 대해 어떻게 생각하는지 알 수 없었다. 식당을 운영할 때도 가게의 얼굴 노릇을 하는 것은 그녀였고, 그는 친구가 필요하지 않은 것 같았다. 그런데 지금은 매주 파티를 열 핑계가 생기는 것 같았다. 그는 늦는 것을 몹시 싫어하기 때문에, 이제 아래층으로 내려가야 한다. 그는 기다려야 할 때 초조해했다.

하지만 애니는 리지의 방으로 향했다. 리지가 곧 집에 올 텐데, 그들은 그녀에 대해 이야기를 나누지 않았다. 마치 둘 사이에 벽 같은 침묵이 쌓인 것 같았다. 딸은 결혼 생활에서 스트레스의 유일한 원인이었다. 이제 샘은 리지가 아예 존재하지 않았던 척하는 게 좋은 거겠지, 애니는 생각했다.

해는 거의 졌고, 계곡에는 불이 켜졌다. 강한 흰색 불빛 덕분에, 저택 입구 근처 도로를 따라 서 있는 자동차들이 보였다. 애니는 밸리 팜의 다른 주민들도 궁금할 거라고 생각했다. 은퇴하고 단조로운 일상이라, 다들 극적인 사건을 좋아했다. 그녀는 리지의 마지막 편지를 가방에서 꺼냈다. 줄이 그어진 싸구려 용지였고, 교도소 인장이 꼭대기에 찍혀 있었다. 흉한 물건일 수도 있겠지만, 리지의 필적은 강하고 아름다웠다. 애니는 편지를 다시 읽었다. 중요한 내용은 없었다. 농장 소식, 농장이라기보다 교도소에서 소비할 채소를 재배하고 흔치 않은 종자 돼지를 키우는 소규모 농지였다. 이어: 둘 다 다시 만날 날을 기대하고 있어. 리지가 부모에 대한 애정을 표현한 적이 있던가? 애니는 전혀 기억나지 않았다. 리지는 아기 때부터 까탈스러웠다. 재우려고 머리를 쓰다듬으면 고개를 돌리고, 잘 자라는 키스를 하려고 침상 위로 몸을 내밀면 예쁜 퀼트 아래에 뻣뻣하게 누워 있곤 했다.

"준비됐어?" 샘이 계단 아래로 와서 위층을 향해 소리쳤다. 뚱하거나 안달하는 기색은 없었고, 그냥 정보를 묻는 말투였다. 그는 애니가 만난 남자 중에 가장 인내심이 강한 사람이었다.

"지금 가!" 애니는 편지를 가방 안에 넣었다. 처음 우편으로 도착했을 때, 그녀는 정원에 나가 있는 동안 샘이 읽도록 부엌 탁자에 편지를 놓아두었다. 읽었는지는 몰라도, 그는 말이 없었다. 어쩌면 리지의 행실에 아직도 화가 났는지도 모른다. 모든 감정을 닫아 걸은 것일 뿐, 분노를 억누르고 있는지도 모른다.

그는 음식을 등나무 바구니에 담고 깨끗한 수건을 덮어 놓았다. 여성 협회 스타일. 샘이 애니보다 협회 회원으로 잘 어울릴 것이다. 그는 겨드랑이에 좋은 레드와인 한 병을 끼고 있었다. 바깥의 깨끗한 공기

속으로 나오니, 멀리서 웅성거리는 소음, 도로 쪽 자동차에서 고함치는 목소리가 들렸다.

"무슨 일이지?" 샘은 은근히 궁금한 것 같았다.

"모르겠어. 난 아까 위층에서 봤는데. TV 촬영이라도 하나?"

"나이절한테 말하지 마. 우릴 전부 다 끌고 가서 출연하려 들 테니까. 주목받는 걸 워낙 좋아하잖아." 그는 노섬벌랜드 이 일대 특유의 느릿하고 부드러운 악센트를 가지고 있었다. 때로 애니는 그 목소리가 이 계곡만의 것이 아닐까, 진정 이곳에 속하는 사람은 유일하게 샘이 아닐까 생각할 때가 있었다.

그들은 잠시 농장 창가에 서서 안을 들여다보았다. 나이절과 로레인은 이미 긴 플루트 유리잔에 프로세코를 따르며 주인 노릇을 하고 있었다. 그들은 샴페인을 좋아했다. 이웃 중 하나인 교수도 도착했다. 대단한 존재감이었다. 나이에도 불구하고 아직 대체로 짙은 색을 유지하는 머리. 거의 검은색 눈동자. 로레인은 이렇게 말한 적이 있었다. "존 오케인은 시인처럼 생겼어. 안 그래?" 목소리에는 존경심이 담겨 있었다. 혹시 매력을 느낀 게 아닐까 애니는 궁금했다. 당연히 나이절은 로레인에게 사랑스러운 사람이겠지만, 분명 시적인 데는 없었다. 감정이 풍부한 분위기라고 묘사할 수는 없는 사람이었다.

바라보는 동안, 교수의 아내 잰이 방에 나타났다. 뒷문으로 들어온 것 같았다. 그녀는 학창 시절 장만한 듯한 드레스 차림이었다. 로라 애슐리(영국 홈 인테리어 브랜드-옮긴이) 분위기인 파란색과 녹색 긴 꽃무늬 드레스, 목에는 프릴이 달려 있었다. 더 이상 그녀에게 어울리지 않았다. 뻣뻣하고 희끗희끗한 곱슬머리, 이제 잰은 에드워드 시대 괴짜 할머니 같은 분위기였다. 존은 그녀를 보았다. 경멸이라기보다 실망 같은 감정이 담긴 눈길이었다. 샘이 저런 눈으로 나를 보면 어떤 기분이 들까, 애니는 생각했다.

샘은 벌써 문을 두드리고 있었다. 그는 남의 집에 말없이 드나드는 밸리 팜 주민들의 습관을 편하게 여기지 않았다. 나이절 루카스가 문으로 나왔다. 그는 키가 작았다. 애니가 생각할 때, 그는 이웃 중 가장 파악하기 힘든 사람이었고 그 외에 그를 표현할 말은 떠오르지 않았다. 야심만만하고 출세를 열망하는 사람 같았지만, 아주 친절했다.

"들어와요!" 방 안에는 사람들의 목소리 아래로 음악이 흐르고 있었다. 재즈였다. 심장 박동처럼 꾸준한 더블베이스. "샘의 맛있는 음식이 없더라도 언제든지 환영입니다." 나이절은 남의 비위를 맞추지 않고는 말을 못 하는 것 같았고, 애니가 볼 때 샘보다 자신감이 약한 것 같았다. 나이절은 상대를 기쁘게 하려고 안달이었지만, 샘은 타인이 뭐라고 생각하든 아무 관심이 없었다.

거실로 들어서는데, 멀리서 전화벨 소리가 들렸다. 로레인 루카스가 음악에 맞춰 몸을 흔들면서 전화를 받으러 갔다. 촛불에 헐렁한 바짓자락이 반짝거렸다.

로레인은 다시 돌아오더니 문간에 우뚝 섰다. 일동은 말을 멈추고 그녀를 바라보았다. 로레인에게는 그 정도의 존재감이 있었다.

"이건 상상도 못 할 거야." 그녀는 눈을 커다랗게 뜨고 있었다. "수전이 전화했어요. 아버지한테서 들었대요. 계곡에 살인 사건이 났어요."

b

세 형사는 그날 저녁 늦게 베라의 집에서 만났다. 길스윅에서 언덕 하나만 넘으면 되는 거리였고, 키머스턴 경찰서보다 가까웠다. 조가 오는 길에 피자와 맥주를 사 오라는 심부름을 받았다. 그는 식당 폐점 시간 직전에 포장 피자를 겨우 샀고, 작은 편의점에서 터무니없이 비싼 값으로 맥주를 구했다. 홀리도 와서 조가 자기 의자라고 생각하던 의자에 앉아 있는 것은 의외였다. 홀리가 전에 베라의 집에 초대받은 적이 있었는지 기억나지 않았고, 그녀 역시 불편하고 약간 초조해 보였다. 화덕에는 나무를 때고 있었지만 장작이 젖었는지 불이 곧 피시식 꺼져 버렸다. 베라는 불씨를 살리려고 하지 않았다.

홀리는 외투 차림으로 앉아 피자 한 조각을 베어 물었다. 맥주는 거절했고, 대신 인스턴트 커피를 끓여 머그를 손에 들고 있었다. 하지만 한 모금도 마시는 것을 볼 수가 없었다. 어쩌면 머그가 그녀의 위생 기준을 충족시키지 못하는지도 모른다. 조도 알코올이 별로 내키지 않았지만, 베라의 술 친구 노릇을 해 주기 위해 한 병 집어 들었다. 충성 증명을 하려고? 조는 아직 묘하고 산만한 기분이었다. 사건이라고는 없던 계곡에서, 똑똑한 사람들이 사는 계곡에서 벌어진 두 건의 살인 사건. 현실로 받아들이기가 힘들었다.

베라는 뭐라 말하고 있었다. 그녀는 수사가 한창 벌어지고 있을 때면 성격 이식 수술이라도 받는 것 같았다. 보다 젊고 정력적인 사람으로. 자기 건강에 대해, 가려운 피부와 다리 통증에 대해 투덜거리지도 않았다. 조는 빌리 카트라이트가 그녀를 너무 잘 안다고 생각했다. 일에 대한 그녀의 열정에는 어딘가 병적인 데가 있었다. 수상한 죽음에 대한, 타인의 비극에 대한 열정.

"도랑에서 발견한 청년의 신원은 파악했어. 패트릭 랜들. 조, 그에 대해 뭘 좀 알아냈나?"

"겨우 6개월 전에 하우스시팅 회사에 등록했습니다. 데본의 어느 집을 한 달 돌보다가, 햄스테드의 아파트에 있었습니다."

홀리가 고개를 들었다. "거긴 런던이잖아."

"그래, 홀리. 우리도 알아." 베라는 대단히 고압적인 말투였다. 그녀는 잠시 사이를 두었다. "랜들의 카스웰 저택을 우연히 소개받은 건 확실한가? 아니면 노섬벌랜드에 오고 싶어서 신청을 했을까?"

조는 베라가 팀원 모두를 방어적으로 만드는 재주가 있다고 생각했다. "아, 모르겠습니다. 제가 통화한 여자는 자세한 내역을 모르는 것 같더군요. 회사 대표는 저녁이라 퇴근했습니다." 자신이 숙제를 하지 않은 변명을 늘어놓는 학생 같다는 생각이 들었다. "하지만 랜들과 회사에 대해 조금 더 알아냈습니다."

"계속해."

"회사 대표는 커닝햄 부부이고, 서리에 삽니다. 말씀드렸지만, 랜들은 겨우 6개월 전에 등록했습니다. 하우스시터는 신뢰가 중요한 직업이기 때문에, 상당히 자세하게 신원 조회를 합니다. 전과 조회는 물론이고, 최소한 두 통의 추천서가 필요하며 직접 인터뷰도 합니다. 랜들은 전과가 없었고, 좋은 추천서 두 통도 있었습니다. 하나는 박사 과정지도 교수, 다른 하나는 그가 자란 마을 사제였습니다."

"어느 마을?"

조는 수첩을 확인했다. "헤리퍼드셔의 위치볼드라는 곳입니다."

"그럼 아직 학생인가?" 베라는 맥주병을 비우고 의자 옆 바닥에 내려놓았다.

"아뇨. 최근 박사 과정을 마치고 박사 후 연구원으로 곧장 들어가기 전에 잠시 여유를 갖는 중이었습니다. 영리한 청년이었던 모양입니다."

"전공은?" 소외당하는 기분이었는지 홀리가 물었다.

"생태학."

"가족은?" 베라가 물었다.

"어머니는 아직 헤리퍼드셔에 삽니다. 그쪽 경찰이 아들의 사망 소식을 전했습니다. 랜들은 외아들이었고, 아버지는 그가 십 대일 때 죽었습니다."

베라는 그에게 미소 지었다. 잘했다는 칭찬에 가장 가까운 표현이었다. 그녀는 의자에 몸을 묻고, 아버지 헥터가 세상을 떠난 이후 전혀 새로 단장하지 않아서 니코틴이 갈색으로 밴 천장을 올려다보았다. 흡연은 베라가 탐닉하지 않는 몇 가지 안 되는 악덕 중 하나였다. "물론 랜들이 노섬벌랜드에 오고 싶다고 직접 요청했는지 알아내는 건 중요해. 길스윅에 있어야만 하는 특별한 이유가 있었는지, 그냥 우연히 오게 됐는지 반드시 알아내야 해."

잠시 침묵이 흘렀다.

"강도가 들었다가 살인으로 이어졌을 가능성은 어떨까요?" 저택 아래층의 그림들은 값비쌀지도 모른다, 주인 침실에는 보석류가 있을 수도 있다는 생각이 조의 머릿속을 스쳤다. 아내 샐 때문에 일요일 밤 곧잘 '골동품 감정 쇼'를 보게 되는데, 볼 때마다 그러면 집 안 공간을 내

주지도 않을 물건들에 붙는 가격을 보고 놀라곤 했다.

"집 안에서 발견된 것이 랜들의 시체고 두 번째 시체가 아예 없었다면 그것도 말이 되겠지." 이번에는 베라 때문에 교실 뒷자리의 멍청한 학생이 된 기분이었다. "게다가 난 도둑맞은 물건이 있다는 느낌을 못 받았어. 억지로 누군가 침입한 흔적도 없고."

홀리는 조에게 우월감 어린 시선을 보냈다.

주위는 다시 조용해졌다.

"나이 든 남자에 대해서 알아낸 거 있나?" 베라는 마침내 물었다. "플랫 안에서 발견된 남자. 두 번째 감식 팀한테서 소식 들어왔나, 조? 홀리가 쉽게 점검할 수 있는 주머니를 뒤져 봤지만 아무것도 발견하지 못했어."

"아직 신원 파악은 못했습니다." 조는 말했다. "지문을 채취했지만, 일치하는 사람은 아직 찾지 못했습니다. 제가 경찰서를 나설 때까지도, 그 남자일 가능성이 있는 실종자 신고는 없었습니다." 그 역시 이제 나이든 남자를 '회색 남자'로 생각하고 있었다. 회색, 거의 투명인간.

"그가 어떻게 집 안에 들어왔는지에 대한 정보도 없고?" 베라는 무심하게 다시 맥주 한 병을 집어 들었다.

"아뇨, 하지만 아직 주민 탐문을 안 했습니다." 팀을 꾸릴 때쯤이면, 대부분 침대에 들었을 것이다.

"그럼 내일 아침 최우선 순위로 하지. 퍼시 더글러스와 그 딸에게 다시 이야기를 들어보자고. 도로 끝에 헛간을 개조한 멋진 주택 입주민들도. 피해자가 저택에 가기 위해서 그 앞을 지나치지는 않았겠지만, 주민들이 오후에 돌아다니면서 뭔가 봤을지도 몰라."

"혹시 살인 이후 자살은 아닐까요?" 홀리는 멍청한 소리라고 핀잔을 들을까 봐 조심스럽게 말했다.

"랜들이 나이 든 남자를 죽이고 자살했다?" 말도 안 되는 소리라고 일축하지는 않았지만, 회의적인 말투였다. "랜들의 사인은 나왔나, 조? 키팅 박사가 거기 먼저 갔는데."

"부검 두 건 다 내일 아침 일찍 하겠다고 했습니다. 현장 감식 두 군데를 마치니 피곤해서 밤에 시작하지는 못하겠다고요. 도움을 줄 동료를 호출한다고 했는데, 양쪽 다 자기가 감독할 겁니다. 랜들의 시체에서 법의학적 증거 수집을 끝낸 뒤에 회색 남자로 넘어간다고 했습니다." 조는 잠시 사이를 두었다. "7시에 시작한답니다. 지금 당장 진행 중인 일이 별로 없어서 아마 조용할 겁니다."

"랜들이 어떻게 죽었는지 이야기하던가?" 베라는 초조하게 물었다. 병리학자와 달리 베라는 휴식이 필요 없는 것 같았다. 그녀 마음대로 할 수만 있다면, 아마 지금 다들 시체 안치소에서 밤샘 작업을 하고 있을 것이다. "키팅은 분명 어느 정도 아는 게 있을 텐데! 나이 든 남자와 마찬가지로 칼에 찔렸나? 난 둑에 서 있어서 보지 못했어. 칼에 찔린 게 맞다면, 옷 앞자락이 멀쩡했으니까 아마 등을 찔렸을 거야. 그리고 내가 볼 때 시체는 카우 파슬리 수풀 아래에 놓여 있는 것처럼 보였어. 죽은 사람이 스스로 그렇게 할 수는 없었을 거야."

"그럼 이중 살인?" 조가 말했다. 정말 이중 살인이라면 어마어마한 초과 근무를 각오해야 한다. 샐은 특근비가 들어오는 것을 좋아했지만, 수사가 끝날 때까지 남편이 아이들 깨어 있는 모습을 못 본다는 사실은 달갑게 생각하지 않았다.

"한데 홀이 저택 연못 안에서 칼을 발견했지." 베라는 조를 무시하고 자기 생각을 이어나갔다. 그녀는 한번 발동이 걸리면 탱크 같았다. 인정사정 없었다. 아무것도 그녀를 막을 수는 없었다. "그 칼이 살인 도구이고 랜들 역시 칼에 찔렸다면, 그 청년은 집 근처에서 살해당했을 가능성이 높겠지. 그렇지 않다면 살인범은 다시 집 안으로 들어가서 연못에 칼을 던졌다는 말이 되니까. 조, 내일 정원을 샅샅이 뒤질 정식 수색 팀을 조직해. 살인 두 건, 언론이 난리를 피울 테니까, 윗사람들도 자원이 부족하니 어쩌니 우는소리는 안 할 거야."

조는 베라가 계속 이런저런 가능성을 타진하면서 번개처럼 머리를 굴리고 있다는 것을 알고 있었다. 아마 밤새도록 잠도 자지 않고 여러 가지 시나리오를 검토할 것이다. 키팅이 전화를 꺼 두어야 할 텐데, 그렇지 않다면 그도 잠을 못 잘 것이다. 베라는 아무리 사소한 실마리라도 진짜 정보로 이어질 때까지 집요하게 물고 늘어질 것이다.

"하지만 플랫이나 저택 내부에서 발견된 유일한 피는 그 남자 시체 아래에 있던 것뿐이었으니, 정원 수색 팀은 절대적으로 필요해. 난 랜들이 플랫 안에서 살해당했다고 생각하지 않아." 베라는 조를 쳐다보았다. "카스웰 부부, 집 주인과 연락이 닿았나?"

"네, 경찰서를 나서기 직전에 카스웰 부인과 통화했습니다."

"내가 준 일반 전화번호로? 휴대전화가 아니고?"

조는 베라의 생각이 어떤 방향으로 전개되고 있는지 읽고 미소 지었다. "부부가 오스트레일리아에 있는 건 확실합니다. 그들이 살인범일 가능성은 없습니다."

"그래서? 그들은 랜들을 직접 만났나?"

"아니요, 하지만 통화를 했습니다." 조는 다시 수첩을 확인했다. "카스웰 부인은 그가 말을 조리 있게 잘 하고 아주 유쾌했답니다. 자기들이 찾던 완벽한 적임자라고 생각했답니다."

"자기 집 다락방에서 시체가 발견됐다는 소식은 어떻게 받아들이던가?" 아직 베라는 도저히 가만히 있지 못하는 세 살 난 어린아이 같은 에너지를 갖고 있었다.

어떻게 받아들였겠습니까? 전혀 모르는 사람이 자기 집에서 칼에 찔렸어요. 조는 평정한 목소리로 대답했다. 베라를 더 이상 흥분시킬 필요는 없었다. "저는 시체의 인상착의를 설명했고, 부인은 자기가 아는 사람은 아닌 것 같다고 했습니다. 남편에게도 물어보고 무슨 생각이 나면 저한테 연락하겠다고 했습니다."

"즉시 집으로 돌아올 생각이던가? 그러면 일이 까다로워지는데. 저택이 비어 있는 게 나아."

"아뇨. 아들의 여자 친구가 출산을 앞두고 있답니다. 부부의 첫 손주죠. 출산 뒤까지 머물 생각이었습니다."

베라는 고개를 끄덕였다.

조는 수첩을 덮더니 뭔가 기억해냈다. "아, 부인은 수전에게 개를 돌보게 하지 말라고 했습니다. 아마 개를 싫어하는 모양인데, 청소는 부인이 아는 어떤 사람보다 잘해서 잃고 싶지 않답니다. 카스웰 부인 말로는 개조한 헛간 중 하나에 일가족이 사는데—오케인 교수 부부죠—그 부부가 맡아줄 수 있을 거라고 했습니다. 저택을 지키는 팀에게 알아서 처리해 달라고 말해 뒀습니다."

조는 일어서서 이제 출발할 계획이라는 것을 분명히 했다. 샐은 집 밖으로 출퇴근하는 일이 없었지만, 아기가 요즘 밤잠이 없기 때문에 돌아가면서 봐야 한다고 못을 박았던 것이다. 지금 들어가도 잔소리를 들을 것이다.

베라는 맥주를 비우고 앞에 놓인 탁자에 잔을 놓았다. "그럼 내일 당장 해결해야 할 과제가 세 가지 있군." 그녀는 통통한 엄지를 세우고 숫자 세듯이 오른손 두 손가락을 차례로 꼽았다. "랜들이 살해당한 장소를 알아내고, 최소한 나이 든 남자의 이름이라도 알아낸다. 그리고 계곡 주민들에게 탐문한다."

홀리는 조가 출발하려는 것을 보고 마음이 놓인 기색으로 아이패드를 가방 안에 챙기기 시작했다. 조는 그녀가 이런 종류의 대화를 시간 낭비라고 생각한다는 것을, 경찰서에서 보다 질서정연하게 회의하는 것을 좋아한다는 것을 알고 있었다. 때로 그는 그녀가 왜 서둘러 집에 들어가고 싶은지 궁금했다. 그가 알기로, 집에서 홀리를 기다리는 사람은 없었다. 고스포스의 아파트에 초대받은 적도 없었지만, 홀리가 파트너 이야기를 한 적도 없었다. 그녀의 섹슈얼리티는 경찰서 내에서 호기심의 대상이었는데, 이건 어디까지나 그녀가 남성 동료의 접근을 탐탁지 않게 생각하는 것이 워낙 분명하기 때문일 것이다.

베라는 그들을 배웅하기 위해 일어섰다. 빈 피자 상자가 바닥에 놓여 있었고, 그녀는 크러스트 한 조각을 집어 들어 입에 쑤셔 넣었다. "나랑 같이 부검 지켜보는 게 어때, 홀리?"

"네, 좋습니다."

조는 아침 일찍 하루를 시작하지 않아도 되는 것이 좋았지만, 한편으로는 소외된 기분이었다. 베라는 보통 시체 안치소에 조를 데려가곤 했던 것이다. 홀리는 무조건 달려야 하는 강아지 같다고 말한 적도 있었다. "그 에너지. 집중하는 데 방해가 돼. 시체 앞에서 경건한 자세 같지도 않고."

그들은 열린 문간에서 잠시 서 있었다. 저 아래 베라의 집과 가장 가까운 문명 세계인 마을이 한 줄기 빛으로 보였다. 두 사람이 차에 거의 다가갔을 때, 베라가 뒤에서 소리쳤다. "그리고 제발, 조, 잠 좀 제대로 푹 자라고. 물에 젖은 걸레짝 같은 행색으로 돌아다니면 아무 쓸모가 없어."

조는 막내가 오늘 밤 잠을 안 자면 자기가 돌봐야 할 차례라는 말은 굳이 하지 않았다. 직장에서야 젠더 평등을 당연히 지지하는지는 몰라도, 베라는 남편을 자신과 일할 수 있도록 준비시키는 것이야말로 샐이 추구해야 하는 유일한 인생 목표라고 생각했다.

아기는 거의 6시까지 잘 잤다. 이어 조는 커피를 끓이고 텔레비전을 켰다. 7시에 샐을 깨우고, 베라와 샐이 부검을 참관하고 돌아오기 전에 먼저 경찰서에 가 있어야 한다. 그는 커피를 들고 거실로 갔다. 아이들은 양탄자 위에서 블록 쌓기 놀이를 하고 있었다. 마냥 행복한 모습이라, 조는 길스윅 살인 사건에 대해 무슨 보도가 나오는지 확인하려고 아동 방송에서 아침 뉴스로 채널을 돌렸다. 전국 뉴스에는 아무 소식도 없었고, 지방 뉴스가 짤막하게 다루고 있었다. 경찰 홍보 팀이 언론에 보도자료를 내기에는 너무 늦은 시각이었을 것이다. 어쨌든 조는 뉴스를 계속 보았다. 이민 관련 취재가 나왔고, 기자가 거리에 서서 행인들에게 출입국 관리에 대해 어떻게 생각하는지 묻고 있었다. 대체로 기자가 원하던 대답이었다. 허세와 편견. 기자는 이쪽으로 걸어오는 한 남자에게 다가갔다. 남자는 "그래도 의견 있지 않으십니까!" 하고 소리치는 기자를 무시한 채 고개를 젓고 걸음을 재촉했다.

조는 리모콘을 집어 들고 버튼을 눌러 화면을 정지했다가 다시 재생했다. 확실했다. 기자의 질문에 대답을 거부한 남자는 그들의 두 번째 피해자, 회색 정장 차림의 중년 남자였다. 문득 홀리라면 라디오4 채널을 들을 거라는 생각이 들었다. 집에는 텔레비전조차 없을 것이고, 어쨌든 지금 그녀는 폴 키팅이 패트릭 랜들의 시체를 부검하는 것을 돕기 위해 병원에 가 있다. 회색 남자의 신원을 밝힐 수도 있는 뉴스를 보스에게 전하는 사람은 홀리가 아니다. 이 생각을 하니 조는 기분이 좋아져서 냄새 나는 기저귀를 가는 고역도 묵묵히 해치울 수 있었다.

7

베라는 홀리, 빌리 카트라이트, 폴 키팅과 함께 시체 안치소에 서 있었다. 랜들은 스테인리스 스틸 작업대 위에 누워 있었고, 빌리는 시체의 옷을 잘라내서 봉투에 넣고 있었다. 홀리는 메모를 하는 중이었다. 베라는 조바심을 억누르기 위해 애썼다. 키팅이 꼼꼼한 사람이고 섣부른 추측을 싫어한다는 것은 알고 있었지만, 그래도 베라는 사인이 밝혀지기까지 기다리는 것이 불가능했다. 길스위크의 수색 팀과 같이 랜들이 살해당한 장소를 찾는 것이 차라리 나았을 것이다. 아니면 퍼시의 방갈로에 가서 작은 커뮤니티 생활에 대해 이것저것 이야기하며 전날 혹시 회색 남자를 보았는지 물어보는 것도.

그러나 그녀는 집중하려 애썼다. 패트릭 랜들의 옷가지는 그 주인에 대해 뭔가 말해 줄 수 있을 것이고, 홀리는 옷이라면 모르는 게 없다. "어떻게 생각해, 홀? 입은 옷을 통해 그 사람에 대해 뭘 알 수 있을까?"

홀리는 수첩에서 고개를 들었다. 베라가 의견을 물으면 그녀는 언제나 놀란 표정을 지었다. "글쎄요. 방수 재킷. 바버. 싼 옷은 아니죠. 이건 질이 좋은 셔츠지만, 나이 좀 더 든 사람이 시골에서 입을 만한 옷이에요. 등 쪽에 그건 얼룩인가요?" 빌리 카트라이트는 모두 다 볼 수 있도록 투명 비닐 봉투를 돌려 보였다. "분명히 많이 입어서 목이 닳아 있어요. 그 위에 스웨터. 라운드 넥. 손뜨개질."

"그래?" 베라는 미처 보지 못했고, 놀랐다. 그녀가 자랄 때는 소녀들이 때로 직접 만든 옷을 입었지만, 성인에게는 그리 흔한 일이 아니었다. 요즘은 손으로 뜬 스웨터를 입은 남자를 마지막으로 본 게 언제였는지 기억조차 나지 않았다.

홀리는 말을 이었다. "청바지. 리바이스. 막스 앤 스펜서 속옷. 신발. 아주 질이 좋은 제품이고, 밑창과 윗부분 모두 가죽이에요. 광택을 잘 냈고, 관리도 잘 했네요."

"그럼 그걸 통해서 알 수 있는 게 뭐지, 홀? 전형적인 학생일까? 그런 것 같지는 않은데."

"어느 대학에 다녔는지가 중요하죠. 좀 좋은 대학에 어울릴지도 모르겠고요." 확실하지 않은 목소리였다.

"옥스포드나 케임브리지 같은 곳? 조가 박사 과정을 어디서 마쳤는지 말 안 했는데." 베라가 전혀 모르는 세상의 이야기였다. 그녀가 젊었던 시절, 학생들은 다 똑같아 보였다. 죄다 교회 벼룩시장에서 산 것 같은 옷차림이었다. "조에게 알아보라고 해야겠군." 답답한 기분이 밖으로 드러났다. "사인은 곧 나올까, 박사? 이번 달 중으로 나와 주면 고맙겠는데."

작업에 열중하던 키팅은 고개를 들었다. "인내심을 가지세요, 경감님." 우호적인 대꾸. "젊은 쪽은 머리에 생긴 둔기 외상이 사망의 원인입니다. 옷에 튄 자국이 없는 것으로 보아 단 한 번 맞은 것 같군요. 셔츠에 그 작은 얼룩이 답니다."

"간밤에 말해 줄 수는 없었고? 시체를 옮길 때 칼에 찔린 건 아니라고 말해 줄 수 있었잖아."

키팅은 즉각 답하지 않았다. "좀 주무셔야 예뻐질 거라고 생각했습니다, 경감님."

조수가 웃음을 참았다. 어색한 침묵이 흘렀다. 베라는 말을 이었다. "하지만 스웨터에는 얼룩이 없군."

"그래 보입니다."

"그렇다면 공격당했을 때 셔츠 차림이었을까?" 상황을 설명할 수 있는 갖가지 시나리오가 머릿속에서 오갔다. 범인이 살인 이후 피해자의 몸에 굳이 옷을 더 입힐 이유가 있을까?

"그게 논리적인 가정이겠지요."

"왜 피해자 한 사람은 칼에 찔리고, 다른 한 사람은 둔기에 맞아 죽었을까?" 생각이 쉴새없이 떠올랐다. "둘 다 동시에 살해당했다면 같은 무기를 이용하지 않고?" 그녀는 병리학자를 돌아보았다. "난 두 사람이 동시에 살해당했다고 가정하고 있어."

키팅은 어깨를 으쓱했다. "우리가 그 정도로 사망 시간을 정확히 유추할 수 없다는 건 아실 텐데요."

"하지만 랜들이 그 중년 남자와 같이 다락방에서 살해당했을 가능성도 있지 않나?"

"그건 전적으로 가능해." 이번에는 빌리 카트라이트가 끼어들었다. "수색 팀은 겨우 어제 시작했어. 아직 시간이 부족해. 물론 혈흔을 비롯해서, 랜들이 사후에 현장에 있었다는 증거가 되는 것은 모두 수색할 거야."

하지만 내 눈에는 아무것도 안 보여. 중년 남자의 몸 아래 있던 피 외에는 혈흔이 없어.

"그런데 왜 시체를 옮겼을까!" 생각이 불쑥 입 밖으로 튀어나왔다. "왜 스웨터와 재킷을 입히고 남의 눈에 띌 위험을 무릅쓰면서까지 도랑으로 옮겼을까?"

"전 시체 분석하는 사람이에요." 키팅이 말했다. "독심술사가 아닙니다. 그 질문에는 대답해 드릴 수가 없군요."

"나도 랜들이 저택 안 플랫에서 살해당했다고 말하는 건 아니야." 빌리 카트라이트는 베라의 불편함을 즐기는 것 같았다. "아직은. 그냥 가능성 중 하나일 뿐이지."

"홀이 연못에서 발견한 칼에는 특기할 만한 점이 있나?" 이건 정말 너무 복잡했다. 애당초 그녀는 두 남자가 동일한 칼로 살해당한 이중 살인 사건이라고 생각했다.

"플랫 부엌에 있던 칼 세트 중 한 자루인 건 확실해. 작업대 위 블록에서 한 자루 빠진 걸 당신도 봤잖아. 중년 남자의 상처와 일치하는지는 분석이 끝나면 알 수 있겠지."

"그럼 범인은 사전 준비 없이 왔군." 베라가 말했다. "최소한 플랫 안에는." 가능성들이 머릿속을 스치고 지나갔지만, 앞뒤가 맞는 것이 없었다.

이후 그들은 키머스톤의 회의실에 모였다. 베라는 두 번째 부검에 홀리가 혼자 참관하도록 두고 왔다. 이미 화이트보드에는 사진이 붙어 있었다. 패트릭 랜들과 베라가 '회색 남자'라고 부르는 중년 남자의 근접 사진. 도랑과 일대 식물의 사진, 저택 외부와 랜들의 플랫 내부 사진. 수사 팀이 둘러앉은 책상 위에는 반쯤 먹다 남긴 베이컨 샌드위치와 찢어 연 브라운소스 팩이 쌓여 있었다. 시체 때문에 베라의 식욕이 떨어진 적은 없었다.

"우리는 이 남자에 대해 아무것도 모른다." 그녀는 두 번째 피해자를 가리켰다. "밤새 실종 신고를 한 사람도 없었어. 방금 확인했다. 그리고 이 청년에 대해서는 아주 조금 알아냈지." 자로 랜들을 가리켰다. "조,

그 회사에서 들어온 정보 더 있나?"

"랜들은 처음 가입했을 때 노섬벌랜드에 일자리를 얻어 달라고 신청한 것 같습니다. 그래서 카스웰 저택을 소개해 줬고, 그 일을 기다리는 동안 단기 계약 두 건을 얻어 준 겁니다."

"그가 왜 노섬벌랜드에 오고 싶어했는지 이유는 알고 있나?" 그랬다면 무작위적인 살인이거나 미치광이의 소행일 가능성이 줄어든다.

"자연사에 관심이 많은데 이 일대는 한 번도 탐험하지 못한 곳이라고 했답니다."

"사실일 수도 있겠지. 생태학 학위를 갖고 있다면." 하지만 베라는 이 요청이 사건의 핵심이라고 느꼈다. 랜들이 북쪽으로 온 이유가 정확히 무엇인지 알아내야 한다.

"그리고 어머니와 통화했습니다." 조는 어두운 음성으로 말했다. 그는 가정적인 남자였고, 베라가 볼 때 경찰치고는 약간 지나치게 마음이 따뜻했다. 하지만 홀리가 인정머리 없게 보이는 걸 생각하면, 아마 자신이 만족할 줄 모르는 인간일 것이다.

"그리고?"

"예상보다 나이가 많았습니다. 60대 후반. 아이는 더 갖기 힘들 거라고 생각했는데, 패트릭이 들어섰답니다." 그는 수첩을 보고 읽었다. "하지만 거추장스러운 아이가 아니라, 위안이었다고."

"외아들인 줄 알았는데." 찰리가 샌드위치를 먹다가 고개를 들었다.

베라는 천천히 손뼉을 쳤다. "자네도 깨어 있었군. 게다가 듣고 있었다니! 궁금했어."

"아들이 하나 더 있었습니다." 조는 말을 이었다. "사이먼. 패트릭보다 열아홉 살 많았습니다. 자살한 모양입니다. 학창 시절에."

"아." 베라는 하마터면 눈물이 핑 돌 뻔했다. "불쌍한 여자."

"패트릭은 요크 대학을 졸업하고, 석사와 박사는 엑세터 대학에서 마쳤습니다."

"그럼 좋은 대학은 아니군?"

"충분히 좋은 대학이죠. 그렇답니다. 샐에게 물어봤습니다. 샐은 벌써 대학 정보를 읽어보고 있거든요. 제스에게 희망이 커서." 잠시 침묵이 흘렀고, 조는 베라를 바라보았다. "어머니가 시체를 확인하러 오고 싶답니다."

"아." 베라는 다시 말했다. 조에게 어울리는 업무였다. 그는 이런 종류의 감정과 소통이 필요한 일들에 능숙했고, 어떻게 처리해야 하는지 알았다. 어쩌면 홀리도 좀 연습이 필요할지 모른다. "음, 그럼 우리가 그녀를 만나보기 위해서 찾아가는 수고는 덜 수 있겠군."

베라는 책상에 걸터앉아 통통한 다리를 공중에서 흔들고 있었다. 신발은 앞코가 각진 끈 달린 구두였고, 발이 탁자 다리에 계속 부딪혔다. 그녀는 수사 팀이 자신의 말을 기다리고 있다는 것을 알고 있었다. "이제 젊은 피해자의 신원은 조금씩 밝혀지고 있는데, 아직 나이 든 쪽에 대해서는 아무것도 아는 게 없군."

조가 일어났다. 베라는 그가 다들 자기를 보길 바란다는 것을 눈치챘고, 이것은 조답지 않았다. 그는 모두의 주의가 집중된 뒤에 입을 열었다. "어제 아침 그가 어디 있었는지 알아냈습니다."

베라는 천천히 그를 돌아보았다. 흔들거리던 다리가 멈췄다. "그게 어디지?"

"키머스톤 프론트 스트리트. BBC '룩 노스' 리포터가 유럽연합에서 들어오는 이민 문제에 대해 행인들의 의견을 물었는데, 두 번째 피해자가 그중 한 사람이었습니다."

"그걸 어떻게 알았지, 조?"

"아침에 텔레비전에서 보고 출근하자마자 BBC 뉴캐슬에 전화했습니다. 기자는 아직 자리에 없었지만, 그 장면을 어디서 찍었는지는 알려줄 수 있을 겁니다." 조는 웃지 않으려고 애썼다.

베라는 킬킬 웃기 시작했다. "이 운 좋은 친구, 조 애쉬워스. 영리한 놈보다 운 좋은 놈이 최고야. 기자가 이름은 묻지 않던가?"

"아직 모르지만, 곧 알게 되겠죠."

8

　자기 자리로 돌아온 조는 BBC 뉴캐슬에 전화해서 기자와 통화했다. 화면에서 본 것보다 더 나이 많고 경험 있는 목소리였다.

　"그럼 제가 인터뷰한 사람 중 하나가 길스윅 이중 살인 사건의 피해자란 말입니까?" 아마 머릿속으로는 전국 텔레비전 뉴스에 나가는 장면을 그리고 있을 것이다. 드디어 명성.

　"이 시점에서 일반인에게 공개하려는 정보는 아닙니다. 피해자의 신원을 확인하고, 가족에게 우선 소식을 전해야지요."

　"물론입니다." 최소한 책임감은 있군. 어쨌든 그 영상을 사용할 수 있으니, 일단 허가만 나면 주인공으로 나설 수 있다.

　조는 심호흡을 했다. "이름을 받아 두셨습니까?"

　"그럴 기회가 없었습니다. 저는 사람들을 귀찮게 하는 걸 싫어하고, 말을 걸 생각도 없었습니다만 그가 보도에서 저를 향해 똑바로 걸어왔습니다. 텔레비전에 자기 얼굴을 비추고 싶은 줄 알았고, 제가 인터뷰한 행인 대부분은 젊은이들이어서 좋은 대조가 될 거라고 생각했습니다. 다른 관점을 제시할 수 있겠다 싶었죠. 그래서 그가 인터뷰를 거절했는데도 굳이 의견을 물었던 겁니다."

　"그럼 인터뷰를 원하지 않았다면, 왜 당신에게 접근했을까요?" 거리에서 클립보드를 손에 든 사람을 보면, 조는 즉각 길을 건너 반대편으로 가는 사람이었다.

"날 본 것 같지 않습니다. 완전히 다른 생각에 푹 빠져 있는 것 같았어요. 내가 말을 거니까 깜짝 놀랐던 것 같습니다."

"혹시 말씀해 줄 수 있는 다른 특징이라도?" 별로 행운이 아니었다는 생각이 들기 시작했다.

"그는 프론트 스트리트를 계속 걸어가다가, 분명 길 모퉁이 사무실에 들어간 걸로 기억합니다."

조는 눈을 감고 현장을 그려 보았다. 프론트 스트리트는 전통적인 가게가 줄지어 있는 거리인데, 생긴 지 얼마 되지 않은 새 건물도 있었다. 보기 흉했다. 유리, 그리고 습기로 변형된 콘크리트. 연한 녹색 페인트. 건물에는 유리창에 카드를 붙인 사무실이 있고, 안에는 게임 기계처럼 생긴 컴퓨터가 줄지어 있다. 키머스톤에서 일자리를 구하는 것도 어느 정도 도박일 것이다. "구직 센터?"

"맞습니다! 그겁니다. 네, 그 남자는 구직 센터에 들어갔습니다."

역시 이건 행운이었다. 그 남자가 구직자였다면, 신상 정보가 기록에 남아 있을 것이다. 약속이 있었거나 구직 담당관과 상담했다면, 이름을 알아내는 것도 쉽다. 물론 회색 정장과 구식 안경을 감안할 때, 피해자가 거기서 일했을 가능성이 보다 높다. 전형적인 공무원 인상이었다.

"키머스톤에서 촬영한 것이 몇 시였습니까?"

"정오 직후에 시작했습니다. 광장 시계탑 종 울리는 소리가 멈출 때까지 기다렸다가 시작했어요. 촬영은 30분 뒤에 끝났습니다. 뉴스에는 그리 많은 분량이 필요 없었습니다."

그렇다면 회색 남자는 점심 식사 시간에 사무실을 나온 거군. 조는 의자 등받이에서 재킷을 집어 들고 밖으로 나갔다. 구직 센터는 겨우 5

분 거리였고, 베라는 언제나 대면 인터뷰가 전화 통화보다 더 가치 있다고 말했다. 그는 피해자의 얼굴 사진을 갖고 있었다.

오늘도 화창한 날이었다. 거리에는 젊은 어머니 둘이 아이를 유모차에 재워 놓고 광장 커피숍 바깥 탁자에 앉아서 이야기를 하고 있었다. 나이든 여자들은 느긋하게 쇼핑을 하다가 친구와 마주쳐서 소식을 나누고 있었다.

구직 센터에서 조는 안내 데스크 앞에 잠시 줄을 섰다. 여자가 화면에서 고개를 드는 둥 마는 둥 하고 물었다. "네?"

그는 신분증을 보여 주었다. "책임자와 이야기하고 싶습니다."

"아." 여자는 서둘러 어딘가로 사라졌다. 조는 주위를 둘러보고 우울한 공간이라고 생각했다. 회색 인간들이 많았다. 과체중 남자가 화면을 뚫어지게 바라보다 실망한 기색으로 문을 쾅 닫고 나갔다.

유모차에 아기를 데리고 온 여자는 직원 한 사람과 말다툼을 하고 있었다. "그럼 아기는 어디다 맡기라는 거죠?"

"미안합니다." 젊은 직원은 금방이라도 눈물을 터뜨릴 것 같은 표정이었다. "제가 규칙을 만드는 게 아니라서요."

여기에 봄의 환희 따위는 별로 없었다.

중년 여자가 직원 외 출입 금지라고 적힌 문간에서 나타났다. "이쪽으로 오세요." 용건만 간단히, 무뚝뚝한 음성. 단정하게 자른 머리, 검은 펜슬 스커트, 검은 재킷. 야심 있는 여자였다. 그녀는 넓은 개방형 사무실을 지나 접견실로 향했다. "어떻게 도와드릴까요?" 자신의 시간은 소중하다는 듯한 말투였다.

"이 남자가 누군지 말씀해 주실 수 있겠습니까?" 그는 회색 남자의 사진을 그녀 앞 책상에 놓았다.

조는 회색 남자가 그녀의 동료일 거라고 확신했기 때문에 즉각적인 응답을 기대했다. 그러나 그녀의 대답은 질문이었다. "그걸 왜 물어보시죠?"

"우리는 이 남자가 간밤에 발생한 사고의 피해자라고 생각하며, 가족에게 소식을 전해야 합니다." 사고, 그는 생각했다. 모든 것을 포괄하는 마법의 단어지.

"저는 모르는 사람입니다." 여자는 사진을 응시하고 있었다. "하지만 저는 구직자 응대 실무는 별로 하지 않아서요. 고객 서비스 직원에게 물어보세요."

"여기서 일하는 사람 아닌가요?"

"그럴 리가요." 구직 센터에서 일하는 사람이 모종의 '사고'에 연루될 리가 없다는 듯한 말투였다.

아래층에서는 직원과 혼자 아이를 키우는 엄마 사이의 소모전이 계속되다가 이제 바야흐로 절정을 향해 달려가는 것 같았다. "이걸 내가 지금 전부 다 할 수는 없어, 이 멍청한 여자야. 아이를 지금 방문 간호사에게 데려가지 않으면, 아동 방치 혐의로 사회 복지사가 실태 조사를 나온단 말이야." 엄마는 분노와 당혹감으로 붉게 달아오른 얼굴로 한껏 목소리를 높여 떠나가라 소리쳤다. 갑자기 그녀는 일어나서 나갔다.

젊은 직원이 안도의 한숨을 낮게 내쉬었을 뿐, 사무실 안에서는 아무 반응도 없었다. 조가 그녀에게 다가갔다. "항상 이렇습니까?"

"아뇨." 여자는 씩 웃었다. "오늘은 조용한 날에 속해요. 내가 뭔가 변화를 이끌어낼 수 있을 거라고 생각해서 여기 들어왔다니."

조는 자기소개를 하고 사진을 들어 보였다. "이 남자 알아보시겠습니까? 어제 점심때쯤 여기 왔을 텐데요."

"마틴 벤튼이군요." 그녀는 조가 그를 찾는 이유에 대해서 아무 궁금증도 보이지 않았다. "장기간 장애 연금을 수령하다가 얼마 전 노동이 가능하다는 판정을 받았어요. 우리가 노동 시장으로 돌아가는 걸 돕는 중입니다."

"어제 당신과 약속이 있었습니까?"

"네, 구직 과정과 구직자의 책임에 대해 설명하는 최초 면접일이었어요. 한데 오셔서는 자영업 쪽을 알아보기로 결정했다고 하시더군요."

"어떤 종류의 일인지 말하던가요?"

"아니요. 그리고 그건 우리 업무와 아무 관련이 없어요. 그분은 연금을 청구하지 않기로 결정했어요. 우리가 알아야 하는 건 그게 다예요."

"하지만 그에 대한 개인 정보는 다 있을 거 아닙니까. 주소와 과거 이력이요."

"그 정보를 드려도 되는지 모르겠네요. 정보 보호법 때문에." 사무실은 이제 조용했고, 햇볕이 유리창으로 쏟아져 들어와 매우 더웠다.

"음, 물론 영장을 갖고 올 수도 있습니다만, 책임자 말씀으로는 당신이 도울 수 있다고 하시던데요." 조는 직원 외 출입 금지라고 적힌 문을 턱으로 가리켰다. 위층 개방형 사무실 사람들은 한층 편하게 일하는 것 같았다.

젊은 여자는 어깨를 으쓱하고 키 몇 개를 두드리더니 인쇄 버튼을 눌렀다. "어쨌든 난 그만둘 거니까. 알아서들 하라지. 이제 그 사람들 책임이야. 난 사회 복지 공부를 하러 대학에 가요."

"이건 좋은 연습이겠군요."

"네. 나도 그렇게 생각했었죠."

그녀는 인쇄된 용지 두 장을 건넸다.

광장의 한 카페에서 조는 우유 탄 커피를 마시며 마틴 벤튼의 인생사를 읽었다. 어쨌든 사실 관계만. 그가 볼 때 여기는 회색 남자를 다시 살려낼 만한 것이 별로 없었다. 사망 당시 그는 마흔여덟이었고, 키머스턴 교외에서 살았다. GCSE 8과목을 괜찮은 성적으로, 세 과목은 A로 수료한 뒤, 노섬브리아 대학에서 수학 학위를 땄다. 대학원 조교 생활을 1년 한 뒤, 15년 동안 여러 고등학교에서 교사로 일했다. 교사를 그만두기로 한 결정은 무엇 때문이었는지 알 수 없었다. 가장 최근 경력은 3년 전, 작은 자선 단체 관리직이었다. 이후 그는 장애 연금 수령자로 등록했고, 연금 체계가 바뀌면서 다시 노동 적합 판정을 받았다.

벤튼의 이력서에는 몇 군데 빈 기간이 있었다. 교사 자리를 옮기면서 두 번, 그리고 자선 단체 일을 시작하기 직전 보다 긴 기간. 그가 다른 종류의 인간이었다면, 조는 범죄에 연루되었을 가능성을 생각해 보았을 것이다. 복역 기간은 이력서에 굳이 공개할 필요가 없다. 전과는 확인할 수 있겠지만, 그럴 것 같지는 않았다. 교원 자격을 지닌 수학 교사가 경범죄자가 되는 일은 드물다.

벤튼의 가족사에 대한 내용은 없었다. 조는 로렐 애비뉴의 집에 그의 아내가 기다리고 있기를 바라는 마음이었다. 회색 남자가 부디 외톨이가 아니었기를. 그는 서글서글한 미소를 지닌, 부드럽고 편안한 남자를 머릿속에 그렸고, 남편이 전날 밤 실종되었다고 아내가 신고하지 않을 만한 이유를 상상하기 시작했다. 그러다 이내 쓸데없는 상상이다, 주소로 찾아가 보자고 자신을 타일렀다.

로렐 애비뉴는 도시 근교 언덕 위 테라스하우스가 늘어선 조용한 거리였다. 똑같이 생긴 포치가 달린 작고 깔끔한 에드워드풍 주택들, 집과 작은 정원 사이의 포장 보도. 집 뒤쪽에는 자동차와 쓰레기통을 보관하는 마당과 좁은 골목이 있었다. 조는 관리가 필요 없는 새 주택을 좋아했지만, 이런 곳에서 사는 매력이 무엇인지는 알 수 있었다. 집 앞에 차가 지나다니지 않으니 아이들은 밖에서 뛰어놀 수 있고, 언덕 풍경도 좋았다. 마치 시골 마을에 사는 것 같기도 했다. 정원의 화단에는 샐러드 잎과 깍지콩이 자랐지만, 12번지 집에는 전통적인 사각형 잔디밭 가장자리에 화단이 있었다. 잔디는 좀 깎아야 할 것 같았지만, 풀이 무성하다거나 관리를 안 했다는 느낌은 아니었다. 정원 안쪽에는 정육면체 합판 상자가 놓여 있었는데, 멀리서 보니 작은 동물 우리 같았다. 궁금해서 잔디 안으로 들어가 보았더니, 안에는 동물이 없었다. 대신 알루미늄 깔때기와 전구가 있었다. 용도는 알 수 없었다.

현관 앞에는 계단이 세 단 있었다. 조는 초인종을 누르고 기다렸다. 다시 누르고 제대로 작동하는지 귀를 기울여 보았다. 응답이 없었다. 어쩌면 상상 속의 편안한 아내는 일하러 간 모양이었다.

뒤로 돌아가서 창문을 깨뜨리지 않고 집 안에 들어갈 방법을 찾아볼까 생각하는데, 한 이웃이 나타났다. 살집 있는 노인이었다. 백발 곱슬머리. 상상했던 벤튼의 아내가 서른 살은 더 나이 든 것 같았다.

"마틴은 없어요."

조는 옆집 현관 계단과 12번지 집을 가르는 낮은 벽을 넘었다. "가족은 있습니까?"

"누구신가요?" 노인은 사랑스러운 미소를 보였지만, 말투는 날카로웠다.

"경찰입니다."

"그럼 여기로 들어와서 이야기하죠. 이 동네 사람들은 참견이 심해요." 다시 미소. "보시다시피. 난 키티 리처드슨이에요."

집 안은 반질반질했다. 작은 거실의 표면이란 표면은 모두 돌출창에서 쏟아지는 햇빛을 반사하고 있었고, 라벤더 향을 풍겼다. 거실 구석의 스탠드 위 새장에 노란 앵무새 한 마리가 횃대에 앉아 있었다. 처음 지어진 뒤로 별로 달라진 게 없을 것 같은 집이었다.

"이 동네에는 오래 사셨습니까?"

"처음 결혼했을 때부터." 그녀는 텔레비전 맞은편 등받이가 높은 의자에 앉아 조에게도 소파에 앉으라고 고갯짓을 했다. "남편 아서는 내일흔 살 생일에 세상을 떠났지만, 난 이렇게 남았지. 친구들이 다 여기 사는데 이사할 이유가 없잖아." 그녀는 벤튼의 집과 자기 집 사이의 벽을 턱짓으로 가리켰다. "엘시와 난 자매 사이 같았어요." 잠시 쉬었다가 고백 같은 말투가 이어졌다. "엘시가 죽고 나니 아서보다 더 그립네."

"엘시는 누구인가요?" 조는 가구에 반사된 햇빛에 눈을 깜빡였다.

"마틴의 엄마죠."

"그는 항상 어머니와 같이 살았습니까?"

"들락날락 살았죠." 그녀는 조를 쳐다보았다. "원래 강한 남자가 아니었어요. 항상 용기가 없어서 문제였지." 잠시 침묵이 흘렀다. 앵무새가 구구 울었다. "그가 무슨 짓을 했어요?"

"그런 건 아닙니다." 조는 망설이다 어차피 곧 소문이 날 거라고 생각했다. "마틴은 죽었습니다. 변사입니다. 친지에게 알려야 해서요. 가능하다면 집 안에 들어가 보고 싶은데요."

"자살했나요?"

조는 큰 저택 다락방의 윤기 나는 나무 바닥에 누워 있던 시체를 생각했다. 셔츠를 갈기갈기 찢고 그 아래 피부와 뼈까지 벤 칼자국. 분명 자살의 결과는 아니었다. "아닙니다."

"자살했다고 해도 놀랄 일은 아니었을 텐데." 키티가 말했다. "엘시는 자세히 말하지 않았지만, 아마 시도한 적이 있었던 것 같아요. 한 번, 아니면 두 번." 그녀는 잠시 말을 끊었다. "난 친지에 대해서는 몰라요. 그의 아버지는 엘시가 죽기 직전에 죽었고, 다른 아이들은 없었으니까." 키티는 고개를 들었다. "슬픈 일 아닌가요? 관심을 가질 친척이 하나도 생각나지 않네요."

"그에 대해 좀 더 말씀해 주시겠습니까?" 베라가 던질 만한 질문이었다. 폭넓은 질문.

"말수 적고 병약한 아이였어요. 난 결혼하기 전에 유아원 보모로 일했기 때문에, 그런 아이들도 잘 알았지. 종종 천식을 앓았고, 의기소침했어. 외동아들이라 엄마가 끔찍이 아낀 것도 도움이 안 됐지." 키티는 망설였고, 조는 성급하게 다른 질문으로 넘어가지 않고 침묵을 지켰다. "항상 외톨이였어요. 내가 아는 한 여자도 없었어." 그녀는 잠시 입을 다물고 나도 세상 물정은 알 만큼 안다는 듯한 장난스러운 표정을 지었다. "남자도 없었고. 하지만 머리는 그럭저럭 영리했어요. 친절했고. 다른 사람들에게 문제가 생기면 자기 일처럼 걱정했어요. 이런저런 자선 기금을 모은다면서 늘 초인종을 눌렀지."

"집에 없을 때는 어디서 살았습니까?"

"교생 실습 시절 뉴캐슬에 아파트를 장만했어요. 난 기반을 마련하는구나 생각했지. 대학에서 만난 친구들도 있으니, 좋은 여자도 생기고. 그런데 오래가지 못하고 곧 집에 돌아왔어요."

"학교 선생님이었지요?"

"엘시의 생각이었어요. 남편은 광부지만, 아들에게는 육체 노동을 시키고 싶지 않아서. 하지만 요즘 아이들은 워낙 말을 안 들으니까, 학교 선생이 과연 적성에 맞을까 싶었어."

"한데 마틴은 그 말을 따랐고요?" 조는 뭔가 제안할 때마다 아이들과 전투가 벌어지지 않는 때가 없었다.

키티는 그에게 눈길을 던졌다. "그게 그의 문제였어요. 자기 주관대로 생각하는 교육을 못 받았어."

"꽤 오랫동안 교편을 잡은 걸로 아는데요."

"네, 하지만 스트레스가 심해서 많이 돌아다녔어요. 직장을 옮길 때마다 제 엄마는 변명을 하곤 했지. 수석 교사가 아들을 싫어한다, 교무실에 파벌이 있어서 따돌린다. 마틴 잘못이라고는 전혀 없었어. 솔직히 말해 그는 그저 교실을 휘어잡을 통솔력이 없었어요." 키티는 한숨을 쉬었다. "내 친구 손자 하나가 마틴의 학생이었어요. 늘 학급이 뒤집어지고 난리였다지. 한데 자격 있는 수학 교사가 부족한지 늘 일자리는 잘 얻더군요. 운전은 배운 적이 없고, 자전거를 타고 출퇴근했어요." 그녀는 말을 멈췄다.

"아직도 자전거가 있었습니까?" 전날 그가 길스윅에 자전거를 타고 왔나 하는 생각이 들었다. 꽤 먼 거리였지만, 장거리 자전거 타기에 익숙하면 불가능한 일은 아니다.

"있었어요. 어제도 이른 오후에 타고 나갔는데, 결국 안 돌아왔네요." 죄책감이 드는 표정이었다. "당신이 나타났을 때 내가 나와 본 것도 그 때문이었어요. 집에 안 들어왔다고 어디 알려야 하지 않나 생각하고 있었거든요. 하지만 누가 걱정하겠어요? 성인 남자를." 다시 침묵. "하지만 엘시는 걱정했을 거예요. 날이 저물자마자 경찰에 연락했겠지." 젊은 여자가 유모차를 끌고 창밖을 지나쳤고, 키티는 오래된 친구 사이인 양 손을 흔들었다.

"마틴이 집에 들락날락 살았다고 하셨는데. 그건 무슨 뜻입니까?"

키티는 난감한 것 같았다. "그는 병원에 입원해 있었어요. 세인트 데이비즈. 아실 텐데요."

세인트 데이비즈. 키머스톤 외곽의 정신병원. 아직도 그 이름을 말할 때면 목소리를 낮추는 병원. 조가 어린 시절 그곳은 전설이었다. 식인귀의 성채 같은 곳. "계속 그렇게 말썽을 부리면, 조 애쉬워스, 언젠가 세인트 데이비즈에 들어갈 거다." 그는 고개를 끄덕였다.

키티는 말을 이었다. "마틴도 그곳을 별로 싫어하지 않은 것 같고, 자기가 뭐라든 엄마도 한숨 돌리는 기간이었죠. 병원에서 약을 처방했고 한동안은 잘 듣는 것 같다가, 다시 악화되곤 했어요. 우울증이요. 자기가 약을 끊었는지. 마치 아기 다루듯 매사에 호들갑을 떠는 엄마하고 같이 지내는 게 마틴에게는 도움이 안 됐을 거예요. 아들이 아파서 병가를 내면 엘시는 좋아했죠. 말동무가 생기니까. 내가 몇 번 이야기했지만, 엘시는 내가 간섭하는 걸 싫어했고 나도 더 이상 말다툼할 필요가 없다 싶었어요."

"어머니가 돌아가신 뒤로 마틴은 어떻게 지냈습니까?" 마냥 보호받고 응석 부리던 사람이 어느 날 갑자기 혼자 남아 스스로 모든 결정을 내려야 하는 자유를 얻는다면 어떤 기분이었을지 궁금했다. 정신이 멀쩡하던 사람도 혼란스러울 것이다.

"신경쇠약 비슷한 걸 겪고서는." 키티가 말했다. "다시 병원에 입원했어요. 자기가 병이라는 걸 알고 스스로 의사를 찾아갔을 거예요. 돌아온 뒤로는 그 어느 때보다 좋아보였어요. 두어 주에 한 번씩 찾아오는 청년도 있었고." 그녀는 말을 끊었다. "마틴에게 가장 친구 비슷한 사람이었던 것 같은데. 그를 한번 만나보세요."

"누구였습니까, 그 손님은? 지역 정신과 간호사인가요?"

키티는 고개를 저었다. "병원에서 처음 나왔을 때 그런 사람은 있었어요. 여자. 간호사처럼 보이지는 않았는데. 망사 스타킹에 엉덩이가 훤히 보이는 스커트 차림으로 돌아다니고. 건강한 남자라면 심장 박동이 빨라질 차림이었지."

"그래서 그 남자는 누구였습니까?" 이야기가 산으로 가는 것 같았다.

"이름은 프랭크였어요. 마틴처럼 선생님이었는지도 모르겠는데, 선생님처럼 보이지는 않았어요. 덩치가 컸죠. 문신도 있고. 병원에서 만났나."

"성은 모르십니까?"

키티는 고개를 저었다.

"구직 센터에 따르면, 마틴은 구직자 수당을 받기보다는 자영업을 할 계획이라고 적은 모양입니다. 무슨 계획이었는지 혹시 아십니까?" 혹시 개인 교사로 출발할 생각이었는지도 모른다. 특히 수학 과목이라면 개인 교습 수요는 충분할 것이다. 게다가 시끄러운 교실보다는 학생 한 사람을 상대하는 것이 분명 훨씬 편할 것이다. 그러나 길스윅의 그 대저택에 간 이유는 무엇일까? 거기는 아이들이 없다.

"엘시가 죽은 뒤로는 마틴과 별로 이야기를 나눈 적이 없어요." 키티는 말했다. "그래도 항상 다정했답니다. 내가 우체부를 놓치면 소포도 대신 받아 주고. 좋은 이웃이었어요. 하지만 그가 속내를 털어놓은 사람이 있었다 해도, 나는 아니었어요." 그녀는 잠시 사이를 두었다. "연금이 끊겼다 해도 완전히 빈털터리는 아니었을 거예요. 엘시와 마틴은 돈을 많이 쓰지 않았고, 아버지도 저축을 약간 남겼으니까. 어쩌면 자기 힘으로 뭔가 해 보고 싶다고 생각했는지도 모르죠. 평생 어머니 마음에 맞추려고 노력하면서 살았으니, 드디어 독립적인 삶을 누려보고 싶었는지도."

키티는 조에게 벤튼의 집 뒷문 열쇠를 주었다. 엘시가 죽은 뒤로 계속 갖고 있었다고 했다. 조는 벤튼의 집 마당에 서서 베라에게 전화를 걸었다. "제가 어떻게 할까요?"

잠시 침묵이 흘렀다. "음, 살인 현장은 아니잖아? 벤튼이 길스윅 저택의 플랫에서 살해되었다는 건 확실해. 최대한 빨리 그 집으로 과학 수사 팀을 보내겠지만, 자네가 일단 먼저 둘러본다고 해서 나쁠 건 없겠지. 벤튼과 랜들의 연결고리가 될 만한 게 필요한데, 지금은 그게 전혀 없어."

조는 문을 열기 전에 마당을 천천히 둘러보았다. 빨랫줄에 널린 셔츠와 양말이 햇빛을 받고 있었다. 벤튼이 전날 밤에 집에 들어와서 걸을 생각이었을까? 조는 자기 빨래를 해 본 적이 없었지만, 샐은 빨랫감을 밤새도록 밖에 널어두지 않았다. 매우 깔끔한 헛간. 못에 걸린 공구, 사다리. 마당에는 수선화 화분 몇 개가 말라 죽어가고 있었다.

조는 열쇠로 문을 열고 부엌 뒷문으로 들어갔다. 마치 시간을 거슬러 올라 할머니의 집에 들어선 기분이었다. 싱크대와 세탁조 두 개짜리 세탁기. 그리고 이어 진짜 부엌. 어머니 때문에 응석받이로 자랐는지는 몰라도, 이 부엌에는 벤튼이 살림을 모르는 사람이라는 흔적이 전혀 없었다. 더러운 냄비 하나 없었다. 작은 가스레인지는 광이 날 정도로 깨끗했고, 작은 수건은 반듯이 접어서 가로대에 걸려 있었다. 낡은 냉장고를 열어 보니 우유 한 통, 달걀 네 개, 슈퍼마켓 포장 베이컨이 있었다. 일렬로 놓인 작은 병들. 모두 깨끗하게 비어 있었다. 조는 잠시 병을 바라보았지만 용도는 알 수 없었다. 이웃집들이 양쪽에서 누르는 것처럼, 건물은 폭이 좁고 세로로 긴 형태였다. 지금 집 안의 유일한 빛은 설거지 공간의 작은 창문을 통해 들어오고 있었다.

조는 어둑하고 퀴퀴한 식당으로 향했다. 창문을 열고 공기를 들이고 싶다는 생각이 들었다. 짙은 색 나무 식탁과 그에 어울리는 의자 네 개, 음식 운반용 작은 탁자. 깨끗했지만, 먼지가 쌓여 있었다. 주변에 타일이 깔린 가스 화덕이 있었는데, 너무 낡아서 조라면 감히 불을 켜 볼 엄두가 나지 않을 것 같았다. 중앙 난방이 된 방은 없었다. 엘시가 죽은 뒤로 식당은 사용하지 않은 것 같았다. 어쩌면 그 이전에도.

작은 거실로 통하는 문을 연 순간, 조는 갑작스레 환해진 실내에 눈을 깜빡였다. 키티의 집과 마찬가지로 햇빛이 쏟아져 들어왔다. 소파는 없었고, 대형 텔레비전 앞에 반짝거리는 꽃무늬 패턴 커버를 씌운 의자 두 개가 있었다. 특이한 점은 없었다. 여기서 일생을 보낸 남자의 개성에 보탤 만한 점도 없었다. 어머니의 신경을 건드릴까 봐, 가족의 집을 어지럽힐까 봐 걱정하며 평생 하숙생처럼 살았을까?

위층으로 올라가 정면의 문을 열어 보니 욕실이었다. 얼룩지고 이가 빠진, 깊은 에나멜 욕조. 샤워실은 없었다. 왼쪽에 따로 분리된 화장실. 작은 침실 세 개가 있었다. 가장 큰 방에는 더블 침대와 분홍색 캔들윅 퀼트가 있었고, 나이 든 여자 냄새가 났다. 텔컴파우더와 라벤더, 그 아래 깔린 덜 산뜻한 냄새. 침대 옆에는 등받이에 사회 보장 스탬프가 찍힌 변기 겸용 의자가 아직도 그대로 놓여 있었다. 조는 얼른 문을 닫았다. 이 방은 과학 수사 팀이 확인하겠지.

마틴 벤튼은 다른 침실들을 사용한 것 같았다. 그중 작은 방에는 싱글침대, 작은 옷장, 서랍장이 있었다. 침대는 정돈되어 있었다. 시트, 담요, 군대식. 서랍장과 옷장의 옷은 모두 대량 생산된 제품이었다. 특이한 것은 옷들이 모두 다 비슷하다는 점이었다. 조깅 바지, 모두 검정. 폴로 셔츠, 회색 플리스 두 장. 나이 든 남자들이 출근할 때 입을 만한 바지 두 벌, 접은 흰색 셔츠 몇 장. 벤튼은 정장 한 벌만 갖고 있다가 그대로 입고 죽은 것 같았다. 길스윅에 갈 때는 왜 정장을 입었을까? 뭔가 격식을 차려야 했던 것 같았다. 인터뷰? 길스윅 마을에 아이의 개인 교사를 찾는 학부모가 있었을까? 그래도 그가 계곡까지 온 이유는 설명할 수 없다. 게다가 벤튼은 키머스톤에서 길스윅까지 정장 차림으로 자전거를 탔을까? 그가 저택까지 무엇을 타고 왔는지는 아직 알아내야 하는 과제다.

마당을 내려다보는 두 번째 침실은 의외의 발견이었다. 방은 사무실로 정돈되어 있었다. 한쪽 벽에 큰 책상, 메인컴퓨터, 랩톱. 창문 옆에는 서류 캐비닛. 책상 위 선반에는 참고 도서와 학술 교과서가 나란히 꽂혀 있었는데, 모두 수학이 아니라 자연사에 관련된 책들이었다. 사무실이라기보다 어떻게 보면 갤러리 같은 인상이었다. 벽은 온통 흰색이었고 사진이 걸려 있었다. 극히 미세한 부분까지 다 보이도록 확대한 나비와 나방, 기타 곤충의 아름다운 사진들. 월계수 잎 위의 애벌레 사진이 조의 주의를 끌었다. 모든 엽맥이 또렷하고 분명하게 나타난 사진이었다. 빗방울 하나, 눈물처럼 빛으로 아른거리는 프리즘. 자기 사업을 시작하려고 했다면, 벤튼은 분명 사진작가를 하고 싶었을 것 같았다. 아마도 6개월치 장애 연금을 꼬박 모아 장만했을 카메라가 서류 캐비닛 서랍 안에 숨겨져 있었다.

저택이나 정원 사진을 찍으러 길스웍에 간 거라면, 왜 카메라는 두고 갔을까?

카메라는 캐비닛 맨 아랫서랍에 들어 있었다. 다른 두 서랍은 보다 일반적으로 가지런히 정돈된 상태였다. 파일 하나마다 알파벳 한 글자로 깔끔하게 제목이 붙어 있었고, 안은 모두 비어 있었다. 문득 우울한 기분이 밀려왔다. 조는 벤튼이 사업용 사무실을 준비하는 모습을 상상해 보았다. 아마도 흥분한 모습으로. 한데 시작조차 하기 전에 살해당하다니. 그가 일 때문에 저택에 갔다면, 아마 자기 사업의 첫 일거리였을 것이고 인생의 전환점이 되었을 것이다. 조는 책상 안에 휴대전화가 있는지 살펴보았다. 없었다. 일반 전화는 아래층 홀에 있었다. 메시지는 없었다. 1471번을 누르자, 합성한 기계 목소리가 휴대전화 번호 하나를 알려주었다. 조는 번호를 적은 뒤 햇빛이 화창한 바깥으로 나가서 조심스럽게 등 뒤에서 문을 닫았다.

키티는 아직도 자기 집 돌출창 안에 앉아 있었다. 집 문을 두드리자 그녀는 곧장 나왔다.

"혹시 그 물건이 뭔지 아십니까? 마틴의 집 정원 끝에 있는 그거 말입니다."

"아, 그럼요." 키티가 말했다. "마틴의 나방 덫이에요."

9

홀리가 부검에서 돌아오자, 베라는 그녀를 경찰서에 남겨두고 길스
윅으로 출발했다. 이 반대가 되어야 한다는 것, 발로 뛰는 일은 부하에
게 시키고 자신이 책상에 남아서 조율하는 역할을 맡아야 한다는 것은
알고 있었다. 하지만 봄이었고, 보스 노릇에는 이런 특권 정도는 있어
야 한다. 사실상 올해 첫 햇볕이 내리쬐는 날에 실내에 틀어박히는 건
견딜 수 없었다. 저택 밖에 차를 세우고 수색 팀이 도로와 장원 사이 삼
림 지대를 돌아다니는 모습을 바라보고 있는데, 조에게서 회색 남자의
이름을 알아냈다는 전화가 왔다. 마틴 벤튼. 익명의 남자에게 어울리는
익명 비슷한 이름이었다.

베라는 전화를 끊고 잠시 기다리다가 차에 시동을 걸었다. 계곡의
다른 주민들을 만나 보아야 할 때다. 구불구불한 도로는 퍼시 더글러스
의 방갈로를 지나 작은 재개발 단지에서 끝났다. 농장과 헛간 두 개를
개조한 집 세 채였다. 한때 이 건물도 카스웰 장원의 일부였을 것 같았
다. 카운티 전역에서 농장 소작권을 포기하는 사례가 이어지면서 건물
은 주거용으로 개조되고 있었다. 산속에서 생계를 유지하기는 어렵다.

집들은 모두 과거에 농장 안마당이었던 것 같은 포장된 광장을 바라
보고 있었다. 석조 농장 앞에는 작은 정원이, 뒤쪽에는 더 넓은 토지가

있었다. 헛간을 개조한 건물은 곧바로 마당으로 이어졌다. 건물마다 멋진 자동차가 서 있었다. 주변에는 계곡과 그 너머 언덕이 펼쳐져 있었다. 베라의 집도 이곳 못지않게 개방된 지형이었기 때문에, 겨울에는 헛간의 유리가 과연 궂은 날씨를 잘 버텨 줄까 하는 의문이 들었다. 유리창 청소부를 여기까지 부를 건가? 자동차가 도로로 접근하는 것을 분명 누군가 봤을 거라는 생각에, 베라는 랜드로버 안에 잠시 그대로 앉아 있었다. 여기는 세 가구가 살고 있었고, 그녀는 가장 호기심 많은 주민과 이야기하고 싶었다. 오래 기다릴 필요는 없었다.

농장 문이 열리더니 땅딸막한 남자가 나타났다. 50대 후반, 혹은 60대 초반. 술배가 약간 나왔고, 양옆으로 뒤뚱거리는 걸음걸이가 선원을 연상시켰다. 그는 베라에게 다가왔고, 그녀는 그와 인사하기 위해 차 문을 열었다.

"제가 도와드릴 일이 있습니까?" 영국 남부 억양. 귀족적이지는 않았다. 충분히 쾌활하지만, 동시에 사유지에 들어왔다는 사실을 분명히 알려 주는 말투.

베라는 미소 지었다. "그랬으면 좋겠네요. 난 정보를 찾고 있습니다." 그녀도 억양을 강조했다. 상대가 이유 없이 싫었고 이 대화는 그의 영역이 아닌 자기 영역이라는 것을 분명하게 해 두고 싶었기 때문이었다. 그녀는 차에서 내렸다. "베라 스탠호프 경감. 노섬브리아 경찰입니다."

"아, 우리도 저택이 소란스러운 거 봤습니다." 상대의 태도는 의심에서 호기심으로 변했다. 살인 사건의 자세한 내용을 모두 알고 싶은 유형일 것이다. 그는 손을 내밀었다. "나이절 루카스입니다."

"소문은 다 들으셨겠지요."

"음, 수전 새비지, 퍼시 노인의 딸이 간밤에 전화해서, 카스웰 저택 하우스시터가 도랑에서 시체로 발견되었다고 하더군요. 솔직히 개울 옆에서 무슨 일이 있는지 보려고 위층에 올라가 보기도 했습니다." 베라는 그를 한 대 때리고 싶었다. 그리고 그 청년에게도 그를 위해 슬퍼하는 어머니가 있다는 사실을 알려 주고 싶었다.

"몇 가지 질문이 있습니다. 들어가도 될까요?"

"물론이지요, 경감님."

집 내부는 완전히 뜯어내고 새로 지은 상태였다. 예전에는 난방하기 쉬운 작은 방 여러 개가 있었을 것이다. 한데 지금 내부는 완전히 뚫린 L자 형태의 개방형 공간이었다. 문을 통해 들어가게 되어 있는 부엌은 안에서 조리를 하거나 음식을 먹기가 무서운 분위기였다. 모두 화강암과 스테인리스 스틸, 집이라기보다 연구실 같았다. 부츠와 진공 청소기는 어디 보관하는지 궁금했다. 분명 숨겨진 창고 공간이 있을 것이다. 베라는 그 공간이 어디 있을지 찾느라 정신이 팔려 있었다. 하지만 루카스는 앞장서서 아치를 지나 거실 공간으로 향했다. 원래 깔려 있던 판석 마루 위에 여기저기 러그가 깔려 있었다. 벽은 에그셸 광택의 파란색으로 칠해져 있었고, 그림이 여러 장 걸려 있었다. 수채화였다. 몇몇 그림은 이 일대 풍경이라는 것을 알 수 있었다. 거대한 텔레비전 스크린이 있었고, 유리 커피 탁자, 흰색 가죽 소파 두 개가 있었다. 그 외에는 별다른 것이 없었다. 베라는 나중에 일어설 때 기름때 묻은 자기 코트가 흔적을 남기지 말아야 할 텐데 생각하며 소파에 앉았다. 어쨌든 아무도 눈치채지 못하든가.

"마실 것을 드릴까요, 경감님?"

"공무 중입니다." 자신이 왜 좀 더 정중하게 굴지 못하는지, 왜 이 남자가 이다지도 날카롭게 신경을 건드리는지 알 수 없었다.

그는 피식 웃었다. "알코올 이야기가 아닙니다. 루카스 집안에서도 아직 술을 마실 시간은 아니에요. 간밤에도 여기서 작은 파티가 있었습니다. 하지만 커피는 드릴 수 있어요."

"고마워요. 커피 좋겠네요."

남자는 거실 한구석에 윤기 낸 나선형 나무 계단 위쪽을 향해 소리쳤다. "로레인, 손님이 있어. 잠시 내려와 보겠어?"

멀리서 대답이 들렸다.

"아내입니다. 은퇴한 뒤로 수채화를 다시 시작했는데, 아주 잘 그립니다. 이거 전부 아내가 그린 겁니다…." 그는 벽을 턱으로 가리켰다. "하지만 이 시간에는 보통 잠시 숨을 돌리는데." 아내가 대단히 자랑스러운 말투였고, 처음으로 베라는 조금 마음이 부드러워졌다. 그렇지, 이 여자야. 집 꾸며놓은 꼴을 보고 남자를 경멸하지 말자고. 너도 네 아비 같은 속물이 돼 가는구나. 헥터는 시골 생활에 대해 아무것도 모르는 주제에 시골에 집을 사는 졸부들을 언제나 비웃곤 했다.

로레인은 날씬하고 창백한 몸매와 높은 광대뼈의 소유자였고, 머리카락은 거의 흰색이었다. 남편보다 적어도 열 살은 젊을 것 같았다. 청바지와 샌들, 헐렁한 실크 셔츠 차림이었다. 저런 스타일을 히피-시크라고 하던가? 은 귀걸이. 화장. 특별한 점심 자리에 나가는 길이었는지, 늘 이렇게 꾸미는지 궁금했다. 남편이 아내를 애지중지하는 기색이 역력했다. 베라는 자기도 조금만 잘 갈고 닦으면 남자를 만날 수 있을까 잠시 생각해 보았지만, 아침마다 차를 한 잔 마실 수 있는 시간을 들여 얼굴에 분칠하는 수고를 감당할 만큼 가치 있는 남자는 없다는 결론을 내렸다.

"어떻게 도와드릴까요, 경감님?" 로레인은 남편과 같은 악센트를 갖고 있었지만 조금 더 부드러웠다. 그는 부엌으로 사라졌고, 커피 콩 가는 소리, 쟁반에 컵 올려놓는 소리가 들려왔다. 가죽 소파에 앉은 관객을 위한 연극.

"패트릭 랜들…." 베라는 로레인을 바라보며 기다렸다. 응답이 없었다. "카스웰 저택에서 하우스시터로 일했습니다."

"아, 네." 동정을 표하는 작은 쩡그림. "수전이 사고가 생겨서 그가 죽었다고 하더군요. 끔찍한 일이에요."

"누군가 그를 죽였습니다. 둔기로 머리를 때려서요."

로레인은 경악한 표정을 지었다. 청년이 살해당했다는 사실보다 베라의 직설적인 말투 때문에 더 충격을 받은 것 같았다.

"퍼시가 도로변 도랑에서 시체를 발견했습니다." 베라는 말을 이었다. "게다가 이어 저택의 다락방 플랫에서 시체 한 구가 더 나왔습니다. 마틴 벤튼이라는 중년 남자예요. 혹시 생각나는 게 있으신가요?"

로레인은 천천히 고개를 저었다. "도둑, 폭력, 그 모든 걸 피해서 여기로 이사왔는데. 우린 평생 도시에서 살았는데, 은퇴할 때 생각했어요. '꿈꾸던 대로 살아볼까.' 휴가 때 노섬벌랜드에 온 적이 있었거든요. 온라인으로 이 집에 계약 문의를 넣었어요. 미리 보지도 않고."

베라는 도시에서도 두 건의 살인이 한꺼번에 일어나는 경우는 극히 드물다고 지적할까 생각했지만, 그래봐야 도움이 안 될 것 같았다. "여긴 얼마나 사셨나요?"

"2년이요. 이제야 겨우 우리가 원하는 대로 집을 다 꾸몄어요. 나이절이 직접 다 감독했죠. 그는 자기 사업을 했어요. 남부 전역에 지점이 있죠. 루카스 보안 회사라고 혹시 들어보셨을지도 몰라요. 워낙 큰 사업을 하던 사람이라, 이건 그냥 소일거리였어요."

인부들을 불러놓고 대장 놀이를 하셨군. "심심하지는 않으신가요?"

나이절이 커피 주전자와 우유, 집에서 구운 비스킷 접시를 쟁반에 받쳐 들고 들어왔다. 당신은 심심할 거야. 당신 같은 사람은 할 일이 절실하지 않으면 비스킷이나 굽고 있지는 않지.

로레인이 뭐라 대답하려는데, 나이절이 먼저 입을 열었다. "심심할 시간이 없습니다, 경감님. 계곡에서 매일 같이 일이 생겨요. 여기 농장 개조 단지에서는 사는 게 큰 즉흥 파티 같습니다. 이웃 한 사람은 우리를 '은퇴한 쾌락주의자 클럽'이라고 부릅니다. 우리 모두 일찌감치 은퇴했어요. 아이들은 둥지를 떠났죠. 아이들이 있던 사람들은… 모두 퇴직 연금이나 개인 연금이 그럭저럭 나옵니다. 드디어 인생을 즐길 수 있는 시기죠."

로레인은 창밖을 응시하다가 다시 거실을 향했다. "그런 식으로 말할 때는 아니야, 나이절. 살인 사건이 있다는데." 그녀는 잠시 뜸을 들였다. "살인 두 건. 경감님이 하우스시터 플랫에서 시체 한 구가 더 나왔대."

침묵이 흘렀다. 베라는 그들이 적절하게 대답할 말을 찾고 있다고 생각했다. 나이절이 마음 내키는 대로 살아가는 즐거움을 실컷 자랑한 참이라, 이제 고상한 반응을 보여야 할 때다. 베라는 그들이 안쓰러울 지경이었다.

"저택에서 발견된 남자는 중년이었습니다. 회색 머리, 안경. 이름은 마틴 벤튼. 혹시 아는 사람인가요?"

이번에도 대답한 것은 나이절이었다. "우리는 카스웰 부부와는 별로 어울리지 않습니다. 아니, 길에서 마주치면 좋은 분들이에요. 그런데 거의 귀족 아닙니까? 가문 대대로 물려받은 저택이래요. 우리가 농장을 산 덕분에 경제적으로 상당히 편해졌을 텐데, 저택에 저녁 식사 한 번 초대하지 않습니다." 분한 심사가 슬그머니 내비쳤지만, 그는 다시 미소 지었다.

"벤튼 씨도 그 집안 친구 같지는 않습니다." 베라가 말했다. "혹시 어제 도로에서 비슷한 인상착의의 인물을 못 보셨나요?"

"아뇨." 로레인은 커피잔을 쟁반과 입 사이에 들고 잠시 멈췄다. "어쨌거나 우린 못 봤을 거예요. 저택에 가는 길에 이 집 앞을 지나칠 필요는 없어요."

"어제 오후에 어디 계셨습니까?"

그들은 서로 얼굴을 마주 보았다. "나는 쇼핑을 하러 키머스톤에 갔습니다." 나이절이 말했다. "상비품을 사 두려고요. 이런 데서 우유가 떨어지면 곤란하니까요." 아마존 밀림 한복판 외딴 마을에라도 사는 듯한 말투였다.

"그리고 당신은요, 루카스 부인?"

"난 여기 있었어요."

"집 안에요?" 베라는 이 말이 사실인지 확인하기 위해 집으로 전화가 왔는지, 혹은 손님은 없었는지 물어볼 생각이었다.

"아뇨. 바깥에요. 집 뒤쪽 정원은 산으로 이어져요. 계곡 건너편 경치를 스케치하고 있었어요."

"도로로 올라오는 차는 전혀 못 보셨나요? 걸어 올라오는 사람이라든가?"

"그랬던 것 같기는 한데." 하지만 확신할 수는 없는 것 같았다. 로레인은 매사에 약간 주의가 산만해 보였다. 혹시 숙취가 있는지, 복용하는 약이 있는지 궁금했다. "그림 그리는 데 푹 빠져 있었어요."

"음, 전혀 아무도 못 보셨나요?" 베라는 목소리에 초조함이 묻어나지 않도록 노력했다.

로레인은 잠시 망설였다가 다시 작게 찡그렸다. "아뇨. 아뇨. 못 본 것 같아요."

베라는 일어섰다. "제 동료가 오늘 중으로 진술을 받으러 올 겁니다. 혹시 기억나는 게 있으면, 아무리 중요하지 않은 것 같더라도 우리에게 알려 주세요."

그들은 넓은 주방을 가로질렀고, 베라는 잠시 멈춰 섰다. "이웃들, 다른 '은퇴한 쾌락주의자 클럽' 말인데요. 그분들에 대해 좀 들을 수 있을까요?"

나이절은 손을 비볐다. 신기할 정도였다. 물론 그에게도 1970년대 시트콤 주인공 같은 면모 이상의 특징이 있을 것이다.

"우리 오른쪽 집에는 오케인 부부가 삽니다. 존은 은퇴한 학자고 역사학 교수였죠. 부인은 사회 복지사 비슷한 일을 했습니다. 이혼 법정 중재자, 그런 명칭이었나. 그 유형 아시죠. 〈가디언〉 독자 유형이요. 그 집은 닭을 키웁니다. 부인은 채식주의자고요." 더 이상 알 필요 없다는 듯한 말투였다. 그는 잠시 말을 멈추었다. "하지만 좋은 사람들입니다."

"그리고 왼쪽 집은요?"

"애니와 샘. 키머스톤에서 자영업을 하다가 팔고 여기로 이사왔습니다. 이 지역 사람들이죠. 길스윅 반경 10마일 안에 사는 사람들을 죄다 알아요. 급히 배관공이 필요할 때 좋습니다." 다시 사이를 두었다. "세상의 소금 같은 사람들이죠."

밖으로 나온 베라는 차 안에서 조와 홀리에게 전화로 진척 상황을 확인했다. 그녀는 나이절과 로레인 루카스가 거대한 전망창을 통해 자신을 바라보고 있다는 것을 의식하고 있었다.

10

애니 레드헤드는 비스킷을 굽고 있었다. 끔찍한 코트 차림의 뚱뚱한 여자는 막 루카스 부부의 집에서 나오더니 자기 차 안에 앉아 전화를 걸고 있었다. 랜들 청년의 죽음과 관계된 사람인지 궁금했다. 분명 그럴 것이다. 기자일까? 리지가 교도소로 간 뒤 몇 번 언론이 귀찮게 한 적이 있었다.

비스킷은 말린 생강과 골든 시럽으로 만들었고, 부엌은 그 냄새로 가득 차 있었다. 그녀는 오븐에서 쟁반을 꺼낸 뒤 비스킷을 식혀서 굳히기 위해 하나하나 철사 쟁반으로 옮겼다. 그녀와 샘 둘이서 다 먹지는 못할 것이고 대부분 이웃들에게 나눠 주겠지만, 빵을 구우면 길스윅으로 돌아오기 전 옛 시절이 떠올랐다. 식당을 운영할 때, 그녀는 식후 커피와 같이 접대하는 작은 쇼트브레드나 브라우니를 구웠다. 그 일이 아니면 샘은 그녀를 절대 자기 주방에 들이지 않았다.

엔진 소리가 들렸다. 그녀는 다시 창밖을 내다보았지만, 여자는 아직 차 안에서 통화 중이었다. 엔진음은 마당으로 꺾어 들어오는 샘의 차 소리였다. 매일 아침 그는 마을로 내려가 이런저런 소식을 전해 듣고 신문을 사서 돌아왔다. 낯선 사람을 봤을 텐데, 그는 말을 걸지 않았다. 샘은 이렇게 누군가와 응대하는 상황을 좋아하지 않았다. 그들이 마을에서 몇 마일이나 떨어진 이런 외딴곳에 살고 있는 것도, 애니가 소일거리로 비스킷을 굽고 있는 것도 다 그 때문이었다.

문이 열리고, 마치 공간을 차지할 권리가 없는 사람처럼 샘이 들어왔다. 방에 들어갈 때 그는 언제나 이랬다. 애니는 허리를 굽혀 베이킹 접시를 오븐에 하나 더 넣고 엉덩이가 뻐근한 것을 느끼며 허리를 폈다. 살을 좀 빼야 한다. 고관절 대체술을 받게 되면, 이 지방 덩어리를 다 짊어지고 다닐 수가 없다. "괜찮아?"

샘은 미소 지었다. "가게에서 고든을 만났어. 안부 전해달래."

"반갑네." 고든은 그들이 결혼해서 처음 계곡에 정착했을 때 우체부였다. 그때도 호호백발 할아버지였는데, 아직까지 살아 있다는 것을 믿을 수 없을 지경이었다.

"퍼시도 거기 있었어."

애니는 날카롭게 쳐다보았다. "저택에 무슨 일이 있는지 소식 더 들었어?"

"퍼시 말로는 두 사람이 죽었다고 했어. 그가 도랑에서 찾은 청년, 집 안에서 또 한 사람."

"대령은 아니고? 부인도?"

샘은 고개를 저었다. "그럴 리가 없잖아. 호주에 사는 아들 집에 갔는데." 그는 신문을 읽을 수 있도록 탁자 위에서 접었다. 매일 아침 그는 신문을 똑같이 접었고, 애니는 찻주전자 전원을 올렸다. 이것은 부부의 일과였다. 차와 십자말 풀이.

샘이 쳐다보았다. "마당에 있는 자동차는 뭐지?"

"몰라. 아까 그 여자가 옆집에 찾아갔었어."

바로 그때 초인종이 울렸다. 애니가 창밖을 내다보니, 뚱뚱한 여자가 문간에 서 있었다.

애니는 문을 열려고 나갔다. 언제나 내가 얼굴마담 노릇이지, 그녀는 생각했다. 샘은 절대 그런 역할을 맡지 않았고, 낯선 여자를 데리고 부엌으로 들어온 애니는 그가 아직 앉아 있는 것을 보고 놀랐다. 얼른 위층으로 올라가 버릴 거라고 생각했던 것이다.

"아, 예쁜 집이군요." 여자는 애니보다 더 뚱뚱했다. 그녀는 주방 한가운데 서 있었고, 샘과 달리 주변 남는 공간을 자기 몸 안에 빨아들여서 방의 크기에 비례해 더 커지는 것 같았다. "옆집 대궐보다 더 아늑하네요. 난 베라 스탠호프라고 합니다. 노섬브리아 경찰에서 나왔어요. 예상하고 계셨겠지요."

"헥터의 따님 아닌가요?"

두 여자는 동시에 샘을 돌아보았다. 둘 다 질문에 놀란 것 같았다.

"세상에." 베라가 말했다. "아셨어요?"

"얻어들은 게 있습니다."

"친구가 별로 없었는데." 형사는 말했다. "지인만 많았어요. 업무상. 그쪽 지인은 아니셨고요?"

샘은 천천히 고개를 저었다.

"그럼 됐어요. 불미스러운 인종들이었으니."

애니는 설명을 기다리는 듯 두 사람을 바라보았지만, 아무도 말하지 않았다. 나중에 샘에게 물어봐야겠다. 그녀는 차를 끓이고 접시에 식힌 비스킷 몇 개를 올렸다. 마침 나머지도 이제 오븐에서 꺼내야 한다는 생각이 났다.

"자, 어떻게 도와드릴까요?" 날카로운 목소리라는 것을 의식했지만, 얼른 끝내고 싶었다. 베라 스탠호프는 급할 것이 없는 것 같았고, 애니는 자기 집에 형사가 와 있는 것이 싫었다. 불편했다.

"두 건의 살인입니다." 베라가 말했다. "이런 곳에서 일어나리라고 예상했던 일은 아니죠. 혼란스러운 시기입니다. 기꺼이 도와주시리라 믿습니다." 이어 그녀는 샘에게 질문을 던졌다. "그런데 그럼 은퇴하기 전에 무슨 일에 종사하셨나요?"

"키머스톤 광장에서 작은 식당을 했습니다."

"애니스!" 베라는 활짝 웃었다. "그랬군요. 나도 거기서 몇 번 식사한 적이 있는데. 특별한 날에요. 맛있다고 명성이 자자했어요."

애니는 미소 지었다. 이 뚱뚱한 여자가 자신을 대화에 끌어들이려 한다는 것은 알고 있었지만, 어쩔 수가 없었다. "그건 샘이었어요. 샘이 주방장이었죠."

샘은 어깨를 으쓱했다. "다 재료 덕분이었습니다." 음식에 대해 칭찬을 받을 때 늘 하는 대답이었다.

"식당은 왜 처분하셨나요?" 형사는 다시 물었다. 탱크처럼 단도직입적이었다.

샘이 대답하기 전에 애니가 얼른 끼어들었다. "힘든 일이에요. 근무 시간도 길고. 너무 나이 들기 전에 개인 시간을 갖고 싶었어요."

"잘 생각하셨어요." 베라는 말했지만, 애니는 이 여자가 은퇴한다는 것은 상상할 수가 없었다. 베라는 잠시 입을 다물고 차를 마셨다. "죽은 청년 만나보셨나요? 패트릭 랜들이라는 이름이고, 저택에서 하우스시터로 일했습니다."

"두어 번 만났습니다." 샘이 말했다. 보통 자진해서 정보를 주지 않는 사람이었고, 애니는 그가 자기만큼 형사에게 위압감을 느끼지 않는다고 생각했다. 어쩌면 베라의 아버지를 알았기 때문인지도 모른다. 그는 산에서 자란 사람들과 같이 있으면 언제나 더 편안해했다. "시내 우체국에서요. 이야기를 좀 했죠. 줄 서서 기다리면서요."

"어땠나요?"

"괜찮은 청년이었습니다." 샘은 잠시 말을 멈추었다. "두뇌 회전이 빠르고."

"음, 그것만 가지고는 어떤 사람인지 파악하기가 어렵군요. 난 그를 만난 적이 없으니, 당신 의견을 말해 주시면 도움이 될 겁니다."

샘은 다시 입을 열었다. "카스웰 부부가 저택을 돌봐 달라고 일을 맡길 만한 사람이었다고 할까요. 상냥하고 정중했죠. 그 집 아들 친구 또래였습니다."

"아들의 친구였나요?"

"내가 아는 한 그렇진 않고요. 하지만 비슷한 환경에서 자란 것 같은 분위기였습니다. 상류층 학교, 대학. 이런 거."

베라는 고개를 끄덕였다. "자녀가 있으신가요?"

"딸 하나요." 애니가 샘을 돌아보지 않고 말했다. "리지. 지금은 다른 곳에서 일하고 있어요."

애니는 베라의 시선이 자신에게 머무르는 것을 느꼈다. 두개골을 뚫고 들어가서 뇌와 기억을 헤집어 보는 듯한 눈길이었다. 애니는 리지에 대한 질문이 더 나올 거라고 생각하며 숨을 참았다. 이 여자에게는 다시 거짓말을 한다는 것이 불가능했다. 게다가 정말 알아내고 싶다면, 형사는 딸에 대해 전부 다 알아낼 수 있을 것이다. 리지, 그녀는 전에 수없이 했던 생각을 다시 떠올렸다, 우리는 어디서부터 잘못됐을까?

그러나 형사는 다른 질문을 던졌다. "이 패트릭 랜들, 만나 보셨나요, 애니?"

"만났다고 하기는 애매하네요. 길에서 개를 산책시킬 때 두어 번 봤어요."

"두 번째 살인이 있었습니다. 약간은 수수께끼예요. 피해자가 저택 플랫에서 뭘 하고 있었는지 통 짐작할 수가 없습니다. 이름은 마틴 벤튼, 중년 남자예요. 평생 키머스톤에서 산 것 같고, 대부분 학교 선생으로 일했습니다. 독신이고. 혹시 아는 사람인가요?"

애니는 샘에게 눈길을 주었다.

"모르겠는데요." 샘이 대답했다. "하지만 나이가 들면서 이름은 잘 기억이 안 납니다."

베라는 큭 소리를 냈다. 기침과 웃음이 섞인 소리였다. "나도 마찬가지랍니다. 이 업무에는 악몽 같죠. 하지만 생각해 보시겠어요? 주위에 물어보세요." 그녀는 사이를 두었다. "우리는 패트릭 랜들이 무슨 업무로 벤튼을 고용한 게 아닌가 추측하고 있습니다. 벤튼은 막 자기 사업을 시작한 참이었던 것 같아요. 무슨 일인지 짚이는 게 있나요?"

애니는 고개를 저었다. "저택을 비운 동안 대령이 무슨 일을 끝내라고 했을까요? 실내 장식이나 배관 공사? 돌아오면 가족이 덜 불편하도록 말예요."

"네, 그럴 수도 있겠군요." 하지만 베라는 별로 납득이 되지 않는지 방향을 바꾸었다. "이 건물들은 전부 예전에 저택 소유였던 것 같군요. 언제 팔았나요?"

"5년 전요." 애니가 말했다. "그때쯤이었어요. 불황 때문에 소작인들이 살기 힘들어졌어요. 오래 버틴 사람들도 있었지만요. 대령은 헛간을 개발업자에게 팔았는데, 업자가 집을 개조하기 전에 시간을 좀 끌었어요. 아마 자금 문제가 있었던 것 같아요. 카스웰 부부는 루카스 부부가 지금 살고 있는 집을 계속 갖고 있다가, 헛간이 개조되어 시장에 나갈 때 같이 내놓았어요."

"그럼 당신들은 이 집을 개발업자에게 샀는데, 루카스 부부는 카스웰에게 직접 샀군요?"

"맞아요." 형사가 전혀 메모를 하지 않고 있는 것을 보니, 기억력에는 별 문제가 없는 모양이었다. 계곡으로 이사 온 일만 생각하면 늘 머릿속에 작은 불꽃으로 켜지는 분노가 다시 불쑥 일었다.

"다 동시에 이사왔나요?"

"대체로 그런 셈이에요." 애니는 손을 뻗어 비스킷 하나를 더 집었다. 스트레스를 받으면 언제나 먹게 된다. "로레인과 나이절은 보수 공사가 끝날 때까지 더 램에서 지냈지만, 서로 6개월 차이로 여기 들어왔죠."

"그리고 다들 잘 지내시는군요." 질문은 아니었다.

"우린 공통점이 많아요. 나이도 비슷하고, 은퇴한 지도 얼마 안 됐고, 물론 관심사는 달라요. 재닛은 자연사에 관심이 많아서 길스윅 도보 축제 중요 회원이죠. 로레인은 그림을 그리고요. 나는 일주일에 두 번 옆마을 초등학교에 자원봉사를 나가요. 아이들의 독서를 지도하죠. 늘 서로 집에 들락거리지는 않는데, 그래도 어울려요. 금요일 밤마다 술 한잔 하러 모이죠. 일을 하지 않으니까, 그 모임이 한 주의 일과에 약간의 규칙을 만들어 줘요." 그녀는 입술을 깨물었다. 스스로 절대 생각해내지 못했을 만한 말이었다. 아마 교수가 하는 말을 듣고 앵무새처럼 따라한 것이리라.

"그렇게 바쁘다니 좋은 일이네요. 여기서는 할 일이 그리 많지 않을 텐데요."

침묵이 어색할 정도로 길게 이어졌다.

"어제 두 분이 뭘 하셨는지 여쭤봐도 될까요." 베라는 마침내 말했다. 그녀는 미안하다는 듯한 미소를 지었다. "이해해 주시리라 믿습니다. 어제 이른 오후부터 어디 계셨습니까?"

"물론이지요." 샘은 아주 이성적으로 응대하고 있었고, 애니는 그가 자랑스러웠다. 이 여자가 집 안에 있는 것을 그도 자기 못지않게 싫어한다는 것을 알고 있었다. "지난 폭풍에 정원 끝의 나무가 한 그루 쓰러져서, 톱질을 했습니다. 땔감을 장만했어요. 여기 이사 오면서 집 뒤쪽에 작업실을 지었는데, 오후 내내 거기 있었습니다."

"그리고 당신은요?" 베라는 애니가 비스킷을 씹어 먹는 순간 그녀를 돌아보았다.

"난 마을 여성 협회에 있었어요." 빵 조각 때문에 목구멍이 말라서 말하기가 힘들었다. "재닛 오케인이 차에 태워 줬어요. 마을 순찰대에 대한 강의가 있었거든요."

"아주 적당한 일이군요."

애니는 형사가 자신을 놀린다는 생각이 들었지만, 베라는 아무 표정도 드러내지 않았다.

"모임은 2시 30분에 시작했어요. 차를 마시고 친구들과 소식을 주고받은 뒤 다시 여기 돌아왔을 때는 아마 5시쯤 됐을 거예요."

"길에서 누굴 지나치지 않았나요?" 베라의 목소리는 편안하고 별 관심이 없는 것 같아서, 애니는 이것이 중요한 질문일 거라고 생각했다. "계곡에서 걸어내려오는 사람이라든지 주차된 차량 같은 건요?"

애니는 어깨를 으쓱했다. "우린 이야기를 하고 있었어요. 이런저런 소문 이야기 같은 거. 눈에 띈 건 없었어요."

"반대 방향으로 다가오는 차량이 있었다면 눈에 띄지 않았을까요?" 베라의 음성은 좀 더 날카로웠다. "나란히 지나갈 만한 공간이 없으니 후진해야 했을 텐데요."

"길에서 누굴 지나친 것 같지는 않아요. 하지만 내가 운전한 게 아니라서요. 재닛한테 물어보시는 게 좋을 거예요. 그녀는 기억하고 있을 테니까."

형사는 다리에 힘을 주고 일어섰다. "그렇겠네요." 베라는 탁자에 아직 손을 얹은 채 멈췄다. "무슨 소문 이야기를 하셨나요?"

순간 애니의 머릿속은 텅 비었다. "아. 다른 여성 협회 회원들이요. 위원회 정치. 여자들 여럿을 모아 놓으면 어떻게 되는지 아시잖아요."

"난 잘 모르겠는데요. 내 동료들은 대부분 남자들이고, 워낙 여자들 수다를 떨 일이 없어서요." 베라는 다시 미소를 보내고 문으로 향했다. 애니는 따라가서 배웅했다.

부엌으로 돌아오니, 샘은 창가에 서서 밖을 내다보고 있었다. "아직 저기, 차 안에 앉아 있어."

애니는 샘 옆에 서서 내다보았다. 베라 스탠호프는 운전석에 기대 앉아 눈을 감고 있는 것 같았다. 잠시 어디 아픈가, 심장마비나 뇌졸중 이 온 게 아닌가 하는 생각이 스쳤다. 너무나 덩치가 커서 뇌졸중 조심 은 해야 할 것 같았다. 그때 형사는 자세를 고쳐 앉더니 쪽지에 뭔가 적 는 것 같았다. 역시 메모는 하는군.

"이제 가자." 그녀는 샘에게 말했다. "우리가 신경 쓴다는 인상을 주 고 싶지 않아."

11

홀리는 넓은 개방형 사무실에 앉아 나직하게 통화하는 목소리, 두런 두런 잡담하는 소리를 배경음으로 밀어냈다. 커다란 창문에서 블라인 드를 통해 들어온 햇빛이 책상 위에 줄무늬를 그렸다. 왼쪽에서 찰리가 전날 길스웍까지 데려다준 손님이 없는지 택시 회사와 통화하는 목소 리가 어렴풋이 들려왔지만, 그녀는 폴 키팅과 빌리 카트라이트와 함께 했던 부검 현장을 다시 머릿속에 그리고 있었다. 두 번째 시체를 부검 하기 전, 먼저 옷을 벗기는 묘한 의식이 진행되고 있었다. 베라는 벌써 참을성을 잃고 어딘가로 사라졌다. 옷을 제거하는 데 들이는 정성은 거 의 애정에 가까웠고, 그 과정을 녹음기에 기록하는 목소리는 리듬감 있 고 부드러웠다. 마치 기도 같았다. 키팅은 신앙심이 깊은 사람이었고, 빌리 카트라이트조차 그와 같이 있을 때는 너무 경박하게 굴지 않았다.

피해자의 발에 비닐을 씌우고 그 안에서 신을 벗기는 동안, 홀리는 비닐을 붙잡고 있었다. 키팅은 계속 말하고 있었다. "밑창의 홈에 약간 의 진흙과 작은 돌. 허튼 연구소의 로나 도슨에게 마법을 부리게 해야 할 것." 키팅이 가장 선호하는 법과학 토양 분석 과학자 로나 도슨 교수 가 피해자가 살해당하기 직전 어디에 있었는지 정보를 줄 수 있을 것 이다. 이어 옷이 벗겨졌다. 막스 앤 스펜서. 유행을 타지 않는 스타일이지만, 스타일이나 바느질의 사소한 차이점을 통해 언제 샀는지 알아낼 수 있다. 성격에 대해서는 남의 눈에 띄는 것을 원하지 않는 사람이라는 것 외에 아무 단서도 얻을 수 없었다. 홀리는 베라가 그를 '회색 남자'라고 부른 이유를 알 수 있었다. 주머니에는 아무것도, 휴지나 거스름돈조차 없었다.

속옷을 잘랐을 때, 그 생각이 떠올랐다. 전복적인 생각, 계시였다. 난 이런 일을 안 해도 돼. 북부에서, 나를 경멸하는 사람들과 같이 살면서, 낯선 중년 남자들이 시체에서 옷을 벗기는 일을 돕고 있을 필요가 없어. 나는 영리하고, 변화를 시도할 수 있을 만큼 아직 젊어. 내가 원하는 것은 뭐든지 할 수 있어. 이런 깨달음에 이어 다시 생각이 떠올랐다. 나는 베라 스탠호프처럼 일과 결혼한 독신으로 늙고 싶지는 않아. 이제 홀리는 자기 책상에 앉아 그 순간의 흥분과 결단, 그 순간의 용기를 되살리려고 애쓰고 있었다. 전화가 울렸다. 조 애쉬워스였다.

"회색 남자의 이름을 알아냈어. 마틴 벤튼에 대해 가능한 모든 걸 알아내 주겠어?" 조는 자기가 알아낸 사실 관계를 죽 불러 주었다. 남자의 나이와 주소. 알려진 마지막 직장은 노섬벌랜드 남동부 작은 마을의 자선 단체였다. "난 그의 집을 확인하러 가는 중이야. 친척이 있나 확인하러."

"좋아. 내가 계속 조사할게."

홀리는 미리 연락하지 않고 벤튼이 마지막으로 일했던 사무실로 갔다. 이건 보통 그녀의 방식이 아니었다. 일반적으로 그녀는 전화 통화를 선호했다. 베라가 차를 홀짝거리고 수사와 아무 관계없는 여유로운 수다에 귀를 기울이면서 얼마나 많은 시간을 낭비하는지 생각하면 화가 났다. 그러나 오늘은 경찰서에서 나가고 싶었다. 그녀는 언제나 일에 야심이 많았다. 하지만 지금 경찰서에서 사람들의 농담과 무의미해 보이는 일상에 둘러싸여 있으니 그런 목표도 무가치한 게 아닌가 하는 생각이 들었다. 몇 시간 여기서 떨어져 있는 게 좋을 것 같았다.

벤튼의 가장 최근 직장은 키머스톤에서 남동쪽으로 몇 마일 떨어진 옛 탄광촌 베빙턴이었다. 테라스 하우스가 늘어선 거리에는 여기저기 '임대', '매매' 간판이 눈에 띄었다. 주도로에는 자전 중고품 가게, 전당포, 스포츠 도박장이 있었다. 값싼 술을 판매한다고 손으로 쓴 광고가 편의점 유리창에 붙어 있었다. '값싼'은 '갑싼'으로 맞춤법이 잘못되어 있었다. 저택과 앵초가 피어 있는 길스윅 계곡과는 너무나 먼 곳이었다. 직선 거리로는 떨어져 있다고도 할 수 없는 가까운 거리인데도.

벤튼이 관리직으로 일했던 자선 단체는 '호프 노스이스트'라는 이름이었고, 본부는 주 도로에서 약간 벗어난 쇠락한 거리에 있는 작은 집이었다. 현관문은 열려 있었고, 홀리는 좁은 로비로 들어섰다. 오른쪽 유리문 너머에 집회 공간과 그 안쪽으로 조리 시설이 있었다. 지금은 무슨 토론회가 열리는 것 같았다. 대부분 남자인 참석자 대여섯 명이 낡은 의자를 놓고 원형으로 둘러앉아 있었다. 한복판에는 머그를 놓은 낮은 탁자가 보였다. 아무도 미소 짓지 않았고, 대화는 매우 진지한 것 같았다.

현관문 바로 안쪽 벽에 핀으로 종이 한 장이 꽂혀 있었다. 종이에는 '사무실'이라고 적혀 있었고, 계단 위쪽을 가리키는 화살표가 보였다. 홀리는 화살표를 따라 올라가서 빈 안내 데스크에 도착했다. 잠시 망설이고 있는데, 오른쪽 방에서 누군가 소리쳤다. "도와드릴까요?"

홀리는 목소리를 따라 어수선한 공간으로 들어섰다. 책상 두 개에 서류가 겹겹이 쌓여 있었고, 컴퓨터 두 대는 10년 전부터 있었던 것 같았다. 여자 둘, 하나는 덩치가 크고 자신감이 있었으며, 다른 하나는 마르고 긴장해 보였다. 창문은 주 도로 쪽으로 나 있었고, 우르릉거리는 거리의 자동차 소리가 들려왔다.

홀리는 자기소개를 했다. 마른 여자는 한층 더 긴장한 기색이었다. 머릿속에서 베라의 목소리가 들리는 것 같았다. 그런 걸로 섣불리 판단하면 안 돼, 홀. 어떤 지역 사회에서는 아이들이 경찰을 적으로 간주하는 것을 학습하며 자란다고. 숨길 것이 있는 것도 아닌데.

그래도, 홀리는 수상쩍은 기분을 떨칠 수가 없었다. "호프 노스이스트. 뭐 하는 곳인가요?"

"등록된 자선 단체예요." 마른 여자가 지나치게 얼른 대답했다. "모든 활동이 공개적인데요."

홀리는 대답하지 않고 덩치 큰 여자 쪽으로 돌아섰다. 그녀는 '셜리'라고 적힌 공식 배지 같은 것을 달고 있었고, 말쑥한 검은 바지와 파란 실크 셔츠 차림이었다. 구체적인 설명은 이 여자에게서 듣는 게 좋을 것 같았다.

"우리는 교도소나 소년원에서 갓 출소한 전과자를 지원하고 돕는 단체입니다." 말이 편하게 나왔다. 셜리는 그전에도 여러 번 같은 설명을 했던 것 같았다. "전과자의 가족에게도 도움을 주죠."

"어떤 종류의 서비스를 제공하시나요?" 홀리는 이제 보다 자신감이 생겼다. 셜리는 전문 직업인이었고, 홀리가 대응하기 쉬운 유형이었다. "구체적으로요."

"때로 정보가 절실하게 필요할 때가 있습니다. 가장이 갑자기 없어지면, 파트너는 보조금을 신청하느라 허둥거리게 되죠. 면접 허가를 받고 교도소까지 교통편을 수소문하는 일도 악몽이 될 수 있어요. 가족 중 한 사람이 실형을 받으면, 주변 친구들이 갑자기 사라지기도 합니다. 전과자가 갓 출소하면, 우리는 친구이자 말벗이 되기 위해 노력합니다. 주거와 돈 문제에 있어서 실질적인 도움도 주고요. 교도소에서는 여러 모로 쉽죠. 먹여 주고, 입혀 주고, 운 좋으면 일도 하거든요. 갓 출소하면, 어떤 사람들은 헤매게 됩니다."

"아래층은 뭔가요?" 피해자들에게도 보다 도움이 필요하지 않나, 이 선량한 자선가들이 그쪽에 노력을 투자해야 하지 않을까 하는 생각이 들었다.

"알코올 문제가 있는 사람들을 위한 지원 그룹입니다. 전통적인 AA 방식이 모든 사람들에게 다 효과가 있는 건 아니거든요. 우리 접근 방식은 약간 덜 형식적입니다."

"마틴 벤튼이라는 남자가 여기서 일했나요?" 홀리는 죽은 남자의 사진을 꺼내 셜리 앞 책상에 놓았다. 마른 여자도 걱정스럽다기보다 호기심 어린 표정으로 사진을 보려고 일어났다.

"그에게 무슨 일이 생겼나요?"

홀리는 즉시 대답하지 않았다. "알아보시겠어요?"

"네." 셜리가 말했다. "마틴이에요."

"어제 변사했습니다." 오늘 저녁이면 이 소식도 온통 뉴스를 장식할 것이다. 게다가 사진만 봐도 중년 남자는 더 이상 멀쩡해 보이지 않았다. "우리는 그에 대한 정보를 최대한 찾으려고 노력하고 있습니다. 여기서 당신과 같이 일한 걸로 알고 있는데요."

잠시 충격 어린 침묵이 흐르더니, 셜리가 입을 열었다. "그는 처음 자원봉사로 시작했습니다. 그 뒤에 우린 IT 환경을 업데이트하기 위해 자금 지원을 신청했어요. 내가 일을 시작할 때만 해도 악몽이었죠. 모든 것이 인덱스 카드에 적혀 있었고, 정보 보호 장치 같은 건 전혀 없었어요. 마틴이 관리자직에 지원해서 일을 하게 됐습니다."

"문제는 없었나요?"

"전혀요. 그는 꿈꾸던 직원이었어요."

"무슨 뜻인가요?" 그날 두 번째로 홀리는 주의력이 산만해지는 것을 느꼈다. 난 이런 일을 안 해도 돼. 지저분한 마을의 지저분한 사무실에서 전혀 관심도 없는 남자에 대한 질문을 하고 있을 필요가 없어.

"제시간에 출근했고, 신뢰할 수 있었고, 아주 효율적이었어요. 컴퓨터와 관련된 일이면 뭐든지 척척이었죠. 나중에는 그가 고객들도 돕게 됐어요. 업무와 보조금 등록을 온라인으로 하는 법을 가르치는 워크숍도 동네 도서관에서 개최했고요. 그중 많은 사람들이 집에 컴퓨터가 없었어요."

자동적으로 홀리는 자기 아이패드를 꺼내 메모하기 시작했다.

"당신 밑에서 얼마나 오래 일했나요?"

"6개월 계약으로 있었어요." 셜리가 말했다. 마른 여자는 자기 책상으로 돌아갔지만, 일하는 시늉도 하지 않고 귀를 쫑긋 세우고 있었다. "그 뒤 자금 지원이 끝나면서 더 이상 그를 데리고 있을 수 없게 됐어요. 그 뒤에도 자원봉사로 일주일에 한 번씩 나와서 도와줬어요. 내가 유일한 유급 직원이고, 최저 임금으로 일해요."

"어떤 경력을 갖고 계신가요?"

"사회 복지 학위가 있고, 20년 동안 보호 관찰관으로 일했습니다." 셜리가 말했다. "하지만 서비스가 재조직되고 사기업으로 넘어가게 되니, 고객의 친구가 되기보다 이윤 창출에 더 관심이 있는 회사에서 일하고 싶지는 않았어요. 여기서는 내가 잘 하는 일을 할 수 있으니까요."

아래층 그룹은 해산하는 것 같았다. 사람들이 거리로 나가면서 고함치는 소리가 들렸다. 아래층 방에서는 더욱 활기 띤 대화가 이어졌다.

"마틴이 나방을 수집했다는 걸 아시고 계셨나요?" 홀리는 이 정보가 살인 사건과 무슨 관련이 있을지 알 수 없었지만, 조는 이 사실을 매우 강조했다.

"네. 아주 조용했어요. 수줍음이 많고요. 하지만 나방 이야기를 할 때면 살아나는 것 같았죠. 나방과 컴퓨터. 인생의 사랑이었어요." 셜리는 미소 지었다.

"그럼 특별한 사람은 없었나요?"

"누굴 언급한 적은 없었어요. 하지만 있었더라도 말은 안 했겠죠. 말했지만 수줍음이 워낙 많았어요. 어쨌든 사람 상대하는 걸 어려워하기도 했고요. 유용하다는 걸 알았기 때문에 고객들과 컴퓨터 수업 시간을 가졌지만, 그냥 여기 사무실에 틀어박혀 있는 걸 더 좋아했어요."

계단에서 묵직한 발자국 소리가 들리더니, 한 남자가 사무실 문 바로 안에 들어섰다. 중년에 덩치가 어마어마했다. 머리는 박박 밀었고 문신 투성이였다. 삽 크기만 한 손, 손톱 밑에는 때가 끼어 있었다. "프랭크예요." 셜리가 말했다. "방금 그룹을 지도했어요. 정기적인 자원봉사자 중 한 사람이죠."

그들은 카페 창가에 앉았다. 프랭크는 더블 에스프레소를 마시고 같이 마실 콜라도 주문했다. 홀리는 차를 마셨지만, 그녀 취향에는 너무 강했다. 프랭크는 카페인과 설탕 기운에 힘입어 단조로운 독백을 계속했다. "전 중독에 취약한 성격입니다. 술보다는 커피가 나아요. 어린 시절 사고를 치기 시작한 것도 그 때문이었습니다. 물건이 필요해서 훔치기 시작한 게 아니었어요. 그 짜릿함, 흥분 때문이었습니다. 잡힐 수도 있다는 긴장감이요."

"그러다 결국 잡혔군요."

"당연히 잡혔죠. 난 어리석었습니다. 구치소, 소년원, 교도소. 하나씩 단계를 밟아 올라갔죠. 그래도 도둑질은 그만둘 수가 없었고, 그때쯤에는 다른 흥분거리를 찾았습니다. 헤로인이요. 교도소 안에서 손을 대기 시작했어요. 이제는 약값이 필요해서 도둑질을 해야 했습니다."

"하지만 이제 끊었죠?"

"네. 완전히 깨끗합니다. 작은 정원업 사업도 시작했습니다. 실내에서 하는 일에는 아예 소질이 없어서요. 할 수 있는 한 호프 일도 도우려고 합니다."

홀리는 어떻게 대응해야 할지 알 수 없었다. 그녀는 인간이 그렇게 극적으로 변할 수 있다고 생각하지 않았다. "마틴 벤튼과 친했나요?"

"순한 성품이었습니다, 마틴. 돌봐줄 사람이 필요했어요."

"어머니가 죽고 그가 병원에서 나왔을 때 당신이 도와줬나요?" 홀리는 아직도 이 남자를 수호천사로 생각하기가 어려웠다.

"그때도 그랬고, 구직 센터에서 노동 가능 판정을 내렸을 때도 그랬고. 그는 교직의 스트레스 때문에 병을 얻었고, 마지막 발작에서 회복되는 중이었습니다. 그 일로 돌아갈 수는 없었어요. 그래서 제가 자영업으로 등록하는 게 어떠냐고 제안했습니다. 사람들이 일단 귀찮게 하지 않을 것이고, 영리한 친구였어요. 자리를 잡을 때까지 버틸 만한 저축도 있었습니다. 기술도 있었고."

"나방과 컴퓨터?"

"그리고 사진도! 그 친구 사무실 보셨습니까? 그 아름다운 사진이라니. 홀로 설 자신감이 모자랄 뿐이었어요." 프랭크는 커피를 비우고 의자에서 꼼지락거렸다.

"그래서 그는 결국 무슨 사업을 선택했나요?"

처음으로 프랭크는 망설이는 것 같았다. "모르겠습니다. 나한테 말을 안 해 주더군요. 자세히는. 무슨 일을 해 달라는 사람을 만났다고 했습니다. 그 이상은 이야기를 안 했습니다." 잠시 말을 멈추었다 이었다.

"혹시 다시 아픈 게 아닌가 생각했어요. 정말 아플 때는 환청이 들린다고 했으니까요. 피해망상 증상도 있고 괴상한 음모 이론을 만들어 내고. 비밀 엄수를 약속했다고 했습니다."

"그게 정신병 증세라고 생각하셨군요?" 이건 악몽이었다. 베라는 사실 관계를 원하지 피해자가 헛소리를 듣는 광인이었다는 소식은 원치 않을 것이다.

"모르겠어요. 난 판단할 자격이 없으니. 난 의사가 아니잖습니까. 마틴은 멀쩡해 보였지만, 하는 이야기는 앞뒤가 잘 맞지 않았어요. 새로 시작하는 사업을 굳이 왜 그렇게 비밀에 부쳐야 했을까요?" 프랭크는 손가락을 탁자 위에 두드렸다.

여기 오래 잡아둘 수 없을 것 같았다. "커피 한 잔 더 시킬까요?"

그는 고개를 저었다. "일하러 가야 합니다."

"마틴이 자기 사업에 대해 뭐라고 했는지 다시 말씀해 주시겠어요? 일을 제안한 사람과 어디서 만나기로 했나요?"

프랭크는 일어서서 탁자 위로 몸을 내밀었다. "말을 안 해 줬습니다. 아무것도요. '자넬 못 믿어서 그런 게 아니야, 프랭크. 하지만 비밀 서약을 했어.' 눈빛이 묘하게 반짝거려서 혹시 무슨 약을 했나 생각했어요." 그는 홀리를 똑바로 쳐다보았다. "그리고 내가 자기를 자랑스러워할 거라고 했습니다. '그 누구보다 자넨 이해할 거야.' 무슨 뜻인지 물었지만, 그는 그저 미소만 지었습니다."

12

베라는 배가 고팠다. 비스킷도 좋았지만, 전날 밤 피자 이후로 제대로 된 식사를 하지 못했고, 피자도 그녀에게는 그리 든든하지 않았다. 스낵 같았다. 마을로 돌아가서 더 램에서 파이와 칩을 먹을까 생각하고 있는데, 농장 반대쪽 헛간 개조 주택 문이 열렸다. 저택에서 본 래브라도 견 두 마리가 튀어나왔고, 이어 중년 여자가 따라 나왔다. 여자의 몸은 탄탄했다. 군살이라고는 1인치도 없었다. 안경을 썼고, 수세미 같은 고수머리였다. 부츠와 청바지, 티셔츠 차림이었다. 코트나 스웨터는 걸치지 않았다.

"재닛 오케인?" 베라는 차에서 반쯤 내려서 흥분한 개 짖는 소리 너머로 고함쳤다.

"네?" 여자는 멈췄지만, 개들은 껑충 뛰었다.

"베라 스탠호프 경감입니다. 잠시 이야기를 할 수 있을까요?"

"괜찮으시다면 좀 걷죠." 그녀는 래브라도 견을 고개로 가리켰다. "개들은 워낙 넓은 정원에 익숙해서 집 안에 두면 난리법석이에요."

"맡아 주셔서 고맙습니다."

"남편이 개 손님을 어떻게 생각하는지 모르겠지만, 정말, 이런 거라도 해야죠. 두 사람이 죽었어요! 정말 믿을 수가 없네요." 그녀는 입을 다물었고, 두 사람은 잠시 길을 따라 내려갔다. "같이 가시니 좋네요. 개들이 있긴 하지만 혼자 나가는 게 좀 무서웠어요. 어리석죠, 알아요. 존이 같이 산책시키겠다고 했지만, 몸이 안 좋아서 별로 나오고 싶지 않은 것 같았어요."

그녀는 도로를 내려가기 시작했다.

"보통은 산으로 올라가는데, 거기는 양들이 있어서 오늘은 피하는 게 좋을 것 같아요. 렌은 아주 얌전하지만, 디퍼는 성질이 좀 있거든요. 디퍼가 렌의 아들이에요."

개 이야기를 하고 있다는 것을 베라가 깨닫는 데는 시간이 좀 걸렸다. "당신이 개를 자주 돌보시나요?"

"카스웰 부부가 주말 외출을 할 때, 내가 몇 번 저택에 가서 먹이를 주고 밖에 나가 놀게 한 적이 있어요. 나도 개를 키우고 싶은데, 존이 별로 좋아하지 않아요."

"살기 좋은 곳입니다." 베라가 말했다.

"그렇죠? 존은 뉴캐슬 대학에서 가르쳤는데, 원래 일찌감치 은퇴해서 숨 쉴 수 있는 공간을 찾는 게 계획이었어요. 건강한 삶을 사는 거요. 엉뚱하게 들릴지는 몰라도, 우리한테는 그게 좋네요." 목소리는 매우 밝았다.

재닛은 도로에서 오솔길로 접어들더니 개울 위 좁은 다리를 건넜다. 개는 수풀을 킁킁거렸다. 아네모네와 애기똥풀이 피어 있었고, 주변은 온통 새소리였다. 의사가 권유한 대로 좀 더 자주 나와서 운동을 하자는 생각이 베라의 머리를 스쳤다. 최소한 조는 덜 들들 볶을 것이고, 어쩌면 즐거울지도 모른다. "카스웰 부부는 얼마나 잘 아십니까?"

"헬렌은 산책하다 만났는데, 개를 데리고 있었어요. 처음에는 누군지 몰랐죠. 그 뒤로 우리는 저택에 몇 번 가서 차를 마셨고, 존과 피터는 상당히 친해진 것 같아요. 둘 다 역사광이라. 우리 집 쪽으로 산책을 나오면 헬렌이 커피 한 잔 하러 들르기도 하고요. 아주 인정 많은 분이랍니다. 안 계실 때는 적적해요."

"사이가 아주 좋으시군요." 혹시 오케인 부부와 저택 사람들의 막역한 관계가 계곡의 다른 주민들 사이에 분한 마음을 불러일으키지 않았을까 하는 생각이 들었다. "더 가까운 이웃들하고도 잘 지내시나요?"

재닛은 잠시 사이를 두었다. "아, 그럼요. 우리는 운이 좋아요." 그녀는 막대기를 던졌고, 디퍼가 그 뒤를 쫓아가는 모습을 지켜보았다. "때로 인생의 이 시기가 일종의 회귀가 아닌가 하는 생각이 든답니다. 이제 대단한 책임이 없어요. 농장의 우리 여섯 사람은 이제 노년의 부모님이나 손주를 돌봐야 할 나이지만, 우연히도 다들 그런 의무도 없고. 다시 학생이 된 기분이랄까. 우리 자신 말고는 걱정할 사람이 아무도 없으니까."

"은퇴한 쾌락주의자 클럽." 베라는 약간 숨이 가빴다. 걸음을 좀 늦춰줬으면 하는 마음이었다. 그녀는 쓰러진 나무둥치에 걸터앉았고, 재닛도 나란히 앉았다.

"아, 그 이야기를 들으셨나보군요. 존의 농담이었어요. 물론 제 안의 원칙주의자는 그 표현이 옳지 않다고 느끼지만. 마치 우리가 한때 쾌락주의자였는데 지금은 아니라는 것처럼 들리잖아요. 정확한 뜻은 우리는 쾌락주의자이고, 은퇴했다, 이거예요."

"그 쾌락주의란 어떤 겁니까?" 베라는 학창 시절 문법 점수가 그리 좋지 않았다. 상대가 이해할 수 있으면 됐지 왜 그렇게 까다롭냐는 생각이었는데, 지금은 무슨 소리인지 도무지 알 수 없었다.

"아, 대단한 건 아니에요! 무슨 성적 탐닉이나 환각을 일으키는 약물을 복용하는 건 아닙니다. 어쩌면 술은 좀 많이 마시는 것 같고요. 너무 많이 먹는 것 같고. 서로 말동무도 즐기고. 그림이나 연극 구경하러 뉴캐슬이나 키머스톤에 가끔 나가고. 주말에. 어쩌면 회귀라기보다 필사적인 몸부림에 더 가까울까요. 시간이 조금씩 흘러가는 걸 보면서 할 수 있는 동안 인생을 즐기고 싶은 거죠." 그녀는 갑자기 말을 멈췄다.

"하지만 카스웰 부부는 그 클럽 회원이 아니죠?" 베라는 나이절 루카스가 저택 사람들에 대해 이야기하면서 비친 분한 심사를 떠올렸다.

"저런, 아뇨!" 생각할 수도 없다는 듯한 말투였다. "게다가 그 사람들은 아직 책임이 있어요. 피터는 시골 토지 소유주 협회 회장이고요, 여러 위원회에 참여해요. 헬렌은 키머스톤 호스피스 협회에서 일하고, 이런저런 자선 사업 후원자예요. 애니와 나도 지역 사회 일에 참여하지만, 그 정도는 아니죠."

"카스웰 부부는 아직 손주가 없죠?" 베라는 큰 저택 거실의 사진을 떠올렸다. 거기 아기는 없었다.

"아직은요! 하지만 이제 곧 생겨요." 재닛은 일어섰다. 얼른 다시 걷고 싶은 것 같았다. "오스트레일리아로 가신 것도 그 때문이에요."

물론이지. 그 정보는 조에게서 들었어.

"은퇴하기 전 이웃들은 뭘 하셨나요?" 이제 세부 사항으로 들어가서 수사와 관계있는 질문을 던져야 한다는 것은 알고 있었지만, 베라는 언제나 남의 사생활을 캐묻는 것을 좋아했다.

"로레인과 나이절 루카스요? 나이절은 자기 사업이 있었어요. 회사를 팔아서 큰돈을 벌었죠. 돈에 구애받는 집은 절대 아니에요. 로레인은 선생이었고요. 학교 선생 말고, 문제아 상대로, 교도소에서 그림을 가르쳤어요."

베라는 눈을 깜빡이며 로레인 루카스에 대한 인상을 재정비해야 했다. 아까 로레인을 매력적이지만 개성은 없는 트로피 와이프로 보았기 때문이었다. 로레인이 젊은 재소자들을 상대하는 모습은 상상하기 힘들었다. "그분들은 은퇴하기 전에 이 지역에 살지 않았지요?" 베라는 그 부부가 했던 말을 기억하려고 애썼다. 조는 마틴 벤튼이 재소자와 그 가족을 돕는 자선 단체에서 일했다는 정보를 알려 주었고, 베라는 연결고리를 찾기 위해 필사적이었다.

"네, 아마 남부에 살았을 거예요. 미드랜드 어디쯤." 마치 남부는 경계조차 모호한 수수께끼 같은 곳이라는 말투였다.

두 사람은 발길을 돌려 밸리 팜 쪽으로 걷기 시작했다. 재닛의 걸음에 맞추려니, 베라는 아주 빨리 걸어야 했다.

"카스웰 저택 하우스시터 패트릭 랜들은 아셨나요?"

"네, 만났어요. 헬렌이 그가 도착한 다음 날 찾아가서 문제는 없는지 확인해 달라고 부탁했어요. 수전, 청소부가 패트릭을 저택에 들이고 기본적인 안내를 하기로 했지만, 계곡에 잘 왔다는 환영 인사차 내가 찾아가면 좋을 거라고요. 물론 개도 소개해 주고."

"어떤 인상을 받으셨나요?"

"아주 유쾌한 사람 같았어요. 예의 바르고. 매력도 있고. 날 자기 플랫으로 초대해서 차를 대접하더군요. 내가 언제 한번 저녁 식사 하러 오라고 초대했는데, 구체적인 약속을 잡지는 않았어요. 필요한 게 있으면 연락하라고 우리 전화번호도 줬어요. 그게 다예요. 그를 알아갈 시간이 두어 달 더 있을 줄 알았죠." 재닛은 말을 멈추었다가 이었다. "그가 죽었다는 게 아직 실감나지 않아요."

그들은 도로로 올라가서 나란히 걷기 시작했다.

"두 번째 피해자는 마틴 벤튼이라는 남자였습니다." 베라가 말했다. "카스웰 부부가 혹시 그런 이름을 언급한 적이 있나요?"

재닛은 고개를 저었다.

"그는 저택의 플랫에서 발견됐습니다. 그가 거기 있을 이유가 있을까요? 예를 들어, 카스웰 부부가 집을 비운 동안 저택 공사를 할 계획이었다든지."

"그렇지는 않을 것 같은데, 저보다 수전이 아마 더 잘 알겠네요." 그들은 집에 도착했고, 개들은 마당을 돌아다니고 있었다.

"몇 가지 질문이 더 있습니다."

상대는 잠시 망설였고, 베라는 뭔가 감지했다. 당황? 환영? 그때 재닛은 미소 지었다. "물론이죠. 들어오세요. 존하고 인사하시고 커피 한 잔해요."

그들은 헛간 개조 건물 뒤쪽 방에 앉았다. 약간 어둑한 것 같았다. 길고 폭이 좁은 정원이 내다보였고, 정원 끝은 쌓아 올린 돌담, 그 너머로 툭 트인 언덕이 이어졌지만, 해는 집 뒤쪽에 있었다. 존 오케인은 검은 머리, 검은 눈동자였다. 젊은 시절 새로 부임한 강사였을 때는 미남이어서 학생들의 마음을 사로잡았을 것 같았다. 그는 코르덴바지와 큼직한 스웨터 차림이었다. 창가 의자에 앉아 있었고, 옆 바닥에는 휴지 상자가 놓여 있었다. 탁자 위에는 끓인 꿀물이 한 접시 놓여 있었고, 대화 내내 그는 물을 마셨다. 기침과 재채기 때문에 말도 자주 끊겼다. 조용히 앓지 못하는 유형의 남자 중 하나군, 베라는 생각했다. 잡지에 실릴 것 같은 완벽한 옆집 인테리어와 달리, 책과 서류가 빼곡하게 들어찬 방은 편안한 분위기였다. 베라는 두 부부의 공통점이 무엇일까 궁금했다. 그들이 금요일 밤 같이 술을 마시며 같은 농담에 웃는 모습은 상상할 수가 없었다.

"두 분 다 어제 오후와 저녁에 무엇을 하셨는지 말씀해 주시죠." 베라는 광을 낸 소나무 탁자 앞에 앉아 있었다. 잼 병에 꽂은 수선화 한 다발, 종자 카탈로그, 며칠 전 일요일 신문이 여기저기 널려 있었다.

"나는 오후에 여성 협회에 갔어요." 재닛이 말했다. "애니와 같이요. 로레인은 자기 취향이 아니라고 거절하지만, 한 번 가보면 분명 즐거울 텐데. 옛날처럼 잼이나 만들고 찬송가나 부르고, 요즘은 그렇지는 않거든요." 너무 많이 말하고 있다는 것을 의식했는지, 그녀의 목소리가 잦아들었다.

"오케인 씨?" 베라는 남자를 돌아보았다.

"난 오후 내내 여기 있었습니다."

"전혀 나가지 않으시고요?"

"몸이 좋지 않아서요." 그는 까다로운 어린아이처럼 투덜대는 목소리였다. "그리고 신선한 공기를 마셔야 직성이 풀리는 사람은 재닛이에요. 난 책을 읽었습니다."

"존은 집필 중이에요." 재닛은 자랑스럽기도 하고 동시에 미안하기도 한 말투였다.

"잉글랜드-스코틀랜드 국경 약탈자의 역사. 내 주제입니다."

"흥미롭군요." 베라는 주의를 다시 재닛에게 돌렸다. "여성 협회에서 돌아오실 때 혹시 도로에서 사람을 봤나요?"

"나도 물론 그 생각을 했어요. 애니가 전화해서 당신이 물어보더라고 하더군요. 하지만 아뇨, 못 봤어요."

"마틴 벤튼이라는 이름을 아시나요, 오케인 씨?"

"그가 누굽니까?" 교수는 얼굴을 찡그렸다.

교수 생활 내내 하고 싶은 대로 다 하고 살다가 비서 하나, 비위 맞추는 학생 하나 없는 은퇴한 노인네 신세에 익숙하지 않은 것 같았다. 문득 베라는 자기도 은퇴하면 따분하고 까탈스러운 노인이 될 거라고 생각했다. "가슴에 여러 군데 칼을 맞고 저택 다락방에서 시체로 발견된 남자입니다."

잠시 쉬었다가 교수가 마침내 말했다. "아뇨. 그런 이름은 들어 본 적이 없습니다."

"저녁 늦게는요?" 베라는 물었다. "그때는 뭘 하셨습니까?"

"8시쯤, 술 한잔하러 옆집에 갔습니다." 존이 말했다. "보통 우리는 금요일 밤에만 모입니다. 한 주의 의례처럼 됐죠. 나이절은 북부 최고의 진토닉을 만든다고 자부심이 대단한데, 반박할 생각은 없습니다. 더 이상 주중에 집 밖에서 일하지 않는 우리 은퇴자에게는 주말의 시작을 알리는 행사입니다. 어젯밤은 주중에 만났고 로레인의 생일이라 약간 특별했습니다."

"옆집에는 어떻게 가셨지요?" 베라는 그에게 약간 인내심을 잃기 시작했다.

"난 아픕니다만, 경감, 몇 야드 걷는 데는 아무 문제가 없습니다."

"이쪽 정원을 통해서 갔습니까, 현관으로 나갔습니까?" 그녀는 자기도 모르게 교수를 노려보고 있었다. 그의 오만함은 어딘가 그녀의 아버지 헥터를 연상시켰다.

다시 잠시 침묵이 흘렀고, 이번에는 재닛이 대답했다. "존은 저보다 먼저 준비를 끝내고 현관으로 들어갔어요. 우리 금요일 의례는 상당히 형식적이에요. 장난스러운 의미로. 격식을 차리고, 차려입기도 하죠. 간밤에 로레인의 파티도 마찬가지였어요. 아시죠?" 베라는 몰랐지만, 재닛은 말을 계속했다. "식사도 옆집에서 할 예정이었고 내가 푸딩을 만들었기 때문에, 나만 뒷문으로 나가서 로레인의 부엌 쪽으로 들어갔죠. 내가 치즈케이크도 만들었기 때문에 냉장고에 넣어야 했어요."

"그 집 뒷문은 잠겨 있지 않았나요?"

"아뇨. 낮 동안 집에 사람이 있으면 아무도 문을 잠그지 않아요."

"농장까지 가는 길에 두 분 중 누구라도 혹시 특이한 걸 봤나요?"

"낯선 사람이 칼을 휘두르는 광경을 봤다면, 벌써 이야기했겠죠, 경감." 다시 교수였다. 그의 얼굴은 몹시 붉었다. 열 때문인지, 질문 때문에 화가 났거나 초조한 건지 알 수 없었다.

"그 순간에는 별로 중요해 보이지 않았던 사건 같은 게 있을 수 있지 않을까요." 베라의 목소리는 단조로웠다. "도로에서 차를 봤다든지, 개울 옆에서 걷고 있던 사람이라든지. 그런 걸 기억해 주시면 대단히 도움이 됩니다."

그는 고개를 저었다. "미안합니다. 평소와 다른 건 전혀 눈에 띄지 않았습니다."

"오케인 부인?"

재닛은 좀 더 시간을 들여 생각했다. "아뇨." 그녀는 마침내 말했다. "나는 옆집에 가기 전에 닭을 닭장에 넣느라고 잠시 정원에 있었어요. 여우 때문에 밤에는 닭장에 넣고 잠그는데, 나중에 하고 싶지는 않았어요. 언덕에서도 사람을 본 기억은 없어요. 죄송합니다. 도움을 드리고 싶은데."

정적이 이어졌고, 베라는 정원 저쪽 끝에서 닭 우는 소리를 들을 수 있었다. 늙은 여자들이 수군거리는 소리 같다는 생각이 들었다. 내가 그런 존재지. 남의 이야기 좋아하는 늙은 여자. 베라는 일어섰고 순간 방 안에는 안도한 분위기가 퍼져나갔다. 거의 냄새처럼, 물리적으로 감지되는 현상이었다.

존 오케인은 손을 약간 흔들었지만, 일어서지는 않았다. 재닛이 문까지 바래다주었다. "다시 들르세요, 경감님. 언제든지." 분명 마음에 없는 형식적인 인사.

베라는 차에 올라 도로를 내려갔다. 전화에 메시지가 들어와 있었지만, 지금은 읽고 싶지 않았다. 밸리 팜의 모든 주민들은 그녀가 정말 떠나는지 확인하기 위해 바라보고 있을 것이다.

13

더 램에 도착했을 때 식당은 이미 영업이 끝나 있었지만, 여주인이 베라를 배려해 주었다. 그녀는 다시 데운 셰퍼즈 파이 접시를 놓고 혼자 작은 바에 앉았다. 술은 주문하지 않았다. 베라는 날카로운 두뇌 회전이 필요했다. 조와 홀리에게서 수신 기록이 있었다. 그녀는 조에게 먼저 전화했다.

"뭐 좀 알아냈나?" 파이 때문에 말이 우물거렸다. 한 손에는 전화, 다른 손에는 포크.

"벤튼과 랜들 사이의 연결고리를 찾았습니다." 득의만만한 음성이었다. 이 정보를 전하고 싶어서 그녀의 전화를 내내 기다리고 있었던 것 같았다.

"그래서?"

"나방입니다."

"자세히 설명해 봐."

"랜들은 대학에서 생태학을 전공했고, 나방에 관련된 주제로 박사 논문을 썼습니다. 제가 지도 교수에게 확인했습니다. 자세한 건 이해하지 못했습니다만. 나방이 지구 온난화의 지표라는 연구였습니다."

"그리고?" 자동적인 답변. 접시는 비었다. 베라는 빈 접시를 밀어놓고 종이 쪽지와 펜을 재킷 주머니에서 꺼냈다.

"벤튼도 나방광이었습니다. 키머스턴 그의 집 정원에는 나방 덫이 있었고, 개인 사무실은 온통 사진투성이였습니다. 아마추어였겠지만, 주제에 대해 잘 알고 있었다는 건 분명합니다. 그가 일하던 자선 단체의 여자도 벤튼이 열정적으로 좋아했던 걸 두 가지 꼽더군요. 컴퓨터와 나방."

"두 사람이 교신한 기록이 있나? 전화? 이메일?" 베라는 나비목에 대한 관심이 어떻게 살인으로 이어질 수 있는지 납득하기 어려웠다. 헥터는 나방에 관심이 없었다. 그가 집착했던 것은 보다 크고, 보다 마초적인 동물이었다. 독수리, 송골매, 참매. 나방 수집이라면 보다 온화하고 구식 취향의 일일 것이다. 나이 지긋한 성직자나 교사의 소일거리. 아버지의 친구 중 한 사람이 수집가였다. 헥터처럼 그도 살아 있는 것보다 죽은 생물에 더 관심이 많았던 것 같았고 수집판에 핀으로 꽂은 나방 표본을 담은 서랍장도 있었다.

문득 기억이 떠올랐다. 베라와 헥터는 키머스턴에서 가까운 그 수집가의 집에 하룻밤 머문 적이 있었다. 길스윅 저택처럼 으리으리한 곳이 아니라, 농장으로 둘러싸인 크고 초라한 건물이었다. 베라는 하늘을 향해 빛을 쏘아 올리던 나방 덫 안의 수은등과, 전력을 공급하던 발전기의 소음이 떠올랐다. 그리고 새벽녘, 덫 하단의 달걀 상자 안에 걸린 내용물을 검사하던 일. 두 남자는 선물을 풀어보는 어린아이처럼 들떠서 상자 안을 들여다보았다. 그 뒤에 헥터는 무시하듯 말했다. "성인 남자가 작은 곤충 종류를 알아낸답시고 성기나 만지작거리고 있는 건 한심한 데가 있지." 그러나 그 순간 그는 발견의 흥분에 사로잡혀 있었다. 베라는 헥터에게 단지 세심하게 정성을 기울일 끈기가 없었던 거라는 결론을 내렸다.

조의 목소리에 베라는 놀라 다시 현실로 돌아왔다. "아직 전화는 찾지 못했습니다. 서비스 업체를 추적하는 중입니다. 랜들의 어머니가 전화번호를 갖고 있겠지만, 지금 북부로 오는 길이고 아주 급한 일이 아니면 방해하지 않으려고 합니다. 벤튼의 집 전화로 가장 마지막으로 걸려온 통화는 휴대전화 번호였습니다."

"어머니는 언제 도착하지?"

"홀리가 6시에 앨른머스 역에 도착하는 기차를 마중 나갑니다. 우리가 키머스톤에 숙소를 마련했고, 내일 아침 일찍 패트릭의 시신을 확인할 수 있도록 조치했습니다."

"홀리에게 랜들 부인과 식사를 같이 하라고 해. 가능하면 나도 가지." 베라는 아들을 잃은 여자가 낯선 호텔방에서 밤새도록 혼자 지내는 것은 좋지 않을 거라고 생각했다. 그러나 모르는 사람과 대화해야 하는 상황은 어쩌면 더 나쁠지도 모른다. "물론 부인이 괜찮다면. 부인에게 선택권을 줘. 부인이 원한다면, 내일 이야기해도 돼." 베라는 말을 잠시 쉬었다. "이메일은?"

"기술자가 마틴 벤튼의 컴퓨터를 가져갔습니다. 아직은 알아낸 게 없답니다. 벤튼은 자기 통신 내역을 꾸준히 지운 것 같습니다. 보안에 피해망상이라도 있는 사람처럼요. 그리고 랜들은 플랫에 랩톱을 안 가지고 있었습니다. 적어도 수색 팀이 들어갔을 때는 없었습니다."

"특이하군." 랜들이 학술 연구를 계속할 계획이었다면, 최신 과학 학술지는 꾸준히 구독하고 싶었을 텐데. 글도 쓰고. 전화와 이메일은 아이폰으로 해결된다 해도, 컴퓨터가 따로 필요했을 것이다.

"살인자가 컴퓨터를 가져갔을까요?"

"음, 사인은 달라도 우리는 두 사람을 죽인 것은 동일범의 소행이라고 가정하고 있어. 그러니 그들 모두 랜들의 플랫에 있었던 건 확실해."

베라는 갑자기 피곤했다. 음식과 온기 때문이었다. 난 밸리 팜 주민들보다 그리 젊지도 않은데. 그 사람들은 집에서 쉬거나 정원에서 화초를 키우잖아. 어쩌면 나도 유통기한이 지났는지 몰라. 그러나 머릿속에 떠오른 순간부터, 말도 안 되는 생각이란 건 알고 있었다. 그녀는 그 어느 때와 다름없이 날카로웠다. "나는 곧 사무실로 돌아갈 거야. 홀리가 패트릭 랜들의 어머니를 만나러 가기 전에 잠시 모이지. 계곡 꼭대기 작은 재개발 단지에 사는 세 부부에 대해 최대한 많은 걸 알아내. 샘과 애니 레드헤드. 그들은 키머스턴 광장에서 우아한 식당을 경영했는데, 은퇴하기에는 좀 이른 나이야." 나보다 젊을까? "왜 갑자기 식당을 팔았는지 알아내. 나이절과 로레인 루카스. 남부, 미드랜드 어디서 살았어. 남자는 자기 보안 업체를 운영했고, 여자는 미술 선생이었어. 그리고 오케인 교수 부부. 남자는 뉴캐슬 대학 역사학자였고, 여자는 사회 복지사 비슷해. 모두 여유 있는 신사숙녀들이지만, 그 단지에는 어딘가 묘한 데가 있어." 베라는 재닛의 표현이 뭐였는지 기억을 더듬었다. "어딘가 필사적인 데가."

그들은 베라의 사무실에서 그녀가 잠을 깨기 위해 끓인 독한 커피를 마시며 앉아 있었다. 유리문 너머 개방형 사무실은 밸리 팜의 닭들을 연상시키는 부산한 분위기였다. 나직한 전화 통화, 프린터 돌아가는 소리. 늦은 오후의 햇빛이 창문을 통해 들어오고 있었다. 베라는 책상 위에 걸터앉아 홀리와 조를 내려다보고 있었다. "그래서, 피해자에 대해 알아낸 사항은? 홀, 자네가 벤튼의 직장을 확인했지. 범행 동기로 볼 수 있는 건 없었나?"

"그는 조용한 사람 같았습니다." 홀리는 말을 신중하게 골랐다. 그녀는 뭔가 잘못할까 봐 늘 노심초사했다. 완벽주의자였다. 실수를 하느니 입을 다무는 게 낫다. "사무실에서 그가 화를 내거나 짜증을 불러일으켰다고 말한 사람은 아무도 없었습니다. 보조금을 타기 위해 이런저런 시도를 했지만, 장애 연금을 못 받게 된 대부분의 청구인들보다 운이 좋았습니다. 어머니에게서 집을 물려받았기 때문에 주거비가 들지 않았고, 침실세(가족 수에 비해 침실이 남아돌 경우 정부 주택 보조금을 14~25퍼센트 삭감한다는 내용-옮긴이) 걱정도 없었고, 저축도 좀 있었으니까요. 정신병원에 들락거렸지만, 교사직을 그만둔 뒤로는 건강도 좋아진 것 같습니다."

"어머니의 죽음 직후 그 한 번만 제외하고." 조가 말했다.

"그렇지, 그것만 빼고." 홀리는 자기 이야기에 너무나 집중하고 있어서 조가 끼어든 것도 별로 의식하지 않았다. "보조금을 못 받게 된 것을 오히려 기회로 생각한 게 아닐까 싶을 정도예요. 드디어 자신의 꿈을 펼칠 기회." 그녀는 고개를 들었다. "아니, 이건 좀 어처구니없는 이야기죠."

"그렇지 않아." 베라는 밸리 팜의 작은 공동체를 생각했다. 이번 사건은 온통 꿈을 좇는 사람들 사이에서 벌어진 일 같았다. 조금은 방종한 생활이 아닌가 싶을 정도였다. "하지만 그의 사업이 어떤 일이었는지는 아직 알 수 없지?"

홀리는 고개를 저었다. "자선 단체에 친구가 하나 있었어요. 프랭크 슬로운이라는 전과자. 마틴은 프랭크에게 자기가 계획 중인 일은 너도 좋아할 거라고 했는데, 그 이상 자세한 이야기는 안 했답니다."

"한데 왜 기밀이었을까?" 베라는 조를 보았다. "자네가 뭔가 알아낸 게 있길 바라. 안 그러면 수사를 진척시킬 실마리가 전혀 없어."

"마틴은 어제 길스윅에 갔습니다."

"그래서?" 베라는 몸을 죽 뻗으며, 반가운 티를 내지 않았다. 부하를

편애하는 것은 좋지 않다.

"버스 정류장에 자전거를 묶어 놓고 버스를 탔습니다. 버스는 2시 30분에 키머스톤에서 출발, 한 시간 뒤 길스윅에 도착했습니다. 중간에 여러 곳에서 섰고요." 조는 사이를 두었다. "제가 운전사와 이야기해 봤습니다. 대부분의 승객은 키머스톤에서 쇼핑을 마치고 돌아가는 단골이라—화요일은 장날이라 평소보다 약간 더 붐빈답니다—낯선 사람이 눈에 띄었답니다. 정장까지 정확히 벤튼의 인상착의를 묘사했습니다. 정복 경찰을 보내 확인했는데, 자전거는 그대로 버스 정류장 자전거 주차장에 묶여 있었습니다."

"그러면 회색 남자는 마을에서 저택까지 어떻게 갔을까?"

"랜들이 자기 차에 태웠습니다. 버스는 길스윅에서 15분 정차한 뒤 돌아갑니다. 운전사가 음료수를 사러 우체국에 갔다가 벤튼이 폭스바겐에 타는 걸 봤답니다." 조는 슬쩍 미소 지었다. "운전사는 랜들의 차도 정확하게 묘사했습니다."

"그럼 두 남자가 저택에 도착한 건 확실하군. 랜들의 폭스바겐은 거기서 발견됐으니까." 베라는 계곡의 다른 주민들이 그 시간에 어디 있었는지 짜 맞춰 보았다. 재닛과 애니는 여성 협회 일로 마을 회관에 있었고, 나이절은 키머스톤의 슈퍼마켓에, 그의 아내는 집에서 그림을 그리고 있었다. 방갈로에 사는 퍼시 더글러스와 그의 딸은 알 수 없었다. 베라는 홀리에게 증인의 동선을 차트나 스프레드시트로 정리하라고 지시했다. 홀리가 잘하는 일이었다.

"제가 이해할 수 없는 것은." 조가 말했다. "랜들이 어떻게 도랑에서 발견되었을까 하는 점입니다. 두 남자 다 플랫에 있었어요. 머그 두 잔이 개수대 위 선반에 있었으니까요. 그런데 어떻게 시체는 따로 발견되었을까요?"

"그리고 벤튼은 왜 정장 차림이었을까요?" 미리 생각하기도 전에 말이 불쑥 입에서 튀어나왔다. 홀리는 얼굴을 약간 붉혔다. "나방을 보러 정원에 나갈 생각이었다면, 좀 더 편한 옷을 입지 않았을까요?" 그녀는 동료들을 보았다.

"그랬겠지." 베라는 홀리가 대화에 참여한 것이 얼마나 반가운지 아랫사람 취급하지 않고 자연스럽게 알려 줄 방법이 없을까 생각했다. 하지만 아무것도 하지 않는 것이 더 쉬웠다. "그러니 질문만 더 늘어난 셈이군."

정적이 흘렀다. 넓은 사무실 여기저기서 두런거리는 대화가 들려왔다. 바깥에는 혼잡한 시간의 자동차 소리가 덜컹거렸다.

홀리는 시계를 보았다. "난 이제 역으로 가서 앨리샤 랜들을 만나야 해요. 기차가 도착하는 시각에 거기서 기다리고 싶어요. 저녁 식사 예약은 안 했어요. 어디가 좋죠?"

"애니스 어때? 광장에 있는 그 식당." 베라는 일거양득도 나쁠 거 없다고 생각했다. "거기 개인실 있지 않나? 보스 송별 파티를 거기서 한 적이 있어. 내가 비어 있는지 알아보지. 거기서 만나, 홀. 7시?"

이제 가도 좋다는 지시였고, 홀리는 나갔다. 조와 베라는 둘만 남았다. 다시 침묵이 흐르다가 조도 일어섰다.

"잠깐." 베라는 조가 같이 있을 때 더 명확하게 사고할 수 있었다. 그녀의 두뇌는 세부적인 사실들로 잔뜩 어질러져 있었고, 조는 직설적이었다. 그는 숲에서 나무를 볼 줄 알았다. 베라는 머그 두 잔에 커피를 더 따랐다. 커피는 배수구의 오물처럼 걸쭉했다. "정말 자네는 이 두 남자의 연결고리가 나방에 대한 관심이라고 생각하나? 난 도무지 그걸 살인 동기로 볼 수가 없는데."

"애당초 그 둘을 만나게 해 준 것이 그거라고 생각합니다." 조는 커피를 입에 갖다 대다가 얼굴을 찌푸리고 머그를 창틀에 올려놓았다. "웹사이트가 있지 않겠습니까? 나방광들이 모이는 온라인 만남의 장소 같은 것 말이죠. 그들이 사전에 한 번도 연락하지 않았다는 건 지나친 우연의 일치입니다."

"아침에 홀리에게 그 점을 알아보라고 해야겠군."

"친구가 됐을 수도 있겠죠." 조는 말을 이었다. "그 비슷한 거라도요. 온라인 인간관계 같은. 벤튼은 수줍음이 많고 사교에 서툴렀습니다. 이게 그들의 첫 만남이었다면, 정장도 좋은 첫인상을 남기려고 입었을지 모르죠."

"그럼 저택에서의 만남은 업무가 아니었을 수도 있다." 베라는 자신도 사교에 서툰 사람이라고 표현할 수 있지 않을까 생각했다. 은퇴하고 나면, 바깥세상과의 접촉은 오로지 온라인을 통해서만 하는 게 아닐까? "우정이었을 수도 있겠지. 만약 그랬다면, 두 남자는 왜 죽어야 했을까?"

14

애니는 창가에 서서 형사의 차가 도로를 따라 마을 쪽으로 사라질 때까지 바라보았다. 집은 남향이었고, 계곡은 햇빛의 호수 같았다. 자동차가 주 도로에 접어들 때쯤에야 목과 얼굴의 근육에서 긴장이 풀렸다. 애나는 베라 스탠호프가 그들의 공간에 침입해서 염탐하고 대답을 재촉하며 돌아다니는 동안 자신의 온몸이 얼마나 뻣뻣하게 굳어 있었는지 깨달았다.

두뇌 속에서 햇빛이 작열하듯, 행복감이 순간 그녀를 감쌌다. 물론 걱정할 이유는 전혀 없었다. 로레인과 잰에게 전화해서 즉석 와인 파티를 열까 하는 충동이 일었다. 여자들끼리 수다도 떨고 밸리 팜의 원상 복귀를 기념하며 축배를 드는 것이다. 하지만 두 사람이 죽었고, 숲 때문에 저택이 보이지는 않지만 아직 거기도 사람이 있다는 사실이 떠올랐다. 베라 스탠호프가 이 작은 공동체를 탐문하며 연결고리를 찾았듯이, 종이 작업복과 마스크를 입은 사람들이 물리적인 증거를 수색하고 있다.

양탄자를 깔지 않은 나무 계단에서 발소리가 들리더니, 샘이 등 뒤에 섰다. "형사는 갔군."

"응."

"잠시 떠나 있을까 생각을 해 봤는데." 샘은 창백했고, 배가 약간 나왔다. 얼굴을 볼 때면 늘 느끼는 것이지만, 남편은 운동을 좀 더 해야 한다는 생각이 들었다. 날씨가 좋을 때 마을 가게까지 차를 모는 대신 걸어간다든지. 때로 그가 그녀보다 먼저 죽는 상상을 하면 공포감이 엄습했다. 그러다 애니는 쓸데없는 걱정이라고 생각했다. 누가 누굴 보고 하는 소린지. 요즘 넌 사이즈 16이잖아! 심장마비가 올 사람이 있다면 너야.

샘이 뒤에서 다가왔고, 두 사람은 함께 개울을 내려다보았다. "시간 있을 때 유람선 한번 타 보자고 늘 그랬잖아? 이번에 가자. 마지막 남은 표 예약하면 돼. 지중해나 카리브해. 어디든 상관없어."

아, 그래! 애니는 하늘하늘한 실크 드레스 차림으로 날렵한 흰 여객선 갑판에 서 있는 자신의 모습을 상상해 보았다. 하지만 도망치는 건 이제 신물 난다는 생각이 들었다. 그녀는 천천히 돌아서서 샘을 마주 보고 그의 어깨에 손을 얹었다. "그건 다음에 가. 이번 일이 다 끝나면. 지금은 제대로 즐길 수 없을 거야. 게다가 리지 생각도 해야 하잖아. 곧 집에 올 거야. 어떻게 빈집으로 돌아오게 해."

샘은 어깨를 으쓱했고, 애니는 그가 실망했다는 것을 알 수 있었다. 그는 그녀를 기쁘게 해 주고 싶을 때 항상 휴가를 제안했다. 자신은 집을 떠나면 절대 즐거울 수 없으니 일종의 희생이랄까. 그가 편안함을 느끼는 영역은 지역적인 경계가 분명했다. 남쪽으로는 타인 강, 동쪽으로는 북해, 북쪽으로는 스코틀랜드 국경. 꼭 해야 하는 일이면 서쪽 컴브리아도 드나들었지만, 사실 즐기지는 않았다.

애니는 설명을 시도했다. "난 뭐든지 내 마음대로 통제해야 직성이 풀리는 걸 알잖아. 경찰 수사는 내가 지휘할 수 없지만, 최소한 여기 있으면 무슨 일이 벌어지는지 지켜볼 수는 있어. 어디를 파헤쳐서 뒤집는지. 정보를 전혀 얻을 수 없을 정도로 멀리 떨어져 있으면, 초조해서 견딜 수 없을 거야." 그는 리지에 대한 말에는 아무 응답이 없었고, 애니는 더 이상 묻지 않기로 했다. 딸이라는 유리벽은 아직 부부 사이에 높이 솟아 있었다.

"당신은 편집증이야." 샘은 부드러운 목소리로 말했다.

애니는 그의 뺨을 쓰다듬었다. "당신은 아주, 아주 친절하고."

아래층 마당에서 무슨 소리가 나서 내려다보니, 로레인이 농장 집에서 나왔다. 어깨에 배낭을 메고 있었다. 안에는 아마 물감과 붓이 들어 있을 것이다. 청바지와 서툰 솜씨로 뜬 스웨터 차림이었고, 멀리서 보니 열여덟 살 소녀 같았다. 질투가 애니의 가슴을 쿡 찔렀다. 가끔 그녀와 잰은 나이절의 아내가 성형 수술을 한 게 아닐까 수군거렸다. 어디 잡아당겼거나, 들어 올렸거나, 보톡스 주사를 맞았거나. 게다가 어쩌면 저렇게 마른 몸매를 유지할 수 있지? 하지만 수술 흔적은 정말 보이지 않았다. 아마 유전자 덕택이거나 행운일 것이다. 로레인도 그들이 자기를 내려다본다는 것을 느꼈는지, 돌아서서 손을 흔들었다. 애니는 창문을 열었다.

"이 마지막 햇빛을 좀 즐기고 싶어서요." 로레인은 어린아이처럼 행복한 목소리였다. 벌써 술 한잔했나, 아니면 베라 스탠호프가 사라져서 그녀도 갑자기 긴장이 풀렸나, 애니는 알 수 없었다. "멋지지 않아요?"

"혼자 나가도 괜찮겠어요? 경찰이 아직 범인을 못 잡은 것 같은데." 하지만 햇빛이 멋지다는 로레인의 말은 무슨 뜻인지 공감했다. 유혹적이었다. 안으로 걸어 들어가서 푹 잠길 수 있을 것 같은 빛이었다.

"아주 멀리 안 갈 거고, 도로변에서 떨어지지 않을 거예요. 비명을 지르면 여기서도 들리게." 로레인은 낮게 킥킥 웃었지만, 애니는 계곡에서 누군가 혼자 비명을 지른다고 생각하니 소름이 끼쳤다.

"다 끝나면 우리 집에 와서 와인 한잔해요. 그래야 안전한 줄 알고 마음을 놓죠. 잰도 부를게요."

그러나 로레인은 이미 길을 따라 내려가고 있었고, 애니의 말을 들었는지 알 수 없었다.

로레인이 애니의 집을 찾은 것은 샘이 저녁 요리를 하고 있을 때였다. 그녀는 배낭을 든 채 뒷문을 두드린 뒤 부엌으로 곧장 들어왔다. 얼굴에서 빛이 나는 것 같았다. 애니는 샘이 뻣뻣해지는 것을 느꼈다. 부엌은 작업 공간이었다. 그는 애니 외의 누구도 들어오는 것을 좋아하지 않았다. 로레인처럼 예쁜 여자일지라도.

"안으로 들어가세요." 애니는 말했다. "해가 지면 추워요. 내가 방금 난로를 피웠어요." 그녀는 냉장고에서 프로세코 한 병을 꺼내 로레인을 따라 부엌을 나갔다.

거실에서 로레인은 난로 앞 바닥에 앉았다. 이제 해는 기울었고, 방은 침침했다.

"그림은 끝냈어요?" 애니는 코르코가 튀어나오도록 비틀어서 와인을 잔에 따랐다.

"아직요."

그럼 보여 달라고 해 봐야 소용없겠군. 로레인은 끝날 때까지 자기 작품을 절대 보여 주지 않았다. 예전에 어떻게 그림을 그리게 되었는지 물어본 적이 있었다. 로레인은 교도소에서 미술 강습을 했는데 거기서 시작되었다고 대답했다. 이제는 삶 전체를 송두리째 뺏긴 것 같다고, 그림을 그리지 않고 지나가는 매 순간이 낭비인 것처럼 생각된다고.

"잰에게 문자를 보낼까요?" 애니가 말했다. "같이 한잔하자고?"

"쓸데없어요." 로레인은 씩 웃었다. "그 집 앞을 지나쳤는데, 그 커다란 개들을 발치에 두고 안락의자에서 잠들어 있더군요. 밖에서 코 고는 소리가 들릴 정도였어요."

애니는 난로 문을 열고 장작을 하나 더 넣었다. 그러려면 로레인 너머로 팔을 죽 뻗어야 했다. 가까이서 봐도 그녀의 피부는 잡티 하나 없이 매끈했다.

"그 형사 어떻게 생각하세요?" 로레인은 와인 첫 잔을 거의 비웠다.

"재미있는 캐릭터죠." 애니는 애매하게 답했다.

"괴물 같은데, 영리하더라고요. 멍청한 사람이다 생각하게 만들어 놓고, 그다음 질문은 너무나 통찰력 있어서 사람을 놀라게 하더군요."

"맞아요!" 로레인이야말로 애니가 아는 가장 통찰력 있는 여자가 아닐까 하는 생각이 들었다.

"저택에서는 무슨 일이 벌어진 걸까요?" 로레인은 눈을 가늘게 떴다. "나이절은 '어느 미치광이 소행'일 거라고 하지만, 난 모르겠어요. 어쩌다 이 계곡으로 흘러들어올 사람이 누가 있겠어요? 무슨 이유로 사람이 둘이나 살해당한 걸까요?"

"형사는 우리에게 다락방 플랫에서 살해된 나이 든 남자—두 번째 피해자—에 대해 묻더라고요." 애니는 자기도 모르게 대화에 몰두하고 있었다. 그녀는 어린 시절부터 죽음을 두려워했다. 고통이나 질병이라는 현실이 아니라, 자신이 없이도 세상이 돌아간다는 자체가 무서웠다. 아직도 그녀는 어둠에 삼켜져 갑자기 사라지는 악몽을 꾸곤 했다. 그러나 이번의 갑작스러운 죽음은 대단히 흥미로웠다. 집에서 가까운 곳에서 일어나긴 했지만, 관련 인물들이 낯선 사람이기 때문일까? 텔레비전 드라마의 조연이 된 기분이었다. 이 상황을 현실로 받아들이는 것이 어려웠다.

"마틴 벤튼." 로레인은 팔을 뻗어 와인을 더 따랐다. "지금 BBC 뉴스

웹 사이트에 그 이름이 떴어요. 나오기 전에 확인했거든요. 경찰이 그에 대한 정보를 수소문하는 중이에요."

"베라 스탠호프가 어제 저녁 뭘 했는지 당신에게도 질문하던가요?" 애니는 로레인이 상대에게 엉뚱한 인상을 주는 모습을 충분히 상상할 수 있었다. 경박한 말투로 과장 섞어 지껄였을 수도 있다. 물론 다들 코가 비뚤어지도록 마셨죠! 파티날 밤에는 늘 술고래처럼 마셔요. 여기서 소일거리가 그것 말고 있나요.

그러나 로레인은 고개를 저었다. "그보다 이른 시각을 물어보더라고요. 늦은 오후, 그리고 이른 저녁. 퍼시가 차 마실 시간쯤 더 램에서 집으로 돌아가다 시체를 발견했으니까, 살인 두 건 모두 그전에 일어났을 거라고 생각하는 거예요. 밤 늦게 파티를 벌이던 은퇴한 주민 몇 사람에게 별 관심이 있을 리가 없죠."

"그렇죠." 하지만 애니는 그 뚱뚱한 형사가 그들이 한 모든 일에 관심을 가질 거라고 생각했다. 그런 부류의 여자였다. 애니는 벽시계에 시선을 주었다. 샘은 요리에 진지했다. 자기가 준비한 음식이 망가지고 있다고 생각하면 침울해졌다.

로레인도 이런 기색을 눈치챘는지 일어나서 잔을 조심스럽게 커피 탁자에 놓았다. 그녀가 항상 이렇게 눈치가 빠른 건 아니었다. "가 봐야겠어요. 나이절이 걱정하고 있을 거예요. 내가 괜찮은지 아직 전화가 없는 게 이상하네."

애니는 로레인이 어디 있는지 나이절이 정확히 알고 있을 거라고 생각했다. 그녀를 봤을 테니까. 그는 위층 서재에 망원경을 두고 숲 속의 새나 동물을 찾는 척하지만, 애니는 알고 있었다. 남편이 부인을 너무나 아끼는 나머지 눈앞에 없으면 못 견디는 게 보기 좋다는 생각이 들 때도 가끔 있기는 했다. 하지만 대체로 좀 오싹한 데가 있었다. 전날 오후 계곡에서 누군가 낯선 사람을 봤다면, 그건 아마 위층 서재에서 주민들의 일거수일투족을 바라보는 나이절일 것이다.

애니는 부엌의 샘을 방해하지 않도록 현관에서 로레인을 배웅했다. 돌계단 위에서 로레인은 잠시 멈췄다.

"끔찍한 일이란 건 알아요. 계곡에서 두 사람이 죽다니. 경찰이 캐묻고 다니고. 하지만 재미있지 않아요? 폭력과 갑작스러운 죽음이 이렇게 가까운 곳에서 벌어진다는 게. 흥분되는 건 어쩔 수가 없어요."

15

홀리는 키머스톤 시내에서 막히는 도로에 갇혀 천천히 차를 몰고 있었다. 프런트 스트리트 한복판에서 공사를 하는 중이었다. 신호등 앞에 멈춰 서는데, 가까운 보도에 올봄 처음으로 탁자를 내놓은 카페가 있었다. 나이 든 여자가 탁자에 앉아 있었다. 혼자였고, 같이 온 사람은 안에 들어가서 주문을 하고 있는 것 같았다. 뺨에는 둥글게 분을 발랐고, 립스틱은 입술 경계를 넘어 파우더까지 번져 있었다. 옷은 밝은색이었다. 파란 코트와 분홍색 스카프. 그녀는 탁자 위에 헝겊 인형을 들고 아기처럼 어르며 말을 걸고 있었다. 자동차 창문이 닫혀 있어서 뭐라고 하는지 들을 수는 없었지만, 홀리는 인형을 계속 탁자 위에서 아래위로 어르다가 아기처럼 품에 안고 머리를 쓰다듬는 노인에게서 당황스러운 시선을 뗄 수가 없었다.

분명 치매였다. 어쩌면 알츠하이머일 것이다. 이렇게 도로 가까이 혼자 내버려두면 안전하지 않으니, 보호자가 근처에 있을 것이다. 홀리의 머릿속에 문득 한 가지 생각이 떠올랐다. 왜 저런 노인을 밖에 돌아다니게 할까? 어디 보호소에 있는 게 노인에게 더 편하지 않을까? 하지만 홀리는 자신이 생각하는 것이 노인의 편안함이 아니라 그녀 자신의 편안함을 위해서라는 것을 알고 있었다. 자신이 이렇게 잔인하게 타인을 재단할 수 있다는 게 놀라웠고, 자기도 저렇게 약하고 정신 나간 노인으로 생을 마칠 수 있다는 사실을 상기하자 갑자기 구역질이 나도록 역겨웠다.

차들이 다시 움직이기 시작했고, 홀리는 보도를 돌아보지 않고 출발했다. 그녀는 일찍 역에 도착해서 플랫폼에서 앨리샤 랜들의 기차를 기다렸다. 노상 카페에서 본 노인의 모습이 아직 머릿속을 어지럽히고 있었다. 그녀는 항상 자신이 편견 없고 공평하며 열린 마음을 갖고 있다고 생각했다. 아픈 것이 분명한 사람에 대해서 어쩌면 그렇게 끔찍한 반응을 보일 수 있었을까?

플랫폼을 따라 꽃을 심은 상자가 놓여 있었고, 철로변의 장식용 체리나무가 흰 꽃을 피우고 있었다. 진한 꽃향기가 구내에 가득 차 있었다. 홀리는 갑자기 피곤해져서 의자에 앉았다. 깜박 잠들었던 그녀는 날카롭게 브레이크를 밟으며 들어오는 기차 소리에 퍼뜩 의식을 찾았다. 앨른머스는 작은 역이었고, 서 있는 승객은 거의 없었다. 플랫폼 저 위쪽에서 기다리던 아주 짧은 백발의 여자가 친구를 맞았다. 그들은 키스를 나누고 팔짱을 낀 채 나갔다. 홀리는 마지막으로 누군가 자신에게 그렇게 애정 어린 환영 인사를 한 게 언제였던가 기억을 더듬었다. 그때 앨리샤 랜들이 눈에 띄었다. 키가 크고 우아한 분위기, 재단이 잘 된 바지와 트위드 재킷 차림. 하룻밤 묵기 위한 준비는 어깨에 멘 큰 가죽 가방뿐이었다. 여자가 가까이 다가오자, 창백한 안색과 붉게 충혈된 눈이 보였다.

"랜들 부인." 홀리는 손을 내밀었다. "유감입니다." 달리 무슨 말을 할수 있을까. "저는 홀리 클락입니다. 전화로 이야기했죠."

여자의 손은 매우 차갑고 말라 있었다. 멀리서 봤을 때보다 더 나이들어 보였다. 분명 60대 후반은 될 것 같았다. 홀리는 패트릭이 늦둥이였다는 사실을 떠올렸다.

"만나 뵈어서 반갑습니다." 앨리샤 랜들에게는 예의가 중요했다. 정중함이 그녀를 지탱하는 힘이리라. 낯선 사람들 앞에서 무너지는 것은 보기 좋지 않다.

"가방은 제가 들죠. 호텔까지 차로 데려다드리겠습니다."

홀리는 키머스톤 공원 근처에 앨리샤가 묵을 호텔을 찾아 놓았다. 주인이 건물 뒤쪽 온실에서 두 사람에게 차를 대접했다. 문은 열려 있었고, 새소리가 매우 요란했다. 오늘 같은 날 너무 쾌활한 분위기였다.

"오늘 저녁 뭘 하고 싶으실지 생각하다가." 홀리가 말했다. "저희 보스가 우리와 같이 저녁 식사를 하는 게 어떠냐고 제안하셨는데, 혼자 여기 묵고 싶으시다면 그것도 좋습니다." 아들을 잃고 슬퍼하는 여인에게 덩치 크고 주제 넘는 질문을 던지는 베라를 견디게 하고 싶지는 않았다. "여기는 식당이 없습니다만, 객실에서 드실 수 있도록 샌드위치 정도는 만들어 줄 겁니다. 제가 아침에 모시러 오죠."

"고맙습니다." 다시 정중함으로 버티는 목소리. "하지만 실례가 안 된다면 저는 경감님을 만나 뵙고 싶어요."

"힘들지 않으시겠어요?"

앨리샤는 눈을 깜빡였다. 순간 예의의 가면이 부서졌다. "난 아들 둘과 남편을 잃었습니다, 클락 씨. 패트릭을 죽인 범인에게 죗값을 치르게 해 줄, 그렇게 희망합니다만, 분들과 저녁 식사를 같이한다고 해서 제가 어떻게 되지는 않습니다." 잠시 침묵이 흐르고, 그 정적을 새소리가 메웠다. 앨리샤는 다시 입을 열었다. "용서하세요. 무례하게 굴 생각은 없었습니다. 친절하게 배려하려고 하셨을 뿐인데."

애니스의 별실은 세 사람에게는 너무 넓었고, 서늘하고 잘 사용하지 않는 느낌이었다. 유일한 자연광은 좁은 유리창에서 들어왔다. 그들은 큰 탁자 한쪽 끝에 앉았다. 주 식당 홀에서는 삼대가 모여서 예순 살 생일 축하 파티가 열리는 모양인지, 웨이트리스가 문을 열자 웃음소리와 아이들의 음성이 쏟아져 들어왔다. 베라는 단정하게 꾸민 모습이었다. 머리는 빗질을 했고, 법정에 출두할 때에 대비해 사무실 벽장에 보관하는 정장을 꺼내 입었다. 베라는 두 사람보다 먼저 와 있다가 앨리샤 랜들에게 인사하기 위해 일어섰다. "아, 안녕하세요. 정말 유감입니다." 홀리는 베라가 혹시 부인을 포옹하려는 게 아닌가 생각했지만, 상대가 육체적인 접촉을 달갑게 생각하지 않을 거라는 점을 눈치챈 것 같았다.

서비스는 느렸고, 그들은 음식을 기다리며 이야기를 나누었다. 베라는 앨리샤에게 와인을 권했고 그녀도 수락했기 때문에, 탁자 위에는 와인 한 병이 있었다. 홀리는 운전할 때는 작은 잔 하나도 마시지 않았기에, 나이 든 여자 둘만 마셨다. 대화도 그들 둘만 나누었다. 홀리는 투명인간 같다는 생각이 들었다.

"아드님에 대해 이야기해 주세요." 전형적인 베라의 도입부. 그녀는 탁자 맞은편의 여자를 쳐다보지 않고 따뜻한 롤빵만 내려다보며 버터를 바르고 있었다. 심문처럼 들리지 않게 하려는 의도였지만, 탁자를 사이에 두고 그렇게 앉아 있으니 홀리는 경찰서 접견실이 연상되었다.

"패트릭은 태어난 순간부터 기쁨이었어요. 난 이미 40대였고 아이를 하나 더 가질 거라고 생각한 적이 없었거든요. 사이먼은…." 앨리샤는 자신에게 다른 아들이 있었다는 것을 경찰들이 알고 있는지 확인하기 위해 그들을 보았다. "사이먼은 내가 아직 학생이던 시절에 태어났고, 내가 패트릭을 임신하고 얼마 지나지 않아 죽었어요. 내가 이미 중년이었기 때문에 패트릭이 그렇게 침착하고 느긋한 성격이었는지도 모르겠어요. 남편은 나보다 나이가 꽤 많았고, 패트릭이 어렸을 때 세상을 떠났습니다."

"이제 혼자가 되셨군요." 사실의 직시.

"내겐 친구도 있지만, 패트릭과 나는 아주 가까웠어요. 사이먼을 잃는 것보다 더한 일이 과연 있을까 싶었는데, 그게 아니었어요. 남편을 잃는 건 그렇게 힘들지 않았어요. 세상을 떠나기 전에 한동안 아팠으니까, 충격은 아니었죠." 잠시 뜸을 들였다. "하지만 이건 끔찍하네요. 정말 인간이 겪을 수 있는 고통이 아니에요. 멀쩡하게 견딜 수 있을지 모르겠습니다."

"견디실 겁니다." 베라의 최대한 보스다운 목소리였다. "강한 분이니까요. 알 수 있어요." 베라는 잠시 입을 다물었다. "남편이 세상을 떠난 뒤 다른 남자를 찾으셨나요?"

홀리는 이 주제넘은 질문에 거의 헉 소리를 낼 뻔했지만, 앨리샤는 약간 미소 지었다. "네, 아내와 사별한 남자예요. 정말 특별한 사람이에요. 여름에 결혼할 예정이었어요. 지금? 그럴 수 있을 것 같지 않네요. 아직은. 축하할 때가 아니에요."

"오늘 같이 오시지 않고요." 베라는 빵을 입에 가까이 가져갔다.

"아뇨. 이건 혼자 처리하고 싶은 일이었어요."

베라는 이해한다는 듯 고개를 끄덕였다. "아드님에 대해 계속 이야기해 주세요. 패트릭이요."

"키우기 쉬운 아이였어요. 독립적이었죠. 몇 시간이고 풀밭에 엎드려서 벌레를 바라보는 아이였어요. 알아서 숙제도 다 하고, 여느 십 대들처럼 반항기도 없었어요." 아들에 대해 말하는 게 기쁘다는 것을 알 수 있었다. 앨리샤는 그럴 시간과 장소를 마련해 준 베라에게 감사하고 있었다. "난 그 애의 여자 친구들도 좋아했어요. 사이먼은 훨씬 평범했거든요."

"사이먼은 십 대의 반항기를 겪었나요?" 베라는 빵을 더 집었다.

"음, 방문을 부서져라 닫고 들어간 적이 있었죠." 그녀는 사이를 두었다. "사실 몇 년 동안은 그보다 심했어요. 제가 탐탁하게 생각하지 않는 아이들과 어울렸죠. 심지어 법을 어긴 적도 있었고요. 마약이요. 패트릭에게 이야기한 적은 없어요. 패트릭은 항상 사이먼을 일종의 롤 모델이라고 생각했죠. 나중에는 정신을 차렸어요. 옥스퍼드에 들어갔죠. 아주 영리했어요. 야심만만하고. 결국 그 때문에 자살하게 된 거라고 생각하지만. 자기 자신의 기대에 도저히 미칠 수가 없었으니까요. 입학한 뒤 6개월 만에 죽었어요." 침묵. "전 학업에 관해서 패트릭이 절대 압박을 받지 않도록 조심했답니다."

웨이트리스가 음식을 가지고 왔다. 그들은 접시 위에 무엇이 놓였는지 의식도 하지 않고 먹었다.

"패트릭의 여자 친구는 좋아했다고 하셨지요." 베라가 물었다. "특별히 사귀던 여자가 있었나요?"

"3년 동안 사귀던 여자가 있었어요. 엑세터에서 박사 과정을 밟던 내내. 의대생이었죠. 레베카라고. 같이 살았는데, 난 결혼하지 않을까 생각했어요. 결혼식을 상상하면서 손주 보는 꿈도 꾸기 시작했을 정도로요." 앨리샤는 포크를 내려놓고 잠시 허공을 바라보며 앉아 있었다. 이제 손주를 보는 일은 없을 것이다. "그러다 얼마 전에 헤어졌어요."

"무슨 일로요?"

"모르겠어요. 패트릭은 말을 하지 않았고, 그 아이답지 않았어요. 하우스시팅을 시작하기 전에 한 달 동안 집에 와 있었어요. 약간 침울하고 말이 없었는데, 레베카가 혹시 왔다갈 계획이 없느냐고 물어보니 그제야 헤어졌다고 말하더군요." 앨리샤는 말을 끊었다. "저는 레베카 쪽에서 다른 사람을 만나서 헤어지자고 했나 보다, 그래서 마음이 아프다는 걸 인정하기 싫은가 보다 했어요. 남자 자존심 문제 말이죠."

"레베카를 만나봐야겠군요." 베라가 말했다. "연락처를 갖고 계시지요. 나중에 데려다드릴 때 여기 홀리에게 알려 주시죠."

앨리샤는 고개를 끄덕였다. "헤어졌을 때 내가 이야기해 볼까 했었는데. 더럼으로 가서 만나볼까 생각까지 했답니다. 하지만 내가 끼어들었다는 걸 알면 패트릭이 싫어할 게 뻔해서. 그리고 정말 내가 참견할 문제가 아니지요. 그저 아들이 불행한 걸 보기가 싫었어요."

"계속 그런 상태였습니까?" 베라는 다른 사람들보다 먼저 식사를 마치고 의자에 물러앉았다. 마지막 남은 와인도 앨리샤의 잔에 따랐다. 평소에는 이렇게 절주하지 않는 베라인지라, 홀리는 나중에 운전하려는 모양이다 생각했다. 그러면 최소한 그녀가 베라를 집에 데려다주지 않아도 된다. "패트릭이 하우스시팅 회사에서 소개받은 단기 일자리 두 건을 마친 뒤에 혹시 만나셨나요? 어떻던가요?"

"나아 보였어요." 앨리샤는 말했다. "북부 길스윅으로 출발하기 전 한 달 동안 집에 있었어요. 2주 동안 뚱한 얼굴로 돌아다니면서 자기 방에 몇 시간이고 틀어박혀 컴퓨터만 하더니, 갑자기 기분이 좋아 보였어요. 예전의 패트릭이 돌아온 것 같았죠. 어쩌면 완전히 좋아진 건 아니었는지도 몰라요. 무슨 문제가 있었느냐고 물어봤지만, 말을 안 하더군요."

"집에 있을 때 나방을 잡았습니까?"

"네! 여덟 살 때부터 취미였어요. 우린 과수원에 덫을 설치했어요. 학교 교장선생님 한 분이 나방을 아주 좋아해서, 아이들도 한 무리가 취미를 갖게 됐죠. 아마 계속 그 열정을 간직했던 건 패트릭뿐이었을 거예요." 그녀는 서글픈 미소를 슬쩍 띠었다. "패트릭이 어렸을 때부터 난 그 애가 어른이 돼서도 이런 일을 하지 않을까, 학자가 돼서 연구를 계속하지 않을까 생각했어요."

"두 번째 피해자, 마틴 벤튼이라는 중년 남자도 나방을 좋아했습니다." 베라가 말했다. "두 사람 사이에서 우리가 찾아낸 유일한 연결고리예요. 들어보신 이름인가요?"

"아뇨, 하지만 전 잘 몰라요. 패트릭은 대체로 다른 나방광들과 온라인으로 교류하는 것 같더군요. 자기 웹 사이트가 있었고, 다른 사람들 사이트에도 찾아다녔어요. 카운티 별로 각각 명단이 있고. 저는 그 취미 자체가 알쏭달쏭했어요. 애당초 그다지 관심이 없었고, 특히 패트릭이 가장 좋아하던 마이크로라고 하는 작은 나방 같은 건 잘 몰라요. 무슨 종류인지 알아보기도 힘들고, 어렵죠."

"마틴 벤튼은 사진가였습니다." 홀리는 처음으로 대화에 끼어들었다. "사진이 상당히 아름답더군요."

"패트릭은 아름다움보다 과학적인 측면에 더 관심이 있었을 거예요." 앨리샤는 말했다. "무슨 종인지 식별하기 위해 사진을 찍었어요. 나방을 작은 유리병에 넣어 냉장고에 두곤 했는데, 그렇게 하면 온도가 내려가서 덜 움직이고 사진 찍기가 쉬웠거든요. 그런 뒤 정원에 다시 풀어줬어요. 수집에는 흥미가 없었고요." 그녀는 잠시 기억에 푹 빠진 듯했다. "하지만 아마 벤튼 씨란 사람은 온라인에서 만났을 거예요. 아주 작은 커뮤니티니까." 앨리샤는 눈길을 들었고, 표정이 변했다. 다시 예절의 가면이 부서졌다. "난 누가 내 아들을 죽이고 싶어했는지 알아야겠습니다. 이 무작위적인 잔인함이 너무나 이해하기 힘들어요. 난 복수조차 원하지 않아요. 그저 무슨 일이 있었는지, 그리고 왜, 이유를 알고 싶어요." 감기에 걸렸거나 한참 고함을 지른 것처럼, 목이 쉬었다.

"우리가 원하는 것도 마찬가지입니다." 이번에는 베라도 신체 접촉을 했다. 앨리샤의 깡마른 손이 탁자 위에 놓여 있었고, 베라는 커다란 앞발로 그 손을 덮었다. "패트릭의 휴대전화 번호를 알 수 있을까요?

전화를 발견하지 못했습니다."

"물론이죠." 여자는 확인도 하지 않고 전화번호를 불렀다.

홀리는 자기 수첩을 보았다. 조가 벤튼의 집 전화에서 찾아 온 번호였다. 그녀는 베라와 눈을 마주치고 고개를 작게 끄덕였다.

베라는 앨리샤의 손을 가볍게 토닥였다. "여행 때문에 피곤하시겠군요. 홀리가 지금 호텔로 모셔다 드릴 겁니다. 아침에 다시 뵙죠." 베라는 일어섰고, 다른 두 여자는 아이처럼 순순히 뒤따랐다.

바깥은 캄캄했다. 베라는 문까지 같이 왔지만, 밖으로 따라 나오지는 않았다. 앨리샤 랜들은 조수석에 타고 무릎 위에 핸드백을 올려 놓은 채 호텔에 거의 도착할 때까지 묵묵히 앉아 있었다.

"당신 보스를 만나서 기뻐요. 좋은 여자분 같군요."

홀리는 잠시 생각했다. "네, 좋은 분입니다." 그녀는 쉬었다가 말했다. "그리고 아주 좋은 형사예요."

홀리는 자기 아파트 밖에 차를 세우고 앨른머스 기차역에서 덮친 피로 때문에 완전히 기진맥진해서 잠시 그대로 앉아 있었다. 여기 길에서 그대로 잠들면 아침까지 깨지 않을 것 같았다. 마침내 그녀는 몸을 일으켜 차에서 내렸다. 아파트에 들어가서 허리를 굽혀 우편물을 집어 들었다. 부엌에서 주전자 스위치를 켰다.

예전 소방서가 있던 위치에 최근 지어진 새 아파트였다. 뉴캐슬에서 세련된 동네에 속하는 교외 에드워드풍 주변 주택에 어울리도록 검붉은 벽돌로 수수하게 지은 낮은 건물이었다. 홀리의 아파트는 건물 뒤쪽이었고, 공동묘지를 내려다보고 있었다. 대부분의 묘지는 세월이 흘러 이끼에 덮이고 늙은 나무로 둘러싸여 있었지만, 가끔 장례식이 열리기도 했다. 검은 옷과 버섯 모양 모자 차림의 나이 든 여자들이 마치 차에 치어 죽은 토끼 시체를 둘러싼 까마귀처럼 새로 판 구덩이 주변에 모여 있었다.

홀리는 카모마일 차를 끓여 거실로 향했다. 사각형의 방에는 물건이 별로 없었고, 홀리는 그게 좋았다. 이 집 융자 보증금을 대느라 몇 년 저축을 쏟아부었지만, 일을 마치고 집에 돌아오면 그 돈이 한 푼도 아깝지 않았다. 이곳은 업무의 긴장에서 벗어나 차분하게 쉴 수 있는 공간이었다. 정적이 좋았고, 자동차 소음이 없어서 좋았고, 새로 칠한 벽의 날렵한 모서리와 다림질해서 반듯하게 접어놓은 침대 시트가 좋았다. 도전적인 곳이 경력을 위해 좋을 거라는 생각 때문에 북동부로 옮겼고, 이 아파트로 이사 온 뒤로는 떠난다는 생각을 해 본 적이 없었다. 지금까지는.

홀리는 친구를 이 집에 거의 초대하지 않았다. 집 가까운 식당이나 와인 바에서 사람을 만나는 것이 더 좋았다. 친구들은 대학이나 야간 강좌를 통해 만난 사람들이었다. 그녀는 동료들과 거리를 유지했다. 혼자 있는 것이 좋았다. 홀리는 유리 탁자에 차를 내려놓고 블라인드를 닫으러 창가로 갔다. 이제 달이 떠 있었고, 하얀 달빛이 공동묘지의 비석들을 비추고 있었다. 경찰서에서나 집에서나 나는 죽은 사람들에 둘러싸여 있군, 문득 이런 생각이 스쳤다.

1b

베라는 식당 밖에 서서 홀리의 차가 떠날 때까지 기다리고 있다가 다시 안으로 들어갔다. 생일 파티는 끝났고, 주 식당 홀은 거의 비어 있었다. 베라는 놀라지 않았다. 식당은 아마 예전 주인 시절에 쌓은 명성 덕분에 명맥을 잇는 것 같았다. 그날 저녁 먹은 음식에는 상상력도, 솜씨도 없었다. 그녀는 바에서 커피와 계산서를 주문하고, 다시 식사하던 방으로 돌아갔다. 안은 추웠다. 그녀는 코트를 벗지 않았다. 늦은 밤 기차역 대합실에 앉아 있는 기분이었다. 벽에는 나무 패널이 붙어 있었고, 어두웠다.

식당을 운영하는 나이 든 여자가 커피와 계산서, 카드 기계를 들고 들어왔다. 어둑어둑한 조명에서 보니 베라의 눈에는 옛날 영화배우처럼 멋지게 단장한 모습이었다. 커다란 눈에는 검은색 아이라이너가 칠해져 있었고, 마스카라도 진하게 발랐다. 흰 블라우스는 점잖다고 하기에는 단추 하나가 더 풀려 있었다. 어딘가 낯익은 모습이었다. 베라는 계산을 한 뒤 여자가 다시 물러가고 있을 때 그녀를 어디서 봤는지 깨달았다. "혹시 예전 주인 밑에서 일하지 않았나요?"

여자는 멈춰 서서 방을 다시 들여다보았다.

"누구시죠?" 외모와 어울리는 목소리였다. 허스키했다. 블라우스에 핀으로 꽂은 배지에는 '폴라'라는 이름표가 붙어 있었다.

이름표는 도대체 왜 유행이지? 사람이 무슨 개도 아니고. 베라는 생각했다. 혹시 모르면 얼마든지 물어볼 수 있는데. 그녀는 미소 지었다. "스탠포드 경감입니다. 잠시 이야기 좀 할 수 있을까요?"

"식당에 무슨 일이 있는지 확인 좀 하고 올게요. 주인이 애들을 잔뜩 고용했거든요. 싸고, 일도 못하죠."

"예전 같지는 않고요?"

폴라는 날카롭게 베라를 쳐다보았지만, 아무 말도 하지 않았다. 그녀는 잠시 후 머그에 차 한 잔을 들고 들어왔다.

"정리하고 퇴근하라고 했어요. 나중에 문은 내가 잠그면 되니까." 그녀는 베라의 커피를 턱짓으로 가리켰다. "같이 마실 진짜 음료 좀 드릴까요?"

"괜찮습니다." 베라는 유혹에 굴복하기 전에 얼른 대답했다. "운전해야 돼서요."

"그래, 그냥 호기심으로 물어보는 거예요." 폴라는 앨리샤 랜들이 앉아 있던 의자에 앉았다. "아니면 물어보는 이유가 있는 거예요?"

베라는 잠시 생각했다. "음, 글쎄요, 난 항상 호기심이 많지만…."

"물어보는 이유도 있을 수 있다?" 폴라는 머리카락을 뒤로 넘겼지만, 머리는 뻣뻣하게 고정되어 있어서 거의 움직이지 않았다.

"그럴 수도." 베라는 말을 끊었다가 이었다. "애니와 샘 밑에서 일했지요? 여기서 분명히 본 것 같은데."

"애니와 같이 접대를 했었죠. 말씀하셨듯이, 잘나가던 옛날에." 폴라는 머그를 탁자에 놓고 그 안을 들여다보았다. 찻잎 점이라도 쳐 보는 것 같았다. "그 시절에는 고급 식당이었어요. 음식도 훌륭하고. 분위기도 좋고. 새 주인은 그 정도로 유지를 못했어요. 가격대가 내려갔죠. 키머스톤에 싸구려 술집과 식당은 이미 충분한데 말이에요. 가격 경쟁도 안 되고, 주인은 모페스에 다른 식당을 하나 더 갖고 있어서 여기 와 보지도 않아요. 그냥 재미 삼아 하는 것 같아요. 그만둘 수도 있는데, 어차피 곧 망할 거 같아요. 일을 그만두자마자 실업 급여를 받으려면 계속 붙어 있어야겠죠. 먼저 그만둬서 손해 볼 수는 없잖아요." 그녀는 차를 마셨다. 손톱은 맹금처럼 길었고, 진홍색으로 칠해져 있었다.

손톱을 이렇게 기르고 지내는 건 어떤 기분일까. 재미있겠지. 베라는 생각했다. 재미있을 거야! 그녀는 손톱을 기르고 가슴골을 드러낸 화려한 차림으로 수사 본부에 사뿐사뿐 들어가는 자신의 모습을 상상하고, 조의 표정을 머릿속에 그려 보았다. 잠시 회한이 스쳤다. 그녀는 젊었을 때도 극적인 행동을 해 본 적이 없었다. 재미있는 일을 벌인 적도 없었다. 지금은 너무 늦었다. 베라는 폴라가 자신을 응시하고 있는 것을 의식했다.

"샘과 애니가 식당을 왜 팔았는지 알고 있어요?" 폴라는 잠시 망설였다. "중요한 결정이었겠죠. 두 사람이 의논해서 정리해야 할 문제였겠지. 직원과 그런 걸 상의하지는 않았겠죠?"

"하지만 상황은 추측할 수 있었지요." 다시 망설임. 베라는 폴라가 털어놓을 준비를 하고 있다고 생각했지만, 결국 별 정보 없는, 거의 의미 없는 대답이 나왔다. "너무 나이 들기 전에 좋은 시간을 즐기고 싶다고 했어요." 부부가 베라에게 말한 것과 같았다.

"어떤 사람이었는지 말해 봐요."

폴라는 탁자 너머로 베라를 응시했다. "대체 왜 이러는 거예요?"

"길스윅 너머 계곡에서 두 건의 살인 사건이 발생했어요. 당연히 우리는 거기 사는 모든 사람들에게 관심을 갖고 있습니다."

"농담이겠죠!" 웨이트리스는 웃기 시작했다. 어처구니없다는 듯한 킬킬거림에서 시작한 웃음은 차츰 히스테리컬해지더니 급기야 숨 막힐 정도의 폭소로 변했다. 전 주인이 살인자라는 생각이 우스운 건지, 스트레스 반응인지 알 수 없었다. 마침내 폴라는 냅킨으로 눈을 두드리고 말하기 시작했다. "애니와 샘은 내가 만나 본 사람 중에 가장 온화한 사람들이에요. 서로 지극히 아끼고 사람들에게서 좋은 점만 보죠. 그 둘 중 누구라도 살인범일 리는 없어요."

"그럼 그 사람들에 대해 조금 말해 줘도 문제가 없지 않을까요?" 베라는 의자에 등을 기댔다. "여기서 식당은 얼마나 오래 했어요?"

폴라는 생각했다. "10주년 기념 파티가 기억나네요. 흥겨운 밤이었어요. 그 얼마 지나지 않아 식당을 팔았죠."

"여기서 개업하기 전에는 뭘 했나요?"

"샘은 농부였어요. 대령이 땅을 거의 다 팔아 버리기 전, 샘의 아버지가 카스웰 저택의 소작농이었죠. 산에서 생계를 잇는 건 힘들어요. 아시죠. 이런저런 일을 하고 농장은 B&B(아침 식사가 나오는 간이 민박-옮긴이)로 운영하기도 했는데, 그러다 가게와 티룸을 열었어요. 샘 머리에서 탄생한 거죠. 거기서 이 식당 아이디어가 나온 거예요. 티룸의 메뉴는 전부 소박하게 요리한 지역 음식이었거든요. 아버지가 돌아가신 뒤, 샘은 농부보다 요리사에 재능이 있다는 걸 깨달았어요. 소작농은 포기하고 이 식당을 열었죠."

"애니의 배경은 어떤가요?" 베라는 수사의 이 단계가 좋았다. 용의자의 일상을 파헤치고 호기심을 충족시키는 핑계였다.

"애니와 샘은 어린 시절 애인이었어요. 애니는 해안에서 자랐을 거예요. 블라이드였나? 어떻게 만났는지는 모르겠는데, 둘 다 학교에 다닐 때였어요. 그러다 헤어지고 애니는 대학에 갔죠. 노섬벌랜드로 돌아온 뒤 다른 사람과 약혼했는데, 샘이 결혼식 일주일 전에 찾아낸 거예요. 불쑥 부모님 집으로 찾아가서 인생 최악의 실수를 저지르는 거라고 그녀를 설득했어요. 자기야말로 그녀의 유일한, 진정한 사랑이라고."

"그래서 그녀도 넘어갔고?" 나라면 이렇게 번지르르하고 진부한 말에 과연 넘어갈 것인가. 어쩌면. 그녀는 비만이고 중년이며 혼자 있지 않으려고 때로 몸부림을 치는 뚱뚱한 중년 여성에 불과하니까.

"내가 장담해요." 폴라는 미소 지었다. "야단스러운 연애는 정말 샘의 스타일이 아니에요. 애니는 아마 그가 정말 진심이기 때문에 그렇게 말한 거라는 걸 알았을 거예요."

"아이들은 있나요?"

"딸 하나요." 폴라는 진홍색 입술을 굳게 다물었다.

베라는 날카롭게 쳐다보았다. "문제라도 있어요?"

"아이들은 다 크고 작은 문제를 갖고 있잖아요?" 베라는 대답하지 않았고, 폴라는 말을 이었다. "부모들에게도 문제가 되죠. 우리 애들은 열세 살이 되자마자 악몽으로 돌변했는데, 내게 술 한 잔 살 나이가 되니 좀 철이 들더군요." 그녀는 베라를 보았다. "아이가 있으세요?"

베라는 고개를 저었다.

다시 침묵이 흐르다가 폴라가 말을 이었다. "엘리자베스, 그들의 딸 이름이에요. 다들 리지라고 불러요. 처음부터 왈가닥이었어요. 요람에 있을 때부터 중년 남자한테 수작을 걸었을걸."

"요즘도 안 좋은 남자하고 사귀나요?" 베라는 대화가 어디로 흘러갈지 짐작하려고 해 보았지만, 이제는 그냥 이야기에 휩쓸려 수사와 관계가 있든 없든 상관없었다. 애니는 딸이 외지에서 일한다고 했고, 베라는 굳이 사실 관계를 확인하지 않았다.

"학교에 다닐 때 선생 중 한 사람과 관계를 가졌죠. 선생은 해고당했어요."

"그건 학생 잘못이 아닙니다!" 베라는 받아쳤다. "특히 미성년일 때는. 유일한 잘못은 남자한테 있어요."

"나도 그렇게 생각했었지요." 폴라는 잠시 사이를 두고 차를 마셨지만 지금쯤 다 식었을 것 같았다. "내가 그 애를 직접 만날 때까지는. 리지는 도무지 선을 그을 줄 몰라요. 한계가 없죠. 원하는 게 있으면 결과에 대해, 특히 다른 사람에게 끼칠 결과에 대해 전혀 걱정하지 않고 그냥 가지려 들어요." 다시 망설이는 투였다. 바깥 거리에는 취객 두 사람이 서로 고함지르고 있었다. "샘과 애니는 딸이 곤경에 처하면 언제나 도와줬어요. 식당으로 전화가 왔는데 그게 리지면 난 언제나 겁부터 났답니다. 무슨 자잘한 사고를 치든, 샘은 주방 일을 다 놓고 부랴부랴 딸을 구출하러 가곤 했어요. 식당으로 데리고 오면—한동안 그들은 식당 위층 아파트에 살았어요—언제나 술이나 약에 취해 있었죠. 아니면 그냥 화를 내거나. 깔깔거리고 웃거나, 펑펑 울거나."

"도움을 찾지는 않았나요?"

폴라는 어깨를 으쓱했다. "정말 심각한 문제가 있다는 걸 인정하고 싶지 않았던 것 같아요. 그때만 해도. 애니는 늘 딸 변명을 하곤 했어요. 리지가 마침내 전환점을 맞았으니 새 대학 강좌를 알아봐야겠다, 아니면 딸에게 폭행당한 사람을 돈으로 무마했다, 이런 말을 했죠." 폴라는 가방에서 담배를 꺼내 불을 붙여 한 모금 빨았다.

"여기는 공공장소이고 흡연은 불법입니다." 베라의 말에는 별 설득력이 없었다. 누구나 자기만의 악습을 가질 권리가 있는 법이다.

"알아요? 난 신경 안 써요."

바깥 거리에서 취객들은 무슨 축구 응원가를 부르기 시작했다. 시즌 막바지, 응원 팀이 망하지는 않은 모양이었다.

"그것 때문에 샘과 애니가 식당을 팔았어요?" 어마어마한 논리의 비약이었지만, 베라는 엘리자베스에 대한 폴라의 적개심이 개인적인 것이라고 생각했다. 새 주인과 일하게 된 게 싫기 때문에 리지가 싫은 것이다.

"리지와 관계된 일로?"

침묵. "몰라요. 말했지만, 그 사람들이 내게 속사정을 털어놓지는 않았어요. 뭐하러 그러겠어요? 난 12년 동안 그들을 위해 몸 바쳐서 일했을 뿐인데." 이제 씁쓸한 심경이 노골적으로 드러났다. "애니한테 내 결혼식에 신부 들러리 해 달라고 부탁만 했는데."

"하지만 짐작은 할 수 있지 않나요?" 베라의 목소리는 어머니처럼 부드러웠다. "당신은 세상일을 잘 이해하는 사람 같군요. 그 가족 안에서 무슨 일이 있었는지 알 만한 사람이죠. 당신과 애니는 친자매처럼 가까웠겠죠."

"부부가 리지에게 일자리를 얻어 줬어요." 폴라가 말했다. "연줄로요. 어떻게 했는지는 몰라요. 리지가 자기 힘으로 했든가. 보스를 좋아한 나머지 이런저런 약속을 하고 기꺼이 지켰다나봐요. 보스도 리지를 좋아했다는 소문이니까, 서로 눈이 맞았나 보지."

"그 보스 이름은요?" 베라의 목소리는 귓속말처럼 조용했다. 폴라의 입에서 이야기가 흘러나오고 있었고, 흐름을 끊고 싶지 않았다.

"제이슨 크로우." 폴라는 욕설이라도 입에 담듯 말했다. "건축업자예요. 지역 모리배고."

귀에 익은 이름이었다. 수사하다 접한 적이 있었다. 크로우는 협박죄로 기소되었다가 피해자가 고소를 취하하는 바람에 기적처럼 풀려났다. 하지만 베라는 아무 말도 하지 않았고, 폴라는 계속 말을 이었다. "리지는 사무실에서 일했어요. 서류 작업을 했죠. 청구서를 보내고, 고객이 사무실에 오면 멋진 여비서. 여가 시간에는 보스 기분 맞추고. 하지만 리지는 우리가 생각했던 것처럼 멍청하지는 않았던 모양이에요. 급여 장부를 조작해서 매달 얼마간을 자기 계좌로 이체했어요. 제이슨은 6개월이 지난 뒤에야 알아차렸어요. 체면이 깎였으니 용서할 수 없는 처사였지. 본보기를 보여줘야겠다고 생각했어요."

"경찰에 신고하겠다고 협박했나요?"

폴라는 고개를 들고 천천히, 그리고 크게 미소 지었다. "아, 그건 시작이었겠죠."

"계속해 봐요, 폴라. 무슨 일이었는지 내가 알 수 있게." 베라는 다시 엄마처럼 격려하는 목소리였다.

"이 식당 새 주인은 제이슨의 동생이에요. 이미 모페스에 와인 바를 갖고 있었는데, 사업을 확장하고 싶었죠. 뻔하잖아요." 폴라는 담배를 머그 옆면에 눌러 껐다.

"그래서 샘과 애니는 딸에게 보복하지 말라고 이 식당을 제이슨에게 팔았다."

폴라는 어깨를 으쓱했다. "얼마나 받았는지는 내가 알 수 없지만, 시장 가격보다는 한참 아래겠죠. 한데 그게 소용이 있었느냐? 정말 웃긴 건 그거라니까. 사랑스러운 리지는 다시 다른 일에 휘말렸는데. 덕분에 제이슨과 크로우 집안 사람들로부터는 안전하다죠."

"왜? 무슨 일이었어요?"

"아홉 달 뒤 뉴캐슬의 어느 나이트클럽에서 싸움이 붙어서 어느 여자 얼굴을 술병으로 내리쳤어요. 눈을 아슬아슬하게 피했죠. 지금은 교도소에 있어요." 폴라는 서늘하고 먼지 쌓인 방을 둘러보았다. "멀쩡하게 잘 운영하던 식당만 넘겨준 판이지."

17

8시 키머스톤 경찰서. 평일 아침이었지만, 여전히 바깥 거리는 고요했다. 샐이 밤새 아기를 돌봤기 때문에, 조는 가뿐한 기분으로 하루를 시작할 준비가 되어 있었다. 물론 베라를 상대할 준비도. 그녀는 누구보다 먼저 와 있었고, 조는 혹시 베라가 밤새 경찰서에 있었던 게 아닌가 생각했다. 때로 아침 일찍 그녀가 사무실 의자에 앉아 잠들어 있는 모습을 볼 때도 있었다. 그러나 오늘은 베라도 개운하고 힘찬 모습이었다. 홀리는 보이지 않았다. 아들의 시체를 확인하도록 앨리샤 랜들을 병원 시체 안치소에 데려가는 임무를 맡았기 때문이었다. 심지어 찰리도 깨어 있는 것 같았다. 딸이 얼마 전 집으로 옮겨왔기 때문에, 아내가 떠난 뒤 늘 그를 감싸고 있던 우울함과 추레함을 떨친 모습이었다.

베라는 보드에 핀으로 꽂아 둔 대형 지도 앞에서 수사 팀에 새로 충원된 사람들을 위해 지리를 설명했다. "이것이 길스윅 마을이다. 술집, 교회, 우체국. 아주 오래 산 주민들도 있고, 뉴캐슬이나 키머스톤으로 통근하는 새 이주자들도 있다. 하지만 여전히 낯선 사람이 있으면 눈에 잘 띄는 곳이기 때문에, 모든 집을 탐문할 계획이다. 지역 사회 전체를 목표로 잡고, 이미 만나 본 사람도 다시 찾아간다. 우리는 마틴 벤튼이 버스로 도착해서 패트릭 랜들의 차에 탔다는 것을 알고 있다. 누구 그

곳에서 목격된 다른 사람 없나? 무엇보다 우리는 그들이 이 계곡으로 향했는지 알아내야 한다." 베라는 자로 지도를 가리키고 다들 주의를 집중하고 있는지 확인하기 위해 좌중을 둘러보았다.

"여기가 퍼시 더글러스가 랜들의 시체를 발견한 지점." 다시 지도를 쿡 찔렀다. "그리고 이건 랜들이 임시 하우스시터로 일했고 벤튼의 시체가 발견된 저택." 베라는 잠시 쉬었다가 말했다. "조, 피해자에 대해 지금까지 알아낸 사항을 말해 줘."

조는 일어섰다. 한때 그는 무대 한복판에 설 때면 긴장했지만, 베라가 그 병을 고쳐 준 것 같았다.

"패트릭 랜들. 미망인 앨리샤의 외아들. 아들이 하나 더 있었는데, 사이먼, 패트릭이 태어나기 전에 사망했습니다. 자살이었고 가족은 부유했습니다. 사립 남학교와 좋은 대학에 다녔습니다. 우등으로 졸업하고 엑세터 대학에서 박사 학위를 받았죠. 연구 분야는 기후 변화의 지표로서의 나방. 학위를 받은 뒤 1년 쉬다가 다시 학계로 돌아가기로 했습니다." 처음으로 조는 수첩에서 고개를 들었다. "이건 특이한 경우입니다. 대학에서 자리 제안이 오면, 보통 저쪽에서 마음이 변하기 전에 무조건 수락하니까요. 경쟁이 치열합니다."

"한데 왜 1년 쉬기로 했을까?" 베라는 이런 회의에서 오랫동안 입을 다물고 있지 못했다. "그리고 노섬벌랜드 시골 마을에서 하우스시팅 일보다 더 흥미진진한 일도 많았을 텐데. 또한 피해자는 대학을 졸업할 때쯤 오래 사귄 여자 친구와 헤어진 것으로 보인다. 그 때문에 좀 떨어져 있고 싶었던 걸까? 혹은 인생에 다른 위기가 찾아온 걸까?" 좌중은 아무 대답이 없었고, 그녀는 조를 돌아보았다. "계속해! 하루 종일 여기 앉아 있을 수는 없잖아."

조는 다시 수첩을 들여다보았지만, 모든 내용은 머릿속에 다 들어 있었다. "두 번째 피해자는 마틴 벤튼. 역시 아들을 애지중지한 어머니의 외아들이지만, 배경은 판이합니다. 공립학교, 노섬브리아 대학, 이어 교사 훈련을 받았습니다. 업무 관련 스트레스를 겪다가 장기적으로 장애 연금을 수급했습니다. 최근 재평가를 통해 노동 적합 판정을 받았습니다. 하지만 실업 급여에 등록하지 않고, 자영업을 시작하기로 결정했습니다. 어떤 종류의 사업을 시작하려고 했는지 확실한 단서는 없습니다. 컴퓨터 천재이고 사진 솜씨가 뛰어났다는 사실은 알고 있지만, 홍보나 사업 계획 같은 것은 발견하지 못했습니다. 컴퓨터에도 그리 흥미로운 정보는 없었습니다. 강박적으로 데이터를 삭제했던 것 같더군요. 정보 통신 팀에서 현재 계속 분석 중입니다. 개인 사무실에 서류함이 있었지만, 라벨도 없고 모든 파일은 비어 있었습니다. 아마 전부 계획 단계였는지도 모릅니다." 그는 잠시 숨을 돌렸고, 베라가 끼어들었다.

"그 말을 들으니 생각나는데, 랜들의 차 뒷자리에 마닐라 폴더가 있었지. 빌리 카트라이트가 아직 갖고 있나?"

조를 향한 질문이었다. 도대체 왜 내가 모든 해답을 갖고 있어야 하는 거야, 그는 생각했다. "그럴 겁니다. 저는 못 봤습니다."

"찾아 주겠나? 중요할지도 몰라." 베라는 날카롭게 쳐다보았다. "그리고 계속해. 신속히 마무리하자는 자각을 좀 하라고."

조는 베라를 노려보았지만, 그녀는 미소 지을 뿐이었다.

"벤튼은 길스윅 여행에 정장을 입었고, 랜들과의 만남은 업무와 관련되었을 가능성도 있습니다. 첫 고객을 만나러 가는 길이었을 수도 있지요." 조는 숨을 돌렸다. "가족 관계가 약간 유사하다는 점만 빼면, 벤튼과 랜들의 공통점은 나방에 대한 관심뿐입니다. 그는 아마추어 곤충광이었습니다."

"어?" 찰리가 처음으로 끼어들었다.

"곤충에 관심이 많은 사람이었다는 뜻이죠."

"고마워, 조." 베라는 그에게 미소를 보냈다. 발표에 대한 칭찬은 이것으로 끝일 것이다. 그녀는 지도 쪽으로 돌아섰다. "저택 뒤로 도로가 계곡을 따라 1마일 반가량 이어진다. 그다음 나오는 집은 퍼시 더글러스와 그의 딸 수전이 사는 방갈로. 딸은 이혼한 뒤 아버지 집에 돌아왔고, 아버지를 반듯하게 살도록 하는 것이 딸의 인생 목표인 모양이야. 카스웰 저택과 밸리 팜 개발 지구의 모든 가구에서 청소를 맡고 있다. 개발 지구는 여기." 베라는 자로 다시 지도를 두드렸다. "보다시피, 건물들을 지나면 도로는 좁아져서 산길이 되고, 이어 갈림길이 나온다. 한쪽은 숲을 지나 개울로, 한쪽은 언덕을 올라 마을을 한 바퀴 돈다. 산책로로 인기가 있기 때문에, 화요일 오후부터 이른 저녁까지 이 길을 걸었던 사람은 신고해 달라고 언론을 통해 호소할 수도 있겠지. 앨리샤 랜들을 다시 안전하게 기차역까지 바래다주고 나면, 홀리가 홍보실과 함께 그 일을 진행하면 되고."

베라는 지도 위에서 자로 도로를 따라 내려와 밸리 팜 개조 주택을 다른 색깔로 표시한 정육면체에서 멈췄다. "어제 내가 여기 사는 주민들과 모두 이야기를 해 봤어. 흥미로운 집단이더군. 모두 최근 은퇴했고 비교적 잘살아. 시간이 너무 남아돌고, 자선 사업과 술 마시는 것 외엔 생각할 거리가 없어. 내 눈에는 그렇게 보였어. 첫째, 헛간 개조 건물에는 샘과 애니 레드헤드. 키머스턴에서 식당을 소유하고 경영했는데, 상당히 흥미로운 상황으로 팔게 됐지."

조는 전날 밤 폴라에게서 얻은 정보에 귀를 기울이며 베라가 무슨 마녀 같다고 생각했다. 저녁 식사를 마치고 잠시 잡담을 나누는 동안 어떻게 저 많은 걸 알아냈을까.

"애니는 자기 딸이 다른 곳에서 일한다고 했어." 베라는 말했다. "하지만 딸이 교도소에 들어가 있다는 건 분명 낯선 사람한테 떠벌일 이야기는 아니지."

"크로우를 알아요." 찰리가 말했다. "미꾸라지 같은 놈. 혐의가 달라붙질 않아요."

"살인도 할 수 있다고 생각해?" 베라의 눈이 빛났다. 조는 그녀가 더 많은 단서를 찾아 킁킁거리는 테리어 사냥개로 변신했다고 생각했다.

"뭐든지 할 수 있을 걸요. 차갑고 잔혹한 놈으로 유명해요, 제이 크로우." 찰리는 베라를 응시했다. "하지만 어떤 범행 동기가 있을 수 있을까요. 자기 사업과 아무 관계없는 곤충광 둘을 무슨 이유로 죽여요? 자기한테 위협이 되지 않는 사람들을."

"그렇지. 하지만 누가 리지 레드헤드와 이야기는 해 봐야 할 것 같아. 조, 자네가 하겠나? 그녀는 시팅웰 교도소에서 안전하게 지내고 있어. 남자를 좋아하는 모양이니, 자네 매력을 발휘해서 이야기를 끌어내 봐. 혹시 피해자들과 접촉한 적은 없는지. 자연사에 관심이 있을 만한 여자로 들리지는 않지만, 확인은 해 봐야지."

조는 고개를 끄덕였지만, 갑자기 기분이 어두워졌다. 그는 교도소에 가는 것이 싫었다. 특유의 냄새나 재소자들의 조롱, 갇힌다는 사실 때문이 아니었다. 어리석은 생각이라는 건 알고 있었지만, 방문을 마치고 나와서 등 뒤로 문이 닫히는 소리를 들을 때 방금 접견한 사람이 아직 저 안에 있다는 사실이 싫었다. "시간이 좀 걸릴 겁니다. 요즘 교도소 접견 절차 아시잖습니까."

"이건 살인 사건 수사야." 베라는 쏘아붙였다. "오늘 당장 만나봐야겠다고 해."

시팅웰은 개방형 교도소였다. 조는 교정국에서 리지 레드헤드의 기록을 미리 찾아보았다. 그녀는 지방 분산형 교도소에서 한 달 수감되어 있다가 여기로 왔다. 중산층이고 초범이었기 때문에, 보안상 위험 소지가 없는 재소자로 분류되었던 것이다. 한때 시팅웰은 웅장한 저택이었다. 빅토리아 고딕풍. 그러다 '타락한' 여자를 위한 수용소, 이어 요양소로 이용된 적도 있었다. 아직도 원래 저택 시설들이 남아 있었다. 경내에는 테니스장이 있었지만, 네트가 제거되고 단단한 땅에는 잔디가 자라고 있었다. 정원은 잔디를 깎았지만, 화단은 대체로 풀이 무성했고 갓 잡초를 제거한 곳이 군데군데 눈에 띄었다. 높은 벽이 교도소를 둘러싸고 있었지만, 철조망은 없었고 철컹거리는 쇠문도 없었다. 조는 접수실에서 전화기를 넘겨주고 서명한 뒤 작은 접견실에서 리지 레드헤드를 기다렸다.

한때 병원 사무실로 쓰인 것 같은 방이었다. 천장은 높았고, 큰 내리닫이 창문이 있었다. 늦은 봄 교도소 분위기는 충분히 쾌적했지만, 그래도 수용 시설 특유의 소독약 냄새와 지나치게 삶은 콩 냄새가 떠돌고 있었다. 아마 겨울에는 가차 없는 환경일 것이다. 편동풍이 바람 새는 유리창을 흔들고, 아름드리 나무는 가지만 앙상하게 남아 삭막할 것이다. 접견실 밖에서 작업반 한 팀이 현관 근처 흙바닥에 심을 화초를 운반하고 있었다. 여자들은 담당 교도관과 잡담을 하고 가끔 웃음을 터뜨리기도 하며 기분 좋아 보였지만, 대부분 어린아이들이 있을 나이였다. 조의 상념은 아이들에게로 흘러갔다. 시팅웰에는 산모와 아기가 같이 수감되는 전용 수용동도 있었지만, 아이가 걸어다닐 나이가 되면 친척이나 위탁 부모의 집으로 보내졌다.

문이 열리고 리지가 들어왔다. 조는 일어나서 손을 내밀었다. 베라가 매력을 발휘하라고 했지만, 죄수복과 몸에 잘 안 맞는 청바지 차림으로도 리지는 너무나 아름다웠다. 구릿빛 머리카락, 희고 잡티 하나 없는 피부. 너무 깡마르지 않은 몸매. 샐은 항상 다이어트 중이었지만, 조는 제대로 먹을 때 더 보기 좋다고 말하곤 했다. 리지는 작은 탁자 앞에 앉아 그를 마주 보았다. 조는 당황한 나머지 어떻게 심문을 시작해야 할지 계획했던 내용을 잠시 잊어버렸다. 그녀는 말이 없었고 잠시 침묵이 흘렀다. 조는 어색했지만, 리지는 개의치 않는 것 같았다.

"내가 또 무슨 짓을 저질렀나요?" 그녀는 재미있다는 듯 마침내 입을 열었다. 그리고 의자에 기대앉았다. 품위 있는 악센트였다. 조는 그녀가 여기서 어떻게 적응할지 궁금했다. 아무리 개방형 교도소지만, 어울리지 않는 곳이었다.

"부모님의 집 근처에서 살인 사건 두 건이 발생했습니다."

"음, 그건 나한테 뒤집어 씌울 수가 없죠." 그녀가 미소 짓자, 작고 아주 흰, 묘하게 날카로운 이가 드러났다. 육식동물의 이. 그녀에게는 어딘가 여유를 연상시키는 데가 있었다. "난 석 달 동안 여기 있었어요."

조는 신참 경찰이 된 기분이었다. 머릿속에는 톱밥만 가득 찼고, 그는 이미 심문의 주도권을 잃고 있었다. "제이슨 크로우." 그는 말했다. "그는 당신을 좋아하지 않죠. 자기 돈을 슬쩍하는 사람에게 친절하게 대할 사람 같지는 않던데요."

"틀림없이 날 싫어하겠죠." 그녀는 잠시 말을 끊고 슬쩍 미소 지었다. "하지만 내 부모님을 곤란하게 하려고 낯선 사람 둘을 죽일 사람은 아니에요."

"낯선 사람들이었습니까?"

"무슨 뜻이죠?" 리지는 시간을 벌고 있었다. 아니면 그저 그를 갖고 놀고 있든가.

"피해자 둘 중 누구를 알고 있었습니까? 여기도 텔레비전이 있죠. 뉴스를 봤을 텐데요."

"텔레비전은 잘 안 봐요. 거기 나오는 건 대체로 헛소리들이라." 그녀는 조를 쳐다보았다. "설명해 주세요."

"패트릭 랜들과 마틴 벤튼. 패트릭은 학생이었습니다. 이 지역 사람은 아니고요. 마틴은 한동안 교사로 일했습니다." 갑자기 한 가지 생각이 떠올랐다. "혹시 당신 선생님이 아니었나요?" 시간대는 맞을 것 같았다.

리지는 잠시 침묵을 지켰다. 생각하는 것 같았다. 아니면 생각하는 척하거나. "처음 듣는 이름인데요. 난 학교가 싫었어요. 잊으려고 노력했죠."

"크로우 밑에서 일할 때 혹시 이 이름들을 들은 적 없었나요?"

그녀는 고개를 저었다. "기억나지 않아요."

다시 침묵이 흘렀고, 이번에는 조가 먼저 정적을 깼다. "여기 생활은 어떤가요?"

그녀는 이 질문에 놀란 것 같았다. "괜찮아요. 교도관 몇몇은 좋아요." 잠시 쉬었다가 다시 말을 이었다. "부모님은 열세 살 때 날 기숙 학교에 보냈어요. 내게 필요한 건 조금의 규율이라고, 키머스톤의 안 좋은 애들한테서 떨어져야 한다고 하셨죠. 거기는 교도소보다 더 심했어요. 모두가 날 싫어했어요. 난 거기 고작 6개월 있었어요. 여자 하나를 거의 장님으로 만들고 받은 실형하고 같은 기간이요. 여긴 다들 정신이 나가서, 내가 그나마 제정신이죠. 그나마 책임감도 있고. 좋은 축에 들어보는 것도 나쁘지 않네요."

"나방에 대해 아는 게 있습니까?"

"네?" 그녀는 조를 미친 사람 보듯 쳐다보았다. 절대 연기가 아니라는 데 한 달치 월급을 걸 수도 있었다.

"됐습니다. 어차피 별 관계없을 이야기입니다."

바깥 정원 작업 팀은 손수레에 공구를 싣고 다른 화단으로 옮겨 가고 있었다. 다시 웃음소리가 들려왔다. 개방형 교도소를 휴일 캠프장처럼 묘사했던 타블로이드 신문 기사가 떠올랐고, 조는 얼른 그 생각을 밀어냈다.

"엄마 아빠는 어떻게 지내세요?"

"방문하지 않으십니까?"

"어머니는 찾아오세요. 아버지는 차마 그럴 수 없나 봐요. 식당을 정말 사랑했는데, 팔게 된 걸 내 탓이라고 생각하고 계시니까." 리지는 바깥의 여자들을 바라보았다. "맞는 말이죠. 전부 내 탓이에요." 그녀는 창밖을 하염없이 응시했다. "난 어디가 잘못된 걸까, 난 왜 다른 사람들처럼 살지 못할까, 가끔 생각하곤 해요. 대체로 지루함 때문이에요. 난 언제나 쉽게 지루해졌어요." 다시 침묵. "이제 석방 날짜가 일주일도 안 남았어요. 감형을 받았거든요. 말씀드렸지만, 좋은 축으로 살았으니까." 교도소를 떠나게 된 것을 그다지 기뻐하지 않는 목소리였다.

"부모님 집에 가서 지낼 생각입니까?" 키머스톤에서 사는 것이 지루했다면, 계곡 끝 그 집에서는 몇 시간 안에 미칠 지경이 될 것이다.

"한동안. 그렇겠죠. 정리될 때까지."

"당신에게는 새로운 기회입니다."

리지는 날카로운 여우 이를 드러내며 씩 웃었다. "내 사회 복지사 같은 말투군요."

"아, 네. 우리 보스는 언제나 나더러 마음이 약하다고 하죠." 이 말을 하는 순간 그는 자신이 리지 레드헤드에게 매력을 발휘하기는커녕, 이쪽에서 그녀에게 홀렸다는 것을 깨달았다. 타인의 감상적인 이야기에 넘어가지 않는 홀리를 보내는 편이 나았을 것이다.

조는 일어서서 면담이 끝났다고 바깥 교도관에게 알리기 위해 문을 열었다.

"그러면 이 살인 사건에 대해서는 도와주실 수가 없으시군요."

리지는 고개를 젓고 일어섰지만, 교도관은 그 자리에 있으라고 그녀에게 손짓했다.

"다른 방문자가 있어. 오늘 인기 있군. 그냥 여기서 계속 기다리는 게 좋겠어."

그래서 조는 그녀에게 작별 인사를 할 틈도 없이 혼자 접견실을 나섰다. 교도관을 따라가며 뒤를 돌아보았지만, 리지는 이쪽으로 등을 보인 채 손톱을 깨물며 허공을 응시하고 있었다.

접수실에서 잠시 기다리는데, 멋진 옷차림을 한 여자가 바깥 문으로 들어왔다. 유리 칸막이 뒤의 교도관이 그녀의 방문 기록을 적는 동안, 조는 귀를 기울였다. 이름은 셜리 휴어스였고, 호프 노스이스트 자선 단체에서 나왔다고 했다. 그녀가 교도소 안으로 들어간 뒤, 조는 출입구의 교도관에게 물었다. "누굴 찾아왔습니까?"

조는 교도관이 대답하지 않을 거라고 생각했지만, 그는 그냥 따분한 음성으로 말했다. "당신과 같은 여자. 엘리자베스 레드헤드." 그는 서류에서 잠시 고개를 들었다. "선행한답시고 쓸데없이 오지랖만 넓은 사람들 아닌가?"

18

리지는 형사가 접견실을 나가는 것을 지켜보았다. 교도관이 이 방에 데려왔을 때, 그녀는 경찰을 보고 놀랐다. 셜리 휴어스를 예상하고 있었기 때문이었다. 조 애쉬워스는 형사처럼 보이지 않았다. 너무 온화했다. 잘생겼지만, 그녀 취향은 아니었다. 말투는 경찰이라기보다 의사나 사제 같았다. 그녀의 상대는 아니다. 그의 내면에는 강철이 없었다. 불꽃이 없었다. 부딪힐 만한 뭔가가 없었다.

리지는 다음 방문자를 기다리는 동안 창밖을 내다보며, 조 애쉬워스가 현관을 나가서 차에 올라 정문을 빠져나가는 것을 상상했다. 그녀 또한 곧 그곳에 있을 것이다. 바깥에. 여자들은 마치 다른 우주에 있는 다른 공간에 대해 말하듯 '바깥' 이야기를 했다. 그러나 그들 중 상당수는 보안이 엄중한 교도소에서 오랫동안 복역하다가 석방 날짜가 다가와서 시팅웰로 옮긴 사람들이었다. 리지는 여기서 살인범도 만났다. 자기 아이들을 죽인 여자들. 남편을 죽인 여자들. 교도소를 떠나는 것이 당연히 두려울 것이다. 리지 자신은 바깥 세상에 적응하는 것이 그렇게 어려울 거라고 생각하지 않았다. 그녀에게는 계획이 있었다.

경찰의 방문은 충격이었다. 계곡에서 이중 살인 사건이 일어날 거라고는 예상하지 못했다. 이 소식이 의미하는 바를 곰곰이 짚어보고 있는

데, 문이 열리고 셜리 휴워스가 들어왔다. 그녀는 언제나 아주 말쑥했다. 프로페셔널했다. 리지는 그런 점이 마음에 들었다. 그녀는 외모가 중요하다고 생각했다. 셜리는 사탕 한 봉지를 갖고 와서 탁자 위에 펼치고 리지에게 하나 먹으라고 고갯짓했다. 리지는 셔벗 레몬을 집었다. 가장 좋아하는 맛이었다. 단단한 바깥쪽 레몬 껍질이 부서질 때 혀 위에서 날카롭게 터지는 셔벗이 좋았다.

"그래, 리지. 며칠만 있으면 석방이군요. 이제 우린 당신 미래를 생각해야 할 때예요."

리지는 고개를 끄덕였다. 혹시 교도관이 대화를 엿듣고 있다 해도 완전히 엉뚱하게 알아들을 것이다. 마치 사회 복지사와 재소자가 석방을 앞두고 나누는 지극히 평범한 이야기처럼 들렸다. 셜리와 리지가 비밀을 갖고 있다는 것은 꿈에도 모를 것이다. 게다가 바깥 복도 마루 바닥에서 교도관이 접수실 책상으로 되돌아가는 발소리가 들려왔다.

"당신 어머니와 얘기해 봐야겠어요." 셜리는 말을 이었다. "괜찮죠?"

"왜 당신이 우리 엄마와 얘기를 해요?" 리지는 날카롭게 쳐다보았다.

"부모님 집에 머물 것 아니에요?"

리지는 생각해 보았다. 그녀가 머릿속에 그리는 그림 속에 부모는 없었다. 하지만 부모님과 잠시 시간을 보내면 얼마나 좋을까 생각하니 놀랍게도 갑자기 감정의 물결이 밀려왔다. 교도소에서 그녀는 일상의 의식을 즐기게 되었다. 당연한 것들의 고요함. 부모님도 그녀에게 그 고요함을 베풀어 줄 것이다. 이런저런 결정을 내리고 다음의 큰 모험을 위해 준비하기 좋은 곳이다.

"제이슨에 대한 이야기는 안 할 거죠." 리지는 말했다. 사회 복지사에게 너무 많은 걸 얘기했다는 생각이 들었다. 셜리는 잘 들어주었고, 이해하는 것 같았다. 제이슨의 비밀까지 털어놓을 생각은 없었다. 그런데 셜리가 교도소 생활에 대해 물었을 때 그냥 줄줄 흘러나와 버렸다.

"우리 사이에 나눈 이야기는 모두 비밀이에요. 알잖아요."

"계곡에서 살인 사건이 났대요. 패트릭 랜들이라는 젊은 남자." 리지는 자신이 이 생각에 사로잡혔다는 것을 깨달았다. 패트릭을 만나 본 적은 없었지만, 시체 안치소 테이블에 누워 있는 잘생긴 청년의 모습이 떠올랐다. 희고 밀랍 같은 피부. 시팅웰의 여자들은 살인에 대해 잘 알았고 사람이 죽은 뒤의 절차를 이야기해 주었다. 덜 심각한 범죄로 들어온 여자들도 유명한 살인 사건 이야기에 매혹되어서 교도소 도서관에서 책을 빌려 보았다. 그들은 리지에게 경찰 수사 과정에 대해서, 범죄 현장 감식과 부검, 법과학, DNA에 대해서 모두 이야기해 주었다. 그녀는 법의학자가 어디를 절개하는지 알고 있었다. 리지는 뭐라 대답을 기대하며 쳐다보았지만, 셜리는 아무 말도 없었다. "그리고 나이 든 남자." 그의 시체를 상상하고 싶지는 않았다.

"그 이야기를 들었어요?" 셜리는 마침내 말했다. 놀라기도 하고 불편한 것 같기도 했다.

"나한테 말할 생각이었어요?"

"당연하죠!"

리지는 사회 복지사를 바라보았다. 셜리 휴어스도 비밀이 있을 것이다. 너무 많아서 머릿속에서 서로 헷갈릴 정도로.

"살인 사건에 대해서 어떻게 알았죠?" 셜리는 충격받고 어리둥절한 목소리였다. 한숨도 못 자고 여러 밤을 샌 것처럼 정말 피곤해 보였다.

"방금 형사에게 심문을 받았어요." 리지는 시선을 들었다. "그가 내게 살인 사건에 대해 물었어요. 부모님이 사는 곳과 가까운 곳이었거든요. 제이슨이 관계됐을지도 모른다고."

침묵. 창밖에서 누군가 자갈길을 걷고 있었고, 둘 다 소리가 멀어질 때까지 기다렸다.

"그래서 뭐라고 했어요?"

"아무 말도 안 했어요. 할 말이 없어서. 계곡에서 낯선 사람 둘이 죽었어요. 그게 나나 제이슨과 무슨 관계가 있어요?"

"그렇죠." 셜리는 이마를 손으로 닦았고, 리지는 다시 그녀가 피곤해 보인다고 생각했다. "당신 일자리 구하는 걸 생각해야 해요." 셜리의 목소리는 갑자기 프로답고 밝아졌다. "난 호텔업이 당신에게 어울릴 것 같아요. 말을 잘 하고 예의도 잘 갖추는 데다, 부모님에게서 배울 것도 많잖아요. 9월에 대학 강의를 듣는 것도 생각해 볼 수 있겠지만, 그전에 직접 경험해 보는 것도 좋을 거예요."

다시 정적이 흘렀다. 리지는 식당에서 일하는 것을 상상할 수가 없었다. 주문받는 일에 익숙하지 않았다. 그녀는 여행을 꿈꾸고 있었다. 이곳과 대비되는 넓은 공간. 광활한 초원과 오렌지색 사막. 가족과 화해하고 돈을 모으면, 해외로 사라질 생각이었다. 시팅웰 교도소에서 문예창작반에 등록했고, 여행 경험을 쓴 책을 출간하겠다는 꿈을 남몰래 품고 있었다. 작가들은 돈을 벌지 않나?

"난 경찰에 가야 하지 않나 계속 생각했어요." 사회 복지사의 목소리가 리지의 꿈을 헤집고 들어왔다. "제이슨에 대해 설명하러. 이건 살인이에요. 그가 당신에게 한 이야기는 당신이 생각하는 것보다 더 사건과 관련이 있을 수 있어요."

"안 돼!" 리지는 침착한 목소리를 내려고 애썼다. "약속했잖아요. 우리가 한 이야기는 전부 비밀이라고. 난 당신을 믿었어요."

셜리는 대답하지 않았다.

"곧 출소할 건데, 그때 다시 제대로 이야기해요. 최소한 그때까지 기다려 줄 수 있죠?"

"계속 생각을 떨칠 수가 없어요." 셜리는 말했다. "너무나 괴로워요. 당신이 이해 못하는 부분이 있답니다. 마틴 벤튼, 나이 든 피해자, 예전에 내 밑에서 일했어요."

"누가 그를 죽였는지 알아요?" 리지는 다시 찌릿한 흥분이 솟구치는 것을 느꼈다. 왜 교도소 여자들 몇이 범죄 실화 책을 그렇게 탐독했는지 이해할 수 있었다. 무표정한 살인범이 페이지 밖을 응시하는 사진이 수록된 책들. 사디즘에는 어딘가 눈길을 뗄 수 없을 정도로 사람을 사로잡는 면이 있었다. 성폭행. 리지는 제이슨의 말을, 그의 차가운 웃음을, 그녀의 눈물에 대한 경멸을 다시 떠올렸다. 여자들이 읽던 책은 모두 고통과 굴욕에 대한 책들이었다.

다시 긴 침묵이 흐르고, 셜리는 입을 열었다. "난 몰라요."

"그럼 경찰에 알릴 만한 것도 없잖아요." 어린 시절 친구들을 원하는 대로 설득하지 못하면, 리지는 신경질을 내고 머리카락을 잡아당기고 살에 손톱을 박곤 했다. 지금은 보다 미묘한, 보다 이성적인 대처 방법을 배웠다. "당신이 수사에 무슨 도움을 줄 수 있어요? 그냥 괴상한 이야기나 제보랍시고 늘어놓는 괴짜 취급 당하겠지."

"그렇겠죠." 셜리는 일어서려 했다.

"나이 든 남자." 리지가 말했다. "당신 밑에서 일했다는 그 사람. 그는 그 모든 일에 무슨 역할이었어요?"

"난 몰라요." 이제 셜리는 완전히 일어섰다. 그녀는 주 로비 접수실 책상에 앉아 있는 교도관에게 이제 나갈 준비가 됐다고 알리기 위해, 문을 향해 걸음을 옮기기 시작했다. "정말, 난 그가 어떻게 하다가 이 일에 얽혔는지 전혀 모르겠어요. 이해할 수가 없어요."

의자에 앉은 채 지켜보며, 리지는 셜리가 거짓말을 하고 있다고 생각했다.

19

시체 안치소에서 홀리는 앨리샤 랜들 옆에 선 채 그녀의 입장이 되어 보려고 애썼다. 왜 앨리샤는 굳이 시체를 확인하기 위해 북부까지 먼 길을 여행하기로 했을까? 젊은이의 회색 피부 안에 남은 것은 뼈와 근육뿐이었다. 흰 시트가 목까지 덮여 있었다. 앨리샤는 한 팔을 뻗었다. 혹시 시트를 걷고 폴 키팅의 부검 흔적을 드러내지 않나 홀리는 걱정스러웠다. 하지만 여인은 아들의 이마를 만졌다. 확인해야 하는 거다, 갑자기 이런 생각이 들었다. 그동안 내내 혹시 실수가 아니었을까, 아들이 피해자가 아니지 않을까 하는 한조각 희망을 갖고 있었던 거다. 홀리는 쳐다보는 티를 내지 않고 앨리샤의 얼굴을 보기 위해 몸을 비틀었다. 그녀는 울고 있었다. 소리 없이. 비탄 속에서도 그녀는 어떤 종류의 품위를 지켜야 하는 사람이었다.

"패트릭이 맞나요?" 카스웰 저택 청소부가 공식 신원 확인을 했지만, 홀리는 물어봐야 한다는 생각이 들었다.

"아, 네. 아니, 패트릭이었어요." 앨리샤는 이마를 다시 어루만지고 허리를 굽혀 가볍게 키스한 뒤 돌아섰다.

앨리샤가 예약한 기차는 오전에 출발할 예정이었기 때문에, 홀리는 앨른머스로 그녀를 태우고 가서 혼자 기차역에 내버려 두지 않고 커피를 마시러 갔다. 두 사람은 구식 찻집 창가에 앉았다. 차에서는 대화가 없었지만, 이제 앨리샤는 이야기를 해야 할 필요를 느끼는 것 같았다.

"내가 사이먼을 찾았어요." 앨리샤는 말했다. "내 소중한 첫아들. 목을 맸죠. 난간에 벨트를 묶고 계단 위로 몸을 던졌어요. 나더러 찾으라고 의도한 것 같지는 않아요. 물론 그때는 애 아버지가 살아 있었고, 나는 하루 종일 친구와 함께 외출할 예정이었으니까. 하지만 따분해서 일찍 집에 들어와 버렸어요. 딱 이맘때였네요. 사이먼은 부활절 휴가를 맞아 옥스퍼드에서 집에 돌아와 있었고, 난 아들과 시간을 보내고 싶었어요. 스트레스에 시달리는 모습이 역력했거든요. 남편은 두 아들에 대해 기대가 컸어요. 사이먼의 계획은 남편이 시체를 발견하는 것이었다고 생각합니다. 시시한 복수고, 공정하지도 않았어요." 이제 눈은 말라 있었지만, 눈물 대신 말이 흘러나왔다. "자살도 일종의 폭력이 될 수 있지 않나요? 남겨진 사람들을 아프게 해요. 사이먼을 용서하는 데는 오랜 시간이 걸렸지만, 그 당시에도 그 애가 얼마나 절망적이었는지는 이해할 수 있었어요. 최소한 지금은 그런 복잡한 심경 없이 패트릭을 위해 슬퍼할 수 있잖아요. 누군가를 탓하지 않고." 그녀는 입을 다물고 커피를 마셨다. 컵은 아주 작았고, 꽃이 그려져 있었다. 베라라면 손잡이 구멍에 통통한 손가락을 끼울 수도 없을 것 같았다.

홀리는 무슨 말을 해야 할지 알 수 없었다. 업무에서는 대체로 자신감 있고 결단력 있는 그녀였지만, 이번 경우는 자꾸 판단력이 흐려지는 것 같았다. "두 건 다 살해 동기를 찾을 수가 없습니다." 그녀는 마침내 입을 열었다. "혹시 누군가 패트릭을 죽이고 싶어할 만한 이유로 짐작하시는 게 있나요?"

"작년에 나는 패트릭과 소통할 방법이 끊어졌다고 생각했어요." 앨리샤는 차를 더 따랐다. 손이 약간 떨렸고, 탁자보 위에 차가 약간 흘렀다. "우리는 아주 가까웠고 특히 남편이 죽은 뒤 더욱 그랬는데, 최근에는 그 애에게 만약 문제가 생겼다 해도 나한테 상의하러 오지 않았을 거예요. 헨리와 잘 지내는 것 같긴 했지만, 어쩌면 내가 다른 남자와 사랑에 빠졌다는 사실이 싫었는지도 몰라요."

"그가 속을 털어놓았을 만한 사람은 생각나시나요?"

앨리샤는 고개를 저었다. "예전이었다면 레베카라고 했겠지만, 간밤에 말씀드렸듯이 둘은 헤어졌어요. 동료들, 대학 친구들이 있긴 하지만 특별히 패트릭과 가까웠던 것 같지는 않아요. 나비목에 대한 열정은 공유했지만, 다른 건 없었어요."

"레베카는 패트릭이 죽었다는 걸 아나요?"

"난 말한 적 없어요! 아마 언론에서 접하지 않았을까요. 물론 내가 전화했어야 했는데." 앨리샤는 심란해 보였다. "그 생각을 미처 못했다니 이렇게 한심할 데가!"

"그녀도 분명히 이해할 겁니다. 제가 알릴까요?"

"아, 그래 주세요. 제가 미안해한다는 말도 전해 주시고요. 조만간 연락하겠다고. 장례식에 참석하고 싶어할지도 모르는데." 앨리샤의 목소리가 잦아들었다.

"생각을 해 보셨나요?" 자식의 장례식을 계획한다는 것은 얼마나 힘든 일일까. 아들이 어머니보다 먼저 죽는다는 것은 어찌 보면 부자연스러운 일이다. 두 아들이.

"마을 교회 묘지에 묻을 생각이에요. 형 옆에." 앨리샤는 말했다. "둘은 만난 적이 없지만, 분명 패트릭도 거기 있고 싶을 거예요." 그녀는 시계를 보았다. "기차는 30분 뒤에 도착이지만, 그래도 역에 데려다주시겠어요? 난 말동무로 썩 좋은 사람이 아니고, 넉넉하게 여유를 두고 기다리고 싶어요. 시간을 잘 지키는 게 제겐 강박적인 습관이랍니다. 패트릭이 그걸로 놀려대곤 했지요."

역에서 홀리는 차에서 내려 앨리샤와 악수를 나누었다. 다른 사람이었다면 격식 차리지 않고 어깨에 팔을 두르고 손을 잡았겠지만, 앨리샤 랜들은 그런 인사를 원하지 않을 것이다. "같이 기다릴까요?"

"아뇨, 아뇨." 생각만 해도 끔찍한 것 같았고, 홀리는 이해했다. 앨리샤는 금방이라도 눈물을 터뜨릴 것 같았다. 혼자 빈 플랫폼에 앉아서 평화롭게 울고 싶은 것이리라.

키머스톤 경찰서에 돌아온 홀리는 패트릭의 전 여자 친구 레베카 브라운을 추적하기 시작했다. 앨리샤가 저녁 식사 때 준 전화번호는 응답이 없었다. 엑세터 대학에 전화하려는데, 베라가 그녀의 책상으로 어슬렁거리며 다가왔다. "언론 보도 자료를 정리해 주겠어, 홀? 점심 뉴스로 나갔으면 해. 계곡에 낯선 사람이 있었다면 누군가 목격했을 텐데, 탐문 수사에서 아무 소득이 없어. 호기심 많은 인근 마을 주민들이나 언덕, 개울가를 산책하던 사람들에게 호소하자고. 낯선 차량이나 사람들에 대한 정보가 필요해. 탐문 팀은 계속 일하고 있지만, 좀 더 폭넓은 목격자를 확보할 필요가 있어."

홀리는 고개를 끄덕이고 수화기를 놓았다. 대학에 전화하는 건 나중에 해도 된다.

"앨리샤 랜들은 어땠어?" 베라는 책상에 기댔다. 크림플린 치마 밑의 등쪽 살이 눌려 양옆으로 튀어나왔다. 홀리는 그 모습에서 눈길을 뗄 수가 없었다.

"아주 용감했어요." 그녀는 대답했다. "첫아들보다 패트릭을 위해 슬퍼하는 게 더 쉽다고 했어요. 덜 복잡한 심경이라고. 아들을 탓할 이유가 없다고."

"그 말이 사실이길 바라야지." 베라는 책상에서 미끄러지듯 일어나 더니 그 말이 정확히 무슨 뜻인지 어리둥절해하는 홀리를 남겨두고 멀 어졌다.

보도 자료를 작성해서 승인받기 위해 홍보실에 보낸 뒤, 홀리는 다 시 패트릭의 전 여자 친구에게 연락을 시도했다. 엑세터 대학 의과 대 학에서 전화를 받은 상대방은 조심스러웠다. "전화번호를 주시면 제가 다시 걸죠. 그쪽이 언론일 수도 있잖아요."

30분 뒤 전화가 다시 울렸고, 대학 행정실 직원은 홀리가 필요한 모 든 정보를 갖고 있었다. "레베카 브라운은 더럼 카운티에 있는 부모님 집에 있습니다." 그녀는 주소를 읽었다. "아직 부활절 휴가라 다음 주 중반까지는 학교에 돌아오지 않을 겁니다. 이건 휴대전화 번호입니다." 그녀는 더 이상 질문하지 않고 전화를 끊었다. 아주 바쁜 것인지, 신중 한 것인지 홀리는 알 수 없었다.

레베카의 휴대전화로 걸었더니 남자 목소리가 응답했다. "누구세 요?" 그러더니 대답을 기다리지 않고 말을 이었다. "베키는 지금 통화 못 합니다." 화난 음성이었다.

홀리는 레베카가 패트릭 뉴스를 보고 충격받은 상태라고 생각했다. 그녀는 자기소개를 했다. "그쪽은 누구십니까?" 정중한 말투로 물었다.

"오빠입니다. 언론이 레베카의 연락처를 알아냈어요. 친구라는 것들 이 기자에게 레베카가 패트릭을 안다고 한 모양입니다. 악몽이에요. 아 무도 전화를 받지 않으면 집까지 찾아올까 봐 걱정됩니다."

"이야기를 해 봐야하는데요. 제가 그리 가도 될까요?"

잠시 침묵이 흘렀다. 배경에서 두런거리는 대화가 들렸다. "언제 오 실 겁니까?"

"지금요. 괜찮으시다면." 사무실과 키머스톤을 벗어날 수 있다면 기쁘지, 홀리는 다시 생각했다.

전화선 너머의 젊은 보호자는 동의하고 자신들의 집으로 오는 길을 알려 주었다.

브라운 집안은 더럼 황야 지대 언저리의 작은 시장 마을에 살았다. 한때 융성했던 것 같은 동네였다. 시장 광장에는 당당한 조지 왕조풍 저택들과 인상적인 시청사 건물이 우뚝 서 있었다. 그러나 지금은 중심가의 많은 가게들이 문을 닫고 판자를 쳤으며, 밝은 햇빛 아래서 보아도 쇠락한 분위기가 역력했다. 브라운 집안은 광장 근처의 큰 상인 주택에 살고 있었다. 홀리가 도착했을 때는 늦은 오후였다. 시장은 문을 닫고 있었고, 노점상은 방수포를 걷고 탁자를 치우고 있었다. 콜리플라워 잎과 너무 익은 토마토가 길에 굴렀다. 언론이 레베카의 주소를 알아낸 기미는 보이지 않았고, 집 바깥 거리는 조용했다.

패트릭 랜들과 비슷한 또래이고 여동생보다 약간 나이 많아 보이는 젊은 남자가 문을 열어 주었다. "저는 조지입니다. 부모님은 외출하셨어요. 아버지는 지역 보건의인데, 아직 진료소에 계십니다. 어머니는 친구를 만나서 시내에 나가셨고요. 베키는 여기 있습니다."

어수선한 정원을 바라보는 넓은 가족 부엌이었고, 젊은 여자가 창가의 긴 의자에 앉아 바깥을 내다보고 있었다. 골격이 큼직하고 키가 컸으며 금발이었다. 홀리를 보고 그녀는 일어섰다. 눈은 울어서 충혈되어 있었지만, 애써 미소 지었다. "상태가 좋지 않아서 미안해요. 조지는 아마 내가 유난 떤다고 생각하고 있을 거예요. 여성 잡지에나 나올 대사 같지만, 패트릭은 정말 내 인생의 사랑이었어요. 그가 죽었다는 걸 믿을 수가 없어요." 잠시 사이를 두었다. "누군가 그를 죽였다는 걸." 그녀는 다시 앉았지만, 이번에는 방 안을 바라보았다.

"최근 그에게서 연락이 온 적 있나요?" 홀리는 부엌 의자에 앉았다. 부엌은 경매장에서 가구를 한 번에 하나씩 사들인 것 같은 분위기였다. 아름다운 물건이 많았지만, 서로 전혀 어울리지 않았다. 홀리는 자기라면 아마 이 색채의 충돌과 어수선한 분위기를 견딜 수 없을 거라고 생각했다. 편두통이 올 것 같았다. 죄다 싹 갖다버리고 처음부터 새로 시작해야 할 것이다.

"일주일 전 알쏭달쏭한 메시지가 왔어요." 베키는 휴대전화를 꺼냈다. "물론 저장해 놨어요. 이렇게 적혀 있어요. '다시 네 친구가 될 준비가 거의 다 됐어. 네가 날 용서해 준다면.'"

"무슨 뜻으로 받아들였나요?"

"1년 가까이 그의 머릿속을 완전히 사로잡았던 무슨 프로젝트가 끝난 걸로요." 베키는 홀리를 쳐다보았다. "내게 돌아오겠다는 뜻으로 이해했어요."

"그러면 그를 받아들일 생각이었나요?" 홀리는 실패한 연인 관계는 다시 고려하지 않는 사람이었다. 절대 잘 될 리가 없고, 어쨌든 그녀는 자존심이 너무 강했다.

"물론이죠. 말씀드렸듯이 그는 내 인생의 사랑이었어요. 하지만 그 상태로는 도저히 함께할 수가 없었어요. 정신이 다른 데 가 있었거든요. 기묘한 음모 이론에 사로잡혀서."

"어떤 이론이죠?"

베키는 어깨를 으쓱했다. "처음에는 연구 때문에 그러는 줄 알았어요. 다른 연구자가 한발 앞서 논문을 발표하거나 자기 데이터를 훔칠지도 모른다는 생각에 사로잡히는 과학자들이 있어요. 패트릭의 연구는 시류에 민감하고요. 아직 기후 변화를 부정하는 사람들이 있고, 그의 연구는 그런 사람들의 입장을 더욱 터무니없게 보이도록 할 테니까. 그는 언제나 자기 일에 열정적이었어요."

날아다니는 곤충의 습성에 대한 연구가 살해 동기를 제공할 것 같지는 않았지만, 홀리는 굳이 입을 열지 않았다.

베키는 말을 이었다. "그러다 그를 괴롭히는 것이 전혀 다른 일이라는 생각이 들더군요. 뭔가 가족과 관련된 일이요. 그의 어머니가 다른 남자를 만나면서 시작된 것 같은데, 그 타이밍은 우연일 수 있겠죠. 혹은 그걸 계기로 가까운 친척들에 대해 좀 더 알고 싶은 욕망이 촉발됐을 수도 있고. 어쨌든 패트릭은 여유가 있을 때마다 오래된 신문 기사나 온라인 가족사 사이트를 들여다보기 시작했어요. 어머니에 대한 태도도 변했어요. 원래 엄마와 아주 가까웠는데, 갑자기 그녀 이야기를 할 때면 차가워지더군요. 집에 찾아가는 것도 고역 같았어요. 그가 어머니에게 그렇게 구는 게 난 싫었어요. 내가 알고 사랑했던 패트릭이 아니었으니까." "그가 앨리사에 대해 뭔가 알아냈을까요? 인정할 수 없는 사실을?"

"뭘 알아냈는지는 나도 몰라요. 그 부분에 대해 내겐 말하려 하지 않았으니까. 그게 헤어진 이유였어요. 패트릭은 정신을 약간 놓은 것 같았는데, 정신이 나간 것 같다고 해서 헤어진 건 아니었어요. 내가 의사가 되려면 그런 사람도 상대할 줄 알아야겠지만, 그가 정말 미친 건 아니라는 걸 알고 있었거든요. 열두 살 때부터 꿈꿔 온 연구직이라는 기회가 당장 눈앞에 펼쳐졌는데도 그걸 포기한 건 완전히 미친 짓이었지만, 그 때문에 헤어진 것도 아니었어요. 헤어진 건 그가 너무나 비밀스러웠기 때문이었어요. 온라인으로 자기 지역 신문 지난 호를 검색하는 걸 보고서야, 난 그 강박이 자기 가족과 관련된 일이라는 걸 알게 됐어요. 자기 아버지의 부고를 들여다보고 있더군요. 그 상황에서도 내게는 말하려 하지 않았어요. 자기가 알게 되면 나한테도 전부 다 이야기해 주겠다고 했어요."

"그 신문 이름이 뭐죠?" 별 관계는 없을 것 같았지만, 베라 스탠호프는 세세한 정보를 좋아했다.

"헤리퍼드 타임스."

"그래서 당신 쪽에서 헤어지자고 했군요." 홀리는 상황을 이해하려고 노력하고 있었다. 보스가 좋아할 것이다. 그녀는 복잡하게 얽힌 상황, 오래 묵은 불화와 반목 이야기를 좋아했다. 홀리의 경험상 살인은 보통 훨씬 단순했다.

베키는 고개를 끄덕였다. "그런데, 패트릭은 뭐랄까, 거의 기뻐하는 것 같았어요. 자료 조사를 계속할 수 있는 여유가 생겨서요. 아니, 밤새도록 깨어 있는 이유가 무엇인지는 몰라도, 그 일을 계속할 수 있게 되어서."

"그를 돕는 사람이 있었나요? 피해자가 하나 더 있습니다. 마틴 벤튼이라는 나이 많은 남자." 홀리는 벌써 이 모든 정보를 베라에게 알릴 상상을 하고 있었지만, 두 남자 사이의 연결고리까지 찾아낸다면 더 좋을 것이다.

"그 이름은 전혀 모르겠어요." 베키는 고개를 돌려 창밖을 바라보고 있었다. 바깥 사과나무에 솜사탕 같은 꽃이 만발해 있었다. "하지만 말씀드렸듯이, 패트릭은 내게 그 문제는 털어놓지 않았어요."

"랜들 가족이 노섬벌랜드에 무슨 인연이 있는지 혹시 알고 있나요? 이 카운티가 패트릭에게 특별한 의미가 있었나요?" 그가 가족의 자료 조사를 위해 북부로 왔을 수도 있다. "우린 아직 그가 왜 하필 이 지역에 오기로 했는지 이유를 몰라요."

"음, 날 보러 온 건 아니었죠." 베키는 일어섰다. "그에게 전화를 걸어

볼까 생각하던 참이었어요. 그 텍스트를 받은 뒤에. 만나자고 해 볼까. 무슨 말을 할지 머릿속에서 계속 고민했죠. '겨우 40마일 거리잖아. 만나서 술이나 한잔하자. 뉴캐슬도 좋고. 딱 중간 거리니까.' 하지만 결국 단념했어요. 그가 준비될 때 돌아오면 받아주는 게 좋겠다고 생각했어요. 그게 정말 마음 아파요. 그를 만날 수도 있었는데, 그랬으면 상황이 바뀌었을 수도 있는데. 지금 그가 살아 있을 수도 있는데. 그가 죽었다는 소식을 들은 뒤로 잠을 이룰 수가 없는 건 단순히 슬픔 때문만은 아니에요." 베키는 입을 다물고 홀리를 똑바로 쳐다보았다. "죄책감 때문에 너무나 괴로워요."

20

베라는 자기 사무실에 앉아 생각에 잠겼다. 조가 리지 레드헤드와의 대화 소식을 갖고 교도소에서 돌아왔다. 알아낸 것은 거의 없었고, 베라는 자기가 대신 갈 걸 그랬나 생각했다. 조는 예쁜 여자를 보면 아직 판단력이 흐려질 수 있는 그런 인생의 시기다. 그가 알아낸 유용한 정보라고는 재소자 지원 자선 단체에서 일하는 여자가 리지를 방문하더라는 소식뿐이었다. 무슨 용무였지? 리지는 바깥에서 들어오는 지원이 많을 것이고 돌아갈 집도 있다. 리지 레드헤드보다 셜리 휴어스의 도움이 필요한 사람들이 많을 텐데.

유리창 옆에서 말벌이 웅웅거리고 있었다. 베라는 창문을 열고 벌을 내보냈다. 순간 도로를 지나치는 자동차 소음이 갑자기 밀려들어왔다. 말벌이 보이기에는 아직 이르지 않나? 베라는 일어서서 가방을 쥐고 밖으로 나갔다. 주차장에서 베라는 홀리의 차를 지나쳤다. 잠시 멈추고 패트릭의 여자 친구를 만난 일은 어떻게 되었는지 물어볼까 하다가, 결국 그냥 손만 흔들고 계속 차를 몰았다. 시체가 발견된 계곡이 그녀를 계속 빨아들이는 것 같았다. 마치 진공 청소기처럼, 아무 저항도 없이.

계곡은 고요했다. 패트릭의 시체가 발견되어서 처음 출동했던 날과 비슷한 시각이었다. 그것이 이미 이틀 전, 수색 팀이 새벽부터 거의 황

혼까지 하루 종일 작업 중이었지만 그들은 아직 패트릭이 살해당한 장소조차 찾지 못하고 있었다. 초과 근무 비용이 어마어마할 것이다. 수색 팀은 작업을 마무리한 상태였고, 베라는 차를 몰고 동네 사람들이 '더 홀'이라고 부르는 카스웰 저택 정문을 지나쳤다. 퍼시의 미니가 방갈로 밖에 서 있었지만, 여기도 모든 것이 고요했다. 현관으로 다가가자, 텔레비전 소리가 희미하게 들려왔다. 베라는 초인종을 누르고 안에서 벨이 울리는 소리에 귀를 기울였다. 잠시 아무도 응답하지 않아서, 베라는 수전이 외출한 모양이라고 생각했다. 퍼시의 딸은 궁금한 것이 많은 사람이라 집에 있다면 곧장 문을 열 것이다.

나이 든 남자가 약간 부스스한 모습으로 나왔다. 텔레비전 앞에서 잠들었던 것 같았다.

"아, 당신이군." 남자는 그녀를 안으로 들이기 위해 옆으로 물러났다.

"수전은 없나요?"

"친구를 만나러 키머스톤에 나갔소. 한 달에 한 번, 정기 모임이요."

"아, 네. 뭐, 제가 만나러 온 건 당신입니다."

그는 베라를 거실로 안내하고 텔레비전을 껐다. "어차피 쓸데없는 것." 그리고 그녀에게 차를 내놓았다.

"잘 지내시네요." 베라는 말했다. "난 일이 많아서 눈코 뜰 새가 없어요. 사실 여기 왜 왔는지도 모르겠답니다. 그냥 잡담 좀 하고 싶어서, 사무실에 박혀 있는 것도 싫고요." 그녀는 창가 안락의자에 앉아 퍼시가 자리에 앉는 것을 기다렸다. "밸리 팜 주민들과 자주 어울려요?"

그가 생각을 정리하는 데는 시간이 좀 걸렸다. 아마 더 램에서 맥주두어 잔 마시고 와서 저녁도 거창하게 먹은 모양이었다. 딸이 집을 나서자마자 잠들었다가 초인종 소리에 퍼뜩 깨어 약간 어리둥절하고 얼떨떨한 상태일 것이다.

"오다가다 보지요." 처음 만났을 때처럼 점잖은 바지와 셔츠, 회색 카디건 차림인 것을 보아, 분명 퍼브에 갔다 온 것 같았다. "점잖은 사람들 같더구만. 샘 레드헤드는 평생 알고 지냈고, 물론. 그는 영지 농장에서 자랐소. 항상 조용한 친구였지."

"그 딸도 만나보신 적이 있나요?"

그는 고개를 저었다. "이야기만 들었소. 부모 노릇은 어려워. 애들이하는 짓이 언제나 마음에 들 수는 없어도, 항상 곁에 있어 줘야 하지."

잠시 침묵이 흘렀다. "수전이 그 집들을 전부 청소하나요?"

"그렇지. 카스웰 부인이 교수 부부에게 수전을 추천했고, 다른 집들도 다 부탁했소."

"잘됐군요."

퍼시는 고개를 끄덕였다. 베라는 기다렸다. "딸은 그중에서 특히 좋아하는 사람도 있고 그렇소. 교수는 약간 까다롭다지. 선반의 물건을 옮기는 건 안 좋아하면서, 먼지가 조금 남아 있다고 불평하고." 다시 침묵. "그는 진짜 작가요. 진짜 책을 출간했지. 소설 말고. 역사 관련."

"재닛은? 그의 아내요."

"수전 말로는 약간 만만하게 당하고만 산다나. 거의 남편을 무서워하는 사람처럼." 그는 고개를 들었다. "하지만 수전 말을 너무 귀담아들을 필요는 없소. 재미있는 이야기거리라면 진실 같은 건 별 상관 않는 녀석이라." 퍼시는 어색하게 큭 웃음을 뱉었다. "난 딸에게 네가 작가가 되어야 한다고 그러곤 하지."

베라도 미소 지었다. "농장에서 아직 농사를 짓던 시절을 기억하겠군요. 지금 루카스 가족이 사는 그 건물 말입니다."

"내가 거기서 일했소. 대체로 계약직이었지. 그전에는 내 아버지도. 그분은 두더지꾼이었소."

베라는 씩 웃었다. "하, 그 말 들어본 지 수억 년은 됐네! 농지의 두더지나 해충 박멸에는 두더지꾼을 불러라."

퍼시는 고개를 끄덕였다. "지금 그 집은 못 알아볼 정도로 변했소. 잔뜩 꾸며 놔서. 한때 진짜 농장이었다고 믿기 힘들 정도지." 잠시 말이 끊겼다가 이어졌다. "헤슬롭이라는 남자가 소작농이었소. 평생 거기서 살면서 생계를 유지하려고 애썼지. 아내가 더 이상 견디지 못하고 시내로 옮기자고 해서 결국 포기했지만. 그리고 6개월 뒤에 죽었소. 그 사람들이 농장 꾸며 놓은 꼴을 보면 무덤에서 벌떡 일어날 게야."

"안에 들어가 봤어요?"

"나이절 루카스가 지난 크리스마스에 파티를 열고 마을 사람 대부분을 초대했지." 그는 짓궂게 씩 웃었다. "아마 카스웰 부부가 와 주길 바랐겠지만, 대령과 그 부인은 남부에 사는 딸 집에 갔소. 할 수 없이 나이절은 우리 같은 서민을 상대해야 했어."

"그 사람은 좀 출세 지향적이지요?"

"돈은 문제가 아닌 것 같더군. 수전 말로는 그 집 부엌 꾸민 비용만 해도 웬만한 남자 1년 연봉은 될 거라고. 하지만 나이절에게는 그걸로 충분한 것 같지 않아. 권위 있고 명망 있는 사람들과 어울리고 싶어하는데 그렇게는 안 될 거요. 여기서는 혈통이 있어야 돼."

"그 많은 돈을 어떻게 벌었을까요?" 베라는 무릎 위에 팔꿈치를 괴고 몸을 앞으로 내밀었다. 용의자의 배경을 파헤치고 다니는 일, 이것이야말로 그녀가 가장 좋아하는 일이었다. 어쩌면 그녀도 조금은 역사가인지 모른다.

"자기 사업을 했어요. 경보 기기나 뭐 그런 거. 업체를 팔아서 큰돈을 만들었다고 들었소." 퍼시는 다시 사이를 두었다. "수전 말로는 치안판사직에 임명됐다고 하던데. 지난 주 청소하러 갔다가 편지를 봤다고 하더구만."

베라는 어울리는 일이라고 생각했다. 나이절은 그 지위를 카운티 명사로 발돋움하는 첫걸음으로 여기고 있을 것이다. 게다가 재판정에 앉아 보다 미천한 서민들에게 판결을 내리는 일도 마음에 들 것이다. "수전은 그 아내에 대해 어떻게 생각하던가요? 예쁜 여자던데. 남편보다 젊죠?"

퍼시는 생각에 잠겼다. "그렇게 많이 젊지는 않을 거요. 수전 말에 따르면. 관리를 잘 했다더군."

베라는 아마 수전이 정확히 알 거라고 생각했다. 혼자 넓은 집에 남겨진 청소부가 책상 서랍을 뒤져 보며 생일이나 여기저기 굴러다니는 개인 정보를 습득하는 모습은 쉽게 상상할 수 있었다. 그녀는 정보를 모으는 일 자체를 사랑할 사람이었다. 내가 하는 일도 결국 그런 것 아닌가?

베라는 퍼시를 바라보았다. "수전이 하우스시터 패트릭 랜들에 대한 유용한 정보도 갖고 있을까요? 계곡에 새 남자가 왔다, 궁금했을 텐데. 하지만 젊은 남자 방에 몰래 올라갔다는 걸 인정하는 셈이 되니까 우리에게 털어놓기는 좀 민망한 그런 거 말입니다. 자기가 남의 뒤를 캤다는 걸 알리고 싶지는 않을 거 아니에요. 하지만 당신한테는 이야기했을 수도 있지 않습니까."

처음으로 퍼시는 불편해 보였다. 그는 의자에서 자세를 고쳐 앉았다. "수전에게 나쁜 뜻이 있는 건 아니오."

"내 질문에 대한 대답은 아닌데요."

노인은 대답하지 않았고, 베라는 말을 이었다. "당신은 이곳을 잘 압니다. 두 남자가 죽었어요. 무슨 이유에서였을지 조금이라도 짐작이 가면 저한테 털어놓지 않으시겠어요? 단순한 의심일지라도?"

"난 살인에 대해서는 아는 게 없소." 퍼시는 말했다. "정말이오. 난 이모든 일이 싫어. 숲에 경찰이 돌아다니고, 도로 끝을 막아서 맥주 한 잔하러 더 램에 갈 때마다 차를 세워야 하고. 내가 뭐라도 유용한 걸 안다면, 당연히 당신한테 이야기할 거요. 난 모든 게 평소대로 돌아갔으면 좋겠어."

베라는 마침내 만족해서 고개를 끄덕였다.

그녀는 경찰서가 조용할 거라고 생각했지만, 홀리가 아직 있었다. 자신을 기다렸던 게 아닌가 싶은 생각에 슬그머니 죄책감이 들었다. 만약남아 있는 사람이 조라면, 집으로 데리고 가서 히피 이웃이 냉장고에남겨 놓은 뭐라도 먹이고 맥주 한 병 딸 것이다. 그러나 베라는 홀리가이런 접근을 싫어하고 거의 타락이라고 생각한다는 것을 알고 있었다. 그래서 그녀는 홀리를 구내 식당에 데려가서 기계에서 커피를 뽑아 주었다. 이 정도가 홀리가 편하게 받아들이는 최대한의 비공식적 교류였다. 두 사람의 목소리가 빈 공간을 울리는 것 같았다.

"그래, 홀? 랜들의 여자 친구를 만나본 건 어땠나?"

"언론을 통해 살인에 대해 알고 있더군요. 물론 괴로워했고요. 베키쪽에서 관계를 끝내자고 했지만, 영원히 이별할 거라고 생각하지는 않았던 것 같습니다. 결국 해피엔딩이 될 거라는 생각을 품고 있었어요."

베라는 냉소를 읽었지만, 무시했다. 홀리에게는 연애가 좀 필요하다. 누굴 사귀면 덜 딱딱해질지도 모른다.

"아직 그 청년이 좋았다면 왜 헤어진 거지?"

"그가 비밀을 털어놓지 않는다고 생각해서요. 혹시 헤어지자고 협박하면 털어놓지 않을까 생각했을지도 모르죠. 한데 그렇게 되지는 않았어요."

베라는 이 정보에 귀를 세웠다. 지금까지는 홀리에게 진지하게 생각한다는 것을 보여 주기 위해 건성으로 듣고 있었다. 그런데 슬슬 흥미로워지기 시작했다. "계속해 봐, 홀. 더 말해 줘. 무슨 비밀? 다른 여자라도 있었나?"

"그런 건 아니고요. 최소한 내 생각에 그건 아닌 것 같아요. 어머니가 새 남자를 만난 시기에 패트릭의 성격이 변했다고 했어요. 가족사에 관심을 갖고 지방 신문 지난 호를 파헤치며 과거를 조사하기 시작했다는군요. 대학 연구 과제에 대해서도 사람들이 자기 데이터를 훔칠지도 모른다고 약간 피해망상을 갖고요. 의미는 알 수 없는데, 지난 주 베키에게 텍스트를 보냈습니다." 홀리는 메모를 확인했다. "'다시 네 친구가 될 준비가 거의 다 됐어. 네가 날 용서해 준다면.' 베키는 무슨 프로젝트인지는 몰라도 패트릭의 시간을 빼앗고 있는 일이 다 끝났다, 다시 만났으면 좋겠다는 의미로 받아들였어요. 무슨 일이었는지 털어놓을 준비가 되었다는 의미로."

"그녀가 응답을 했나?" 베라의 커피는 싸늘하게 식어 있었다.

"전화는 안 했어요. 문자를 보냈는지는 확실히 모르겠습니다."

베라는 이 상황을 이해하려고 애썼다. 물론 두 젊은이의 감정 상태는 사건과 아무 관련이 없겠지만, 패트릭의 비밀에 대한 강박은 의미심장했다. 그런 배경을 지닌 젊은이가 숨겨야 했던 것이 무엇일까? 마틴 벤튼은 여기에 어떤 관련이 있고? 베라는 바깥이 어두워지기 시작했다는 것을 깨달았다.

"집에 가 봐." 그녀는 두 손으로 쫓아내는 듯한 손짓을 해 보였다. "내 일은 하루 종일 할 일이 많으니 자네 상태가 안 좋으면 곤란해. 아주 잘했어, 홀. 고마워." 베라는 어리둥절한 홀리를 향해 미소 지었다. 약간의 칭찬으로 팀원들을 곤란하게 만들어서 나쁠 일은 없다. 홀리가 혼자 자기 아파트에서 밤을 보내기 위해 멀어지는 모습을 바라보고 있으니, 문득 베라가 인정하고 싶은 이상으로 그들에게 공통점이 많다는 생각이 들었다. 베라 자신도 젊은 경찰 시절 모나고 방어적인 성격이었고, 지금은 경찰에 여자가 한결 많아지기는 했지만 홀리에게는 쉽지 않은 환경이었다. 도와줄 가족도 없다. 게다가 늘씬한 다리와 가지런하고 흰 치아, 패션 잡지에서 튀어나온 듯한 외모를 하고 있다는 사실은 홀리의 잘못이 아니다. 베라는 일말의 동정심이 섞인 감정으로 홀리가 구내 식당을 나서는 모습을 바라보았다. 문득 이제 나이가 들어서 사람이 약해지고 있다는 생각이 들었다.

자동차로 가는 길에 베라는 자기 사무실에 잠깐 들렀다. 책상 위에는 랜들의 차 안에서 본 갈색 마닐라 파일과 조가 남긴 작은 쪽지가 있었다. 요청하신 파일입니다. 비어 있습니다. 랜들의 것 외에 다른 지문은 없습니다. 지금까지의 수사 진척 상황을 매우 적절하게 요약한 표현이라는 생각이 들었다.

다음 날 아침 베라는 아주 일찍 일어났다. 동이 튼 직후 차가운 회색빛이 하늘에 감돌았지만, 그녀를 잠에서 끌어낸 것은 전화벨 소리였다. 집 전화였다. 그녀의 집이 휴대전화 감도가 좋지 않다는 것을 모르는 사람은 없다. "여보세요!" 아드레날린이 심장을 휘감으면서 몸이 퍼뜩 깨어나고 머릿속에 묘한 생각들이 스쳤다. 베라의 목소리도 전날 오후 초인종을 눌렀을 때 응답했던 퍼시의 목소리와 비슷할 것이다.

누구인지 알아들을 수 없는 목소리였고, 한참 귀를 기울인 뒤에야 내용이 귀에 들어왔다. "젊은 남자의 사망 장소를 찾은 것 같습니다."

"어디지?" 이제 베라는 완전히 제정신을 차리고 상황을 인지했다. 그녀는 이미 침대에서 내려서서 전화를 귀와 어깨 사이에 끼우고 종이조각을 주섬주섬 찾았다.

"저택의 채소밭입니다. 어제는 거기를 찾아보지 않아서, 오늘 아침 가장 먼저 수색했습니다. 모판의 나무 테두리에 혈흔이 있습니다. 쉽게 놓칠 수도 있지만, 제 부하 하나가 찾았습니다. 피해자의 신발에 묻은 흙에서 비료 성분이 검출될 거라고 장담합니다. 샐러드 종류를 재배하고 있는데, 식물 몇 그루가 발에 밟힌 흔적도 있습니다."

"고마워." 베라의 머릿속은 아직 두서가 없었지만, 이건 깊은 잠에서 갑자기 깬 것과는 아무 상관이 없었다. 랜들이 정원에서 살해됐다면, 왜 굳이 시체를 옮겼을까? 도랑 못지않게 눈에 잘 안 띄는 곳인데? 이내 갑자기, 다급하게 생각이 스쳤다. 어느 피해자가 먼저 죽었는지 알아낸다면 도움이 될 거다. 그녀는 수색 팀 책임 경찰이 아직 수화기 너머에 있다는 것을 의식했다. "퍼브에서 다음에 만나면 내가 한잔 쏜다고 팀원들에게 말해 줘."

"수색은 계속하겠습니다. 하지만 알고 싶어하실 것 같아서요."

21

　금요일 아침이었고, 애니 레드헤드는 딸의 출소를 손꼽아 기다리고 있었다. 리지가 전화를 걸어서 일요일 오전에 석방된다고 알렸던 것이다. 전화 통화는 항상 까다로웠다. 배경에는 소음, 돈은 계속 빠져 나가고, 사람들이 뒤에 줄을 서서 빨리 끊으라고 소리쳤다. 애니는 리지에게 차로 데리러 가겠다고 말했다. "네가 괜찮다면 말이다. 다른 계획이 없다면." 리지에게 말할 때는 조심하는 것이 습관이었다. 넘겨짚지 않는 것이 중요하다고 생각했기 때문이었다. 어쨌든 그녀도 이제 성인이다. 스스로 결정을 내릴 수 있어야 한다. 애니는 어둑한 교도소 홀에 서서 기다리고 있으면, 교도관에게 이끌려 복도를 걸어올 리지의 작은 모습을 그려 보았다. 그림자 같은 형상. 상상 속에서 리지는 언제나 엄마를 만나 기쁜 표정이었고, 홀에 들어오는 순간 빅토리아풍 스테인드글라스 유리창을 통해 내리쬐는 햇살을 받아 빛나는 얼굴이었다.

　애니는 자신이 리지의 석방을 기대하는지, 두려워하는지 알 수 없었다. 딸의 투옥으로 인한 사회적 어색함은 몇 달 전 이미 다 떨쳤다. 그 부분은 더 이상 걱정스럽지 않았다. 재판 소식은 신문에 실렸고, 모든 사람들이 다 알고 있다. 식당을 판 데 대해 샘이 긍정적으로 이야기한 유일한 말은 소식이 뉴스에 났을 때 더 이상 키머스톤에 살지 않아서 다행이라고 한 것이었다. "난 견딜 수 없었을 거야. 손님들이 그 이야기를 하고, 우리가 다가갈 때마다 조용해지고. 동정 말이지."

물론 밸리 팜의 친구들도 리지가 교도소에 있다, 상해죄를 저질렀다는 것을 알고 있었지만, 입에 올리지 않았다. 샘 앞에서는 특히. 친구들은 그가 자기 이야기를 잘 안 하는 사람이라는 것을 알고 있었다. 잰과 로레인은 각자 애니에게 와서 비슷한 이야기를 한 적이 있었다. "정말 유감이에요. 당신에게는 정말 끔찍한 시간이었을 거예요. 혹시 이야기를 하고 싶다면…." 그러나 애니가 절대 이야기하고 싶지 않은 주제가 있다면 그것은 바로 리지의 행실이었다. 대화 상대가 필요할 때 누군가 있다는 것이, 금요일 밤 파티 비슷한 걸 열어서 와인 한잔 나눌 수 있는 사람이 있다는 것이 기뻤다. 샘조차 그 부분은 인정했다. 그러나 무거운 대화나 충고 같은 것은 원하지 않았다. 리지가 아기였을 때부터 지겹도록 들은 말들이었다. 학교 선생, 심리학자, 사회 복지사들. 아무것도 도움이 되지 않았다. 애니는 리지가 어떤 면에서 고장났다고, 아기였을 때부터 그랬다고 생각했고, 아무도 그녀를 도울 수 없었다.

가끔 다 큰 딸과 함께 시내를 걷는 엄마들이 눈에 띄었다. 서로 팔짱을 끼거나 농담을 나누는 모습들. 그럴 때 애니는 마치 아이를 갖지 못하는 여자가 유모차에 탄 젖먹이를 볼 때 느낄 만한 강렬한 질투를 경험했다. 아마도 영원히 허락되지 않을 무언가를 원하는 고통일까.

리지가 교도소에 있어서 좋은 점은 한동안 걱정을 안 해도 된다는 것이었다. 그 안도감은 어마어마했다. 마치 만성적인 통증이 갑자기 사라진 것 같은 환희였다. 애니는 무릎에 관절염을 앓고 있었기 때문에 만성 통증이 어떤 것인지 알고 있었다. 교도소에서 딸은 당국의 책임이었다. 리지가 안전하다는 것은, 새벽부터 대책을 요구하는 전화가 미친 듯이 걸려올 일이 없다는 것은 확실했다. 응급실에 허겁지겁 달려갈 일도 없다. 그러나 리지는 곧 출소할 것이고, 예전 같은 스트레스와 초조함이 되돌아오면 어쩌나, 이번에는 도저히 견딜 수 없지 않을까 하는 두려움이 애니의 가슴 깊숙한 곳에 도사리고 있었다. 그들은 너무 나이가 많았다. 이제 자족감에, 아름다운 따분함에 익숙했고, 이전 같은 생존 방식으로 되돌아가야 한다면 무너질지도 모른다.

샘이 여느 때처럼 신문을 가지러 읍내로 나간 직후, 다시 전화벨이 울렸다.

"여보세요." 모르는 전화번호였고, 애니의 목소리는 날카로웠다. 보험이나 새 보일러, 아파트 단열 공사 판매원일 것이다.

"레드헤드 부인? 셜리 휴어스입니다. 호프 노스이스트라는 자선 단체에서 일해요. 따님 일로 전화드렸습니다."

잠시 애니는 대답하지 않았다. "원하시는 게 뭔가요?"

"그냥 잠시 이야기를 할 수 있을까 해서요." 여자의 목소리는 따뜻하고 침착했다. 자기가 변화를 이끌어낼 수 있다고 생각하던 다른 모든 전문가들과 비슷한 음성이었다. "리지의 미래에 대해서요. 어제 따님을 만났습니다. 석방 전에 잠시 예비 면접으로요. 괜찮으시다면 제가 그쪽으로 갈 수도 있어요. 오늘 오전 중에요."

"안 돼요!" 더 이상 낯선 사람을 집에 들이고 싶지 않았고, 샘은 모든 손님을 불청객으로 생각했다. "제가 그쪽으로 가죠. 어디신가요?" 여자가 자선 단체와 그 사무실이 있는 탄광촌에 대해 설명하자, 애니가 말을 끊었다. "네, 어딘지 알아요." 애니의 고향이었기 때문이었다. 그녀는 어린 시절 자선 단체 사무실에서 그리 멀지 않은 곳에서 부모님과 같이 살았다.

애니는 샘에게 전화나 약속에 대해 말하지 않았다. 둘 다 리지가 곧 출소한다는 생각을 하고 있었지만, 그에 대해 서로 이야기를 나누지는 않았다. 어쩌면 지난 몇 달 동안 딸이 지낸 흉물스러운 빅토리아풍 건물 안에서 기적이 일어났기를 바라고 있는지도 몰랐다. 딸이 보다 유순하고 보다 배려심 많은 사람으로 그 커다란 연철 대문을 나서 주기를 바라는지도.

샘이 겨드랑이에 신문을 끼고 부엌에 들어왔을 때, 애니는 벌써 외출용 옷차림이었다.

"괜찮겠지, 여보? 난 잠시 계곡을 벗어나야겠어."

"내가 같이 갈까?" 그는 신문을 내려놓았다.

"아니, 질을 만날까 해. 커피나 한잔하려고. 점심을 먹든가. 쇼핑도 좀 하고." 샘은 고개를 끄덕이고 더 이상 묻지 않았다. 그에게 거짓말을 하려니 이상한 기분이 들었다. 전에는 한 번도 이런 적이 없었다.

베빙턴으로 돌아가는 기분은 묘했다. 전혀 변한 것이 없어서 더욱 그랬다. 탄광이 폐쇄된 후 유령 마을 비슷하게 되어 있었고, 그럼에도 불구하고 그리 달라진 데가 없었던 것이다. 칠이 벗겨지고 띄엄띄엄 창문을 판자로 막은 길가 주택들, 다음 마약 할 시간만 기다리는지 현관 앞 계단에 무기력하게 앉아 있는 깡마른 남자들. 영국의 다른 지역에서, 카운티 전체에서 경제 상황이 부침을 거듭하는 동안에도, 이 마을에는 오로지 불황뿐이었다. 리지가 이 마을에서 자랐다면 그 분노와 갑갑함을 이해라도 하겠지만, 딸은 부부가 농장에서 살 때 태어났다. 그녀의 놀이터는 계곡이었다. 샘이 소작농 일을 포기하고 키머스톤으로 이사했을 때도, 리지는 사랑을 듬뿍 받았고 필요한 모든 것을 가졌다.

애니는 호프 노스이스트 사무실 앞에 잠시 서서 예전에 이 건물에 무엇이 있었던가 기억을 더듬었다. 문득 떠올랐다. 작은 카페였다. 기름때 낀 구식 숟가락, 베이컨 스토티 빵과 강한 차를 내던 곳이었다. 할아버지가 가끔 여기 와서 친구들을 만나곤 했다. 애니는 문을 밀고 들어가서 사무실로 올라갔다.

작은 책상들 중 하나에 세 사람이 모여 앉아 무슨 회의를 하고 있었다. 각자 앞에 커피 머그가 놓여 있었다. 겉보기에는 중년으로 보이지만 아마 30대 초반일 것 같은 깡마른 여자 한 사람이 있었다. 길게 축 늘어뜨린 머리와 심란한 눈빛이었다. 손이 커다랗고 문신을 한 덩치 큰 남자. 그리고 셜리였다. 처음 보는 순간, 애니는 이 사람이 셜리일 거라고 짐작했다. 옷차림과 말투 때문이었다. 어디를 보나 분명 책임자였다. 그녀는 일어섰다. 가까이서 보니, 처음 짐작보다는 나이 든 것 같았다. 50대 후반, 혹은 60대 초반 정도. 화장은 눈에 잘 띄지 않았지만 솜씨가 좋았다.

"당신이 애니군요." 셜리는 손을 내밀었다. "잠시 여기 회의 마치고 둘이 어디 가서 따로 이야기해요."

잠시 동료들과 일정 및 기금 모금에 대한 대화가 오갔다. 덩치 큰 남자가 아래층으로 내려갔고, 마른 여자는 자기 책상으로 돌아갔다.

"아래층에 접견실이 있어요." 셜리가 말했다. "거기 가면 방해받지 않고 이야기할 수 있습니다. 제가 커피를 만들죠." 그녀는 바닥의 쟁반에 놓인 포트 전원을 켜고 커피 가루를 카페티에르에 스푼으로 덜어 넣었다. 끔찍한 슈퍼마켓 자체 브랜드 인스턴트 커피를 예상했던 애니는 좀 놀랐다.

접견실은 교도소 독방을 연상시켰다. 좁은 사각형 방이었고, 높은 유리창에서는 햇빛이 거의 들어오지 않았다. 그럭저럭 편안한 분위기였지만—바닥에는 양탄자, 안락의자 두 개, 가벼운 목재로 된 커피 탁자—애니는 방에 들어오니 어쩐지 불편했다. 고해가 아니면 최소한 고백이라도 해야 할 것 같은 공간이었다.

셜리는 아무 급한 일이 없는 사람처럼 말없이 커피를 따랐고, 먼저 입을 연 것은 애니였다. "어제 리지를 만났을 때 어땠나요?"

"좋았어요!" 세상 모든 사회 복지사들이 공통으로 사용하는 안심시키려는 말투. "부모님을 만난다는 기대가 컸어요." 짧은 침묵 후 말은 다시 이어졌다. "제가 찾아갔을 때, 경찰이 막 접견을 마친 참이었어요. 형사였죠. 길스웍 살인 사건에 대해 물어봤다고 하더군요."

"리지가 그 일과 관계 있을 리가 없잖아요!"

"물론 그럴 리가 없죠. 하지만 아시고 싶어할 것 같아서요." 셜리는 잠시 망설였다. "피해자 중 한 사람이 여기서 자원봉사자로 일했어요. 우리 모두 충격받았죠. 그가 어떻게 길스웍에 왔는지 이해할 수가 없어요." 마지막 문장은 거의 질문처럼 들렸다.

"나는 그를 만난 적도 없어요!" 애니는 어리둥절하고 불안했다. 리지에 대한 면담인 줄 알고 나온 길이었다. 앞으로 어디서 지낼 건지, 무슨 일을 얻을 수 있을지. 그런데 이 여자는 딸을 돕는 일보다 살인자에 대한 정보를 얻는 데 더 관심이 많아 보였다. "난 두 사람 다 만난 적이 없어요. 경찰은 왜 리지가 도움이 될 거라고 생각했죠?" 최악의 악몽이 되어 가고 있었다. 도대체 경찰이 어떻게 살인과 리지를 연관시킨 걸까? 그녀와 샘을 용의자로 보는 걸까?

"그냥 여러 가지 가능성을 따져 보는 것이겠지요." 셜리는 미소 지었다. "전과자는 수사 초창기에 항상 쉬운 목표물이 됩니다." 그녀는 잠깐 사이를 두었다. "형사는 리지에게 제이슨 크로우에 대해 물어봤대요. 경찰이 그가 관련돼 있다고 생각하는 이유가 뭘까요?"

"몰라요!"

"리지가 출소하면 다시 문제에 휘말리게 할 수 있는 사람들과 거리를 두는 게 중요하니까요. 이해하시리라 믿어요."

애니는 심호흡을 했다. 전문 자선가들을 대할 때는 침착함을 유지하는 것이 중요하다는 것을 배워 알고 있었다. 그렇지 않으면 상대는 나를 비판적으로 바라본다. 분노 조절 장애가 있다고 보고서에 적는다. 리지는 언제나 분노 조절 문제를 안고 있다는 평가를 받았다. "우리가 키머스톤에서 길스윅으로 옮긴 이유 중 하나가 리지와 전에 어울리던 사람들 사이에 거리를 두고 싶어서였어요."

"그렇군요. 한데 시골까지 범죄가 따라왔으니 얼마나 고통스러우시겠어요."

"끔찍해요." 애니는 말했다. 방이 쪼그라들고 공기가 빠져 나가서 호흡이 힘들게 느껴지기 시작했다. 그녀는 무슨 핑계로 일어설까 생각해 보았다. 여자는 그녀와 문 사이에 앉아 있었고, 애니는 눈으로 거리를 가늠해 보았다.

"경찰이 이중 살인 사건 수사를 하고 있는 지역으로 돌아가는 것이 리지에게 과연 좋을까 의문스러워요." 셜리는 머그 두 개에 커피를 좀 더 따르고 우유 주전자를 집어 들었다. 잰과 로레인과 커피를 마시던 그 모든 순간이 떠올랐다. 밸리 팜의 멋진 새 주택에 앉아 마을 뒷소문을 주고 받던 순간. 단지 지금은 애니 가족이 길스윅의 모든 소문의 주인공이었다.

"예전에 들락거리던 키머스톤 거리로 돌아가는 것보다 우리 집으로 오는 게 나아요." 애니는 잠시 숨을 멈췄다. "물론 이건 리지가 알아서 결정할 문제지만요. 그 애는 성인이에요."

"저도 그렇게 생각해요." 셜리는 정말 따뜻해 보이는 미소를 지었고, 애니는 그녀가 그저 자신의 일을 하고 있을 뿐이라고 생각했다. 내가 과잉 반응한 거다. 살인 사건 소식을 처음 들은 뒤로 늘 긴장해서 머릿속에 온갖 정신 나간 생각만 떠오르는 거다. 셜리는 말을 이었다. "리지도 부모님에게 돌아가고 싶을 거라고 생각한답니다. 최소한 일단은요.

181

학교로 돌아가는 것도 고려해 보아야 한다고 생각해요. 이 지역 직업 학교에 들어가서 A학점을 받으면, 그 뒤는 또 모르잖아요? 분명 영리하니까 대학 교육도 좋을 거라고 생각해요."

"리지는 늘 공부하는 걸 싫어했어요."

"교도소가 리지를 바꾸어 놓았는지도 모르겠어요. 리지가 시팅웰에서 교육 과정 두 개에 등록했다는 거 알고 계세요? 문예창작반에 등록했고, 잠시 출석하는 동안 그 안에서 상당한 스타가 됐어요. 저는 단시간의 강렬한 충격 같은 걸 믿지 않지만, 잠시 그 안에 들어가 있는 건 어떤 사람들에게 분명 효과가 있답니다. 우선순위를 정리하는 기회가 돼요. 조금 더 성장하는 기회."

"리지가 당신에게 뭘 하고 싶다고 이야기하던가요?" 애니는 셜리와 자기 딸 사이에서 이런 대화가 실제 오갔다는 것을 믿기 힘들었다. 미래에 대해 상의하려고 할 때마다 반응은 침묵이나 부루퉁한 성질뿐이었다. 문을 쾅 닫고 자취를 감추었다. 교도소를 방문할 때도 애니는 그 주제를 감히 입에 올릴 수가 없었다. 그저 격려하는 데 집중했을 뿐이었다.

"자세히 이야기한 건 아니지만, 접객업이 어떨까 생각해 봤어요. 당신과 남편은 식당을 운영하셨다면서요?"

"네." 덧붙이고 싶었다. 리지 때문에 다 잃었죠. 하지만 리지에게 미래가 있다는데, 그런 말은 옹졸해 보일 것이다. 직업과 집이 있는 평범한 딸 리지의 모습이 갑작스레 떠오르니 가슴이 벅차올랐다. 같이 수다도 떨 수 있고, 친구들에게 소개도 할 수 있는 딸. 팔짱을 끼고 농담을 나눌 수 있는 딸.

"다음 주 초에 제가 찾아뵐까 하는데요." 셜리는 가방에서 커다란 수첩을 꺼냈다. "이런저런 계획도 슬슬 짜 보고요."

"아, 그러세요!" 여자가 집에 찾아오는 것을 샘이 탐탁하게 여기지 않으면, 그는 아침에 외출해서 키머스톤에 가면 된다. 리지의 미래에 대해 거창한 꿈을 키워서는 안 된다는 것은 알고 있었다. 전에도 수없이 경험한 일이었다. 그러나 어쩌면 셜리의 말이 맞을지도 모른다. 어쩌면 리지에게 필요했던 것은 그저 잠시 떨어져 있는 시간이었는지도 모른다. 세상으로부터의 일종의 격리. 애니는 이 자선 사업가가 처음에는 마음에 들지 않았던 것을 지금은 이해할 수가 없었다. 얼마나 어리석었는지!

"그럼 월요일 아침 11시로 할까요?" 셜리는 수첩에 메모를 하더니 애니가 동의하는지 확인하려고 고개를 들었다. "우선 가족이 모두 함께 하루 시간을 보낼 수 있잖아요. 따님이 어떻게 변했는지 파악할 시간이요." 그녀는 작은 약속 카드를 작성해서 탁자 위로 밀어 주었다.

바깥 거리로 나온 애니는 우스꽝스러운 낙관주의가 밀려오는 것을 느꼈다. 어쩌면 리지는 정말 법원과 교도소의 충격 때문에 변했는지도 모른다. 깨끗한 환경에서 몇 개월 보낸 덕분에. 계곡의 살인은 우리 가족과 아무 상관도 없는 일이다. 그저 미치광이가 무작위적으로 저지른 소행일 뿐이다. 텔레비전 뉴스에서 그런 사건들도 틈틈이 보지 않나. 샷건을 갖고 시골길을 달리다 방해되는 낯선 사람들을 닥치는 대로 죽이는 미친놈들. 폭력에서 짜릿한 흥분을 찾는 인간들. 경찰은 언제나 그런 인간들을 체포한다.

애니는 차창을 활짝 연 채 새소리를 들으며 다시 길스윅을 향해 달리기 시작했다. 샘에게 리지에 대해 설명해야 한다고 생각하며. 딸에 대한 대화를 더 이상 미룰 수는 없다.

22

베라가 저택에 도착했을 때는 아직 매우 이른 시각이었다. 아까 경찰서에 전화해서 회의를 한 시간 미뤄 놓았고, 빌리에게는 길스윅 저택으로 오라고 지시했다. 색골 영감일지는 몰라도, 그는 베라가 같이 일해 본 현장 감식 반장 중에 가장 꼼꼼한 사람이었다. 수색 팀장은 처음 만나는 사람이었다. 피터 맥브라이드라는 덩치 큰 대머리 스코틀랜드인이었고, 베라가 차를 몰고 올라가 보니 카스웰 저택 현관문 옆에서 그녀를 기다리고 있었다. 차에서 내려 뻐꾸기 소리를 들은 베라는 요즘 참 드물게 듣는 소리라고 생각했다. 어린 시절에는 매년 그 소리를 들으려고 귀를 기울이곤 했다. 그러고 보니 자연 감각에 맞지 않는 것들이 요즘 눈에 많이 띄었다. 4월의 폭염, 계절에 맞지 않는 말벌, 사라져 가는 뻐꾸기. 사람들이 낙원이라고 생각하는 장소에서 살해당한 두 낯선 남자.

맥브라이드는 미안해했다. "오래 걸려서 죄송합니다. 집에서 시작해서 도로와 시체가 발견된 도랑 쪽으로 작업 순서를 정하는 것이 적절해서요. 채소밭은 뒤쪽에 있어서 이제야 갔습니다."

"오늘은 작업을 일찍 시작했군."

"아, 네. 전 끈질긴 놈입니다. 젊은이의 살해 현장을 찾지 못하고 있는 게 계속 마음에 걸렸던 참이라. 수색 팀에게 새벽 동이 트면 곧장 작업을 시작할 수 있도록 해 뜨기 직전에 집합하라고 했습니다."

베라는 그를 따라 저택 옆을 돌아 들어갔다. 그녀도 위층 창문에서 채소밭을 보기는 했지만, 와 본 적은 없었다. 넓고 잘 손질되어 있었으며, 거의 상업적인 농지 정도의 규모였다. 철망 안에서 자라는 과일 덤불, 그물 밑의 딸기밭, 이미 줄줄이 싹이 터서 흙을 밀고 올라오는 채소들. 모두 표지판이 붙어 있고, 잡초는 거의 없었다. 패트릭이 여기서 일할 계획이었는지 새삼 궁금했다. 이제 그 점이 중요해졌으니, 조에게 하우스시팅 회사에 확인해보라고 지시해야겠다.

간이 온실 뼈대가 과일 철망 너머에 한 줄로 서 있었다. 이제 유리 뚜껑을 제거한 단단한 나무 뼈대였다. 안에는 주로 샐러드용 작물이 있었다. 래디쉬, 양상추, 쪽파. 양상추는 잘라 내도 계속 올라오는 종류였고, 수확 준비가 다 되어 있었다. 그중 한 뼈대의 반대편 구석 가장자리에 피로 보이는 검붉은 얼룩이 보였다.

"유전자 검사를 위한 시료는 채취하겠지?"

맥브라이드는 이미 순서를 정리했다는 뜻으로 고개를 끄덕였다. "경찰이 여기서 작업을 마치면, 우리가 맡아서 과학자들에게 할 일을 부탁할 겁니다."

"로나 도슨이 신발에서 채취한 흙을 검사하고 있나?" 베라는 이 남자가 마음에 들었다. 유능하고, 극적인 태도가 없었다.

그는 다시 고개를 끄덕였다. "제가 계속 연락하고 있고, 직접 한 번 올 생각이랍니다. 하지만 애버딘은 먼 거리라, 다른 일이 바쁘지 않아야겠지요."

온실 안의 식물은 짓밟혀 있었다. "그래, 당신 가설은 뭐지?" 베라의 머릿속에는 열 가지 남짓한 시나리오가 춤추고 있었지만, 아직 앞뒤가 맞는 것은 없었다.

"저는 피해자가 여기서 일하고 있었다고 생각합니다. 누군가 등 뒤에서 접근해서 때립니다. 피해자는 빙글 돌면서 뼈대에 쓰러졌고, 그래서 이쪽 면에 피가 묻은 겁니다."

"음, 시체에 생긴 상처와도 부합하는 것 같군." 하지만 베라는 그 외의 다른 모든 것과 부합하지 않는다고 생각했다. 패트릭은 길스윅에서 버스를 내린 벤튼을 차에 태워 저택까지 데려왔다. 플랫 주방에는 머그 두 잔이 있었으니, 같이 차를 마셨을 것이다. 왜 패트릭은 중년 남자를 혼자 두고 나와서 정원 일을 했을까? 말이 되지 않았다.

"방어흔이 없어." 베라는 거의 혼잣말처럼 중얼거렸다. "이건 무슨 의미일까?"

"저택에서 여기까지는 풀이 난 오솔길이 이어져 있습니다." 맥브라이드는 건물 쪽을 돌아보았다. "랜들이 온실 쪽으로 허리를 굽혀 일하고 있었다면, 범인이 접근하는 소리를 못 들었을 겁니다."

베라는 곧장 대답하지 않았다. 그녀는 그 장면을 상상하고 있었다. 늦은 오후. 따뜻하다. 벤튼은 잠시 잊고 여기서 일어난 일에 집중하자. 랜들의 스웨터나 재킷에는 핏자국이 없고 셔츠에만 있으니, 어쩌면 정말 정원 일 중이었을지도 모른다. 겉옷과 재킷을 벗고 가까운 땅 위에 내려놓았을지도. "어쩌면." 하지만 손님이—벤튼이—플랫에 있는데 왜 정원에서 일을 했을까?

베라는 허리를 펴고 잠시 그대로 서서 뻐꾸기 소리에 다시 귀를 기울였지만, 산비둘기 울음밖에 들리지 않았다. "여기서 도로변 도랑까지는 아주 먼 거리야. 살인범은 차를 사용할 수 있었을 거야. 여기서 그를 드라이브까지 끌고 가는 것만 해도 고역일 거야." 살인범은 왜 굳이 그렇게 해야 했을까? 살인이 한 건뿐이라면 이해했을 것이다. 모든 상황을 사고처럼 보이도록 꾸미려 했던 것으로. 뺑소니 사고. 재킷과 스웨터를 입혀 놓은 것도 설명할 수 있다. 그러나 플랫의 시체는 언젠가 발견될 수밖에 없었고, 경찰이 두 구의 시체를 서로 연관시키지 않을 리 없다. 모든 것이 너무 복잡했다. 너무 기묘했다. 다시 베라는 두 남자의 사망 시점이야말로 핵심이라고 생각했다. 그러나 어느 피해자가 먼저 죽었는지 폴 키팅이 정확히 단언할 수 없다는 것도 알았다.

그녀는 몸을 죽 뻗고 시계를 보았다. 경찰서로 돌아가야 한다. 키머스톤에서 수사 팀이 상황 보고를 기다리고 있을 것이다. 햇빛은 이제 거의 따뜻했다. 맥브라이드의 수색 팀은 저택 뒤쪽과 언덕 사이의 작은 과수원을 한 줄로 훑어나가고 있었다.

그는 베라의 시선이 가 있는 쪽을 보았다. "능선을 따라 난 등산로에서 누가 저택으로 왔을 가능성에 대비해서입니다. 하지만 오늘 중으로 일을 마무리할 생각입니다."

"음, 그래, 고맙다고 전해 줘. 그리고 당신도." 거의 저택까지 다 왔을 때, 한 가지 생각이 떠올랐다. "혹시 나방 덫은 못 봤겠지? 나무나 플라스틱으로 된 장치. 깔때기가 있고, 아주 환한 전구가 달린."

"그게 나방 덫인가요? 그대로 뒀습니다. 이쪽으로 오십시오." 그는 저택과 도로 사이의 숲 사이로 난 오솔길로 앞장섰다. 햇빛이 환히 뚫린 고지와 연녹색 블루벨 줄기 위를 비스듬히 비췄다. 어떤 부분에는 꽃이 피어 있어서 풀숲에 푸르스름한 빛이 돌았다. 사방이 새소리였다. 도로 끝 개발 단지 입주민들을 이 계곡으로 이끈 것도 이런 풍경이었으리라. 그들은 항상 이럴 거라고 상상했을 것이다.

"여기 그 외에 흥미로운 게 있던가?"

"사탕 껍질 네 개. 이 지역 제조사 상품이라 보기 드문 브랜드였습니다. 키머스톤 컨펙셔너리죠. 몇몇 아웃렛에서만 판매합니다. 구식 사탕을 만들죠. 블랙 불릿, 페어드랍, 셔벗 레몬. 모두 개별 포장으로. 얼마나 오래 여기 있었는지는 알 수 없고, 도로에서 바람에 날려 들어왔을 수도 있습니다. 여기 덫을 설치할 때 랜들이 먹었을 수도 있겠죠."

베라는 말이 없었다. 랜들이 쓰레기를 버릴 사람이라고 생각하지는 않았다. 최근 어딘가에서 사탕 한 접시를 분명 봤는데, 도대체 그게 어디였는지 아무리 생각해도 기억이 나지 않았다.

맥브라이드가 갑자기 멈추는 바람에 베라는 그의 등에 부딪힐 뻔했다. 길 옆에 나방 덫 두 개가 서로 가까이 설치되어 있었다. 전력은 커다란 자동차 배터리였다. "곤충이 가득 차 있습니다. 어떻게 해야 할지 알 수 없었습니다."

"덫은 타이머로 작동될 거야." 베라는 말했다. "밤에만 불이 켜지지." 불이 곤충을 끌어들이고 깔때기 안으로 유인해서 아래쪽에 놓인 부드러운 판지 달걀 상자 안에 모은다.

쭈그리고 앉는데 무릎에서 우지끈 소리가 났다. 도대체 무슨 짓을 하고 있는지 알 수가 없었다. 베라는 나방에 대해서는 아무것도 몰랐다. "내용물을 전문가에게 가져가 보겠나? 핸콕 박물관에 사람이 있을 거야. 대학이든가. 덫에서 지문도 채취해."

"뭘 찾으십니까?"

"아직 나도 몰라. 뭔가 특이한 점이 있겠지. 저 나방이 두 피해자를 연결시켜 주는 유일한 매개야."

"이것 때문에 살해당했다고 생각하는 건 아니죠?"

베라는 대답하지 않았다. 어쩌면 벤튼이 다음 날 아침까지 있다가 두 사람이 함께 내용물을 살펴볼 계획이었을지도 모른다. 하지만 이 모든 것은 추정일 뿐, 아마 시간 낭비일 것이다. 베라는 힘들게 일어서면서 홀리 클락이 이런 시나리오를 어떻게 생각할까 상상했다. 맥브라이드는 베라를 더 민망하게 하고 싶지 않은 듯 외면했다. "음, 손 좀 빌려 주겠나? 안 그러면 우린 하루 종일 여기 있어야 할 거야."

맥브라이드는 피식 웃고 그녀를 일으켜 세워 주었다. 베라는 무릎에서 나뭇잎과 잔가지를 털어냈다.

자동차로 돌아와서, 베라는 잠시 멈췄다. "경내 수색 중 혹시 살인 무기는 못 찾았나? 랜들의 뒤통수에 둔기상을 입혔을 만한 물건 말이야. 벤튼을 죽이는 데 사용된 건 우리가 처음 저택에 도착한 날 내 부하가 찾은 칼 같은데. 키팅 박사도 상당히 확신하는 것 같고." 아직도 두 피해자가 서로 다른 방식으로 살해당한 것이 특이하게 느껴졌다.

"이거다 싶은 건 발견 못 했습니다. 믿어 주세요, 정말 열심히 수색했습니다!"

"당연히 그렇게 생각하지. 만약 여기 있다면 찾았을 거라고. 자넨 어떻게 생각하나?"

"너무 뻔히 보이는 데 있어서 오히려 안 보이는 게 아닌가 싶은데요. 헛간이 하나 있습니다. 가래와 삽이 많죠. 전부 분석하러 보냈습니다. 그리고 키팅 박사의 의견도 기다리는 중입니다."

베라가 드라이브 길 끝의 랜드로버에 오르는데, 빌리 카트라이트가 안으로 들어왔다. 그녀는 창문을 내렸고, 두 사람은 잠시 목소리를 높여 이야기를 나누었다. 빌리가 후진하거나 이쪽이 차를 길가에 세울 필요가 없도록, 베라는 드라이브 길에서 밸리 팜 개발 지구가 있는 오른쪽으로 차를 꺾었다. 마을 쪽으로 돌아가기 위해 농장 마당에서 방향을 돌리다가, 그녀는 멈춰 서서 잠시 주택들을 올려다보았다. 아직 이른 시각이기 때문이겠지만, 모든 것이 매우 고요했다. 그런데 농장 위층에서 나이절 루카스가 창가에 앉아 있었다. 차 소리를 들었는지, 그녀를 내려다보고 있었다. 그의 옆 창틀에는 망원경이 놓여 있었다.

23

베라는 한 시간 미뤄 놓은 아침 회의 시간에도 늦었다. 조는 그녀가 자기 상급자들에게 너무 실무에 직접 관여한다고 비판받는다는 것을 알고 있었다. 그들은 베라가 업무를 부하에게 이관하고 자기 팀을 좀 더 신뢰하는 법을 배워야 한다고 생각했다. 한번은 그녀가 자기 업무 평가에 적힌 내용을 소리 내어 읽어 준 적도 있었다. 자신이 필요불가 결한 존재라고 생각하지 말기 바란다. 귀하의 역할은 자신의 기술을 타 인에게 전수하는 것이다. "흠." 그녀는 말했다. "더러운 집에 사는 사람 들을 내리깔고 보지 말라고 홀리를 설득할 수 있다면, 이 사람들이 나 보다 나은 상급자겠지." 조는 그때 웃었지만, 지금 생각하니 윗사람들 의 평가에는 일리가 있었다. 베라는 최악의 통제광이었다.

좌중이 조금씩 초조해하기 시작할 무렵, 베라가 문을 박차고 들어왔 다. 홀리는 살해 당일 용의자들의 동선을 자세히 정리한 타임라인을 완 성하고 싶다면서 책상으로 돌아가야겠다고 중얼거리고 있었다. 에너 지로 가득 찬 베라가 증기롤러처럼 막아설 수 없는 기세로 뛰쳐 들어 온 것은, 홀리가 막 자리에서 일어나던 순간이었다. "우릴 두고 나가나, 홀? 유감이야. 랜들의 살해 현장을 찾았으니 자네 활약이 필요한데."

소리 죽인 웃음소리. 베라는 활짝 웃었다. 홀리는 자리에 앉았고, 회의가 시작되었다. 베라는 평소처럼 커피 한 잔도 굳이 가져오지 않았다. 오늘 아침을 시작하는 데는 카페인도 필요 없는 것 같았다.

"그래, 마침내 랜들이 어디서 살해당했는지 알아냈어." 베라는 그들 앞에 서 있었지만, 한순간도 가만히 있지 못했다. 의자와 화이트보드 사이 좁은 공간을 계속 서성거렸다. 그렇게 덩치 큰 사람만 아니라면, 춤추고 있다는 표현이 더 어울릴 정도였다. 비록 몸무게 때문에 발끝으로 가볍게 돌아다닐 수는 없지만, 권투 선수권 대회를 앞둔 무하마드 알리의 영혼이라도 강림한 것 같았다. "집 측면의 채소밭이야." 조는 내용에 귀를 기울였다. 온실 뼈대에 묻은 혈흔, 짓밟힌 샐러드 식물, 설치만 해 놓고 내용물을 비우지 않은 나방 덫.

"그러니." 베라는 한 단어를 도전처럼 내뱉었다. "여기서 무슨 일이 있었을지 상황을 생각해 보자고. 가능성을 점검해 봐." 그러나 수사 팀에게 생각할 기회를 주고 의견을 듣는 대신, 베라는 말을 계속했다. 활력이 너무 넘쳐서 침묵하는 것이 불가능했다. "벤튼과 랜들은 서로 만났어. 플랫에서 차를 한잔한 것으로 보인다. 그런데 어느 시점에 두 사람은 다시 헤어졌어. 왜? 랜들은 어떻게 해서 벤튼을 플랫에 혼자 두고 정원에 가 있게 되었을까? 그들은 언제 그 나방 덫을 설치했을까? 패트릭이 도착하자마자 설치했는지 확실히 알면 도움이 될 수도 있어. 숲 한복판에 있어서 도로에서는 보이지 않지만, 밤에는 조명 불빛이 눈에 띌 거야."

조는 이런 모든 소소한 일상적인 일들을 서로 연결하는 일관성 있는 이유가 없을 수도 있지 않나 생각하고 있었다. 일상에서 그는 때로 정확하게 이유를 설명할 수 없는 갑작스러운 충동으로 규칙에서 벗어나는 일들을 하곤 했다. 그는 손을 들었다.

"어쩌면 차와 곁들이는 음식을 만드는 데 샐러드 잎이 좀 필요했는지도 모르죠."

그는 베라가 경솔하게 입을 놀린다고 또 고함을 지를지도 모른다고 생각했지만, 그녀는 우뚝 멈춰 서더니 전체 수사 팀을 향해 고함을 질렀다. "랜들의 냉장고에 뭐가 있었지? 기억나는 사람?"

홀리가 수첩을 확인했다. "키머스톤의 빵집에서 산 시금치 퀴시 큰 조각 두 개, 노섬벌랜드 염소치즈와 슈퍼마켓에서 산 감자 샐러드 한 통, 아스파라거스, 그리고 일반적인 이런저런 것들입니다. 우유, 달걀, 베이컨 반 통, 마요네즈 한 병, 라거 맥주 세 병, 통밀빵 한 덩어리, 무염 버터 반 통." 그녀는 잠시 멈췄다. "부엌 창틀에 토마토 한 접시가 있었어요."

베라는 고개를 끄덕였다. "저택 온실에서는 토마토가 이미 익어 가고 있었어. 그걸 땄을 거야. 카스웰 부부가 허락했을 테고. 먹을 수 있는 음식이 버려지는 걸 두고 볼 부류의 사람들이 아니야." 베라는 그들을 바라보았다. "퀴시 큰 조각 두 개. 이걸로 뭘 알 수 있지?"

"패트릭은 벤튼이 같이 저녁식사를 할 거라고 생각했다는 것?" 홀리가 다시 말했지만, 이미 좌중은 모두 같은 결론을 내리고 있었다.

"그리고 그건 무슨 뜻이지?"

"식사에 곁들일 샐러드 잎을 따러 정원에 갔을 수도 있다는 뜻이죠."

"그러니 자, 다 같이 조에게 박수 한 번." 몇몇이 나지막한 환호와 야유를 보낸 뒤에 베라는 말을 이었다. "이렇게 생각하면 두 피해자의 관계의 동력 전체가 달라 보이지 않나? 우리는 벤튼이 사업상 약속이나 면접을 하기 위해 거기 갔을 거라고 생각했어. 자원봉사로 일하던 자선 단체 친구에게 남긴 인상도 그런 것이었고. 하지만 이건 우리 시나리오에 들어맞지 않아. 이건 보다 비공식적인 만남이야. 사업상 누굴 만나다가 갑자기 일어나서 샐러드에 쓸 잎을 따러 나가진 않지. 그들은 친구였을 거야."

조가 다시 손을 들었다. "그럼 왜 정장을 입었을까요? 사교적인 만남이었다면, 특히 숲에서 나방을 찾아 더듬거리고 다닐 생각이었다면, 정장을 입을 리가 없지 않습니까."

잠시 침묵이 흘렀다. 옆 사무실에서 누가 고함치는 소리, 문 쾅 닫는 소리가 들렸다. 홀리가 헛기침을 했다. "자신감 문제일 수도 있지 않을까요? 음, 두 사람이 직접 만난 것은 이번이 처음이었을 수도 있지만, 이미 전화 통화를 한 적이 있다는 건 확인했습니다. 랜들은 교양 있는 악센트를 쓰지 않았겠어요? 자기 어머니처럼. 벤튼은 사교에 서투른 사람이지요. 정장은 자신감을 북돋우려고 입었을지도 모릅니다. 저녁 식사에 초대받았는데, 그렇게 차려입는 것이 적절하다고 생각한 거죠. 그렇지 않다면 로렐 애비뉴의 자기 집 옷장에서 운동복 바지와 폴로 셔츠를 꺼내 입었겠지요."

조는 이것이 어디까지나 추정이라고 생각했다. 그는 베라의 유명한 냉소를 기대했지만, 그런 것은 없었다. 대신 그녀는 멈춰 서더니 책상에 몸을 기댔다. 거대한 바다사자가 물가 바위 위에 올라앉은 모습이 머릿속에 갑자기 떠올랐다.

"그럼 그 만남의 목적은 무엇이었을까? 벤튼은 구직 센터 사무실 직원과 친구 프랭크에게 업무상 만남이라고 말했다. 랜들은 어느 시점에 나방 덫을 설치했다. 특이한 종을 발견했을까? 같이 학술 논문을 쓸 준비를 했을까? 랜들은 벤튼의 사진 기술이 필요했을까? 여기 누가 도와줘. 내가 놓친 게 뭐지? 그들이 전화나 이메일로 해결하는 대신 직접 만나야 했을 만큼 중요한 일이 뭐가 있을까?"

다시 긴 침묵이 흘렀다. 베라는 바위에서 몸을 일으켰다. "좋아, 그럼 '왜'라는 질문은 잠시 접어두고, 다음으로 넘어가자고. 두 남자는 길스윅에서 저택에 도착했다. 그들은 이야기를 나누고, 랜들은 정원으로 갔다. 그는 샐러드를 땄다. 살인자가 뒤통수를 세게 때려 살해했다." 그녀는 좌중을 둘러보았다. "수색 팀의 피터 맥브라이드는 삽으로 맞아 죽었을지도 모른다고 했어. 헛간에 공구가 많지. 모두 확인 중이야. 하지만 모두 반짝반짝 잘 닦여 있으니까 그중 하나가 살인 무기라면 범인이 시간을 들여 닦았다는 이야기지. 그런 다음 플랫으로 가서 벤튼을 부엌칼로 찔러 죽였다. 이게 우리가 생각하는 범죄 상황인가?"

"아뇨!" 조는 불가능하다는 결론을 내렸다. "범인은 랜들이 있을 거라고 생각하고 플랫에 먼저 갔을 겁니다. 그 시점에 그가 무엇을 의도했는지는 몰라요. 분명 그곳에 낯선 사람이 있을 거라고 생각하지는 않았습니다. 벤튼은 침입자를 목격했기 때문에 살해당한 겁니다. 그런 다음 살인범은 랜들을 찾으러 밖으로 나갔습니다. 틀림없이 이 순서대로일 겁니다."

"그럼 벤튼은 부수적인 피해자다?" 베라는 잠시 눈을 감았다. "애당초 의도된 목표가 아니었다."

베라는 늙고 비대한 불상처럼 고요히 서 있다가 다시 퍼뜩 되살아났다. "오늘 할 일은." 그녀는 말했다. "조, 자네는 셜리 휴어스를 만나 봐. 호프 자선 단체의 사회 복지사. 리지 레드헤드를 만나러 시팅웰까지 가야 할 만큼 급한 일이 무엇이었나? 호프는 법적인 지원이나 지역 사회의 도움을 받을 수가 없는 사람들을 위한 단체야. 내가 정관에 적힌 사명을 읽어 봤어." 베라는 눈동자를 굴리더니 클클 웃었다. 그들 모두 베라가 정관에 적힌 사명을 어떻게 생각하는지 알고 있었다. "리지는 부유한 부모가 있고, 돌아갈 집, 본인도 원하지 않는 지원이 있어. 한데 휴어스가 왜 돕고 있지?" 그녀는 잠시 숨을 돌렸다. "홀, 자네는 이 사건에 얽힌 통신 기록을 전부 검토해. 전화, 랩톱, 컴퓨터. 두 피해자의 관계에 단서가 될 만한 뭔가가 분명 나올 거야. 이제 살인 현장은 두 곳이 있고, 할 일이 많아." 다시 잠깐 사이를 두었다. "패트릭 랜들의 랩톱은 어디 있지? 어머니에게 물어봤는데, 랩톱 없이는 여행하지 않는다고 했어. 그걸 찾아내면, 범인을 찾는 데 한 걸음 더 가까이 갈 거야."

조는 할 일이 너무 많다고 생각했다. 그는 일어섰고, 다른 사람들도 뒤따랐다. 베라는 수수께끼 같은 묘한 미소를 짓더니 자기 사무실로 사라졌다.

조는 셜리 휴어스에게 전화를 걸어 약속을 잡았다. 그녀는 사무적이고 능률적인 말투였다. "물론입니다, 형사님. 오늘 오후 일찍 뵐까요? 1시 30분? 오전에는 계속 회의가 있습니다."

수사 중이면 통 얼굴을 볼 수가 없다고 샐이 늘 투덜거렸기 때문에, 조는 점심을 먹으러 집에 갔다. 간다고 미리 말을 하지 않았기에, 샐은 아이가 낮잠을 자는 동안 정원에서 커피를 마시며 소설을 읽고 있었다. 순간 증오에 가까울 정도로 강렬한 불만이 엄습했다. 낮 동안 책을 읽을 시간이 있는데, 왜 나더러 밤에 일어나서 아기를 보라고 하지? 그러다 그는 하루 종일 아이들과 같이 있고 싶은가 자문했고—특히 이제 거의 십 대이고 십 대처럼 행동하고 있는 제스—샐도 잠깐의 평화를 누릴 권리가 있다고 생각했다. 샐의 목 뒤를 쓰다듬으니 햇빛을 받아 따뜻했고, 키스하니 방금 커피와 함께 먹은 초콜릿 비스킷 냄새가 났다. 그럼 다이어트는 그만둔 거군. 다시 키스하려는데 아기가 깨어났다. 샐은 미소 짓고 샌드위치를 만들어 주겠다고 했다. "조금만 더 일찍 왔으면, 우리 둘만 시간을 보낼 수 있었는데."

그는 자선 단체 사무실에서 막 회의 하나가 끝날 무렵 베빙턴에 도착했고, 한 무리의 여자들이 나오는 동안 출입문에서 기다렸다. 홀리라면 옷차림과—하도 빨아서 얇아진 레깅스와 그 위에 걸친 탑—비만, 좋지 않은 피부 상태를 보고 그들을 곧바로 판단했을 것 같았다. 아마 말한 번 나눠 보지 않고 전과자, 전과자의 배우자, 혹은 정보원이 될 만한 사람으로 분류했을 것이다. 그중 한 사람이 자기 친구가 될 수도 있다는 상상은 할 수 없을 것이다. 조는 이런 여자들과 이웃으로 자라면서 그들 집에 들락거리고 그 아이들과 같이 놀았다. 이제 그들이 지나치는 동안 보도에 서서 대화의 편린에 귀를 기울이고 있으니, 어린 시절의 향수가, 지저분하고 복잡하던 동네 풍경의 기억이 밀려왔다. 따뜻하고, 가식이 없던 공간.

셜리 휴어스는 위층 사무실에서 기다리고 있었다. 혼자였고, 그가 빈 두 번째 책상을 보는 것을 알아챘다. "전 혼자 일하지 않습니다, 경위님. 하지만 다른 사람들은 자원봉사자라 항상 출근하지 않아요. 이런저런 일이 생기기 마련이고, 그 사람들 탓을 할 수는 없지요. 커피?"

그녀는 흰 반팔 셔츠와 진한 청색 치마 차림이었다. 더위에도 불구하고 스타킹, 굽이 좀 높은 세련된 구두를 신었다. 조가 만나 본 사회복지사들보다 변호사, 특히 자원봉사로 일하는 법률가들에 더 가까운 차림이었다.

두 사람은 한쪽 구석의 편안한 의자 두 개에 하나씩 앉았다. 조는 햇빛이 눈에 들어와 자리를 바꿔 앉았다. 셜리는 낮은 탁자 위에 쟁반을 놓았다. "4월 치고 정말 멋진 날씨죠?" 그녀는 자동적으로 나오는 미소를 지었다. 고객들을 편안하게 해 주는 소소한 잡담에는 아마 매우 익숙할 것이다. "지구 온난화도 좋은 점이 있는 것 같아요."

"리지 레드헤드를 교도소로 찾아가셨다면서요."

조는 단도직입적으로 접근하면 상대가 불편해하기를 원했지만, 그녀는 즉각 답했다. "리지는 보호 관찰관을 통해 우리를 소개받았어요. 제가 두 번 찾아갔습니다. 지난번 만남은 석방 계획 때문이었어요. 주 말에 출소하게 되어 있어서요."

"보호 관찰을 통해 소개받은 고객을 모두 찾아가십니까?" 조는 아직 재킷 차림이었지만, 일어서서 벗을 생각이 나지 않았다. 휴어스는 냉정 하고 차분했지만, 조는 그녀가 좋은 배우일 거라는 생각이 들었다. 건 달이나 깡패, 고압적인 변호사를 일상적으로 상대하는 사람일 것이다. 그 머릿속에 무슨 생각이 오가는지 짐작하기는 어려웠다.

그녀는 가볍게 웃었다. "그럴 리가요. 하지만 출소일 전에 엘리자베 스와 이야기를 하는 게 중요하다고 생각했어요. 흥미로운 젊은 여자라 서요." 잠시 말을 끊었다. "부모님의 지원에도 불구하고, 자기 파괴적인 행동을 한 전력이 있어요. 자세히 말씀드리기는 곤란하지만, 이건 제가 뭔가 변화를 이끌어낼 수 있는 경우라고 느꼈습니다. 저도 보호 관찰관 으로 일했는데, 이런 재소자를 많이 만나지는 못했어요."

침묵이 흘렀다. "왜 그 일을 그만두셨습니까?" 조는 이해할 수가 없 었다. 적절한 급여와 든든한 연금을 받을 수 있는 직업을 그만두고 폐 쇄된 탄광촌의 누추한 사무실에 들어와서 아마추어들과 같이 일한다?

대답이 나올 때까지는 시간이 걸렸다. "제가 그 일을 시작했을 때, 우 리 임무는 재소자를 지원하고, 조언을 주고, 친구가 되어 주는 것이었 습니다. 시스템이 언제나 완벽한 건 아니었지만, 대부분의 직원들이 우 리가 관리하는 사람들을 돕기 위해 최선을 다했어요. 한데 그게 바뀌었 죠. 단순히 미화된 경찰 노릇을 하고 싶지는 않았어요. 제가 받은 훈련 은 그런 것이 아니었습니다."

"리지 레드헤드에 대해 말해 주세요."

"아." 휴어스는 의자에 등을 기댔다. 셔츠 앞자락이 약간 벌어지고 흰

레이스 브라가 언뜻 보였다.

베라보다 많이 젊어 보이지는 않지만, 어딘가 섹시한 분위기가 있었다. 약간 도발적인 분위기. 조는 주의를 다시 대화로 돌려 상대가 말하는 내용에 귀를 기울이려고 애썼다.

"엘리자베스는 술집에서 싸운 뒤 중상해죄로 기소되었지요." 셜리는 다시 허리를 세웠고, 블라우스 자락은 제자리로 돌아왔다. 조는 그녀가 고객의 기밀을 유지하면서 어디까지 경찰에게 말해도 될지 고민하고 있다는 것을 알 수 있었다. "그전에 약물과 알코올 중독 이력도 있었습니다. 문제의 원인이 아니라, 그 증상이었다고 생각해요. 그녀는 쉽게 지루함을 느끼는 과잉행동 아동이었고, 그 문제가 성인기까지 이어졌습니다."

셜리는 손을 뻗어 커피를 좀 더 따랐다.

"리지가 병원에 들어간 적이 있나요? 중독에서 벗어나려고?"

"아뇨. 부모님이 도움을 받으라고 설득했겠지만, 말씀드렸듯 저는 중독을 문제의 뿌리로 보지 않습니다. 그들은 쉬운 답을 찾았고, 리지는 쉬운 사람이 절대 아니죠." 셜리는 살짝 미소 지었다. "영리하고 재기발랄한 사람들은 대체로 쉽지 않습니다."

"저는 그녀와 마틴 벤튼 사이의 연결고리를 찾고 있습니다." 조가 말했다. "혹시 생각나는 게 있습니까?"

"아뇨!" 그녀의 음성은 갑자기 싸늘해졌다. "그건 잘못 짚으셨습니다, 경사님. 리지는 교도소에 들어가기 전까지 호프의 고객이었던 적이 없어요. 두 사람은 만난 적이 없습니다."

다시 침묵. 멀리서 사이렌 소리가 들려왔다. 위층 사무실에서 전화벨 소리가 울렸다.

"리지는 제이슨 크로우와 어울렸지요. 이 동네에서 일하셨으니 그에 대해 들어보셨을 겁니다." 조는 아직도 휴어스의 동기를 알아내려고 하고 있었다. 경제적으로는 충분히 풍족해 보였다. 새 제도가 마음에 안들었다면, 보호 관찰직에서 일찌감치 퇴직하고 밸리 팜의 은퇴한 쾌락주의자 주민들처럼 칵테일을 마시면서 개와 산책이나 하는 생활을 누릴 수도 있을 나이였다. 지저분한 예배당에서 설교를 하고 선거 때 집집마다 찾아다니는 조의 감리교 신자 아버지처럼 불타는 정의감에 의해 움직이는 사람으로 보이지는 않았다. 그러나 자선 사업가들도 레이스 브라를 입지 말라는 법은 없다.

"아, 제이 크로우에 대해서는 다들 들어 봤죠." 셜리는 말했다. "우리 사무실 문으로 들어오는 사람들은 대부분 당신이나 당신 동료들보다 그를 더 무서워합니다."

"만나 보셨습니까?"

셜리는 잠시 망설였다. "그 가족을 알아요. 평생 이 일을 하면서 내내 그의 어머니를 감독했죠. 그는 소년 시절부터 위협적이었어요."

"리지도 아직 그를 두려워합니까?"

그녀는 다시 사이를 두었다. "그렇게 생각하지는 않아요. 리지의 부모님이 그에게 돈을 줬다고 들었어요."

"이 문으로 들어오는 사람들에게서 들은 이야기가 많으실 텐데." 셜리는 대답하지 않았고, 조는 말을 이었다. "그들은 모두 마틴 벤튼을 알았겠지요. 혹시 무슨 소문 같은 거 못 들으셨습니까? 그가 죽기를 원하는 사람이라든가."

조는 랜들이 살해 표적이고 벤튼은 단순히 방해가 되었을 뿐이라고 가정하고 있었다. 하지만 그 반대일 수도 있다. 벤튼이 키머스턴에서부터 미행을 당했고, 그가 의도한 표적이었을 가능성도 있었다.

셜리는 고개를 저었다. "마틴은 적이 없었어요. 온화한 사람이었죠."

"하지만 여기서 일했잖습니까. 그도 들은 게 많았을 텐데요. 사람들이 저마다 영혼 밑바닥까지 드러내는 모임들. 어쩌면 신변의 안전에 좋을 게 없는 이야기를 들었을 수도 있습니다."

"그는 그런 모임에 참석한 적이 없었어요." 처음으로 여자는 불편해 보였다. "마틴은 전산 시스템이 원활하게 돌아가게끔 관리하는 역할로 사무실에서 일했어요. 고객들과 직접 대면한 기회는 컴퓨터 기본 강좌 워크숍을 주최했을 때뿐이었는데, 그때는 도서관에서 방을 빌렸어요."

"하지만 고객에 대한 기밀 기록 같은 걸 열람할 가능성도 충분히 있지 않았을까요?"

"가능했겠지만, 그는 사람에 대해 관심이 없었어요. 오로지 기술뿐이었어요." 그녀는 약간 미소 지었다. "그리고 나방도. 그가 그것 때문에 살해당했다고 생각하지는 않아요."

"화요일 저녁에 어디 계셨습니까?"

셜리의 태도가 갑자기 싹 변하더니 다시 소녀 같은 애교가 튀어나왔다. "내가 용의자인가요? 무서워라."

"전 질문을 해야 합니다."

"물론이죠. 다들 자기 일을 하는 것뿐이죠. 지시에 따르는 것뿐이고." 말투는 다시 변했다. 놀랄 정도로 씁쓸한 어조가 튀어나왔다. "나는 5시까지 여기 있었어요. 혼자요. 새런, 우리 주 자원봉사자는 거의 매일 3시 직전에 딸을 학교에서 데려오기 위해 퇴근하고, 화요일 오후에는 단체 모임도 없어요. 그 뒤에 난 퇴근했어요. 나는 혼자 살아요. 그러니 알리바이는 없습니다, 경사님. 아무도 내 말을 보증해 줄 수가 없어요."

조는 일어섰다. 아직도 셜리 휴스를 사회적으로나 감정적으로 판단할 수가 없어서 불편한 기분을 떨칠 수가 없었다. 그는 이혼했을 거라고 짐작했다. 베라 스탠호프처럼 확실한 독신녀는 아니다. "어디 사십니까?"

"해안에요. 컬러코츠."

이것 역시 판단에 도움이 되지는 않았다. 컬러코츠에는 만을 굽어보는 대저택들이 있지만, 작은 테라스하우스와 타인사이드의 아파트도 줄줄이 늘어서 있다.

계단을 반쯤 내려가다가, 조는 셜리를 돌아보았다. "왜 이 일을 하십니까? 왜 여기서 일하시죠?"

"남의 일에 참견하는 걸 좋아해서요." 즉각 대답이 돌아왔다. "난 사람들에게 관심이 많아요. 혼자 하루 종일 집에 있으면 심심할 거예요." 조는 정확히 베라가 할 만한 대답이라고 생각했다. "죄책감도 있고." 생각해 보지 않고 불쑥 나온 말 같았다. 조는 그녀가 말하자마자 후회하는 것을 느꼈다. 그녀는 서글프게 미소 지었다. "모든 사람이 나처럼 운이 좋지는 않아요."

24

애니는 점심을 먹을 시간에 맞춰 밸리 팜으로 돌아왔다. 집에 들어서자마자 이스트 향이 감돌았다. 샘이 심란하다는 뜻이었다. 리지 때문에 고통스러웠던 시절의 기억은 늘 이 향과 함께, 샘이 식당 부엌에서 빵 반죽을 하던 모습과 함께 떠올랐다. 대리석 도마 위에서 마치 고문하듯 반죽을 주먹으로 내리치고 늘이다 보면, 어깨에서 긴장이 빠져 나가고 샘은 진정하기 시작했다.

"당신이 언제 집에 올지 몰랐는데. 한번 여자들끼리 수다를 떨기 시작하면, 하루 종일 나가 있을지도 모르겠다 싶었어." 그의 이마에는 밀가루가 묻어 있었다.

애니는 수건을 가져다 닦아 주었다. "여자들 안 만났어."

"안 만났어?"

결혼한 지 거의 30년이 다 되어 가지만, 그가 무슨 생각을 하고 있는지 아직도 알 수가 없었다. 샘은 긴 오븐 장갑을 한 손에 끼고 빵을 오븐에서 들어 꺼냈다. 통밀이었다. 그 자신은 흰 빵을 좋아했지만, 항상 애니가 좋아하는 빵을 구웠다. 그는 빵을 뒤집어서 바닥을 두드려 보더니 만족한 듯 쟁반 위에 얹어 식히기 시작했다.

"아까 어떤 여자가 전화했었어. 호프 노스이스트라는 자선 단체에서 일하는 사람. 교도소로 리지를 두 번 방문했대. 이야기하고 싶다고 해서. 집으로 오라고 하고 싶지는 않았어."

그는 오븐 문을 닫고 전원을 껐다. "그런데 당신은 그 말을 안 했군." 힐난하는 음성은 아니었다. 그저 사실의 적시였다.

"미안해." 애니는 입을 다물고 잠시 숨을 쉬었다. "우린 리지에 대해 이야기를 해야 해. 이번 주말에 출소하잖아." 고통스럽기도 하고, 짜릿하기도 했다. 마치 두 사람 사이에 몇 달 동안 가로놓여 있던 유리벽을 주먹으로 깨뜨린 기분.

샘은 그녀 쪽으로 등을 돌리고 있어서 표정을 볼 수 없었다. 그는 주전자 전원을 켰다. "당신이 커피 한잔 마실 것 같아서."

"샘." 애니는 자신의 음성이 필사적이라는 것을 느낄 수 있었다. "아이를 이 집에 오게 할 거지? 안 그래?"

샘은 애니가 할 수 있다고 생각하던 속도보다 더 빨리 획 돌아섰다. "당연히 여기로 와야지. 그럼 달리 어디로 가겠어?"

그 순간 애니는 모든 것이 잘될 거라고 생각했다. 두 사람은 이 일에 마음이 맞을 것이다. 이 일로 갈라지지는 않을 것이다. 그들은 식사를 하면서 이야기를 계속했고, 애니는 아주 오랫동안 그 어느 때보다 남편과 더 가까워진 것을 느꼈다. 어쩌면 다른 남자와 결혼하기 전 주에 그가 부모님 집에 찾아왔을 때 이후로 가장. 그녀의 부모님은 두 분 다 교사였다. 그들은 고향에서 멀지 않은, 그러나 탄광촌에서는 약간 떨어진 베빙턴 근교의 멋진 새집에 살고 있었다. 부모님은 애니에 대해 꿈이 있었다. 그녀는 집을 떠나 대학에 다녔고, 거기서 약혼자 마이클을 만났다. 마이클은 서리 출신의 야심만만한 변호사였고, 부모님은 그의 아버지가 토리당 지방 의회 의원이라는 사실조차 용서했다. 깔끔하고 현대적인 그들의 집에 여전히 농장 냄새를 희미하게 풍기는 샘이 나타났을 때, 부모님은 그를 안으로 들였다. 어쨌거나 딸의 오랜 친구였으니.

샘은 그녀를 데리고 해안으로 나가 오랫동안 산책했다. 돌풍과 소나기가 강한 날이었고, 바람이 그녀의 치맛자락과 머리카락을 날렸다. 파도가 모래사장 위를 철썩거렸다. 이후 그녀는 부모님 집 앞쪽 응접실에 앉아 울면서 결혼식을 취소했다고 말했지만, 한편으로는 어마어마한 흥분을 느꼈다. 부모님은 이해하려고 애썼다. "확신하니, 아가? 샘 말이야. 좋은 청년이다만, 좀 따분하지 않니?"

이제 부엌 탁자에서 샘을 마주 보고 앉아서, 애니는 그가 자기만큼 그녀를 사랑할 사람은 없을 거라고 그녀를 설득하던 농부의 아들과 아주 달라 보이지 않는다고 생각했다.

"리지를 행복하게 하는 일이라면 내가 뭐든지 한다는 거 알잖아." 그 해안을 나란히 걷던 순간과 같은 표정이었다. 고집스러운 동시에 어딘가 감상적인 분위기. "오랫동안 골칫거리밖에 안겨 주지 않았지만, 그래도 난 그 애를 세상 무엇보다 사랑해."

"왜 교도소로 면회가지 않았어?"

그는 살짝 고개를 저었다. "그건 견딜 수가 없었어. 갇혀 있을 아이가 아닌데. 철창 안에 갇힌 야생의 새를 보는 기분이었을 거야."

"사회 복지사 말로는 리지가 변했대."

"그래?" 그의 표정을 보니 딸을 사랑한다고 해서 판단력까지 잃지는 않았다는 것을 알 수 있었다.

"리지가 대학에 가는 이야기도 했다고 했어."

"음, 그 이야기는 전에도 했지."

"자선 단체에서 일하는 여자. 이름은 셜리야. 교도소에서 나오면 그 여자가 지켜보면서 리지를 도와주겠다고 했어." 애니는 손을 뻗어 그의 손을 만졌다.

"아, 음, 리지는 전에도 사회 복지사가 있었잖아."

"급히 일 마치고 다른 데로 가려고만 하던 젊은 것들. 정작 도와야 할 사람들보다 자기 경력이 더 중요한 사람들." 애니는 무시하듯 말했다. "당신도 셜리를 만나보면 이번은 다르다는 걸 알거야. 자기가 무슨 말을 하는지 잘 아는 것 같았어."

"그럼 그 여자는 언제 보는 거지?" 샘은 미간을 찌푸렸다. 그는 새로운 사람을 만나는 것을 좋아하지 않았다. 밸리 팜의 이웃조차 맥주 두어 잔이 안 들어가면 어색했다. 하지만 일단 약간 취하고 나면 파티에서 제일 재미있는 사람이었다.

"월요일에 올 거야. 리지와 하루 안정하면서 서로 다시 알아가는 시간이 필요할 거라고 했어."

샘은 고개를 끄덕였다. "그렇겠군."

"다른 사람들에게도 이야기해야 해." 애니는 마당 가장자리에 늘어선 집들을 턱짓으로 가리켰다. "리지가 우리 집으로 와서 같이 지낼 거라고."

"왜?" 대화 중 처음으로 그는 화난 음성이었다. "우리 집에 누가 살든 그 사람들이 무슨 상관이야?"

애니는 대답하지 않았다. 그녀는 전과자 딸이 지역 사회에 섞이게 됐다는 소식을 이웃에게 알려야 한다는 것을 알고 있었다. 그들은 딸을 만난 적이 없었지만, 교도소에 들어갈 때 리지의 얼굴은 키머스톤 헤럴드 신문에 도배되었다. 애니가 원한다 해도, 다른 젊은 친척집 딸이 갑자기 불쑥 나타난 척할 수가 없었다. "그 사람들이 상관할 바는 아니지만, 그들도 준비를 미리 해 두는 게 최선이야. 그래야 매사 덜 어색할 거야." 그녀는 오늘 오후에 가서 이야기할까 생각했다. 금요일 밤은 다들 모여 술 한잔하고 같이 저녁을 먹는 시간이었다. 일상에 규칙을 부여하는 다른 일정이 없는 사람들에게 주말의 시작을 알리는 의미로. 그 자리에 가서 불쑥 소식을 전하고 싶지는 않았다.

샘은 어깨를 으쓱했다. "당신이 최선이라고 생각한다면 그렇게 해. 이런 일에는 당신이 나보다 낫잖아."

그녀는 샘이 구워 놓은 빵 한 조각을 더 잘랐다. 빵은 아직 따뜻했고, 버터가 녹아 손가락을 타고 흘렀다.

"당신은 그 변호사와 결혼할 수도 있었는데." 샘이 느닷없이 말했다. 그도 자신이 그녀의 부모님 집에 찾아갔던 그날을 생각하고 있었던 것이다. 해변에서의 산책. "커다란 집, 완벽한 아이들."

"완벽한 사람은 없어." 다른 할 말이 떠오르지 않았다. 애니는 덧붙였다. "하지만 당신은 상당히 완벽에 가까워."

애니는 먼저 재닛의 집으로 갔다. 재닛이 더 쉬울 거라고 생각했던 것이다. 그녀도 셜리와 비슷한 일종의 사회 복지사다. 존은 집 꼭대기에 마련한 서재에 있었기 때문에, 부엌에서 라디오4 소리가 흘러나올 뿐 집 안은 조용했다. 카스웰 집 개들은 방 뒤쪽 프랑스식 창문 근처에서 햇빛을 받으며 잠들어 있었다. 재닛은 그들이 늘 사는 묵직한 종류의 신문을 읽고 있었다. 안경이 코끝까지 흘러내려 있었다.

"존이 감기에 걸린 동안 아래층으로 내려와서 일했어요." 재닛은 주전자의 전원을 켰다. "악몽이었다니까요! 평화가 없었어요. 뜨거운 음료를 달라고 계속 성화지. 온통 서류투성이지. 존이 다시 위층으로 올라가니 너무나 기뻤어요. 은퇴하면서 그런 생각은 안 하잖아요. 내 개인 공간이 없어진다는 생각."

"그래서 존은 이제 괜찮나요?" 사실 그러거나 말거나 신경은 안 썼지만, 그래도 관심은 적당히 보여야 한다.

"훨씬요."

아처스(영국의 라디오 드라마-옮긴이) 테마 음악이 흘러나왔고, 잰은 라디오를 껐다. "간밤에 들었어요. 존은 그 프로그램이 엉터리라지만, 난 안 놓치고 봐요."

"이번 주말에 리지가 출소해요." 이렇게 불쑥 말을 꺼낼 생각은 아니었지만, 어쩌면 이런 정보를 전하는 데는 다른 방법이 없는지도 모른다. "알고 계셔야 할 것 같아서요. 한동안 우리 집에 와서 지낼 거예요."

"당연히 그래야죠." 재닛이 말했다. "따님이 집으로 돌아오면 얼마나 기쁘겠어요."

"그럼요, 그럴 거예요." 애니는 진심이라고 생각했다. 어쩌면 평생 처음으로 딸을 제대로 알아간다니 흥미진진할 것이다. 그녀는 리지가 술에 취해 사고를 치면 어쩌나, 새 친구들에게 골칫거리가 되면 어쩌나 하는 초조함을 머릿속 구석으로 밀어냈다.

그들은 개 옆에서 커피를 마셨다. "카스웰 부부가 돌아오면 아쉬울 거예요." 재닛은 늙은 암컷의 등을 쓰다듬고 있었다. 애니는 그녀가 자신이 용건을 말하기만 기다리고 있을 뿐이라는 것을 알 수 있었다. 먼저 캐묻는 질문을 하지 않는다.

"두렵기도 해요." 애니는 말했다. "우리가 또 잘못하면 어쩌나, 리지가 집을 박차고 나가서 또 그 끔찍한 사람들과 어울리면 어쩌나. 따분해져서 이웃들에게 사고를 치면 어쩌나. 리지가 따분한 순간부터 항상 악몽이 시작됐거든요."

"어쩌면 조금 어른이 됐을 수도 있죠."

"그랬으면 좋겠어요." 하지만 애니는 사람이 그렇게 많이 변한다는 것을 도저히 믿을 수가 없었다. "다음 주 금요일에 우리 집에서 파티를 못 열 거예요. 우리 차례라는 건 알지만, 리지한테는 조금 버거울 거 같거든요. 첫 주말은 빠질게요."

"아, 은퇴한 쾌락주의자들을 상대하기에는 너무 젊죠!" 재닛은 웃었다. "어쨌든 당연히 가족들끼리 조용히 보낼 시간이 필요하겠죠. 나이절이 소소한 파티 없이 금요일 밤을 보내자고 하는 건 상상할 수 없지만. 오늘 밤은 여느 때처럼 모이는 거예요." 그녀는 아직도 발치에 엎드린 래브라도를 쓰다듬고 있었다. "옆집에 제가 리지 소식을 전할까요?"

"아뇨." 애니는 이제 자신감이 조금 생겼다. 밸리 팜에서 살기로 한 것이, 이렇게 좋은 친구들을 만들 수 있었던 것이 얼마나 행운인가 하는 생각이 들었다. "내가 지금 가 볼게요."

"살인 사건에 대해 들은 소식은 없나요?" 애니가 문을 나서려는데, 재닛이 질문을 던졌다.

애니는 고개를 저었다. 하루 종일 죽은 남자들을 한 번도 떠올리지 않았다는 데 생각이 미쳤다.

나이절이 농장 문을 열고 그녀를 들였다. "안녕하세요!"

그는 언제나 약간 지나치게 쾌활한 목소리였다. 적응하려고 너무 노력했다. 어쩌면 그와 로레인은 북동부 출신이 아니기 때문인지도 모른다. 잰은 스코틀랜드 억양이었지만, 오랫동안 뉴캐슬에서 살고 일했다.

"뭘 좀 드릴까요? 제 특제 커피? 차 한잔?" 그는 멋진 커피 머신을 갖고 있었다. 그의 장난감이었다.

"카푸치노가 좋겠네요, 나이절." 애니는 원하는 대답을 들려주었다. "로레인 있나요?" 두 사람을 상대로 이야기하는 것이 쉬울 것이다.

"위층에서 일하는 중입니다. 제가 내려오라고 하죠."

혼자 남겨진 애니는 주위를 둘러보았다. 개발 지역에서 가장 웅장한 집이었다. 그녀라면 여기서 살고 싶지 않을 것이다. 나이절은 좋아서라

기보다 감탄을 주기 위해서 세간을 들여 놓은 것 같았다. 이것도 자신
감이 부족하다는 증거지, 그녀는 생각했다. 돈이 많은 것으로 보아 경
영 수완은 탁월한 게 분명했지만, 일단 사업을 접고 나니 자신을 규정
할 만한 것이 아무것도 없었다. 그런 면에서 약간 샘 같았다. 그는 아직
작은 부엌에서 빵을 굽는다. 하지만 그림 몇 점은 마음에 들었다. 벽을
통해 정원으로 나가는 문의 그림이 있었다. 그 안에는 모험에 대한 약
속이 담겨 있었다. 저 문을 지나면 무슨 일이든 벌어질 것 같다. 그림을
보다 가까이서 보려고 일어서는데, 나이절이 커피를 들고 들어왔다.

"로레인의 그림입니다. 제가 팔아야 한다고 했어요."

"제가 살게요!"

"가지세요." 로레인이 나이절 뒤에서 따라 들어왔는데, 애니는 미처
깨닫지 못하고 있었다. "물론 선물로."

"아, 이런, 그래 달라는 뜻이 아니었어요."

하지만 수채화는 벽에서 내려왔고, 애니는 어색하지만 갖게 돼서 기
쁜 마음으로 그림을 옆에 놓고 앉았다.

"다음 주 금요일에는 우리 집에서 파티를 못 열겠다는 말을 하러 왔
어요." 애니는 심호흡했다. "리지가 이번 주말에 출소해요. 가족끼리 오
붓한 시간을 좀 갖고 싶어요."

로레인은 두 손에 머그를 하나씩 든 채 아직 서 있었다. "같이 살러
오는 건가요?"

"물론 그래야지." 나이절의 따뜻하고 친절한 말이었다. "물론 우리는
이해합니다. 안 그래, 로리? 가족이 함께 하는 첫 두 주를 방해할 수는
없지요. 가족 모두에게 아주 특별한 시간일 테니까요. 우린 아이가 없
지만, 다시 한 가족이 된다는 것이 당신과 샘에게 얼마나 중요할지 이
해할 수 있어요."

"고맙습니다." 애니는 눈물이 날 것 같았다. 그녀는 비슷한 말을 기대하고 로레인을 돌아보았다. 이웃에 전과자가 와서 산다는 데 전혀 당황하지 않을 사람이 있다면 그건 바로 예술가 분위기의 옷차림으로 쉽게 웃는 로레인일 거라고 생각했기 때문이었다. 그러나 로레인은 아무 말도 하지 않았다. 그녀는 커피의 맛과 향이 세상에서 가장 중요한 일이라는 듯 반쯤 눈을 감고 커피를 음미하고 있었다. 애니는 로레인이 혹시 범죄의 피해를 입은 적이 있는지 궁금했다. 그렇다면 경계심을 이해할 수 있었다. 취해서 술집에서 난동을 부리는 사람에게 상처를 입은 당사자라면, 용서하기가 쉽지 않을 것이다. 애니는 리지의 피해자가 어떻게 되었는지 들은 적이 없었고, 생각도 하기 싫었다.

침묵은 길어졌고, 차츰 불편해졌다. 마침내 로레인은 커피 머그를 탁자 위 슬레이트 컵받침에 놓았다. "조금 불안하지는 않나요? 리지가 다시 사고를 칠까 봐? 들어와서 같이 사는 동안에요."

로레인이 문제 있는 사람들을 위해 미술 강의를 운영했다는 사실이 떠올랐다. 당연히 재소자에 대해 장밋빛 환상을 가지고 있지는 않을 것이다. 그럼에도 불구하고 로레인은 너무나 불쾌해 보여서 혹시 범죄를 사적으로 경험한 적이 있는지 의문을 갖지 않을 수 없었다.

"도움을 받을 거예요." 애니는 자신의 목소리가 조금 필사적으로 들린다는 것을 의식했다. "보호 관찰관도 있을 거고, 자선 단체 호프 노스이스트에서 일하는 여자도 찾아올 거예요. 우리가 다 알아서 해내야 하는 건 아니예요."

"괜찮을 거예요." 로레인은 평정을 회복한 것 같았다. 그녀는 미소 지었다. "당신과 샘이 든든하게 옆에서 돕고 있는데, 잘못될 일이 뭐가 있겠어요?"

25

리지 레드헤드는 침대에 누워 있었다. 교도소를 나간다는 생각으로 머리가 터질 것 같았다. 이곳 너머의 공간은 영원히 뻗어 나갈 것 같았다. 두려웠고, 현란한 가능성이 소용돌이쳤다. 몸에 전선이라도 연결된 듯 온갖 계획이 파닥거리며 불꽃이 일었다. 그녀는 잠들 수 없다는 것을 알고 있었다. 너무나 흥분한 상태였고, 반쯤 잠든 상태에서 머릿속에 파고든 꿈들에 잔뜩 겁을 먹었기 때문이었다. 빌어먹을 제이슨 크로우. 여기에서조차 날 혼자 내버려 두질 않는군.

그녀는 다른 세 여자와 방을 같이 쓰고 있었다. 이층 침대 하나, 싱글 침대 두 개였다. 예쁜 리넨이 그들을 건실한 시민이나 좋은 아내, 좋은 어머니로 만들어 주기라도 한다는 듯, 모두 꽃무늬 이불이었다. 리지는 창문에서 가장 가까운 침대를 쓰고 있었는데, 창문은 저택을 공공시설로 개조할 때 반으로 잘라서 칸막이 벽을 설치했기 때문에 괴상한 모양이었다. 창밖에는 큰 나무가 있었다. 리지가 처음 시팅웰에 왔을 때는 잎이 다 떨어져 앙상했기 때문에 바람이 불면 가지가 삐걱거렸고, 그 소리를 들으면 폭풍을 만난 옛날 함선이 떠올랐다. 달빛이 비칠 때면 나무 그림자가 천장에 묘한 형상을 만들었다. 마치 바깥 세상이 교도소 안에 들어온 것 같았다.

지금 여자들은 출소하면 제일 먼저 뭘 할 건지 묻고 있었다. 두 명은 최근 입소해서 아직 잘 모르는 사이였기 때문에, 리지는 그들의 제안을 무시했다.

"뉴캐슬에 가. 친구들 데리고 파티하는 거야. 빅 마켓에 있는 클럽, 칵테일 만들어 주는 곳. 당신만 한 여자는 몇 초 안에 괜찮은 남자가 달라붙을걸." 둘은 사촌 사이였고, 가게 상습 절도범으로 같이 기소되었다. 둘 다 아기가 있었지만, 워낙 유죄 판결을 많이 받아서 법원은 교도소가 남은 유일한 선택지라고 판단했다. 아이들은 조부모가 돌보고 있었다. 면회 시간에 리지도 본 적이 있었다.

사촌들은 자기들이 출소하면 주문하고 싶은 술 이름을 읊기 시작했다. 점점 더 독한 칵테일 이름들이 줄줄 나왔다. 리지는 그런 세상은 이제 졸업했다고 생각했다. 인생에는 취하는 것 말고도 할 일이 많다. 교도소 생활은 다른 관점을 주었다. 그녀의 세상은 보다 넓어졌다. 리지는 침대에 누워 별을 보기 위해 커튼을 걷었다. 정원 어딘가에서 부엉이 울음 소리가 들렸고, 그 소리는 곧장 어린 시절 살던 곳으로 리지를 데려갔다. 길스윅 계곡. 그때 그녀의 눈에는 늙은 사람들의 마을로 보였다. 대저택의 대령을 정점으로 한 엄격한 사회적 위계. 유일한 다른 아이들은 큰 저택에 살았다. 리지는 그 애들이 사립 학교로 옮길 때까지 같이 학교에 다녔다. 얌전하고 소녀다운 캐서린에 대해서는 그리 생각해 본 적이 없었지만, 니콜라스는 그럭저럭 리지와 잘 어울렸다. 그는 나이가 더 들 때까지 기숙사에 들어가지 않았기 때문에, 주말에는 계속 같이 놀 수 있었다. 그들은 숲 속에 굴을 파고 개울에 댐을 쌓았다. 목가적인 생활이어야 했지만, 리지에게는 그것으로 충분하지 않았다. 그녀는 여전히 따분했다.

사촌들은 리지가 자기들의 밤나들이 계획에 귀를 기울이지 않는다는 것을 깨닫고 입을 다물었다. 다른 룸메이트는 나이가 더 많았다. 그녀에게는 학교에 다니는 아이들이 있었다. 그녀는 요양원에서 일하면서 노인들의 물건을 훔치기 시작했다. 돈과 장신구들. 어느 방에서 그녀는 PIN 넘버를 쪽지에 적어서 같은 서랍에 보관한 신용 카드를 발견했다. 그녀가 훔친 카드의 주인은 죽어 가고 있었다. "어차피 쓰지도 않을 거잖아, 안 그래?" 로즈는 말했다. "친척들은 찾아오지도 않고, 바로 강 남쪽에 사는 데도. 그들이 나보다 그의 돈에 대한 권리가 있어? 나는 엉덩이를 닦아 주고 세수도 시켜 줬어. 그를 미소 짓게 해 줬다고."

리지는 대답할 말이 없었다. 부모님이 자기를 더 이상 못 알아보면 나는 과연 문병을 갈까, 그녀는 생각했다.

방이 조용한 걸 보니 다른 룸메이트는 모두 잠든 모양이었다. 그녀는 셜리 휴어스에 대해 생각하기 시작했다. 처음 만났을 때, 리지는 셜리가 자기처럼 강한 사람이라고 생각했다. 그녀에게는 어딘가 강철 같은 데가, 호락호락 속아 넘어가지 않겠다는 의지가 있었다. 리지는 자신의 범죄에 대해, 제이슨과의 관계에 대해 거짓말을 하려고 했지만, 셜리는 고개를 갸우뚱하더니 말했다. "음, 그게 전부 사실은 아닌 것 같은데. 안 그래요?" 그녀는 벌거벗은 기분이 들 때까지 리지의 허구를 낱낱이 드러냈다. 어느 새 리지는 셜리에게 비밀을 털어놓고 있었다. 나약해지고 있었다. 제이슨과 있을 때 그녀는 자신에게 그런 사치를 허락하지조차 않았다.

하지만 이제 리지는 셜리가 과연 겉보기만큼 단단한 사람인지 확신할 수 없었다. 그들은 같은 비밀을 갖고 있었지만, 관심사는 달랐다. 그 생각을 하면 걱정스러웠다. 교도소를 나가는 것이 두려운 이유 중의 하나가 바로 그것, 셜리가 그녀에게 커다란 낭패를 안길지도 모른다는 생각이었다.

2b

금요일 저녁. 금요일은 은퇴한 밸티 팜 쾌락주의자들의 파티 날이었고, 보통 이 시간이면 애니는 사람을 만날 준비가 되어 있었다. 물을 넉넉히 받아 목욕을 하고, 무슨 옷을 입을지 결정한다. 외모에 대해 별로 경쟁심은 없었지만, 로레인이 상당한 자극이 되었다. 애니는 존 오케인이 로레인 루카스를 바라보는 시선을 눈치챘고, 샘도 그 여자에게 비슷하게 끌릴지 궁금했다.

그러나 오늘 저녁, 그녀는 리지가 지낼 준비를 하느라 빈 침실에 있었다. 리지는 이 집에 오래 머문 적이 없었다. 처음 입주했을 때 며칠 머물렀지만, 처음부터 죽도록 따분하기 때문에 곧 시내로, 부모가 얻어준 아파트로 나가겠다는 뜻을 분명히 했다. 그리고 곧 리지는 상해죄로 입건되어 구금되었다. 보석으로 나왔을 때도 부모와 떨어져 있기를 원했다.

애니는 환기를 하려고 창문을 열었다. 거의 어두웠지만, 아직 계절에 맞지 않게 따뜻했다. 계곡을 올라오는 엔진 소리가 들리더니, 차가 농장 밖에 서는 것이 보였다. 이미 파티 분위기에 들떠 보이는 나이절과 로레인이었다. 침실 불빛과 열린 창문을 보았는지, 나이절이 이쪽으로 소리쳤다.

"곧 봅시다! 간단하게 한잔하느라 더 램에 잠시 들렀다 오는 길인데, 30분쯤 있으면 준비가 될 겁니다."

지금 애니는 그 큰 집에 가서 와인을 과하게 마시고 싶은 마음이 조금도 없었다. 어떤 분위기일지 정확히 알았다. 사색적이지만 어딘가 육식동물 같은 존 오케인. 술 몇 잔 들어가면 소녀처럼 키득거리며 나이를 잊고 책임감 없는 학생 시절로 돌아간 것처럼 구는 재닛. 사람 좋은 활기와 시시한 농담, 자기 이야기로 잔뜩 무장한 나이절, 생각이 온통 다른 데 가 있는 사람처럼 멍하니 꿈꾸는 듯한 로레인. 애니는 때로 로레인에게 애인이 있나 싶을 때가 있었다. 교수 말고—그건 너무 눈에 띌 것이다—나이절이 너무 따분할 때 기분 전환으로 만나는 계곡 밖의 젊은 남자.

"글쎄, 모르겠어요. 오늘 밤은 빠질지도 몰라요. 샘이 어떤지 알잖아요. 게다가 사람들과 어울릴 기분이 아니라서요." 애니는 리지가 집에 돌아온다는 소식에 로레인이 보인 쌀쌀한 반응을 생각하고 있었다. 과연 그들이 참석하는 것을 좋아할지 알 수 없었던 것이다.

"무슨 소리! 분위기 망치지 말고요." 로레인은 어느새 창문 바로 밑에 와 있었다. 침실에서 쏟아지는 불빛에 눈동자가 고양이처럼 반짝였다. "나와 놀아요. 금요일 밤이잖아요."

싫다고 할 수가 없었다. 그녀는 원래 거절하는 데 재주가 없었고, 게다가 로레인은 성격이 워낙 강하고 자기 뜻을 관철시키는 데 익숙해서 애니는 감히 맞설 수가 없었다. "30분만 주세요. 난 얼른 샤워를 해야 되고, 샘은 정원에서 하루 종일 일했어요." 로레인이 리지 못지않게 사람을 조종할 줄 안다는 생각이 스쳤다.

알고 보니 샘도 그리 설득할 필요는 없었다. "다들 약간 긴장했어." 그는 말했다. "코앞에서 일어난 살인 사건, 리지의 출소. 아마 모두에게 좋을 거야. 게다가 금요일 밤이잖아." 그는 식품 창고에서 와인 한 병과 전날 자기가 만들어 놓은 플랜 파이를 가져왔다. 애니는 다시 위층으로 올라가서 샤워를 했다. 몸에 닿는 물이 머릿속을 깨끗하게 씻어 주는 기분이었지만, 나중에 화장을 하려고 화장대 앞에 앉으니 마스카라를 바르는 손이 떨리고 있었다. 그녀는 자신이 하루 종일 그랬던 것과 다름없이 긴장하고 초조한 상태라는 것을 깨달았다. 어쩌면 샘의 말이 맞을 것이다. 그들에게는 친구들과 함께 긴장을 풀고 즐겁게 보내는 저녁 시간이 필요했다. 어쩌면 술도 두어 잔 필요할 것이다.

문을 나서자마자 농장 건물에서 흘러나오는 음악 소리가 들려왔다. 그들의 세대를 노래하는 '더 후'. 집 안에서 로레인은 손에 술잔을 들고 움직이고 있었다. 신발은 구석에 벗어 던지고 맨발로 보이지 않는 상대와 춤추고 있었다. 나이절은 탁자를 벽에 밀어붙이고 접시와 치즈, 술잔을 올려놓고 있었다. 이렇게 보니 그가 자기 세대 사람이 아니라 훨씬 나이 든 사람처럼 옷을 입는다는 생각이 떠올랐다. 마치 노엘 카워드(풍자 희극을 주로 쓴 영국의 유명 극작가 겸 배우-옮긴이) 희곡에 나오는 블레이저 차림의 등장인물 같았다. 크라바트만 매면 딱이었다.

샘은 애니가 먼저 들어가도록 옆으로 비켜섰다. 그들은 문을 두드린 뒤 곧바로 들어갔다. 로레인이 그들을 맞으러 다가와서 포옹하고 양쪽 뺨에 키스했다. 평소 거리 유지에 매우 민감한 샘이었지만, 포옹을 불쾌하게 생각하지 않는 것 같았다. 거의 곧바로 잰과 존도 마술처럼 뒷문을 통해 들어왔다. 잰은 통 넓은 면바지 위에 흰 면 튜닉을 입고 있었고, 긴 은 귀걸이도 달아서 상당히 화려해 보였다. 존은 칼라가 없는 셔츠와 청바지 차림이었다. 오늘은 웬일인지 이런 세세한 것들이 또렷하고 날카롭게 눈에 띄었다. 배경음악, 옷차림, 탁자 위의 음식 모두가 머릿속에 각인되었다. 오늘 밤은 다들 자기 자신의 캐리커처 같군, 애니는 생각했다.

나이절은 술을 따르고 있었다. 그는 큰 유리 주전자에 만들어 놓은 칵테일을 먼저 맛보라고 고집했다. 시럽 같았고 도수가 아주 높았다. 애니는 칵테일을 너무 급히 마시는 바람에 벌써부터 방이 빙글빙글 도는 기분이었다. 모두 말을 너무 빨리 했고, 너무 크게 웃고 있었다. 존 오케인이 뒤에서 다가와서 춤을 청했다. 이제 느린 음악이 흘러나오고 있었다. 비틀스 중에 좀 감상적인 곡이었다. 애니는 허리에 닿는 그의 손길을 즐기고 있었고, 생각보다 자신이 더 취했다는 것을 깨달았다. 그의 관심에는 어딘가 으쓱하게 만드는 데가 있었다. 보통 그는 자기 자신, 자기 책, 자기 일 이야기를 했다. 하지만 오늘은 음악 소리 때문에 간신히 알아들을 정도로 나직한 목소리로 그녀에 대해 물었다.

"괜찮아요?"

"네." 애니는 말했다. "네."

그는 그녀의 허리에 댄 손을 목으로 옮겼다. 여기, 다른 모든 사람들 앞에서도, 맨살과 맨살이 닿는 감촉은 짜릿했다. 애니는 샘을 흘끗 보았다. 그는 소파에서 잰 옆에 앉아 뭔가 진지한 대화를 나누는 것 같았다. 리지에 대한 이야기일까, 아니면 그쪽도 성적인 이끌림이 있는 걸까, 유능하고 대화하기 쉬운 잰과 같이 있으면 샘도 마음이 편안해져서 그녀를 끌어당겨 키스하고 싶은 걸까.

우리 모두 늙고 필사적이야. 더 이상 우리가 매력적이지 않다는 것을 믿을 수 없는 거야.

애니는 존에게서 부드럽게 물러났다. "뭘 좀 먹어서 술을 좀 깨야겠어요." 그녀는 탁자로 가서 프랑스 빵과 치즈를 약간 잘랐다. 존이 따라왔다.

"잰은 괜찮아요?" 재닛을 좀 더 자세히 보니 피곤하고 긴장해 보였기 때문이었다. 그녀는 아직도 샘의 말에 귀를 기울이며 주의를 집중하고 있었지만, 한 시간 동안 같은 잔을 계속 들고 있었고 잔을 든 손가락은 뻣뻣했다. 애니는 그들이 재닛을 너무나 당연하게 받아들였다고 생각했다. 다들 고민이 생기면 그녀에게 달려갔다. 어쩌면 그녀에게도 자기 말을 들어줄 사람이 필요할 것이다.

교수는 어깨를 으쓱했다. "지난 며칠 동안 기분이 안 좋았어요. 내가 물어보니 살인 사건 때문에 그렇다고 하더군요. 자신도 언젠가 죽을 존재라는 걸 상기시켰다나."

음악이 다시 바뀌고 나이절과 로레인은 복잡한 자이브 스텝을 밟으며 비틀고 흔들다가 로레인이 발을 헛디디는 바람에 킬킬거리며 한 무더기로 바닥에 쓰러졌다.

우린 이렇게 행동하기에는 너무 늙었어, 애니는 생각했다. 좀 더 품위를 가져야 해. 우린 서로에게 좋지 않아. 리지가 집에 있으면 우리에게도 좋을 거야. 우리 자신의 삶을 적절한 시각에서 바라보게 해 주는 젊은 사람. 저녁 내내 사람들은 애니의 시야에 들어왔다 나갔다 방에서 사라졌다가 아무 설명 없이 다시 돌아오는 것 같았다.

늦은 시각이었다. 음악은 그쳤고, 아무도 새 CD를 걸 생각을 하지 않았다. 방에는 촛불이 켜져 있었다. 나이절은 커피를 끓였고, 그들은 다음 날 숙취 걱정 없이 커피에 몰트 위스키를 넣어 마시고 있었다. 재닛만 비교적 멀쩡했다. 그녀는 일어서서 카스웰 집 개를 산책시켜야 한다고 말했다.

"같이 갈까요?" 존이 아니라 샘이었다. 존은 애니 옆 바닥에 주저앉아 있었다. 그의 머리가 샴푸 냄새를 맡을 수 있을 정도로 애니의 어깨에 가까이 있었다.

"아뇨." 재닛은 말했다. "멀리 가지 않을 거예요. 그냥 길을 따라 조금만 내려갔다 오죠."

샘은 일어서려고 했다.

"정말 괜찮아요." 재닛은 이미 문 손잡이를 잡고 있었다. "혼자 기분 전환도 할 겸. 15분 안에 안 오면 수색대를 파견하세요."

그들 모두 웃었지만, 애니는 벽시계를 확인했다. 돌아오지 않으면 직접 나가서 찾아볼 생각이었다.

10분쯤 지났을까, 비명 소리가 들려왔다. 아주 멀리서, 그러나 열린 창문을 통해 또렷이 들을 수 있었다. 이제 방에는 음악 소리가 없어서, 비명은 적막을 갈랐다. 모두 일어서서 밖으로 달려 나갔다. 자갈 밟는 소리가 들렸다. 모두 재닛의 이름을 불렀지만, 비명 소리가 어디서 들려왔는지 알 수 없었다. 이제 밤은 상당히 어두웠다. 달빛도, 가로등도 없었다.

"조용히 해요!" 교수가 혼란 너머로 소리쳤다. 갑자기 다들 가만히 서서 귀를 기울였다.

발아래 개울에서 물소리가 들려왔다. 그때 다시 다른 소리가 들려왔다. 개 짖는 소리. 길에서 발소리. 작은 손전등 불빛이 누군가의 손에서 규칙적으로 흔들리며 이쪽으로 다가왔다.

"재닛!" 교수가 다시 불렀다.

"이쪽으로 와!" 그녀는 소리쳤다. "여기 와 봐야 해."

일제히 다시 움직이기 시작했다. 그들은 풀이 깔린 개울가 언덕을 아슬아슬하게 달려 내려가는 어린아이처럼 도로를 내려갔다. 애니는 악몽 같다고 생각했다. 비명 때문에 모두 술이 약간 깼지만, 아직 상황을 제대로 이해할 정도는 아니었다.

다가가 보니, 재닛은 가만히 서 있었다. 옆에는 개들이 있었다. 존이 그녀의 몸에 팔을 둘렀다. 오늘 저녁 내내 이 부부가 육체적으로 접촉한 것은 처음이었다. "괜찮아? 끔찍한 일이라도 생긴 줄 알았어."

"생겼어." 잠시 침묵. "아니, 생긴 것 같아. 어쩌면 내 상상인지도 몰라. 같이 와서 확인해 봐."

그녀는 도로를 따라 반대편으로 조금 더 가다가 언덕으로 갈라지는 산길을 손전등으로 비췄다. 길에 뭔가 누워 있었다. 쓰레기 포대인가, 애니는 처음에 생각했다. 계곡에 쓰레기 무단 투기를 하는 사람들도 없지 않다.

"우린 여기 있는 게 좋겠어." 재닛은 균형을 잡으며 최대한 몸을 앞으로 길게 내밀었다. "우리까지 너무 가까이 가면 경찰이 단서를 찾는 게 힘들어질 거야. 개는 이미 거길 밟았지만. 개들이 발견했어." 손전등 불빛이 여자 한 사람을 비췄다. 칼로 여러 번 난자당한 상태였다. 옷이 온통 피투성이였다. 신발 한 짝이 벗겨져서 발에서 좀 떨어진 지점에 놓여 있었다.

"누구지?" 나이절은 침착하고 거의 무심해 보였다. "마을에서 본 얼굴은 아닌데."

애니는 더 잘 보기 위해 일행을 밀어내고 앞으로 나섰다. 옷이 눈에 익었다. 굽이 낮은 에나멜 구두. 친척이 죽은 것처럼, 갑작스러운 상실감이 그녀를 덮쳤다. "내가 알아요. 셜리 휴어스. 우리 리지를 접견했던 사회 복지사예요."

27

홀리는 한 시간쯤 자다가 전화를 받았다. 발신자 번호를 확인하기도 전에 조 애쉬워스의 목소리를 곧장 알아듣고 정신이 번쩍 들었다. 그녀는 침대 옆 등을 켰다. 침실은 거의 흰색이었다. 흰 리넨, 흰 벽. 창문에는 연녹색 블라인드. 예전 애인 한 사람은 무균실 같다고 했다. 병원에 사는 것 같아.

그녀는 한 손으로 서랍에서 옷을 꺼내며 다른 한 손으로 언제나 침대 옆에 두는 수첩에 메모했다. 피해자의 이름에서 펜이 우뚝 멈췄다. "누구?"

"셜리 휴어스. 호프 노스이스트 사회 복지사."

홀리는 이제 빠르게 생각하며 연결고리를 만들고 있었다. "마틴 벤튼의 보스."

"맞아. 밸리 팜 주민 중 교도소에 들어간 딸을 관리 중이기도 했고."

"하지만 패트릭 랜들과는 관계가 없지."

"우리가 아는 한 없지." 조는 천천히 말했지만, 홀리는 그 역시 머릿속에서 가능성들을 짚어 보고 있을 거라고 생각했다.

"그녀는 나방 전문가가 아니지?"

조는 피식 웃었다. "보스는 우리 모두 현장에 가서 목격자에게 탐문

하라고 했어. 아침까지 미루지 말라고."

당연히 그럴 수는 없지. 그건 너무 쉬우니까.

"시체는 누가 찾았지?" 홀리는 전화를 귀와 어깨 사이에 끼우고 청바지를 껴입었다. 여자들의 좋은 점은 멀티태스킹 능력이다. 때로 그녀는 이것이야말로 베라가 지닌 유일한 여성적인 특징이 아닌가 할 때가 있었다.

"재닛 오케인. 밤에 카스웰 집의 개를 산책시키다가 발견했대. 시체는 도로에서 막 벗어나서 언덕으로 이어지는 산길에 버려져 있었어."

"그럼 숨겨 놓은 건 아니군." 그녀는 전화를 침대 위에 내려놓고 머리 위로 스웨터를 뒤집어썼다. "미안, 못 들었어."

"휴어스는 도로에서 충분히 가까운 위치에 있었기 때문에 차에서 밀어냈을 수도 있어." 조가 말했다. "빌리 카트라이트와 폴 키팅이 오는 중이야. 발견된 지점에서 살해당했는지는 아직 알 수 없어."

"당신은 어디야?"

"보스의 집 밖. 보스가 현장에 가는 길에 자기를 태우고 같이 가자고 했어. 간밤에 술을 몇 잔 하신 것 같아. 이웃하고." 조가 못마땅하게 생각하는 것은 확실했다. 그는 베라의 집 옆 소규모 농지를 경작하는 부부를 싫어했다. 무책임한 사람들이고, 베라를 좋지 않은 길로 이끈다고 생각했다.

"그럼 거기서 봐." 홀리는 덧붙이려 했다. 누가 빠른지 내기할까. 하지만 조는 그것도 못마땅하게 생각할 것이다. 그녀는 조처럼 법을 잘 지키는 경찰을 본 적이 없었다.

현장에 도착하니 베라와 조는 방금 도착한 참이었다. 베라는 괴상한 모양의 펑퍼짐한 바지 아랫단을 장화에 쑤셔 넣어서 여느 때보다 한층 덜 고위급 형사처럼 보였다. 베라가 트랙수트를 갖고 있을 것 같지는 않았기 때문에, 그냥 잠옷 바지가 아닌가 싶었다. 모든 차는 밸리 팜 단지 옆에 주차하라는 표시가 있었다. 도로와 산길이 만나는 지점에 벌써 커다란 아크등이 설치되어 있었고, 현장 감식 팀이 시체 옆에 현장 작업용 텐트를 세우고 있었다. 모든 것이 흑백이었고, 흰 작업복과 마스크 차림의 경찰과 감식반들은 날카로운 그림자와 검은 실루엣으로 움직이고 있었다. 마치 영화 촬영장 같았다. 아마도 공포 영화. 치명적인 바이러스가 온 세상을 감염시켰다는 이야기.

베라는 현장 작업복을 입느라 끙끙대며 왜 더 큰 치수가 없냐고 여느 때처럼 투덜거렸다. "모든 경찰이 애들인 줄 아나? 거식증 환자야?"

홀리는 베라를 따라 출입 금지선을 넘어 텐트로 들어갔다. 옷차림과 작은 진주 귀걸이로 피해자를 알아볼 수 있었지만, 셜리 휴어스는 자선 단체 사무실에서 이야기할 때 기억에 남아 있는 모습보다 죽은 모습이 더 나이 들어 보였다.

"누구 집에서 기다리고 있을 가족이 있나?" 베라의 목소리는 마스크에 묻혀 작게 들렸다.

조는 고개를 저었다. "없을 겁니다. 하지만 이유는 모르겠습니다. 아마 그녀가 말했을 수도 있고요. 사는 곳은 컬러코츠입니다. 어떤 곳인지 궁금해서 실제 주소를 확인해 봤습니다."

"그래서?"

"바닷가에 가까운 타인사이드 아파트였습니다. 화려한 곳은 아닙니다. 가족이 사는 집처럼 보이지는 않았습니다."

"결혼반지도 안 끼고 있어." 빌리 카트라이트가 시체 옆에 쪼그리고 앉아 있었다. "그게 무슨 의미가 있다는 건 아니고."

베라는 갑자기 돌아섰다. "홀, 자네가 가 보겠나? 누가 그 집에 있으면, 어느 순경이 문을 두드리는 것보다 자네가 소식을 전하는 게 나으니까. 최소한 자네는 생전에 그녀를 만나봤잖아. 성인이 된 자녀가 있을 나이인데, 요즘 애들은 집에 되돌아오는 것 같더군. 부메랑 세대라고." 잠시 쉬었다 말을 이었다. "그러니 파트너가 없다 해도, 언론에서 소식을 접하기 전에 무슨 일이 일어났는지 알아야 할 사람이 집에 있을지도 몰라. 집이 비어 있더라도 들어갈 수 있으면 들어가 봐. 수색 팀을 보내기 전에 자네가 먼저 분위기를 파악하면 좋지. 오늘 밤 그녀가 여기서 뭘 하고 있었는지 단서가 될 만한 뭐라도." 베라는 다시 말을 쉬었다. "혹은, 여기 왜 버려졌는지."

이렇게 하여 홀리는 다시 차에 올라타 해변을 향해 텅 빈 밤거리를 달렸다.

아파트는 폭이 좁고 가로수가 늘어선 조용한 거리에 있었다. 길 끝은 해변과 나란히 달리는 중심 도로였고, 그 너머는 바다였다. 불이 켜진 집은 없었다. 이른 새벽이었기 때문에 모두 잠들어 있었다. 전형적인 타인사이드 공동주택 형태였다. 1930년대 일반적인 테라스하우스처럼 보였지만, 각 집마다 문이 두 개 나란히 달려 있었다. 하나는 1층 플랫으로, 다른 하나는 곧장 계단을 올라가 2층 플랫으로 이어졌다. 셜리 휴어스는 2층에 살았다. 홀리는 초인종을 눌렀다. 대답이 없었다.

플랫 앞쪽에 난 작은 창문이 열려 있었지만, 행인이 누구나 볼 수 있도록 하수관을 기어 올라가지 않으면 그쪽으로 들어갈 수는 없었다. 동이 트려면 얼마 남지 않았다. 조깅하는 사람, 개 산책시키는 사람이 해변으로 나올 것이다. 그녀는 문지방 위를 더듬어 보았다. 열쇠는 없었다. 집 앞쪽 작은 정원은 1층 아파트에서 가꿀 것이다. 풀이 무성하고 경계선 안으로 쓰레기가 굴러 들어와 있는 데다, 잔디는 거의 무릎 높이였다. 창문에는 커튼이 없었고, 가로등 불빛으로 들여다보니 안은 비어 있었다. 가구가 없었다. 막 팔았거나, 세를 주려고 내놓은 것 같았다.

셜리의 현관 문 밖에는 환한 색깔의 일년생 식물을 심은 화분 두 개가 있었다. 들어 올리기에는 너무 무거웠지만, 손가락으로 비료를 헤집어 보니 안쪽까지 거의 마른 상태였다. 홀리는 두 번째 화분 흙 5센티미터 정도 깊이에서 열쇠를 찾았다. 비록 한때 보호 관찰관이었어도, 셜리는 보안에 그리 신경을 쓰지 않은 것 같았다. 홀리는 현장 작업복을 꺼내 입고 안으로 들어갔다.

문 바로 안에 전등 스위치가 있었고, 그녀는 불을 켰다.

"여보세요! 집에 누구 계세요?" 홀리는 자다가도 잘 깨는 사람이었지만, 친척이나 애인이 자느라 초인종 소리를 못 들을 수도 있다. 하지만 대답은 없었다.

좁은 현관에서 위로 올라가는 계단이 이어졌다. 어수선하지 않았다. 재활용 쓰레기통에 넣을 정크메일이나 공짜 신문 같은 것은 없었다. 계단에는 양탄자가 깔려 있었고, 최근에 진공 청소기로 청소했는지 털 위에 문지른 자국이 남아 있었다. 찾아올 손님이 있어서 청소한 걸까? 아니면 언제나 이렇게 집을 열심히 가꾸나? 왠지 후자일 거라는 생각이 들었지만, 이런 사람이 베빙턴의 지저분한 자선 단체 사무실에서 어떻게 일할 수 있었을까 잠시 의아했다. 업무차 고객과 상담하다 보면 더 지저분한 집도 찾아다녔을 텐데. 하지만 나도 일하다 보면 문간에 발을 들여놓기만 해도 나까지 더러워질 것 같은 곳에 다니게 되지. 어쩌면 그 때문에 우리 둘 다 집을 이렇게 깨끗하게 유지하는지도.

계단 위 홀에는 네 개의 문이 이어져 있었다. 코트 걸이와 신발장. 모든 것이 잘 정돈되어 있었고, 모든 것이 제자리에 있었다. 첫 문은 욕실이었다. 벽장에는 여자용 세면도구밖에 없었고, 세면대 옆 유리컵에도 칫솔이 하나뿐이었다. 셜리는 여기서 혼자 산 것 같았다. 홀리나 베라처럼, 그녀도 독신 여성이었다.

침실은 두 개 있었는데, 거리 쪽으로 난 방에는 더블침대가 있었고 더 작은 침실에는 손님을 재울 수 있는 소파 겸 침대가 있었다. 혼자 살았다 해도 외로운 여자의 집은 아니라는 인상이었다. 분명 셜리는 친구가 있었을 것이다. 셜리의 방에서는 돌출형 창문을 통해 바다가 언뜻 보였다. 가구는 특별하거나 골동품은 아니었지만, 친척에게서 물려받았는지 낡은 것들이었다. 한쪽 벽에는 수채화 몇 점이 걸려 있었다. 홀리는 어두운 색 나무 옷장을 열었다. 업무용 옷이 걸려 있었다. 맵시 있지만 점잖은 치마, 셔츠와 재킷, 결혼식이나 특별한 자리에 입을 만한 드레스 두어 벌. 그 아래 바닥에는 신발이 한 줄로 놓여 있었다. 비싸거나 독특한 것은 아니었다. 서랍장에는 체인점 속옷과 청바지, 티셔츠, 스웨터가 들어 있었다. 모두 단정하게 개어 놓았다. 크게 돋보이는 것을 원하지 않고 자기가 가진 것을 잘 관리하는 여자, 어느 정도의 나이에 도달한 여자가 제한된 예산으로 꾸린 집이었다.

작은 방에는 붙박이 벽장이 있었다. 남자용 데님 재킷과 정장 한 벌 외에는 비어 있었다. 홀리는 스타일을 통해 아들 옷인지, 전남편이나 남자 친구가 두고 간 옷인지 가늠해 보려 했다. 하지만 결국 포기했다. 지금쯤 누가 셜리의 가장 가까운 친척을 찾아냈을 테니 이미 가족 관계는 파악했겠지. 전 파트너나 자녀에 대해서도 알고 있을 것이다.

마지막 문은 거실이었고, 거기서 다시 건물 뒤쪽을 연장한 공간에 마련한 작은 부엌이 이어졌다. 거실은 작은 사각형이었다. 반짝이는 녹색 타일로 둘러싸인 구석 난로가 있었고, 벽은 보다 연한 녹색으로 칠해져 있었다. 셜리는 겨울에 여기서 불을 땐 것 같다. 굴뚝 양쪽 벽면 책장 옆에 무연 연료를 담은 구리 양동이가 아직 있었다. 업무와 관련된 논픽션이 많이 보였다. 범죄학, 사회학, 아동발달. 나머지는 현대 페이퍼백 소설이었다. 하지만 특이하다거나 예상치 못했던 점은 없었다. 이 여자가 왜 살해당했는지 베라에게 설명할 만한 근거는 없었다.

한쪽 벽에 접은 소나무 탁자가 기대 세워져 있었고, 다른 벽 앞에는 소파가 놓여 있었다. 이케아 의자 네 개도 쌓여 있었다. 이번에도 홀리는 친구들이 저녁 식사를 하기 위해 탁자에 둘러앉은 모습을 상상했다. 소문 이야기를 하고 음식을 먹는 여자 친구들. 어쩌면 보호 관찰관 시절 같이 일했던 사람들. 순간 애석한 기분이 들었다. 어쩌면 나도 내 친구들에게 좀 더 노력하고, 집에 초대해서 식사라도 대접해야 할지 모른다. 하지만 아파트는 그녀의 피난처였다. 그곳이 웃음소리로 시끌시끌하고, 식탁 위에 와인이 흐르고, 바닥에 음식 조각이 떨어져 있는 광경은 상상할 수가 없었다.

한 계단 내려가니 부엌이었다. 이 공간은 폭이 너무 좁아서 두 팔을 펴니 벽이 거의 양손에 닿을 정도였다. 싱크대와 조리기가 한쪽에 놓여 있었고, 반대편은 작업대였다. 안쪽에는 다른 문이 있었고, 돌계단을 내려가면 뒷마당이었다. 가로등에 비친 포장된 안마당에는 허브와 꽃 화분들, 작은 나무 탁자와 의자들, 우산형 빨래줄, 그리고 한구석에 쓰레기통이 있었다. 나방 덫은 없었다. 벽돌 벽 너머는 뒷골목이었다. 인접한 마당도 대부분 동일할 것이다. 홀리는 살아 있는 셜리 휴어스를 보고 느꼈던 인상을 떠올리려고 했지만, 그녀는 홀리에게서 멀어지는 것 같았다. 그녀의 집을 돌아다녀 봤자 더 가까워지지 않았다.

부엌과 거실 사이 계단 윗단에 서서, 홀리는 양쪽 공간을 둘러보았다. 텔레비전은 없었다. 셜리 나이 독신 여성 치고는 분명 특이했다. 일을 하지 않을 때는 어떻게 시간을 보냈을까? 친구들이 매일 저녁 찾아오지는 않을 것이다. 일로 대부분의 시간을 보냈나? 마당으로 내려가는 문 뒷면에 코르크 메모판이 걸려 있었다. 처음으로 홀리는 인간 휴 어스를 엿볼 수 있었다. 셜리와 너무나 닮아서 분명 아들이 틀림없을 젊은 남자와 같이 찍은 최근 사진이 있었다. 파카와 산책용 부츠 차림 으로 한 무리의 여자들과 함께 시골 퍼브 문 앞에서 웃으며 찍은 사진. 60세 생일 파티 초대장, 은퇴 파티 초대장. 홀리는 이름과 주소를 받아 적었다. 흘려 적은 요리법 두 개. 음악 공연장 세이지 게이츠헤드 프로 그램. 클래식 음악 콘서트 옆에 체크 표시. 며칠 뒤 공연인 라이브 극장 연극표 한 장. 셜리는 문화를 좋아했다. 자기 취향에 대한 우월감이 있 었는지도 모르고, 이러면 텔레비전이 없는 것이 설명된다.

패트릭 랜들이 샀던 음식을 통해 그의 동선을 추측할 수 있었던 것 을 떠올리고, 홀리는 냉장고를 열어 보았다. 고기나 생선은 없었다. 허 머스 한 통과 치즈. 우유, 달걀, 샐러드. 슈퍼마켓 라즈베리 한 통. 이걸 로는 베라조차 셜리 휴어스에 대해 별다른 것을 알아낼 수 없을 것이 다. 날이 밝아오고 있었다. 묘한 회색 새벽빛이었다. 하지만 아직 홀리 는 뭔가 보고할 만한 것 없이 이 집을 떠나기가 싫었다. 시선이 다시 메 모판으로 돌아갔다. 초대장과 표 사이에 쇼핑 목록이 있었다. 그 목록 을 떼어서 한번 훑어보기로 한 것은 휴어스에 대한 호기심 때문이었다.

홀리는 머릿속에서 셜리를 채식주의자로 판단하고 있었다. 이 목록 도 그 판단을 뒷받침하는 것 같았다. 올리브유, 바질, 파스타, 피망, 버 섯. 고기는 없었다. 와인도 없었다.

목록은 봉투 뒷면에 적혀 있었다. 봉투를 뒤집으니 셜리의 이름과 주소가 있었다. 그리고 유난히 또렷하게 찍힌 소인이 있었다. 위치볼 드, 헤리퍼드셔. 앨리샤 랜들이 사는 곳이자 패트릭이 자란 곳이었다.

28

　베라가 셜리 휴어스의 부검에 참관하고 있었기 때문에, 조는 사건보고 회의장으로 향했다. 다들 거칠하고 초조해 보였다. 수면 부족과 카페인 과다 섭취, 수사를 진전시킬 돌파구에 따르는 흥분. 한 사람이 더 죽기 전에 범인을 체포하지 못했다는, 기저에 깔린 열패감. 집에 들러 두어 시간 휴식을 취하고 급히 샤워를 하고 나온 조는 이제 생각을 정돈하려고 애쓰며 수사 팀 앞에 서 있었다. 만약 베라가 이 자리에 서 있다면, 좌중의 주의를 집중시키기 위해 어떻게 했을까 궁금했다. 사람들이 커피를 가져오고 앉을 자리를 찾느라, 회의실은 두런두런 잡담으로 부산했다.

　홀리가 옆으로 다가왔다. 죽음 소식을 알려야 하는 가까운 친척이 있을지도 모르니 직접 가 보라는 지시를 받고 셜리의 집에 간 뒤로 처음 보는 얼굴이었다. 보람 없는 임무였다. 조보다 분명 잠을 더 못 잤을 텐데도, 홀리는 산뜻하고 생기 있어 보였다. 그녀는 조의 코앞에 투명 비닐 증거물 봉투를 흔들어 보였다.

　"그게 뭐지?"

　"쇼핑 목록. 휴어스의 집에서 찾았어." 샤워를 해서 머리카락이 젖어 있었다. 그녀는 조가 봉투에 적힌 셜리의 주소를 볼 수 있도록 비닐 봉투를 돌렸다. "소인을 봐."

"헤리퍼드셔." 머릿속이 복잡해지기 시작했다.

"위치볼드, 헤리퍼드셔. 앨리샤 랜들이 사는 곳이야."

"우연일 수도 있어." 하지만 사실 자신도 믿지는 않았다.

"아주 작은 마을이야. 내가 확인했어. 그러니 우연이라면 아주 큰 우연이겠지."

"그 봉투 안에 있는 편지를 발견한 건 아니겠지?" 패트릭 랜들이나 그 어머니가 셜리 휴어스에게 편지를 쓴 이유를 알아낸다면 수사는 완전히 방향이 달라진다.

홀리는 고개를 저었다. "얼른 훑어봤지만, 보스가 수색 팀에게 맡기라고 했어. 오늘 아침 일찍 수색을 시작할 거야."

"그럼 베라한테도 보고했군?" 당연히 그랬겠지, 조는 생각했다. 그것부터 했을 것이다. 금메달을 따고 싶은 아이처럼, 반에서 일등으로 인정받고 싶어서.

"혹시 눈을 좀 붙이고 있을지도 모르니까, 당신한테는 연락하지 말라고 하시던데."

조는 이 말에 뭐라 대답할 말이 없어서 그냥 고개만 끄덕이고 회의를 시작했다.

"이제 피해자 한 사람이 더 생겼고, 더 이상 피해자가 나오기 전에 범인을 잡아야 합니다." 조는 이 말을 해야 할 것 같았지만, 베라는 굳이 말하지 않았을 것이다. 당연한 사실로 여겼을 테니까. "물론 이번 살인 역시 길스윅 계곡 수사의 일부로 진행될 것입니다. 휴어스와 벤튼은 관계가 분명합니다. 그녀는 벤튼의 보스였고, 고용 계약이 종료된 뒤에도 그는 자원봉사로 그 단체에서 일했습니다. 게다가 휴어스의 시체는 첫 범행 현장에서 겨우 1마일 정도 떨어진 지점에서 발견되었습니다. 이제 우리는 호프 노스이스트에 수사력을 집중해야 합니다. 이 자선 단체는 일군의 이사진에 의해 운영되고 있습니다. 그들은 누구인가. 회계 분석관에게 단체의 재무 상태를 살펴보도록 하지요. 그리고 자세한 고객 명단이 필요합니다. 대부분은 파악하기 쉬울 겁니다. 불만이 있는 사람이 있었나? 단체에서 무슨 일이 진행되고 있었기에 직원 두 사람이 범행 대상이 되었나? 또한 두 살인 사이에는 왜 시간 간격이 생겼을까? 자기를 열 받게 한 사람들을 모두 죽여 버리자고 작정하고 살인극에 나선 불만분자 전과자의 소행이라고 보기는 분명 힘듭니다."

조는 잠시 호흡을 골랐다.

찰리가 손을 들었다. "랜들은 그 그림에 어떻게 들어갑니까? 처음부터 의도한 목표는 벤튼과 휴어스이고 랜들은 단순히 방해가 되었다고 가정하자는 건가요? 나방 덫은 단순한 우연의 일치?"

"나방 덫이 두 사람을 만나게 했습니다." 젊은 새 경찰의 건방진 목소리였다. "벤튼이 길스윅에 온 것도 그 때문이었고요. 말씀하셨듯이, 랜들은 그저 방해가 됐을 수도 있습니다. 아주 재수 없게도."

조는 주의를 집중시키기 위해 두 손을 들었다. "랜들이 단순히 부수적인 피해자였다는 것보다는 약간 더 복잡한 상황입니다. 간밤에 홀리가 그와 셜리 휴어스 사이에 모종의 관계가 있었다는 증거를 찾았습니다. 말해 줘, 홀."

그는 홀리가 봉투와 소인에 대해 설명하는 동안 귀를 기울였다. 이 사실이 의미하는 바가 무엇인지 각자 생각에 잠겼고 침묵이 흘렀다.

"물론 피해자 사이에는 다른 관계도 있습니다." 조는 자기 책상에 몸을 기대고 있다가 똑바로 섰다. "셜리 휴어스는 딸 엘리자베스가 이번 주말 출소하는 레드헤드 가족과 용무가 있었습니다. 휴어스의 시체는 레드헤드 집에서 아주 가까운 지점에서 발견됐어요. 랜들이 하우스시터로 일하던 대저택에서도 가까운 곳이니, 온갖 층위에서 지리적 인접성이 있는 셈입니다." 갑자기 압도되는 기분이었다. 너무나 정보가 많았고, 얽힌 상황도 많았다. 베라라면 미로 같은 수사의 도전을 즐길지 몰라도, 조는 직선적이고 명쾌한 상황이 좋았다.

홀리가 일어섰다. "셜리가 길스윅 계곡까지 어떻게 갔는지 혹시 알고 있나요?"

"그녀의 차를 찾았습니다. 랜들의 시체가 길가에서 발견된 지점에서 가까운 농장 출입문 안쪽에 세워져 있었습니다. 그녀가 직접 거기 뒀는지, 살인자의 소행인지는 알 수 없습니다." 전날 밤 사건 발생 전후의 상황에 대해서 그들이 아는 바는 거의 없었다.

홀리는 아직 서 있었다. "아직 가까운 친척은 못 찾았나요? 휴어스의 집을 둘러볼 때, 남자가 있다는 인상을 받았는데요. 아들?"

덕분에 조는 복잡한 추정을 접어두고 밤새 확보한 구체적인 사실 관계로 넘어갈 수 있었다. 그는 화이트보드 앞에 서서 셜리의 사진을 가리켰다.

"셜리 휴어스, 58세. 10년 전 잭 휴어스와 이혼. 남편은 뉴캐슬 신문 '더 저널' 기자로 일하다가 몇 년 전 정리해고. 이후 고용되어 일한 적이 없지만, 셜리보다 나이가 더 많아서 연금으로 사는 중. 성인이 된 아들 하나, 조너선, 현재 21세. 처음 이혼했을 때는 셜리가 부부의 집에 그대로 살았지만, 조너선이 대학에 간 후 집을 팔아 수익을 나누고 컬러코츠의 그 집으로 옮겨 계속 살았습니다. 비슷한 시기 보호 관찰직을 그만두고 호프 노스이스트에서 일하기 시작했죠."

"전남편과 아들도 만나 봤습니까?"

"잭 휴어스는 새 애인과 함께 아직 키머스톤에 삽니다. 애인은 프런트 스트리트의 그 세련된 옷가게 주인이군요. 더 젊은 여자 취향인 모양입니다. 조녀선은 노섬브리아 대학 3학년. 드라마와 음악 전공. 히튼의 학생 기숙사 거주. 두 사람에게 셜리가 죽었다는 소식은 전했습니다." 조는 숨을 돌렸다. "피해자의 배경에 대해 유용한 정보를 줄 수 있을 테니 오늘 중으로 만나서 이야기를 해야 할 텐데, 둘 다 용의자로 보이지는 않습니다."

문이 활짝 열리고, 부검장에서 돌아온 베라가 우승기처럼 스카프를 휘날리며 가방을 한 손에 하나씩 들고 곧장 다가왔다.

"그 여자를 '피해자'라고 부르면 안 돼." 베라가 말했다. 경건하고 오만한 목소리였다.

"그녀의 이름은 미즈 휴어스야. 혹은 휴어스 부인. 혹은 셜리. 그녀는 약간의 존중을 받을 자격이 있어." 베라는 틈을 두었다가 다시 말을 이었다. "그녀도 벤튼처럼 칼에 찔려 사망했어. 이 사실에 의미가 있을까? 발견된 장소에서 살해당하지 않았으니, 다른 범행 장소가 있다는 뜻이야. 홀은 살던 집에 폭력의 흔적이 없었다고 했지만, 그 점은 지금 현장 감식반이 확인하고 있어. 아직 살인 무기는 없는데, 폴 키팅이 다른 부엌칼로 보인다고 말했어. 어디까지 진도 나갔지, 조? 봉투에 대해 말했나? 살해당한 세 사람 모두가 서로 관련되어 있다는 뜻이지. 그 연결고리를 찾으면 범인을 잡을 수 있어."

쉽군.

조는 베빙턴의 호프 노스이스트 사무실로 차를 몰았다. 베라가 오늘 일정을 정할 때, 조 자신이 제안한 방문이었다. 셜리의 이름은 언론에 공개되지 않았고, 조는 아직 흘러나가지 않았기를 바랐다. 보스가 죽었다는 소식을 자원봉사자들에게 직접 전하고 싶었다. 그들의 반응을 보고 싶었다. "토요일에 무슨 모임이 있으니, 자원봉사자들이 나와 있을 겁니다."

그는 사무실이 열려 있는 것을 보고 놀랐다. 셜리가 유일하게 열쇠를 갖고 있어서 다들 보도에서 그녀를 기다리고 있을 거라고 짐작했던 것이다. 위층에서 홀리가 설명했던 깡마른 자원봉사자가 주전자에 물을 채우고 있었다. 그녀는 계단을 올라오는 발소리를 듣고 소리쳤다. "차 한 잔만 끓이고요." 셜리가 죽었다는 소식을 아직 듣지 못한 게 분명했다.

돌아서서 조를 보는 순간, 그녀는 어안이 벙벙해졌다. 낯선 사람을 상대해야 한다는 사실에 갑자기 초조한 모습이었다. "셜리는 아직 안 왔어요. 곧 오실 겁니다. 전 그녀인 줄 알고."

"유감이지만 못 오실 거예요." 조는 아이 대하는 투로 말하고 있었다. 그는 이런 여자들과 같이 자랐다. 세상이 무섭고 항우울제에 의지해서 살아가는, 신경질적이고 연약한 여자들.

"왜요? 무슨 일인데요?" 그녀는 떨고 있었다. 평소와 다른 모든 것이 그녀를 무섭게 할 것이고, 그를 본 순간 경찰이라는 걸 아마 알았을 것이다.

"일단 앉으셔야겠는데요."

그녀는 지시에 따르는 데 익숙했고, 자기 책상에 앉았다.

조는 그녀와 눈높이를 맞추기 위해 다른 의자를 가져왔다. "간밤에 사고가 있었습니다. 유감이지만 셜리가 죽었어요."

"안 돼!" 비탄의 울부짖음이었다. 한 가지는 분명했다. 이 여자는 휴어스의 살인과는 아무 관계도 없었다. 조는 가까운 친척이나 파트너의 죽음에 이보다 덜 충격받는 사람들을 많이 보았다.

"언제 마지막으로 그녀를 보셨습니까?"

"어제 오후요." 샤론은 휴지를 갈기갈기 찢고 있었다. 휴지조각이 책상 위에 작은 무더기로 쌓였고, 그녀는 무더기를 손바닥에 모아다 눈덩이처럼 둥글게 뭉쳤다. "약속이 있다면서, 저한테 사무실을 잠그라고 하셨어요."

"제가 셜리를 만나러 왔을 때 당신은 안 계시더군요."

"네." 그녀는 조를 쳐다보았다. "아이 병원 예약이 있었어요. 천식이 심하거든요. 보통 할머니가 봐 주시는데, 검사는 제가 직접 데려가고 싶었어요. 난 그냥 자원봉사자라서 쉬는 데는 문제가 없어요. 나중에 출근했어요." 세세한 사정은 이 상황에 중요하지 않다는 것을 깨달았는지, 목소리가 차츰 잦아들었다.

"몇 시에 돌아오셨습니까?"

"3시 30분쯤요."

"셜리는 언제 나갔죠?"

"오래 지나지 않아서요. 사무실을 비울 수 있도록 제가 들어오기를 기다리고 있었던 것 같았어요." 샤론은 그를 올려다보았다. "무슨 일이 생긴 거죠? 자동차 사고였나요?"

조는 고개를 저었다. "변사입니다." 그는 잠시 사이를 두었다. "그녀는 사무실에서 어디로 갔습니까?"

"몰라요."

"드문 일이었나요?" 조는 여전히 부드러운 말투였다. 상대가 감정적으로 무너지기 직전이라는 것을, 셜리와 호프에서의 업무가 그녀를 살아가게 만드는 힘이라는 것을 감지했기 때문이었다. "그러니까, 평소 셜리는 행선지를 말하고 다니는 편이었습니까?"

"큰 일정표에 방문 주소를 모두 적었어요. 보건 및 안전 사유로. 공격적으로 나오는 고객도 있거든요. 어디로 가는지 항상 내가 파악했어요. 만일을 위해서."

조는 자원봉사자가 감정적으로 연약한 사람이기는 하지만 멍청하지는 않다고 생각했다. "그럼 방문 후 그녀가 사무실로 전화하는 시스템이 있었나요? 안전을 확인하기 위해?"

"전화는 아니고요. 항상 문자를 보냈어요. 고객 면담이 끝나면. '면담 종료' 이렇게. 그리고 시간도요."

"그러면 어제도 문자를 보냈겠군요. 당신이 놀라서 경찰에 신고하지 않았으니까 말입니다." 조는 농담이라는 뜻으로 작게 미소 지었다.

"아뇨!" 샤론은 무슨 멍청한 소리를 하느냐는 듯, 상황을 완전히 엉뚱하게 생각했다는 표정으로 그를 보았다. "셜리는 어제 오후 업무 때문에 나간 게 아니었어요. 개인적인 용건 때문이었어요. 나갈 때 이랬다고요. '오늘은 이만 접을게요. 업무 외 시간을 좀 쓸까 해요. 내일 봅시다.' 그런 뒤에 코트를 들고 나갔어요."

"어디로 가는지 모르셨고요?"

"오래 이야기할 시간이 없었어요." 조를 쳐다보는 샤론의 좁은 얼굴은 한층 더 초췌하고 우중충해 보였다. "그래서 섭섭했어요. 에이든의 천식 검사에 대한 이야기를 하고 싶었거든요. 제가 그런 문제에 대해 의논할 수 있는 사람은 셜리뿐이에요. 제 엄마는 그냥 두면 저절로 낫는다고 하시고, 제가 유난을 떤다고 해요." 샤론은 잠시 말을 멈추었다. "셜리 없이 제가 어떻게 해 나갈지 모르겠어요. 호프의 사람들 모두 다 그녀 없이 어떻게 해 나갈지."

"지난주 그녀는 어때 보였습니까?"

샤론은 아주 오랫동안 침묵을 지키다가 입을 열었다. "그녀답지 않았어요." 조는 아무 말도 하지 않았고, 마침내 그녀는 말을 이었다. "그 전에는 정말 유쾌한 사람이었어요. 그러니까, 자기 일에 정말 진지한데, 이 사무실 일이야 거뜬하게 하니까 스트레스를 받지 않았거든요.

팀 전체를 운영하는 상급 보호 관찰관으로 일한 사람이니까요. 무기수 감옥에서 일했고, 법정에서 거친 고객들에 대해 증언을 하기도 했고. 어떤 일에도 당황하지 않았어요. 어떤 일에도 걱정하지 않았고요. 평소에는."

"그런데 최근에는 걱정하던가요?"

"처음에는 그냥 속상한가 보다 했어요. 마틴이 죽은 일로요. 우리 모두 마틴을 좋아했어요. 약간 특이한 사람이긴 했죠. 괴짜요. 하지만 마음은 착한 사람이었어요."

"한데 나중에 다른 일로 고민한다는 걸 알게 된 겁니까?"

다시 샤론은 침묵을 지키며 신중하게 말을 골랐다. 인내심을 갖고 상대해야 하는 증인이었다. "마틴이 죽은 뒤에는 신경질적이었어요. 별 것 아닌 일로 화를 내고요. 셜리답지 않았어요. 말씀드렸지만, 정말 유쾌한 사람이었으니까요. 대화하기 편하고." 그녀는 창밖을 내다보았다. 십 대 몇 명이 모여 보도에서 담배를 피우고 있었다. 셜리가 모임을 주재하기 위해 와 있으려니 생각하고 곧 건물로 들어올 것 같았다.

"무슨 일인지 전혀 말은 안 하고요?"

"제가 물어봤어요. 그냥 알아서 처리할 수 있는 일이라고 하더군요. '전부 다 내 잘못'이라고 했고."

"그게 무슨 뜻이었을까요?" 모두 남의 입을 통해 듣는 감질나는 대화였다. 본인에게도 해결해야 할 문제가 많은 여자였던 것 같았다.

"모르겠어요. 말을 안 했어요."

보도에는 점점 더 많은 사람이 모였다. 이제 곧 조가 내려가서 오늘 센터는 문을 닫는다고 알려야 할 것이다. 수색을 위해 감식반도 곧 올 것이다. 컴퓨터도 압수해야 한다. 그렇게 되면 샤론은 집중력을 잃고 셜리의 죽음에 살을 붙여가며 머릿속에서 이야기를 만들기 시작할 것이다. 시내에 소문이 파다하게 퍼질 것이다. 사망 소식에 대한 최초의 반응은 다들 잊어버릴 것이다.

"고객 중에 셜리에게 불만을 가진 사람이 있었습니까?"

"아뇨!" 샤론은 다시 금방이라도 울음을 터뜨릴 것 같은 얼굴이었다. "우리 모두 그녀를 사랑했어요."

당신들 모두 마틴을 사랑했지만, 그도 죽었지. 그런 말이 무슨 소용 있어.

"일정표를 볼 수 있을까요? 셜리가 약속과 방문처 주소를 적어 놓은 수첩 말입니다."

샤론은 책상 밑에 손을 넣어 단단한 표지의 큼직한 일기장을 꺼냈다. 수첩을 조 쪽으로 밀어주는데, 갑자기 계단에서 부츠 소리가 나더니 문이 열렸다. 프랭크가 나타났다. 얼굴은 붉었고, 문신을 새긴 거대한 주먹은 금방이라도 무언가를, 혹은 누군가를 칠 기세로 부르쥐고 있었다.

"방금 셜리가 죽었다는 소식을 들었소. 어떤 자식이 그녀를 죽였다고."

29

베라는 앨리샤 랜들과 통화 중이었다. 전화를 걸기 전에는 노섬벌랜드의 어느 폐광촌에서 허름한 자선 단체 사무실을 관리하는 전직 보호관찰관에게 앨리샤나 그 아들이 편지를 쓸 만한 이유가 무엇이 있었는지 부드럽게 물어볼 계획이었다. 그러나 전화가 연결되자, 베라는 전혀 다른 질문을 던지고 있었다.

"혹시 제가 찾아가도 괜찮을까요?"

"언제요?" 비통한 감정이 예절의 겉껍질을 천천히 갉아먹고 있었다.

"가능한 한 빨리요." 괜찮은 공용 자동차를 한 대 구할 수 있으면, 다섯 시간 안에 도착할 수 있을 것이다. "오늘 가고 싶습니다."

"뭐라도 소식이 있으면, 경감님, 전화로 말씀하셔도 됩니다." 쌀쌀한 목소리였다. 어쩌면 앨리샤는 쾌적한 자기 집과 아들의 소년 시절 추억이 그의 죽음을 수사하는 여자의 존재로 인해 훼손되는 것을 원하지 않는지도 모른다. 그러나 생각해 보면 첫아들이 이미 거기서 자살했으니 집은 이미 오염되었을 것이다.

"변사 한 건이 더 생겼습니다." 베라는 말했다. "우리는 패트릭의 살인 사건과 관련이 있을 수 있다고 생각하고 있습니다. 힘든 시기라는 건 알지만, 이야기를 해야겠는데요."

전화를 끊자 갑자기 피로감이 밀려왔다. 앨리샤 랜들과의 대화는 단어 하나하나 신중하게 선택해야 했다. 그녀는 가방을 집어 들고 개방형 사무실로 나갔다. "찰리, 자네가 같이 가지. 운전을 번갈아 가면서 해줘야겠어. 졸음 운전 때문에 북동부 최고의 형사를 잃을 수는 없잖아. 있는 사람들이 어떻게 사는지 구경이나 하자고."

가는 내내 베라는 잠에 빠져 있다가 자동차가 고속도로를 벗어나서 시골길을 달리기 시작할 때쯤 깨어났다. 내비게이션은 앨리샤 랜들과 크게 다르지 않은 교양 있는 남부 말투였다. 생울타리는 높고 무성했고, 모든 것이 푸르른 녹색 같았다. 농가 정원과 과수원에서는 과일나무가 벌써 꽃을 피웠다. 언덕 위의 아주 오래된 검정과 흰색 집들이 마을 한가운데 잔디밭과 돌로 지은 땅딸막한 교회를 향해서 있는 마을도 있었다.

"어, 이런!" 입을 열자마자 자신이 익숙한 지역에서 벗어난 초조함 때문에 악센트를 강조하고 있는 게 아닌가 하는 생각이 들었다. "미드소머(영국 추리 드라마 제목-옮긴이)의 한 장면 같군. 안 그래?"

찰리는 클클 웃었지만, 몹시 피곤해 보였다. "내가 얘기하는 동안 자네는 차 안에서 눈을 좀 붙여. 여럿이 몰려가 봐야 좋을 게 없을 거야."

집은 과거에 목사관으로 쓰이던 건물이었다. 오래된 붉은 벽돌집이었고, 오후 햇빛의 열기를 그대로 담고 있는 것 같았다. 정원이 있었지만 길스윅의 저택만큼 크거나 잘 가꾸지는 않았고, 그저 이웃과 거리를 유지하기 위해 넉넉하게 비워 놓은 공간이었다. 아이가 나방 덫을 놓기도 좋은 곳이었다.

과수원의 잔디밭에는 밧줄 그네가 나무에 묶여 있었다. 베라는 자살한 소년 사이먼을 떠올리고, 자기라면 저 그네는 치웠을 거라고 생각했다. 그네는 교수대를 지나치게 상기시켰다. 하지만 어쩌면 앨리샤는 손자를 기대했을 것이고 아직도 생각하고 있는지도 모른다. 이제 영영 희망이 없는데도.

앨리샤는 한 남자와 같이 있었다. "헨리예요." 그녀의 애인이자 남편이 될 남자였다. 그는 예상했던 대로였다. 키 크고, 희끗희끗한 머리카락, 기품 있는 풍모. 한때 지구의 절반에 대해 복종을 요구했던 부류의 말투였고, 일종의 외교관으로 일했던 것 같았다. "나는 세계 모든 대륙에서 파견 근무를 했지만, 북동부 영국에는 와 보지 못했습니다. 부끄러운 일이지요." 그는 전혀 부끄러운 것 같지 않은 웃음소리를 나직하게 냈다.

그들은 정원에서 차를 마셨다. 베라가 도착하기를 기다리는 동안 앨리샤가 만든 게 분명한 스콘도 있었다. 물론 집안일을 도와주는 사람이 없다면 말이지. 앨리샤가 직접 자기 변기를 청소하는 모습은 상상할 수가 없었다.

"어떻게 도와드릴까요, 경감님?"

"둘만 이야기하는 게 좋지 않을까 싶은데요, 랜들 부인. 괜찮으시다면." 남자가 같이 있는 것에 반대해서라기보다는 자신이 상황을 통제하고 있다는 것을 주지시키기 위해서였다.

외교적인 헨리는 이미 일어서 있었다. "물론이지요, 경감님. 이해합니다. 지켜야 할 규칙들이 있지요." 그는 앨리샤의 어깨에 한 손을 얹었다. "혹시 필요하면 나는 안에 있을 테니."

"이건 다 무슨 일인가요, 경감님? 헨리는 장례식 준비를 도와주고 있어요. 패트릭은 친구가 아주 많았습니다. 모두 일일이 연락하는 중이고, 대부분 머물 곳이 필요하죠." 앨리샤는 세세한 일들에 집중함으로써 아들의 죽음에 대처하는 자기만의 방식을 찾고 있었다. 계속 바쁘게 지냄으로써. 지금 그녀의 목소리는 약간 짜증스럽고 신경이 곤두선 것 같았다.

"또 다른 살인 사건이 발생했다고 말씀드렸지요." 베라는 스콘을 하나 더 집어 들었다. 마지막으로 뭘 먹은 게 언제인지 기억나지 않았다. 찰리도 배가 고플 것이다. 돌아가는 길에 고속도로 휴게소에서 싸구려 간이 음식이라도 사 줘야겠다. "패트릭과 새 피해자 사이에는 겉보기에 관련이 없습니다. 피해자는 은퇴한 보호 관찰관 셜리 휴어스입니다." 베라는 무슨 반응을, 들어본 이름이라는 기미를 찾았지만, 앨리샤는 그저 혼란스러운 것 같았다. 베라는 말을 이었다. "셜리는 자원봉사로 일을 옮겨서 호프 노스이스트라는 조직에서 일했습니다."

그래도 알겠다는 빛은 떠오르지 않았다. "그래서 내 아들의 죽음이 철저하게 무작위적이고 무의미했다는 말을 전하러 여기까지 오신 거군요. 정신병자의 소행이라고. 제겐 위안이 되지 않고요, 경감님, 전화로 말씀하셨어도 될 뻔했습니다. 범인이 다시 다른 범죄를 저지르기 전에 잡아들이는 데 소중한 시간을 쓰셨으면 합니다." 앨리샤는 잔을 들고 차를 한 모금 마셨다.

햇볕은 아직 뜨거웠고, 숲 속의 산비둘기 우는 소리는 어린 시절의 여름을 연상시켰다. 졸음이 밀려왔다. 베라는 애써 집중했다. "겉보기에 관련이 없다고 말씀드렸지만, 사실 패트릭과 새 피해자 사이의 연결 고리를 발견했습니다." 잠시 뜸을 들였다. "최소한 이 장소와 새 피해자 사이의 연결고리 말입니다."

"미안하지만 경감님, 설명해 주세요. 이해가 안 되는군요." 이게 모두 충분히 분명하게 설명하지 못한 베라의 책임이라는 듯, 다시 싸늘한 음성이 되었다.

"셜리 휴어스는 한 달 전쯤 이 마을에서 발송한 편지를 받았습니다.

편지 자체는 발견하지 못했지만, 소인과 날짜 스탬프가 찍힌 봉투가 나왔습니다."

앨리샤는 잔을 내려놓았다. 그녀는 자신을 억제하려고 애쓰고 있었다. 베라가 집을 흘끗 돌아보니, 헨리가 열린 프랑스식 창가에 서서 그들을 바라보고 있었다.

"무슨 말씀을 하시는 겁니까, 경감님?"

"위치볼드에 사는 누군가가 셜리 휴어스에게 편지를 썼습니다." 베라는 시선을 들었다. "아드님이 살해당한 뒤 곧바로 살해당한 여자와 다른 위치볼드 주민 사이에 관계가 있었다고 가정하는 건 지나친 우연의 일치겠지요. 부인이 그녀에게 편지를 썼나요?"

잠시 침묵이 흘렀다. 앨리샤의 시선이 헨리를 향했고, 그는 아직 정원을 내다보고 있었지만 도와주기에는 너무 멀리 있었다. "아뇨! 당연히 아니죠. 난 그 사람에 대해 들어본 적도 없어요."

"그렇다면 편지를 보낸 건 패트릭이었다고 생각해야겠군요." 베라는 자신의 말투가 오만하다는 것을 알고 있었지만, 앨리샤는 그녀에게서 최악을 이끌어냈다. 베라는 지주 계급을 상대할 때 언제나 예민했다. 아버지 헥터가 가족의 상속권을 뺏긴 일과 관계 있을 것이다. "패트릭이 노섬벌랜드 남동부에서 전과자를 위한 작은 자선 단체를 운영하는 여자에게 편지를 썼을 만한 이유가 뭘까요?"

"몰라요! 누구에게든 편지를 왜 썼는지도 모르겠는데요. 요즘 젊은 사람들은 편지 같은 거 안 쓰지 않나요? 모두 이메일과 문자를 사용하죠. 요즘은 나이 든 내 친구들도 편지는 안 보내요."

베라는 이 말에도 일리가 있다고 생각했다. 요즘 우리 집에 우체국 차량이 뭘 배달하더라? 청구서, 이따금 오래전에 연락이 끊긴 친척들의 크리스마스카드. 베라는 셜리 휴어스가 마지막으로 생일을 맞은 게 언제였는지 확인해 보아야겠다고 생각했다. 어쩌면 패트릭이 카드를 보냈을지도 모른다. "제가 패트릭의 방을 둘러봐도 될까요?"

앨리샤는 경악한 얼굴이었다. 신성 모독이라고 생각하는 것을 알 수 있었다. 아들의 공간에 덩치 크고 못생긴 형사를 들여놓다니 상상할 수조차 없는 것이다. 어쩌면 거기서 발견할지도 모르는 무언가 때문에 두려워서인지도 모른다. 금쪽같은 아들이 첫아들처럼 유약하고 상처 입은 인간이었을까 봐 걱정하는 걸까?

"패트릭이 죽은 뒤로 한 번도 들어가 본 적이 없어요." 그녀는 마침내 말했다. "차마 못 보겠어요."

"그럼 같이 들어가시죠." 베라는 일어섰다. 머리가 잠시 휭 돌았다. 수면 부족, 좋은 음식 섭취 부족이었다. 과일과 채소를 어느 정도 섭취해 주지 않으면 괴혈병에 걸리고 말 것이다. 수사가 한창 진행 중일 때 수사 팀이 뭘 먹는지 안다면, 그녀를 진료하는 젊은 의사는 아마 기절할 것이다.

앨리샤는 프랑스식 창문이 아닌 작은 뒷문으로 베라를 인도했다. 헨리는 그들의 움직임을 보고 홀에서 기다리고 있었다. 그는 앨리샤 쪽으로 몸을 약간 숙였지만, 그녀를 건드리지는 않았다. 그들은 잠시 어색하게 서 있었다. "다 됐습니까? 잘됐군요. 이제 바로 출발하셔야겠군요, 스탠호프 경감. 북쪽으로 갈 길이 멀지요. 혹시 차를 좀 더 준비할까요?"

"경감님은 패트릭의 방을 보셔야 한대요." 앨리샤는 팔을 뻗어 헨리의 손을 잡고 붙어 섰다.

"음, 그것도 일리가 있군요." 헨리는 선선히 말했다. "당신은 올라갈 필요 없어, 앨리. 내키지 않으면. 내가 경감님에게 방을 안내하지."

홀의 낡은 벽시계가 묵직하게 째깍거리는 소리만 들릴 뿐, 침묵이 흘렀다. 베라는 앨리샤의 응답을 흥미롭게 기다렸다.

"아니, 나도 가죠."

"같이 가시지요, 헨리." 혹시 둘만 올라갔다가 앨리샤가 비틀거리며 현기증이라도 난다면 대단히 곤란했다. 이 남자를 성이 아닌 이름으로 부르려니 묘하게 허물없는 느낌이었지만, 베라는 자신이 그의 성을 한 번도 들은 적이 없다는 걸 깨달았다. "앨리샤 곁에서 힘이 돼 주세요."

그래서 세 사람은 중앙 계단을 올라가서 집 정면의 넓은 방으로 들어섰다. 베라는 문간에 서서 다시 피로감이 밀려오는 것을 느꼈다. 이건 시간 낭비다. 방에는 물건이 가득 차 있었다. 긴 벽을 덮은 책장, 벽난로 양쪽에는 붙박이 벽장, 종이 상자들, 나무 궤짝에 기대 쌓아 놓은 나방과 나비 사진, 그리고 청소년기에 수집한 이런저런 물건의 잔해—록 밴드 포스터, 크리켓 배트, 카메라를 향해 미소 짓는 젊은 운동선수 사진. 긴 내리닫이 창문으로 쏟아져 들어온 늦은 오후 햇살이 벽의 거울과 패트릭의 책상 위에 흩어진 연필깎이, 종이클립 같은 반짝이는 물건들, 현미경 렌즈 등에 반사되고 있었다. 제대로 살펴보려면 전문 수색 팀도 몇 주는 걸릴 것 같았다.

"우리는 패트릭의 여자 친구를 만나 봤습니다." 이 질문을 잊었다는 것이, 중요한 사항이라는 사실이 갑자기 생각났다. "패트릭이 무슨 프로젝트에 푹 빠져 있었다고, 이제 거의 다 끝났다고 하던데요. 아는 바가 있습니까?"

"아뇨. 패트릭과 레베카가 아직 연락한다는 것도 몰랐어요. 말씀드렸지만, 최근 그 애는 제게 별로 말이 없었습니다. 혹시 기분을 상하게 한 일이 있는지 물어봤지만, 납득할 만한 답이 없었어요." 앨리샤는 방의 기억을 일깨우기 싫은 듯 문 바로 안쪽에 서 있었다. "전부 치워야겠네요." 문득 그녀는 나직하게 흐느꼈다. "견딜 수가 없어."

"서두르지 말아요." 헨리가 말했다. "당신 마음 가는 대로 해요. 지금 감당할 수 없다면, 경감님에게 맡겨 둡시다. 우리 둘 다 술 한잔해야 할 것 같군."

전에도 이런 위기 상황을 다루어 본 적이 있는 것 같았다. 베라는 그가 상류층 특유의 믿음직스러운 억양으로 친척들에게 갑작스러운 죽음이나 체포, 해외에서의 사고 소식을 알리는 모습을 상상해 보았다.

그러나 앨리샤는 대답하지 않았다. 잠시 망설이다가 그녀는 방으로 더 들어오더니 바닥에 떨어진 물건들을 집어 들기 시작했다. 잠옷을 문 안쪽 고리에 걸고, 신문을 한 더미 모아 이미 쓰레기로 반쯤 찬 커다란 검정 플라스틱 상자에 떨어뜨렸다. "엉망이네요. 패트릭은 어렸을 때부터 항상 재활용에 신경을 썼답니다. 일종의 강박이었어요. 하지만 신문을 아래층으로 갖고 내려와서 바깥 도로 재활용 용기에 내놓는 일은 별로 열심히 하지 않았어요."

"저한테 맡기고 먼저 내려가세요." 베라는 말했다. "이제 오래 걸리지 않을 겁니다. 얼른 둘러보고 아래층에서 뵙죠. 저는 빨리 돌아가서 할 일도 있습니다."

베라의 말투가 바뀐 것에 놀랐는지 몰라도, 앨리샤는 내색하지 않았다. 헨리는 팔로 그녀의 몸을 감싸고 아래층으로 데려갔다. 그들이 사라지자마자 베라는 침대에 앉아 라텍스 장갑을 끼고 앞에 놓인 재활용 상자를 끌어당겼다. 조심스럽게 종이를 한 장씩 꺼내 바닥에 내려놓았다. 신문, 정크메일, 신용 카드 광고, 여행 광고, 빈 봉투. 베라는 소인을 하나씩 들여다보았다. 북동부 영국에서 온 것은 없었다.

그러다 편지가 나타났다. 이름과 주소가 인쇄된 편지지. 호프 노스이스트, 베빙턴의 주소였다.

랜들 씨

편지와 추가 정보 요청에 감사드립니다. 우리가 만나는 게 도움이 된다고 생각 하신다면, 기꺼이 사무실에서 뵙지요. 노섬벌랜드에 정착하시면 언제든지 전화 주세요.

셜리 휴어스

베라는 침대에 기대앉아 바깥 나뭇가지 그림자가 만들어 낸 형태가 천장에서 춤추는 것을 바라보았다. 휴어스와 벤튼, 랜들의 또 다른 연결고리. 그러나 아직 남부의 부잣집 자제가 북동부의 궁핍한 지역에 사는 사회 복지사에게서 무슨 정보를 원했을지 짐작할 수가 없었다. 그리고 왜 그 정보가 세 사람의 죽음으로 이어졌는지. 베라는 증거물 봉투에 편지를 넣고 지난 생일에 수사 팀이 그녀의 이미지를, 덕분에 자기들의 이미지도 개선해 보고자 선물한 서류 가방에 봉투를 넣었다.

헨리와 앨리샤는 정원을 바라보는 방에서 그녀를 기다리고 있었다. 프랑스식 창문은 아직 열려 있었고, 산들바람이 불어 들어왔다. 그들은 베라가 내려오자 얼른 홀로 나왔다. 그녀를 얼른 내보내려고, 집 안을 더 돌아다니게 하면 쫓아낼 수 없을 것 같은지 아주 반갑게 나오는 것 같았다. 헨리가 현관문을 열어 주었고, 뒷마당을 내다보는 방의 프랑스식 창문이 쿵 소리를 내며 닫혔다.

"번거롭게 해 드려서 유감입니다." 베라는 문지방에서 잠시 망설였다. 그녀도 떠나고 싶었지만, 지금 제대로 된 질문 하나가 수사 전체를 해결해 줄 것 같다는 기분이 들었다.

"안녕히 가세요, 경감님." 앨리샤는 평정을 회복한 것 같았다. 그녀는 손을 내밀었다.

베라는 적절한 질문이 떠오르지 않아서 자동차로 향했다. 갑자기 고요하고 우아한 집에서 얼른 떠나고 싶었다.

찰리는 아직 잠들어 있었다. 베라가 창문을 두드리니 그는 벌떡 일어나 상황을 알 수 없는지 어리둥절해했다. 베라는 조수석에 앉았다. "오후 내내 잤으니 가는 길에도 운전할 수 있겠지."

하지만 그녀는 눈을 감지 않았다. 생각할 것이 너무나 많았다. 찰리는 베라가 깨어 있는 것을 보고 말을 걸기 시작했다. "여기 경치 좋지요? 남부로 옮길 생각 안 해 보셨습니까?"

"아니!" 베라는 미치광이 보듯 그를 보았다. "여긴 아냐. 바다에서 너무 멀잖아." 그녀는 잠시 입을 다물었다가, 시골 한복판으로 옮긴다는 상상에 왜 그렇게 끔찍하게 반응했는지 설명했다. "난 가장자리에 있지 않으면 안전하다는 기분이 안 들어."

30

홀리는 셜리 휴어스의 가까운 친척을 만나는 임무를 맡았다. 전남편과 아들은 이미 사망 소식을 알고 있었지만, 베라는 보다 자세히 이야기를 나눠 보라고 지시했다. "셜리라는 인물에 대해 보다 분명한 그림을 그려 오도록 해. 난 그 여자가 어떤 사람인지 전혀 모르겠어. 어떤 사람이었지? 죄인과 실패자를 위해 인생을 바치는 성자였나? 세상을 어머니처럼 돌보아야 하는 유형의 여자였나?"

그래서 홀리는 노섬벌랜드 대학 연습실 밖 복도에 서 있었다. 연습실 안에서는 기획 첫 단계의 쇼가 진행되는 중이었다. 대여섯 명의 젊은이들이 홀리가 들어본 적 없는 괴상한 음악에 맞춰 연기 지도를 받고 있었다. 조녀선은 그녀를 기다리고 있었는지, 유리문을 통해 그녀를 보더니 동료들에게 작별 인사를 했다. 일동은 둘러서서 그를 차례로 포옹했다. 그는 키가 크고 비쩍 마른 청년이었고, 어머니처럼 짙은 색 머리카락이었다. 닮았다는 것을 알 수 있었다.

그가 복도로 나오자, 홀리는 손을 내밀었다. "어머니 일은 정말 유감입니다." 그녀는 이런 상황에서 어떤 말을 해야 하는지 정확히 몰랐다. 베라는 '당신의 상실에 애도를 표한다(Sorry for your loss)'는 표현을 금지했다. "우리는 미국 경찰 드라마에 나오는 등장인물이 아니야." 어느 날 회의에서 그녀는 고함쳤다. "고인이 자기 자동차 열쇠를 어디 잘못 둔 것도 아니라고."

조녀선은 벽장만 한 공간에 책상 세 개가 비좁게 들어가 있는 작은 방으로 그녀를 데려갔다. "제 강사가 자기 사무실을 써도 된다고 했어요. 주말이라 자기는 안 쓴다고. 엄마한테 일어난 일 때문에 그녀가 일부러 나와 줬어요." 목소리는 담담했지만, 홀리는 그가 아직 충격에서 깨어나지 못한 상태라고 생각했다. 아직 어머니의 죽음이라는 현실을 받아들이지 못한 것이다. 그는 책상에 기대서서 홀리에게 의자에 앉으라고 고갯짓을 했다.

"그런데 학생은 토요일인데도 학교에 나왔군요."

"마지막 공연 준비를 하고 있는데, 할 일이 많아요." 그는 잠시 사이를 두었다. "제 강사인 클레어가 절 집으로 보내려고 했는데, 혼자 방이나 닦고 있으면 뭐가 좋아지나요? 아빠가 곧 데리러 올 거예요. 며칠 키머스톤에서 아빠와 맨디랑 같이 지내려고요." 그는 홀리의 얼굴을 바라보았다. 강렬한 눈빛. 도전이었다. "엄마를 죽인 사람이 누군지 알아냈나요?"

홀리는 고개를 저었다.

"고객 중 한 사람일 거예요." 모든 것을 다 드러내는 유형의 얼굴이었다. 잔잔한 호수 위에서 흐르는 구름처럼, 감정을 모조리 반사했다. 몇 초 안에 홀리는 혐오와 분노, 애정을 읽었다. "엄마는 거기서 일하는 걸 좋아했어요. 하지만 엄마가 상대하는 몇몇 남자를 봤는데… 저도 무섭더라고요."

"베빙턴의 사무실에 가 본 적이 있어요?"

"몇 번쯤요. 엄마와 난 극장에 자주 다녔는데, 운전을 배운 뒤로 내가 차를 몰고 데리고 다녔어요."

"어제 어머니께서 길스윅 계곡에 갈 만한 이유로 혹시 짚이는 게 있나요?"

그는 나직하게 픽 웃었다. "대부분의 엄마 고객한테는 너무 비싼 동네 같지만, 아마 일 때문이었겠지요. 가택 방문을 자주 했으니까요."

"어머니한테 혹시 계곡에 사는 친구가 없었나요? 사무실에서 같이 일하는 자원봉사자에게 어제 오후에 일찍 퇴근한다고 했으니, 자선 단체와 상관없는 용무였어요."

그는 잠시 입을 다물었다. "우린 가까웠어요. 독립하고 싶어서 노섬브리아 대학에 기숙사를 얻기 전에 엄마 집에서 살았지만, 길스윅에서 사는 친구 이야기를 했던 기억은 없어요. 하지만 고등학교에 다닐 때도 엄마와 늘 붙어 지내진 않았으니까요."

"이혼 후 특별한 상대는 있었나요?" 홀리는 생각나는 대로 던지고 있었다. 아직 어디를 캐물어야 할지 전혀 짐작이 가지 않았다.

"어쩌면." 그는 씩 웃었다. "하지만 나한테 이야기는 안 하셨을 거예요. 우린 가까웠지만, 어떤 부분은 서로 불가침이었거든요. 나도 내 연애 이야기는 안 했어요. 하지만 장기적인 관계는 없었을 거예요. 독립적인 생활을 너무 좋아하는 분이었어요."

"부모님의 결혼 생활이 끝나게 된 이유가 그것이었나요? 오랫동안 같이 사셨잖아요."

"아마도요. 하지만 엄마가 하고 싶은 일을 아빠가 간섭하고 그러지는 않았어요. 엄마는 결혼 전부터 이미 자기 주관이 뚜렷한 분이었으니까요." 그는 다시 사이를 두었다. "가끔 엄마에게 자기 파괴적인 부분이 있다는 생각을 한 적은 있어요. 일이 잘 되는 걸 받아들이지 못했고, 아빠를 너무 힘들게 해서 결국 떠나셨거든요. 아빠는 다른 여자를 만났어요. 덜 복잡한 사람." 다시 침묵. "마치 엄마는 자신에게 행복할 권리가 있다고 생각하지 않는 것 같았어요. 난 떠나신 데 대해 아빠를 탓하지 않아요. 두 분 다 헤어진 뒤에 한결 편안해 보였어요."

점심시간이었고, 창밖으로 학생들이 잔디밭에 삼삼오오 모여 앉아 이야기를 나누는 모습이 보였다. 마치 한여름 같았다.

"뉴스에서는 지난주 길스윅에서 발생한 이중 살인 사건과 엄마의 죽음을 관련시키더군요." 조너선은 다시 강렬한 시선을 홀리에게 보냈다. "사실인가요?"

"먼젓번 피해자 중 한 사람이 셜리의 사무실에서 자원봉사자로 일했어요. 어떤 종류의 관련이 없다면 지나친 우연이겠죠. 마틴 벤튼을 만나 본 적 있나요?"

"엄마를 만나서 사무실에 들렀을 때 본 적은 없는 것 같은데요. 하지만 엄마가 그에 대해 이야기는 했어요. 기술적인 일에 아주 솜씨가 좋다고."

침묵이 흘렀다. 베라라면 침묵을 어떻게 채워야 하는지 알고 신뢰와 유용한 정보를 얻어 낼 것이다. 다시금 홀리는 자신이 상대적으로 부족하다고 느꼈다. 난 이 일을 잘 하지도 못해. 그런데 왜 매일같이 이 짓을 하고 있지?

"패트릭 랜들, 먼젓번 피해자 중 다른 한 사람인데, 그가 위치볼드에서 당신 어머니에게 편지를 썼어요. 헤리퍼드셔의 한 마을이죠. 혹시 그 편지가 무슨 내용인지 짐작이 가나요?"

학생은 어리둥절한 것 같았다. "전혀 모르죠. 엄마는 처음 보호 관찰관 경력을 시작했을 때 각지를 돌아다녔지만, 그렇게 남쪽에서 사신 적은 없을 겁니다. 게다가 내가 태어나기도 전 오래된 일이라, 그런 데서 같이 일한 사람들과 계속 연락이 되지도 않았을 거예요. 어쩌면 페이스북으로 연락했을 수는 있겠죠."

홀리는 기술 팀에게 셜리의 페이스북을 찾아보라고 지시해야 한다고 생각했다. 어쩌면 패트릭이 그녀를 찾은 것도 그 방법을 통해서였는지 모른다. 혹은 그녀가 그를 찾았거나. "마지막으로 어머니를 만난 건 언제였나요?"

"일주일도 채 안 됐어요. 일요일 점심 때였죠. 엄마가 자기 집에서 요리를 해 주셨어요. 구운 양고기요. 내가 제일 좋아하는 음식이에요. 엄마는 채소파이였고요. 그런 뒤 타인머스 해변을 산책하다가 거기 바에서 술 한잔한 뒤에 나는 전철을 타고 시내로 돌아왔어요."

"어떻게 보이던가요?"

"글쎄요." 그는 생각에 잠긴 것 같았다. "그 이후 일어난 일에 기억이 영향을 받았을 텐데. 돌아보면, 약간 다른 데 정신이 팔린 것 같았어요. 엄마답지 않게 조금 조용했던 것 같기도 하고요. 내가 괜찮냐고 물어보니까, 감기 기운이 있다고 했어요. 난 그런가 보다 했고요. 엄마는 돌봐줘야 한다는 생각이 드는 그런 여자가 아니었어요."

"그 뒤로 연락한 적은 있나요?"

"문자로요. 엄마 집으로 내게 온 편지가 있었어요. 그걸 부쳐줄까, 갖고 있을까? 라이브 극장의 새 연극 좋았니? 엄마는 정말 완벽한 엄마였어요. 내가 필요로 할 때는 언제든지 힘이 되어 주셨지만, 절대 간섭하거나 강요하지 않으셨죠."

사무실 문 두드리는 소리가 났다. 한 여자가 청바지와 스웨터 차림의 나이 든 남자와 같이 서 있었다. "아버지 오셨어."

여자는 조너선의 강사인 모양이었다. 남자는 아들의 몸에 팔을 둘렀고, 두 사람은 서로 껴안았다. 지금까지 평정을 유지하던 조너선은 아버지의 팔에서 완전히 무너지는 것 같았다. 홀리는 두 사람의 애정 표현 앞에서 어색한 기분이 들었다. 강사는 말없이 물러갔다. 잭 휴어스는 소리 없이, 유난 떨지 않고 흐느끼며 눈물이 얼굴을 타고 흘러내리는데도 아랑곳하지 않았다.

"이쪽은 형사예요, 아빠. 엄마의 죽음을 수사하고 있어요." 조녀선은 물러섰다.

"제가 질문 몇 가지 해도 될까요, 휴어스 씨? 배경 조사입니다." 두 사람이 앉아 주었으면 하는 마음이었다. 혼자 눈높이가 낮으면 대화에 불리하다.

"네, 그러지요. 도움이 된다면야. 그런데 길스윅에서 그 두 사람을 살해한 미치광이와 동일범의 소행 아닙니까? 그녀의 시체가 발견된 곳이 거기였다면서요."

"지금으로서는 어떤 가능성도 배제하지 않고 있습니다."

남자는 홀리의 맞은편 의자에 앉았다. 면도도 하지 않고 추레한 모습이었지만, 홀리가 볼 때는 충격을 받아서라기보다 원래 그런 모습인 것 같았다.

"우린 계속 친구였습니다. 난 그녀를 미워하지 않았어요. 그런 건 아닙니다. 내가 재혼했을 때 결혼식에도 참석하고 축복해 줬습니다."

"어디서 만나셨지요?"

"스태퍼드서요. 뉴캐슬 사람 둘이 낯선 물에서 만난 셈이지요. 셜리는 친구들과 같이 바에 있었는데, 내가 억양을 알아듣고 말을 걸었어요." 그는 의자에 기대앉았다. "내 첫 업무 때였습니다. 소도시 지방지 신출내기 기자 시절이었는데, 대화가 너무나 즐거웠어요. 그녀는 보호 관찰관으로 갓 임관한 때였고, 약간 자기 일에 압도당한 상태였습니다. 그렇게 젊은 여자가 살인범과 강간범을 상대한다는 게 과연 옳은 일인가 하는 생각이 들었어요. 경찰도 두 명이 조를 이뤄 드나드는 공영 주택 단지에 남자들을 접견하러 보내더군요. 그런 하루를 보낸 뒤에 그저 즐기고 싶은데, 같은 북동부 출신만큼 모든 제약을 내려놓고 편하게 놀 수 있는 사람이 또 있었겠습니까."

"언제 북부로 돌아오셨나요?" 홀리 자신도 젊은 여자였을 때 살인범과 강간범을 상대하기 시작했다. 하지만 모든 제약을 내려놓고 편하게 논 적은 별로 없는 것 같았다.

"결혼한 직후에요. 난 '더 저널'에 직장을 얻었고 일찌감치 퇴직할 때까지 거기서 일했습니다. 셜리도 쉽게 자리를 구해서 팀장급까지 승진했고요. 그러다 시팅웰 교도소에 들어갔습니다. 그녀는 전에도 교도소에서 일한 적이 있었는데, 거기가 마음에 든 것 같았어요. 개방형 교도소여서, 여자들을 위해 긍정적인 일을 할 수 있다고 생각했습니다. 그러다 보호 관찰 업무에 온갖 변화가 생기고, 서비스 민영화 계획이 입안되고, 그녀는 낙심했어요. 새 조직에서 자신의 미래를 찾을 수가 없었던 겁니다. 하지만 일찌감치 퇴직하는 건 셜리답지 않았습니다. 난 게으름뱅이지만, 그녀는 언제나 영국 전력 전체를 가동할 만한 에너지를 갖고 있었으니까요."

셜리가 시팅웰에서 근무했다는 정보는 금시초문이었다. 그녀와 레드헤드 집안과의 연결고리가 또 하나 나온 셈이었지만, 리지가 유죄 판결을 받았을 때 셜리는 이미 교도소를 떠났을 것이다. "그래서 호프에서 일자리를 구했나요?"

"셜리가 들어가기 전에 거기는 자원봉사자들만 있었습니다. 이사진들이 그녀와 접촉해서 혹시 일을 맡을 생각이 있느냐고 물었어요. 어마어마한 급여 삭감을 받아들여야 한다는 뜻이었지만, 셜리는 언제나 도전을 좋아했어요. 우리의 셜리는."

잭 휴어스는 전처에 대해 이야기하면서 위안을 얻는 듯했고, 홀리는 그의 이야기를 방해하지 않았다. 베라가 좋아할 만한 정보였다. 그러나 조녀선이 창가에서 돌아서서 대화에 끼어들었다.

"엄마는 언제나 돈을 받지 않으면 하지 않을 일은 하지 말라고 했어요. 연극을 공부하라고 격려한 것도 그 때문이었고요. 대부분의 부모라면 반대하겠지만, 엄마는 최선을 다 해 보지 않으면 내가 후회할 거라고 했어요."

잠시 침묵이 흐르고, 복도 저쪽 한 연습실에서 색소폰 소리가 울부짖듯 흘러나왔다. 홀리는 그들이 강한 가족이라고 생각했다. 비록 이혼했지만, 부부는 좋은 관계를 유지하면서 함께 아들을 길러냈다. 그녀는 셜리 휴어스가 죽기를 바랄 만한 이유가 무엇일까 상상할 수가 없었다. 물론 그녀의 죽음은 저택에서 발생한 이중 살인의 결과일 것이다. 셜리는 뭔가 알고 있었거나 추측했고, 그래서 죽어야만 했을 것이다.

"패트릭 랜들이라는 이름을 들어보셨습니까?" 그녀는 즉각 모른다는 대답이 나올 거라고 생각하며 잭에게 질문을 돌렸다. 그런데 그는 잠시 망설였다.

"어쩐지 들어본 것 같은데요."

"길스윅에서 발생한 이전 살인 사건 피해자 중 하나입니다." 홀리는 책상 위로 몸을 내밀었다. "뉴스에서 이름을 들었을 수도 있어요."

"네, 어쩌면요." 하지만 그는 확신할 수 없는 듯했다. "하지만 다른 맥락에서 들은 것 같다는 느낌이 들어서요. 조금 지난 일로요. 기자 습관입니다. 한 번 접촉한 사람을 잊지 않죠."

다시 침묵. 복도의 음악가는 음계 연습을 하고 있었다.

"셜리가 마틴 벤튼에 대해 이야기한 적 있나요? 호프에서 그녀와 일했는데요." 홀리는 이제 형식적인 질문을 던지기 시작했다. 휴어스 가족은 우호적으로 헤어졌지만, 오래 떨어져 살았으니 속내를 털어놓는 사이는 아닐 것이다.

"괴짜 자원봉사자요?"

그가 이름을 알고 있어서 놀랐다. 홀리는 고개를 끄덕였다.

"컴퓨터 시스템을 그만큼 잘 다루는 사람은 본 적이 없다고 했습니다. 해킹을 했다면 어마어마한 돈을 벌었을 거라고요. 천사 편이라 다행이라고."

"마지막으로 셜리를 본 게 언제였나요?"

"지난주에 전화해서 혹시 술 한잔하겠느냐고 했습니다. 고약한 하루였다면서 이야기를 좀 들어달라고요."

홀리는 다시 놀랐다. 그녀 자신은 예전 애인을 머릿속에서, 인생에서 완전히 지워 버리는 성격이었다. 잭의 새 아내가 이런 관계에 대해 어떻게 생각할지 궁금했다. "그런 일이 흔한가요?"

"최근에는 없었습니다. 제가 결혼한 뒤로는." 잭은 갑자기 미소를 보였다. "셜리는 맨디가 좋아하지 않을 거라고 했습니다. 그러니 아마 아주 절박했을 겁니다."

"그래서 만나셨나요?"

"네, 락클리프 암스에서요. 키머스톤 프런트 스트리트 뒤의 작은 술집입니다. 보통 조용한 곳이라, 셜리가 일을 마친 뒤 곧장 와서 일찌감치 만나기로 약속했습니다. 그 시간에는 주로 도미노를 하는 늙은 남자들이나, 어쩌다 얼른 한잔하고 귀가하려는 사람들뿐입니다."

홀리는 메모를 하고 있었다. 셜리가 누군가 마음을 털어놓을 사람이 필요했다면, 중요한 일일지도 모른다.

잭은 말을 이었다. "도착하자마자 그녀에게 신경 쓰이는 일이 있다는 걸 알 수 있었습니다. 걱정거리가 속을 썩이는지, 제대로 잠을 못 잔 것 같았어요."

"그게 언제였나요?" 홀리는 아이패드에서 시선을 들었다.

"목요일이요."

"그러면 첫 길스워 살인 이후였군요."

"네. 뉴스에 온통 떠들썩하던 기억이 납니다. 퍼브 사람들도 그 이야기를 하고 있었어요. 워낙 가까운 곳에서 발생한 사건이고, 아직 아무도 체포되지 않았으니까요." 잭은 머릿속에서 그날 저녁에 있었던 일을 되짚어 보는 것 같았고, 자기 눈으로 생생하게 보는 듯 묘사하기 시작했다. "술을 가지러 바에 갔다가, 무슨 일이 있었느냐고 그녀에게 물었어요. 마틴이 방금 피해자라고 뉴스에 나왔고요. 그녀는 당연히 충격을 받았지만 불안해 보이기도 하더군요. '경찰이 우리 업무를 들쑤시고 있어. 그들이 뭘 발견할지 모르겠어.' 걱정하지 말라고 이야기하고 있는데, 셜리의 옛 친구들이 술집에 들어왔습니다. 같이 일하던 동료들요. 그녀는 술을 많이 마셔서 결국 자기 차를 두고 택시를 잡았습니다. 그게 내가 본 마지막 모습이었어요." 그는 두 손에 머리를 묻었다. "내가 그녀를 다른 데로 끌고 갔어야 했는데, 다른 곳에 가서 이야기를 계속했어야 했는데. 하지만 그냥 같이 일하던 사람이 살해당해서 속상한 거라고 생각했습니다. 기분을 밝게 해 줄 사람이 필요한 거라고, 친구들이 나 못지않게 도움을 줄 수 있을 거라고."

"그 뒤에 다시 이야기는 나누셨나요?" 홀리는 실망감을 드러내지 않으려고 애썼다. 그는 이미 충분히 죄책감을 느끼고 있었다.

"다시 만나서 조용히 이야기를 할까 문자로 물었어요." 잠시 침묵. "그녀는 괜찮다고 했습니다. 내가 처리할 수 없는 일은 아니야. 그게 전형적인 셜리였어요. 세상 전부를 혼자 상대할 수 있다고 생각했습니다." 잭은 고개를 들어 홀리를 보았다. "나머지 사람들이 그녀를 따라가지 못한다는 게 문제였지요."

31

조는 베빙턴의 호프 사무실에서 길스윅 계곡으로 곧장 향했다. 거리상으로는 10여 마일도 채 떨어지지 않았지만, 폐광촌과는 그보다 더 분위기가 다를 수 없었다. 베라가 앨리샤 랜들의 집에 도착하기 직전 차 안에서 그에게 전화를 걸었다.

"은퇴한 쾌락주의자들한테 가서 이야기를 해 봐! 책을 읽고, 암탉을 키우고, 잼을 만든다고 해서 용의 선상에서 제외할 수는 없어." 조가 완벽하게 알아듣고 있는데도, 강조하기 위해 고함을 질렀다. 아마 영국 반대쪽 끝에 가 있어도 베라는 언제나 지휘하려 들 것이다.

정오가 약간 지난 시각이었고, 그는 주민들을 자기 집에서 만나도 좋을 시각이라고 생각했다. 간밤의 소동 뒤로 늦게 일어났을 수 있겠지만, 지금쯤이면 경찰을 만날 준비는 충분히 되어 있을 것이다. 그는 전략을 짜기 위해 차 안에 잠시 앉아 있었다. 초조했기 때문이었다. 모든 인간은 평등하다는 교육을 받고 자라기는 했지만, 그는 학위가 있고 긴 단어를 사용하는 사람들 앞에서 쉽게 위압감을 느꼈다. 지금까지는 베라가 밸리 팜 입주민들과의 소통을 담당했다. 그녀는 어느 누구도 자기보다 영리하다고 생각하지 않았다. 조는 아직 그들을 만나 본 적이 없는데도 벌써 약간 기가 죽었다.

그는 가장 먼저 레드헤드의 집으로 갔다. 셜리 휴어스는 교도소에 있는 그들의 딸을 접견했고, 경찰은 그녀와 애니 레드헤드가 만났다는 것을 알고 있었다. 남자가 문을 열었다. 작전실 화이트보드에 핀으로 꽂은 사진을 통해 낯익은 얼굴이었다. 샘 레드헤드. 키 크고, 머리가 벗겨지고, 말이 없는 인물. 조는 자신을 소개했다. "들어가도 되겠습니까? 오늘 새벽 경찰과 이야기하신 걸로 압니다만, 그때는 모든 게 정신없었을 겁니다. 생각을 정리하실 시간이 필요하셨겠지요."

샘은 그를 거실로 안내했다. 원래 헛간이었던 벽은 회칠을 했고, 커튼은 흰색과 파란색 작은 꽃무늬였다. 샐이 봤으면 좋겠다는 생각이 들었다. 그녀는 낮 텔레비전에 나오는 집 안 꾸미기 프로그램을 모두 좋아했다. 여자, 애니 레드헤드는 커튼과 같은 천을 씌운 작은 소파에 앉아 커피 머그를 들고 있었다. 통통했고 하트 모양의 아주 예쁜 얼굴이었다. 방금 일어났는지는 몰라도, 아예 잠을 못 잔 것 같았다.

"형사님이야." 샘이 말했다. "우리하고 이야기하고 싶대."

"물론이죠." 여자는 돌아보고 애써 미소 지었다. "뭘 좀 드릴까요, 형사님? 차? 커피? 옆집 나이절처럼 멋진 커피머신은 없지만, 잘 오셨어요." 자신이 두서없이 길게 주절거리고 있다는 것을 깨달았는지, 그녀는 갑자기 입을 다물었다.

시체의 몸에 난 칼자국을 목격한다는 것은 분명 충격이겠지만, 낯선 사람의 죽음에 지나치게 개인적으로 깊이 반응하는 것이 아닌가 하는 생각이 들었다. "셜리 휴어스를 아셨습니까?"

"한 번 만났어요. 어제 오전에요. 자기 사무실로 오라고 하더군요." 잠시 사이를 두더니 일종의 고백이 이어졌다. "그녀는 교도소에 있는 우리 리지를 방문했어요." 애니는 고개를 돌려 조를 바라보았다. "리지를 도울 계획을 갖고 있었어요. 이제 그건 어떻게 될지 모르겠네요. 너무 이기적인 것 같지만, 생각나는 건 그것뿐이에요. 리지가 집에 돌아오면 아무 도움이나 지원 없이 우리가 알아서 해 나가야 한다. 난 셜리를 신뢰했어요. 미친 소리 같지만, 죽음으로써 우리의 기대를 저버린 것 같다는 기분까지 들어요."

샘은 어색하게 아내 옆에 앉았다. 그가 아내의 어깨에 팔을 두르는 모습은 조에게 십 대 시절 자신을 연상시켰다. 그녀의 허리에 팔을 둘렀던 파티, 첫 육체적 접촉. 이 부부에게는 어딘가 순수한 데가 있었다. 그들도 마치 십 대 같았다.

"어제 셜리가 계곡에 온 게 그 때문이었을까요?" 조는 이 정보가 돌파구가 될지도 모른다고 생각했다. 피해자가 길스윅에 있었던 이유를 설명해 준다. "리지에 대해 부인과 이야기하려고?"

"아뇨!" 애니는 초조한 목소리였다. "말씀드렸듯이, 난 오전에 사무실로 갔다고요. 그녀는 다음 주 월요일쯤 집으로 직접 방문하겠다고 했어요. 리지는 내일 출소하니까, 우리에게 자리 잡을 시간을 하루쯤 주는 게 좋겠다고요. 그전에 셜리가 나와 얘기하고 싶었다면, 내 번호를 둘다 갖고 있었으니 전화를 걸었겠죠. 여기까지 직접 올 게 아니라."

"만났을 때 인상은 어땠습니까?"

"전문적이었어요. 효율적이고 친절했어요. 리지에게 최선이 무엇인지 진심으로 고민하고 있다는 인상을 받았어요." 애니는 말을 잠시 멈추었다. "그런 사람들은 개인적인 문제를 갖고 있을 것 같지 않아요, 안 그런가요? 의사나 사회 복지사 이런 사람들. 난 일하지 않을 때 그들의 생활을 상상할 수가 없어요. 그냥 우리에게 봉사하기 위해서 거기 있는 사람처럼 생각할 뿐이지."

경찰처럼. 사람들은 우리에게도 개인 생활을 기대하지 않지.

"셜리를 만난 뒤에 뭘 하셨습니까?" 조는 전혀 도움이 되지 않는다고 생각했다.

"난 여기로 곧장 돌아왔어요. 샘과 점심을 먹었고, 그런 다음 여기 밸리 팜 친구들에게 리지가 잠시 우리 집에 머물게 됐다고 이야기를 하는 게 좋겠다고 생각했어요." 다시 잠깐 침묵 후에 덧붙였다. 유머라고 던지는 말 같았지만, 재미있지는 않았다. "우리 중에 전과자가 살게 됐다고."

"찾아가니 모두 집에 있었습니까?" 조는 마치 병자 대하듯 부드럽게 말하고 있었다.

"네. 존 오케인은 못 봤어요. 그는 위층 서재에서 일하고 있었지만, 어쨌든 집에 있었어요." 애니는 머그를 옆 바닥에 조심스럽게 내려놓았다. "재닛은 좋았어요. 아주 친절했죠. 그리고 옆집 루카스 씨 네로 갔는데…."

목소리가 잦아들었고, 조가 질문을 만들어 던져야 했다. "그 사람들은 리지의 출소 소식에 어떻게 반응하던가요?"

"나이절은 괜찮았어요." 망설임. "그 부부는 아이가 없죠. 아이가 없는 사람들은 비판하기 쉬울 거예요, 안 그래요? 아이가 탈선하면 부모 잘못이라고 생각하죠. 나도 예전에는 그랬어요."

"그의 아내는 어땠습니까?" 순간 루카스 부인의 이름이 생각나지 않았다. "로레인?"

"받아들이는 게 더 힘든 것 같았어요. 한때 그녀는 교도소에서 교육을 담당했어요. 미술과 공예를 가르쳤죠. 어쩌면 매일같이 재소자들과 일하다 보면, 눈물 짜는 이야기들에는 익숙해지는지도 몰라요. 동정심을 덜 갖게 되는지도."

나는 안 그래, 조는 생각했다. 난 아직 마음이 약해. 최소한, 베라에 따르면.

애니는 계속 친구의 반응에 대해 설명하고 있었다. "망가진 애들한 테서 도망치려고 계곡에 이사 왔을 텐데, 그런 애가 여기 나타나는 건 원치 않겠죠. 그 부부는 여기를 낙원이라고 생각하거든요."

"그게 몇 시였죠?" 사실 관계에 집중하자. 조는 그쪽이 더 편했다.

"아, 확실히는 모르겠네요." 그녀는 미간을 찌푸렸다. "시계를 차지 않아서요. 여기서는 필요가 없어요. 오후 중반쯤이었을 거예요."

"친구 집에 있는 동안 혹시 평소와 다른 뭔가를 보거나 들으셨습니까?" 지푸라기라도 잡는 심정이었다. 애니가 낯선 사람을 봤다면 진작 이야기했을 것이다.

그녀는 고개를 저었다.

"휴어스 부인은 검정 골프를 몰았습니다. 어제 혹시 그 차를 도로에서 보셨습니까?"

애니는 다시 고개를 젓고 확인하려는지 남편을 돌아보았다. 조도 그를 보았다.

"오후 동안 어디 계셨습니까, 레드헤드 씨?"

"여기, 집 안에요. 부엌에 있었죠. 라디오 극을 들었습니다. 그런 뒤 정원에서 빈둥거렸어요." 그는 어깨를 으쓱했다. "나도 모르는 새 시간 이 지나갑니다. 어떤 날은 내가 내 인생을 갖고 뭘 하는 짓인가 생각하기도 하죠."

"그런 뒤 나중에 모두 루카스 씨 집으로 갔군요?" 심문하고 있는 사람들과 마찬가지로 무기력에 압도당하는 기분이었다. 조는 일찌감치 은퇴할 형편이 되는 사람들을 언제나 부러워했지만, 지금 생각하니 일을 안 하면 도대체 하루 종일 뭘 할까 의문스러웠다. 그는 직접 뭔가 만드는 데 솜씨가 전혀 없었다. "특별한 축하 자리였습니까? 생일이나?"

"다들 조금씩 기분이 이상했던 것 같아요." 애니는 말했다. "저택에서 발생한 살인 사건 때문에요. 소소하게 파티를 열면 긴장이 좀 풀리지 않을까 생각했을 거예요. 게다가 금요일 밤이었고. 우리는 늘 금요일 밤마다 모여요.”

“저녁의 상황을 차근차근 말해 주시겠습니까?” 조는 이 부부들이 서로 늘 부대끼며 살아가는 모습이 상당히 괴상하다는 생각이 들었다. 저택에서 일어난 끔찍한 사건을 잊고 싶다면, 샘과 애니는 아예 길스윅을 잠시 떠나 있을 수도 있지 않나? 시내 풍경, 그리고 맛있는 음식. 리지가 도착하기 전에 부부만 잠깐의 프라이버시를 즐길 수도 있을 것이다. 조가 그들 입장이라면 매일 보던 똑같은 사람들과 다시 저녁을 보내는 일이야말로 가장 피하고 싶을 것이다.

“그런데 상당히 거나한 자리가 돼 버렸지요.” 샘이 말했다. “나이절이 독한 칵테일을 만들었는데, 거기서부터 내리막이었습니다.”

이 남자가 파티를 즐기는 모습은 상상할 수가 없었다. 라디오 극이 훨씬 잘 어울릴 것 같았다.

“저녁 동안 집을 나간 사람이 있었습니까?”

그들은 서로 마주 보았다. 어쩌면 창백한 안색과 혼란스러운 표정은 새로 일어난 살인 사건 때문이 아니라 숙취 때문인지도 모른다.

“확신할 수가 없어요.” 애니가 말했다. “저녁 내내 사람들이 들락거렸어요. 한번은 나이절이 들어와서 별이 정말 아름답다고 했고. 그 말을 듣고 그도 심하게 취했다는 걸 알았답니다. 존도 슬그머니 담배 몇 대 피우느라 나갔다 왔을 것이고. 그는 담배를 안 피우는 척하지만, 우린 다 사실이 아니라는 걸 알고 있어요. 아주 분명하게 기억나는 건, 재닛이 나중에 개를 산책시키러 집을 나갔을 때예요. 자기가 15분 이상 걸리면 수색대를 보내 달라고 그랬어요. 그래서 난 시계를 보고 있었죠. 갑자기 그녀가 비명을 지르기 시작했어요.”

"그렇게 먼 거리에서도 들리던가요?" 조는 시체가 있던 위치를 머릿속에 그려 보았다. "파티 소음도 시끄러웠을 텐데요."

"그때는 다들 조용했어요. 음악도 없었고, 창문도 열려 있었고." 애니는 조가 납득하지 못한다는 것을 알아차렸는지, 덧붙였다. "확실히 재닛의 비명 소리였어요. 우리 모두 듣고 밖으로 뛰쳐나갔어요. 어쩌면 우리를 부르려고 집 쪽으로 조금 더 걸어왔는지도 모르죠."

조는 재닛 오케인에게 물어보자고 생각하고 다음 질문으로 넘어갔다. "그게 몇 시였습니까?"

"자정에서 15분 지난 시각이었어요. 말씀드렸듯이, 난 시계를 보고 있었어요."

조는 현장을 그려 보았다. 하루가 끝나고 다섯 명의 성인이 화목한 침묵 속에서 앉아 있다. 아주 먼 곳에서 비명 소리가 들려온다. "놀라셨겠군요."

"모두 밖으로 달려 나갔어요. 서로 발에 걸려 넘어질 뻔하면서. 어두웠어요. 이 위쪽에는 가로등도 없잖아요." 애니는 잠시 눈을 감았다.

"혹시 다른 누가 근처에 있었는지 없었는지는 모르시겠군요." 키팅 박사가 정확하게 사망 시점을 추정한다는 것은 불가능할 것 같았다. 폴 키팅은 그런 것이 가능하다고 보는 이론에 대해 대단히 비판적이었다. 시체가 발견되기 얼마 전에 살인이 이루어졌고, 파티 참석자들이 재닛 오케인을 찾으러 나섰을 때 범인이 아직 근처에 있었을 가능성은 충분히 있었다.

레드헤드 부부는 서로 마주 보았다. "그저 혼란스러웠어요." 애니는 마침내 말했다. "우리들도 다들 어디쯤 있었는지 모르겠는걸요. 한번은 나이절이 언뜻 보였고, 샘은 도로를 내려오는 동안 계속 내 옆에 있었던 것 같아요. 그 외에는…"

"무슨 소리는 못 들으셨습니까? 멀리서 자동차 소리라든가?"

이번에는 샘이 대답했다. "내가 들을 수 있었던 건 비명 소리, 개 짖는 소리, 어둠 속에서 사람들이 풀밭을 미끄러지는 소리뿐이었습니다. 악몽 같았어요."

"하지만 이곳에서 자라셨잖습니까." 조는 작전실 화이트보드에 검은 마커펜으로 적혀 있던 내용을 떠올렸다. "가족이 농장을 경작했다고요. 눈을 가리고도 계곡 일대는 돌아다닐 수 있지 않으십니까?"

잠시 침묵이 흘렀다. 조는 소파에 앉은 두 사람에게서 적개심이 흘러나오는 것을 느낄 수 있었다. 그들은 조를 응시했다.

"지금 무슨 말을 하시는 거요?" 샘의 목소리는 아주 조용했다. "내가 거짓말을 한다고? 우리 농장은 계곡 반대편에 있었소. 게다가 간밤의 고함 소리, 개 소리, 피투성이로 누워 있는 불쌍한 여자. 내게 그건 지옥이었소."

32

베라와 찰리는 10시가 넘어서 키머스톤에 도착했고, 수사 팀은 아직 저녁 회의를 기다리고 있었다. 에너지는 바닥이 났다. 모두 침대와 음식이 간절했다. 베라는 그들 앞 책상에 앉았다.

"좋아. 최대한 빠르고 간단하게. 중요한 것만. 자세한 내용은 아침에 이야기하지, 조?"

"밸리 팜의 모든 주민들이 같은 이야기를 했습니다. 루카스 씨 집에 모여서 저녁 식사와 술자리를 가졌다. 모두 너무 많이 마셨다. 재닛 오케인은 카스웰 집 개를 산책시키러 나갔다. 개들이 시체 냄새를 맡았다. 재닛은 비명을 질렀고, 일동은 무슨 일인가 밖으로 뛰쳐나갔다." 조는 말을 멈추고 베라를 쳐다보았다. "비명 소리가 전달되기엔 너무 먼 거리지만 뭔가 숨기고 있다면 전부 다 말을 맞췄다는 이야긴데, 그 사람들이 왜 전부 거짓말을 하겠습니까?" 조는 잠깐 쉬었다가 말을 이었다. "애니 레드헤드는 셜리 휴어스를 알고 있다고 인정한 유일한 사람입니다. 어제 오전 리지의 출소 문제를 의논하러 만났답니다."

베라는 정보의 거미줄 한가운데 자리잡은 거미가 된 기분이었다. 아주 크고 검은 거미. 인터넷 따위 무슨 필요 있나? "좋아, 홀. 셜리의 전 남편과 아들은 어떻게 만났지?"

"둘 다 대학에서 만났습니다. 세 사람 다 이혼 뒤까지 아주 사이좋게 잘 지내고 있었어요. 좋은 가족이었습니다. 조너선은 일주일 전 일요일 점심 때 마지막으로 어머니를 만났습니다. 약간 조용한 것 같았지만, 몸 상태 때문에 조금 기분이 안 좋은 걸로 생각했답니다. 셜리는 주중에 잭에게 연락해서 술 한잔하자고 했습니다. 고약한 며칠이었다고, 무슨 일에 대해 이야기하고 싶다고. 그런데 술집에 그녀의 친구 여럿이 몰려 들어와서 이야기할 기회가 없었답니다."

"저런." 베라는 이 정보의 의미를 생각해 보았다. 셜리 주변에는 친구와 동료들이 있었다. 왜 힘든 일을 털어놓고 싶을 때 전남편을 찾았을까? "음, 찰리와 나는 앨리샤 랜들과 그 남자 친구를 만나러 시골에 가서 아주 좋은 하루를 보냈어. 남자는 내 취향은 아니었으나 아주 품위 있었고. 대영제국을 위해 일종의 외교관으로 일하시는 분 같았어. 혹은 일하다 은퇴했든가. 앨리샤는 셜리 휴어스의 부엌에 위치볼드 소인이 찍힌 봉투가 있을 만한 이유를 전혀 짐작하지 못했지만, 다행히 패트릭은 환경을 매우 사랑했어. 재활용하려고 종이를 모두 모아 뒀더군. 덕분에 침실 안 상자에서 이걸 찾았지." 베라는 투명한 증거물 봉투에 넣은 편지를 흔들었다. "그러니 패트릭과 셜리 사이에서 양쪽으로 편지가 오간 모양이고." 그녀는 거의 혼잣말처럼 중얼거렸다. "도대체 왜 이 둘은 서로 편지를 주고받았을까? 그걸 알아내면, 누가 그들을 죽였는지 알 수 있어."

베라는 자기 사무실에 혼자 있었다. 수사 팀은 해산했지만, 그녀는 아직 에너지가 넘쳐서 집에 가서 잘 준비가 되어 있지 않았다. 음성메일을 확인하고 있으려니—야근 통계 및 일정표, 신속한 정보 요청에 대한 기술자와 과학자들의 답변—조금 안정을 찾을 수 있었다. 새로운 것은 없었다. 즉각 행동을 취해야 할 사안은 없었다. 이어진 음성을 듣고 베라는 놀랐다. 음성메시지를 남기는 데 익숙하지 않은 사람이었고, 실제 인간과 군이 대화할 필요가 없는 동료가 정보를 줄줄 늘어놓는 말투와는 매우 달랐다. 상대는 자기 이름조차 말하지 않았지만, 몇 초 듣고 있으니 망설이는 목소리의 주인공을 짐작할 수 있었다. 퍼시 더글러스, 패트릭 랜들의 시체를 우연히 발견한 노인이었다.

"경감, 혹시 뭔가 알게 되면 연락해 달라고 하셨지요. 음, 내가 아니고, 내 딸 수전 말이오. 별로 중요하지 않은 일일지도 모르는데, 비밀 같은 겁니다. 이 살인 사건과 관계가 있을 것 같지는 않은데, 당신은 비밀이라면 다 관심 있을 거라는 생각이 들어서. 아침에 집으로 와 줄 수 있겠소? 오실 때까지 집에 있겠습니다."

베라는 수화기를 놓고 미소 지었다. 아, 그래, 퍼시 더글러스. 난 비밀이라면 다 관심이 있지.

오늘 역시 4월이라기보다 6월 같은 찬란한 날씨였다. 이른 아침의 햇빛이 계곡을 비스듬히 비추고 있었다. 대저택 정원에서는 블루벨이 조금 더 피어서 나무 밑에 호수를 이루고 있었다. 베라가 도착했을 때 퍼시와 수전은 아침 식사 중이었다. 문을 여는 순간 흘러나오는 베이컨 냄새를 맡으니 침이 괴었다. 수전은 일어나서 그릴에 베이컨을 몇 조각 더 넣고 있었다. "달걀 두 개 드시죠? 재닛의 암탉이 알을 잘 낳아서 이렇게 나눠 주시네요." 커피는 권하지 않았지만 탁자 한가운데 커다란 찻주전자가 놓여 있었고, 손님 옆에 머그가 놓였다. 베라에게는 천국이었다. 이런 일에서 왜 은퇴해야 하지?

"기분이 안 좋네요." 다시 수전이었다. 퍼시는 베라가 부엌으로 들어섰을 때 고맙다는 듯 얼른 고개만 끄덕했을 뿐 여전히 아무 말이 없었다. "아버지가 굳이 여기까지 오시라고 하다니, 정말 바쁘실 텐데."

"아침 식사 대접이라면 얼마든지 오지요." 베라는 수전을 재촉하거나 죄책감을 느끼게 해서는 안 된다는 것을 알고 있었다. 자기 흐름에 맞춰 이야기가 흘러나오도록 하자.

"뭔가 수상한 건 전혀 아니고요." 수전은 싱크대 옆에 서서 프라이팬을 물에 담근 뒤 마침내 베라를 향해 돌아섰다. "내가 염탐하거나 그런 것도 아니었어요. 하지만 아무 말도 안 나와서요. 난 그녀의 남편이 알고 있는지조차 몰라요. 그러니까, 그녀가 프라이버시를 지키고 싶은 건 이해할 수 있지만, 남편에게 이야기하지 않는다는 건…."

베라의 입안에는 빵과 달걀이 가득 차 있었고, 그녀는 아무 말도 하지 않았다.

"본론부터 이야기해라!" 퍼시는 고함지르다시피 했다. "스탠호프 부인에게 뭘 발견했는지 말씀드려."

베라는 미소 지었지만, 호칭을 바로잡지는 않았다.

"지난주에 청소를 하는데…."

"대저택에서 살인 사건이 일어나기 전이죠?" 베라는 끼어든 게 실수라고 생각했지만, 사실 관계를 분명히 할 필요가 있었다.

"네. 화요일 아침은 내가 밸리 팜의 집들을 청소하는 날이니까, 아버지가 패트릭 청년의 시체를 찾은 그날이에요." 수전은 다시 말을 멈췄다. 아버지는 계속하라고 고개를 끄덕였다. "편지를 발견했어요."

"어디서요?"

"루카스 씨 집에서요. 나이절과 로레인은 외출 중이었고, 나는 대청소를 해야겠다고 생각했어요. 그럴 철이잖아요. 위층에 로레인이 작업실로 사용하는 방이 있어요. 그림 그릴 때요. 로레인이 거기는 손대지 말라고 하는데요. '곧 다시 더러워질 거고, 내 물건을 다른 사람이 건드리는 것도 좋아하지 않아요.'라면서요. 나이절조차 노크를 꼭 하고 들어가는데, 내겐 늘 좀 이상하게 느껴졌어요. 아니, 결혼한 부부가, 그냥 옳은 일 같지 않아요." 다시 침묵.

"하지만 이 기회를 틈타 봄 대청소를 제대로 해 보자고 생각하셨군요." 베라는 식사를 마치고 팔꿈치를 식탁에 괴기 위해 접시를 한쪽으로 밀었다. "두 사람이 외출한 동안."

"네!" 수전은 고마운 음성이었다. "그냥 들어가는 건 문제될 게 없잖아요. 씻어야 할 컵이 있나 확인하고. 로레인은 커피를 종종 위층으로 들고 가거든요."

"그래서 편지는요?"

수전은 얼굴을 붉히기 시작했다. "로레인이 서류 같은 걸 놓아 두는 큰 소나무 탁자 서랍에 있었어요."

"그리고 뭐라고 적혀 있던가요? 편지에?"

"병원 예약이었어요. 뉴캐슬 프리먼 병원 종양과. 선택지를 의논하러 오라는 내용이었어요. 얼마 전에 도착한 것 같더라고요."

"그럼 로레인 루카스가 암이군요." 베라는 낡은 농장 건물에서 본 여자를 떠올렸다. 마르고 예쁜 얼굴. 베라가 보기에 아직 자기 머리카락이었지만, 그렇다고 그게 무슨 의미가 있는 건 아니다. "왜 남편에게 말하지 않았다고 생각하시죠?"

"한 번도 입 밖에 낸 적이 없으니까요. 약속 당일 로레인이 시내에 나가는 걸 봤는데요. 그게 2주 전이에요. 나이절은 같이 가지 않았어요. 로레인은 쇼핑하러 간다고 했고요. 날씨가 너무 따뜻해서 여름옷을 사고 싶다고."

"의사 이름은 기억납니까?" 이 정보가 세 사람의 죽음과 관련 있을 것 같지는 않았다. 암은 그 자체가 공포다. 하지만 더글러스의 말은 맞왔다. 비밀은 언제나 흥미롭고, 로레인이 남편에게 털어놓지 않았다는 사실은 그 부부에 대해 뭔가를 알려 줄 수 있다.

"로빈슨." 수전이 말했다. "그런 이름이었던 것 같아요."

"그다음에는 어떻게 하셨습니까?"

"편지를 다시 서랍 안에 넣고 아래층으로 내려왔어요. 거기 들어가면 안 된다는 건 알고 있었으니까. 그냥 내가 남의 일에 관심이 많아서 그런 거였어요." 얼굴이 더욱 붉어졌다. "어제까지 아버지한테도 말을 안 했어요. 내가 염탐하고 돌아다녀서 화가 나셨을 거예요."

"그래서 전화드린 거요." 퍼시는 자신이 올바른 일을 했는지 확인하고 싶은 듯 베라를 보았다.

베라는 고개를 끄덕였다. "잘하셨습니다." 그녀는 수전을 돌아보았다. "눈에 띈 다른 건 없었나요?" 그녀는 상대를 나무라는 말투를 쓰지 않도록 애썼다. 타인의 일을 캐물어야 직성이 풀리는 이런 성격, 이것 자체가 거의 질병이다. "지금 말씀하시는 게 좋습니다. 나이절이 치안판사로 지원했다는 말씀은 이미 하셨는데요."

수전은 고개만 저었다.

"아마 누구보다 그 사람들을 잘 알고 계실 겁니다. 매주 집에 들러도, 아마 당신이 가 있는 데 익숙해서 집주인들도 거의 있는지 없는지 신경을 안 쓰겠지요. 당신 앞에서는 다른 사람들에게 하지 않을 말을 할수도 있고요."

"난 청소 요정 같은 존재예요." 수전은 문득 작고 날카로운 미소를 지었다. "집이 무슨 마법으로 깨끗해지는 것 같잖아요. 고맙다는 말 한마디 없죠. 카스웰 부인 같은 분은 일 끝나면 같이 앉아서 이야기도 나누는데."

"그 사람들에 대해 달리 할 말은 없나요? 정말 말처럼 다들 그렇게 잘 어울리나요?"

수전은 어깨를 으쓱했다. "그런 척하는 거예요."

"무슨 뜻이죠?"

"뭐, 밖에서야 다정하고 밝고 그렇죠. 자기 집 안에서는 약간 달라요. 오케인 교수가 최악이에요. 다른 사람에 대해 좋은 말을 하는 법이 없어요. 오만하고. 옛날 이야기 좀 안다고, 자기가 다른 사람들보다 잘난 줄 알아요. 입만 열었다 하면 비꼬고."

그들은 잠시 침묵 속에 앉아 있었다.

베라는 일어섰다. "로레인의 병에 대해서 다른 사람들이 알 필요는 없겠죠. 사적인 일이니까. 우리가 관여할 일도 아니고." 최소한 당신이 관여할 일은 아니야.

"난 뒷소문 같은 거 안 퍼뜨려요. 정말로." 이어 수전은 고백처럼 덧붙였다. "이 동네에서 난 별로 내 생활이 없어요. 아버지와 나뿐이라. 그래서 다른 사람들 사는 데 그냥 관심이 많아요."

"아, 그럼요. 저도 마찬가집니다."

퍼시의 집에서 멀어지던 베라는 길스윅 방향으로 도로를 내려가는 차를 만났다. 나이절 루카스였다. 그냥 일요 신문을 사려고 마을로 가는 길인지는 몰라도, 이건 무슨 신호처럼 보였다. 로레인은 집에 혼자 있을 것이다.

로레인은 잠시 후 농장 문을 열었고, 아직 잠옷 위에 가운을 걸친 차림이었다. 화장기 없는 얼굴을 보는 것은 처음이었다. 안색이 칙칙하고 아주 피곤해 보였다.

"미안합니다." 베라는 이해한다는 듯 사과했지만, 기회를 놓치지 않고 어느새 문 안에 들어서 있었다. "제가 잠을 깨웠군요. 혼자 계실 때 잠시 이야기를 나눌까 해서요."

"무슨 일인가요? 어제 부하가 와서 진술을 받아갔는데요. 그 죽은 여
자에 대해 우리가 아는 건 모두 말씀드렸어요."

"제가 주전자를 좀 올릴까요? 차를 만들게?" 베라는 주방으로 앞장
서서 걸어갔고, 로레인이 뒤따랐다. 우스꽝스러울 정도로 높은 의자가
딸린 화강암 아침 식탁 바가 있었다. 그 위에 올라갈 수 있을지 의문스
러웠다. 한 번 올라가면 내려올 수도 없을 것 같았다. "차는 위층 작업
실로 갖고 올라갈까요? 거기라면 방해받지 않을 텐데요. 앞장서시죠?"

로레인은 어깨를 으쓱했다. 뭐라 반박할 힘도 없는 것 같았다. 병 때
문인지, 치료 때문인지 궁금했다. 그들은 윤기 나는 나무 계단을 올라
아래층 홀과 주방이 내려다보이는 위층 계단참에 다다랐고, 로레인은
문을 열고 작업실로 들어갔다. 더블베드 침실만 한 크기였고, 긴 유리
창이 북쪽 언덕을 향하고 있었다. 이젤 하나, 희게 칠한 찬장 하나. 수
전이 말한, 잘 닦은 소나무 탁자. 한쪽 벽을 따라 바랜 회색 벨루어 천
을 씌운 긴 의자가 놓여 있었다. "처음 여기 이사 왔을 때 키머스톤 경
매장에서 봤어요." 로레인이 말했다. "나이절은 내가 좋아하는 걸 보고
경매에 참가했죠. 배달될 때까지 비밀로 하고." 그녀는 잠시 사이를 두
었다. "정말 친절한 사람이에요."

"그래서 아프다는 말을 안 하셨나요? 그 친절함이 당신을 죽일까
봐?" 베라는 한때 마을 학교 선생이 쓰던 것 같은 의자에 앉았다. 로레
인은 긴 의자에 앉았다.

"어떻게 아셨죠?"

"살인 사건 수사를 할 때는 모든 사람들을 파헤치고 다닙니다. 그게
우리 업무예요. 우리가 알아내는 모든 비밀이 수사에 도움이 되는 건
아니지만, 그래도 무시할 수는 없어요." 베라가 앉은 자리에서 양쪽 옆

집 뒷마당이 보였다. 재닛은 암탉에게 먹이를 주고 있었다. 애니는 빨래를 줄에 걸고 있었다. 로레인이 자기 병을 비밀로 한 것은 여기서는 다른 아무것도 숨길 수가 없기 때문이라는 생각이 들었다. 자기 몸에서 일어나는 일도 거의 자기 마음대로 할 수가 없다. 하지만 아프다는 정보를 어떻게, 언제 다른 사람에게 알릴 것인가는 최소한 내 의지대로 할 수 있을 것이다.

"처음 유방암 진단을 받았을 때 나이절에게 알렸어요." 로레인은 작게 미소 지었다. "그에게는 숨길 수가 없으니까. 그가 혹을 발견하고 날 지역 보건의에게 끌고 갔어요."

"그게 여기로 옮기기 전이었나요?"

"그 때문에 이사를 서두르게 됐어요. 나이절의 사업은 처음 시작했을 때보다 많이 성장했는데. 전국 각지에 지점도 세우고, 난 그가 성공을 좋아한다고 생각했어요. 그런데 내가 병에 걸리니까, 회사를 팔기로 결정한 거예요. '누가 거절할 수 없는 제안을 했어, 로리. 이제 일은 접고 둘이서 오붓한 시간을 보내자.' 나는 화학 요법 중이어서 깊이 생각해 볼 에너지가 없었어요. 그래서 그러자고 했죠. 시골로 이사하면 그림 그릴 시간이 많아지겠네. 좋은 생각으로 들렸어요."

"기대만큼 좋던가요?"

"처음에는요. 나이절은 집 개조 계획을 짜는 걸 좋아했어요. 그런데 지금은 잘 모르겠네요. 그는 업무적 문제에 도전하는 게 익숙한 사람이에요. 결정을 내리는 권력을 가지는 것에." 그녀는 베라를 바라보았다. "얼마 전에 치안판사직에 임명됐어요. 잘할 거예요. 필요한 경험도 많고요. 생활에 집중할 만한 일거리가 되고 스스로 유용한 사람이라는 기분이 들겠죠. 내가 해 보라고 권했어요. 지금은 따분하고 몸이 근질근질해서 프로젝트를 찾아다니고 있다는 걸 알 수 있거든요. 내가 여기를 좋아한다는 걸 아니까 말은 안 하지만. 아름답고 죽기 좋은 곳이죠."

"병이 재발했다는 건 언제 아셨습니까?"

"6개월 전에요. 계속 정기 검진을 받고 있었거든요. 처음에는 다 괜찮은 것 같았어요. 한데 수술을 했는데도 종양을 다 제거하지 못한 것 같더군요. 척추로 전이됐어요. 병원에서는 화학 요법을 권했는데, 완치될 가망은 없어요. 시간만 조금 버는 거죠. 지금은 기분도 아주 좋고, 병원에 돌아가서 꾸역꾸역 고통스러운 치료를 받느니 이 생활을 즐기고 싶어요. 불편하고, 시간도 잡아먹고, 내가 얻는 삶보다 더 많은 것을 가져가니까."

베라는 자신도 아마 같은 선택을 할 것이라고 생각했다. "나이절에게는 말하지 않기로 하셨나요?"

"엄청나게 충격받을 거예요. 게다가 말씀하셨듯이, 그 사람 조바심 때문에 내가 죽을지도 몰라요. 언젠가는 말해야겠지만, 더 이상 멀쩡한 척할 수 없을 때요."

"이렇게 멀쩡한 척하는 것도 압박 아닌가요?"

로레인은 피식 웃었다. "모든 부부는 뭔가 가장하고 살아요. 항상 정직하면 미쳐 버리고 말겠죠. 성공적인 이성 관계는 선의의 거짓말과 사소한 아첨으로 이루어지지 않나요? 파트너가 행복하기를 바라기 때문에, 상대가 듣고 싶어하는 이야기를 해 주는 거예요."

아래층에서 무슨 소리가 났다. 현관문이 열렸다. "나이절이 마을에서 돌아왔을 거예요. 그에게 말 안 하실 거죠?"

"꼭 해야 하는 상황이 아니라면요." 로레인의 병이 수사와 관계있을 것 같지는 않았지만, 베라가 그간 통 이해하기 힘들었던 인간관계에 대한 통찰을 주었다.

그들은 같이 아래층으로 내려갔다. 나이절은 아직 홀에 있었다. "경감님에게 내 작업실을 구경시켜 드렸어." 로레인이 말했다. "내 방 창문에서 뭐가 보이는지 궁금해하셔서. 이웃집 정원밖에 안 보인다고 말씀드렸어."

말은 쉽게 흘러나왔다. 심지어 목소리도 더 밝고 덜 피곤하게 들렸다. 밸리 팜의 다른 주민들이 이렇게 능숙한 거짓말쟁이가 아니기를 바라는 마음뿐이었다. 안 그러면 무슨 소리를 들어도 믿어서는 안 될 테니까.

33

홀리는 나방 생각을 하고 있었다. 간밤에 잠시 집에 있을 때도 나방에 대해서 읽었다. 소파에 앉아 무릎에 랩톱을 놓고 머그에 카모마일 차를 따라 마시며, 사진을 응시했다. 알록달록 밝고 환상적인 색채를 자랑하는 나비만큼 큰 개체도 있었고, 현미경으로 성기를 관찰해야 학명을 알아낼 수 있는 미세한 개체도 있었다. 차를 몰고 집으로 오는 길에, 이번 사건에서 나방이 차지하는 부분을 잊고 있었다는 생각이 갑자기 들었던 것이다. 자연사 관련 연결고리를 간과해서는 안 된다. 랜들과 벤튼에게 이것은 단순한 공통 관심사 이상이었다. 두 사람에게 나방은 열정, 혹은 집착이었다. 길스윅 저택에 나방 덫이 설치되어 있었다는 사실은 나방이 두 사람을 만나게 해 주었다는 것을 시사한다.

이제 홀리는 경찰서 자기 책상으로 돌아와서 탐색을 계속했다. 그녀가 잘하는 종류의 일이었고, 사진 정보와 과학저널 초록 제목의 이름들을 확인하고 있으니 편안한 기분이었다. 아직 이른 시각이라 사무실은 조용했다. 돌파구는 어느 애호가 웹 사이트의 질문에서 나왔다. 제목은 '초보자가 질문 있어요'였고, 종을 식별하는 상세한 특징을 도와달라는 요청이었다. 질문자는 J. 휴어스였다. 홀리의 얼굴에 미소가 떠올랐다. 그녀는 넓고 복잡한 사무실을 가로질러 베라의 개인 사무실로 향했지만, 문은 닫혀 있었고 아무도 없었다. 한심하다는 것은 알고 있었지만, 지금 당장 이 정보를 알릴 사람이 없다는 것이, 뚱뚱한 상관이 기쁨의 웃음을 터뜨리며 전체 수사 팀 앞에서 "잘했어, 홀!" 이렇게 외치는 목소리로 즉시 보답받을 수 없는 것이 너무나 실망스러웠다.

책상으로 돌아온 그녀는 좀 더 자세히 웹 사이트를 살펴보았다. 최근에는 업데이트가 되지 않았고, 질문은 몇 년 전에 올린 것이었다. 아까는 질문을 올린 사람이 조너선일 거라고 생각했지만, 어쩌면 잭의 취미일 수도 있겠다는 생각이 들었다. 홀리는 사무실 벽시계를 보았다. 8시였다. 휴어스의 집에 도착할 때쯤이면, 셜리의 가장 가까운 친족을 방문하기에 부적절한 시간은 아닐 것이다.

그녀는 교회 종소리를 배경 음악으로 키머스톤을 가로질렀다. 꽃무늬 드레스 차림으로 아침 기도에 참석하러 가는 노부인 한 무리를 제외하면 거리에는 사람이 없었다. 휴어스의 집은 조용해 보였고 위층 커튼은 닫혀 있었지만, 노크하자 40대 여자가 문을 열었다. 염색한 금발이었지만, 전문가의 솜씨로 물들인 색이었다. 풍만한 몸매에 약간 야단스럽게 잘 차려입은 옷차림. 화장, 굵직한 목걸이, 금팔찌. 인공 태닝을 한 매끄러운 맨다리와 굽이 낮은 샌들. 어깨에는 카디건을 걸쳤고, 손에는 가죽 가방을 들고 있었다. 잭 휴어스의 새 아내는 일하러 가는 길이었다.

홀리는 자기소개를 했다. "남편분 계신가요? 조너선은?"

"안에 있어요. 깨어 있는지 모르겠네요. 간밤에 셜리 이야기를 하다가 늦게 잤어요. 아시죠…. 추억할 시간이 필요할 것 같아서 내버려 뒀어요. 그냥 불러 보세요. 제가 필요하진 않으시죠? 전 프런트 스트리트에 가게가 있는데, 열쇠를 갖고 있는 사람이 저뿐이에요. 일요일에는 10시에 문을 열지만, 미리 가서 준비해야 합니다."

그녀는 우호적이고 따뜻했다. 요란하고 머리 빈 여자로 생각했던 것이 부끄러워졌다. 그녀는 차 열쇠를 들고 보도 위에서 힐을 또각거리며 자기 차로 향했다. 1930년대의 큰 세미 디태치 하우스(두 채 연립주택, 한국의 땅콩주택과 비슷함-옮긴이)와 가로수가 늘어선 쾌적한 거리였다. 점잖은 동네. 드라이브에 세워 놓은 반들반들한 자동차. 이웃집에서는 벌써 진공 청소기 소리가 들려왔다. 조깅하는 사람이 보도를 따라 가볍게 달려왔다. 조 애쉬워스라면 이런 동네에서 살고 싶어할 거라는 생각이 들었다. 아마 맨디가 소유한 집일 것이다. 전에도 결혼한 전력이 있지 않았을까. 독신 여성의 집이 아니었다.

집 안에는 인기척이 없었다. 정면으로 열린 문으로 들어가니 정원 쪽으로 창문이 난 작은 부엌이 있었다. "여보세요!" 응답이 없었다. 홀리는 부엌을 가로질러 밖을 내다보았다. 정원은 좁고 길었으며 아름답게 가꾸어져 있었다. 경계선은 잡초를 뽑아 깔끔하게 정리했다. 집 가까이 탁자와 의자가 있는 파티오. 반대편 끝에는 나방 덫으로 보이는 사각형 장치. 길스윅에서 살인 사건이 발생했다는 전화를 받은 뒤 처음으로 홀리는 자신이 왜 경찰에 지원했는지 이유를 기억했다. 머리 위 천장에서 발소리가 났고, 홀리는 계단 쪽으로 나갔다. "여보세요! 누가 있어요? 아내분이 들여보내 줬어요."

"잠시만 기다리시오."

물 철벙거리는 소리, 주섬주섬 옷 껴입는 소리가 나더니, 잭이 계단 꼭대기에 나타났다. 눈은 충혈되어 있었고, 전날 만났을 때보다 더 추레하고 우중충해 보였다. 아버지와 아들이 셜리 휴어스와 작별하느라 밤새 술을 많이 마신 것 같았다.

"커피가 필요해. 미안합니다. 문 소리를 못 들었어요."

"조녀선은요?"

휴어스는 어깨를 으쓱했다. "좋은 녀석이에요. 살아남을 겁니다. 하지만 너무나 슬퍼해요. 충격도 받고. 당연한 일이죠." 그는 주전자 전원을 켜고 커피 가루를 단지에 넣었다. "나도 마찬가집니다. 은퇴하기 전에 난 기자로 일했어요. 늘 이런 소식을 다뤘습니다. 하지만 그건 그냥 이야기일 뿐이었죠. 내게 이런 일이 있으리라고는 상상조차 못했습니다. 언론이 집 앞에 진을 치고 있지 않은 게 신기하군요." 그는 차갑게 피식 웃었다. "요즘 기자들은 인내심이 없나보지."

그는 커피 단지를 홀리 쪽으로 들어보였다. "좀 드릴까요?"

그녀는 고개를 저었다. 커피는 죽은 사람도 일으켜 세울 정도로 독했다. 서 있는 곳까지 향이 흘러올 정도였고, 거기서도 카페인 효과를 느낄 수 있을 것 같았다.

그들은 아직 부엌에 서 있었고, 홀리는 정원을 턱으로 가리켰다. "나방에 관심이 있으시군요."

"덫이요? 조너선이 십 대 시절 잠시 관심 갖던 겁니다. 연기에 빠지기 전이죠. 나도 같이 취미로 삼았습니다. 뭘 잡는 행위에는 어딘가 원시적인 데가 있어요. 식별하기조차 까다로운 작은 생물이라도 말입니다. 셜리와 내가 헤어지면서, 내가 덫을 여기로 가져왔습니다. 조너선이 주말에 우리 집에서 머물 때 같이할 수 있을 거라고 생각했는데, 몇 번밖에 못했어요. 그때는 이미 청소년 극단에 들어갔고, 시간이 나면 애를 리허설에 데려다주느라 바빴습니다. 맨디는 늘 저거 치우라고 해요. 들여서 이베이에 팔아 볼까."

"세 피해자의 공통된 연결고리입니다. 마틴 벤튼, 패트릭 랜들도 나방에 관심이 많았어요. 묘한 우연의 일치 같습니다. 정말 그 사람들과 접촉한 적이 없었나요?"

"없습니다."

"셜리는 어떨까요? 이 취미를 통해 그 둘 중 누군가를 만난 적이 있었을까요?"

"셜리는 관심이 없었어요." 잭은 커피를 마시며 잔 너머로 그녀를 쳐다보았다. "왜 하는지 모르겠다고 했습니다. 다 똑같아 보이는데. 조너선에게는 하라고 격려했지만, 그녀에게 맞는 취미는 아니었어요."

계단에서 발소리가 들렸다. 조너선은 트랙수트 바지와 티셔츠를 입고 있었지만, 아버지보다 숙취가 더 심해 보였다.

"형사님이 나방 덫에 대해 질문하시는데." 잭이 말했다. "요즘은 네게 다른 취미가 생겼다고 말씀드렸다. 무대에서 왔다 갔다 하는 거, 여자애, 술." 가볍게 놀리는 것도 노력이 필요한 일이었다. 조너선은 이해한다는 듯 애써 미소 지었다. 그는 탁자 앞에 앉아 손에 머리를 묻었다. 아버지는 머그 한 잔을 더 꺼내 커피를 따르고 아들에게 밀어 주었다.

홀리는 노섬브리아 대학 사무실에서 나눈 대화를 떠올렸다. 그녀는 잭을 돌아보았다. "지난번에 이야기했을 때, 패트릭 랜들이라는 이름이 귀에 익다고 하셨죠. 혹시 그도 나방에 취미가 있었기 때문에 어딘가에서 본 건 아닐까요? 그가 글을 몇 개 썼더군요."

"그럴지도." 잭은 반신반의하는 것 같았다. "하지만 설명했듯이 내게는 간접적인 취미일 뿐이었습니다. 온라인으로 정보를 찾아보고 잡지를 산 건 조너선이었어요. 나는 정원에서 아들을 도와줬습니다."

"조너선?"

청년은 고개를 들었다. 대화를 거의 듣지 않은 얼굴이었다.

"어쩌면 나방 수집을 할 때 마틴 벤튼과 패트릭 랜들을 접했을 수도 있어요. 마틴의 사진을 봤을 수도 있고. 정말 훌륭한 사진이에요. 그는 키머스톤에, 여기서 조금 언덕을 올라간 동네에서 살았습니다. 당신 어머니와 같이 일한 컴퓨터 천재였어요." 마틴이 호프에 취직한 것이 단순한 우연이라기에는 너무 연결점이 많았다.

조녀선은 홀리를 응시하며 집중하려고 노력하고 있었다.

홀리는 천천히, 또박또박 말했다. "어제 마틴에 대해 물었을 때, 베빙턴 사무실에서 만났다고 했지요. 그런데 혹시 그전에 만난 적이 있는지 궁금해요. 공통 관심사를 통해서요."

"맞아!" 전구에 불이 켜지듯 번득 생각났는지, 조녀선이 외쳤다. "벤튼은 날 가르쳤어요. 겨우 한 학기였지만. 출산 휴가를 떠난 다른 선생님 대체 교사였어요. 교사로서는 형편없었고, 나도 수학을 안 좋아했죠. 나방과 나비에 대해서는 훌륭했어요. 쉬는 시간에 이야기를 하다가, 자기 덫을 구경시켜 주겠다고 따라오라고 하더라고요."

"그래서 따라갔나요?"

"여름 동안 두어 번요. 난 열네 살인가 그쯤이었고, 우린 아직 키머스톤에 살고 있었어요. 처음에는 엄마가 따라갔어요. 엄마는 변태들과 일을 많이 하다 보니 의심이 많았죠. 나쁜 짓을 시키거나 성적으로 수상한 짓을 할지도 모른다고 생각했어요."

"그랬나요?"

"아뇨. 마틴은 항상 어딘가 괴짜였지만, 수상한 데는 없었어요. 나쁜 사람은 전혀 아니었어요."

"어떻게 괴짜 같았어요?" 홀리는 이 정보가 과연 의미있는 것인지 알 수 없었다. 셜리 휴어스가 알려진 것보다 훨씬 오랫동안 벤튼을 알고 지냈다는 뜻이지만, 그래서 그게 왜 중요하지?

"아주 정확했어요. 약간 강박적이고요. 어머니와 같이 살았는데, 그분은 아들을 어린애 취급했어요. 덫을 확인하러 마당에 나가 있으면, 부인은 아들이 춥지는 않은지 확인하러 나오기도 하고 커피와 케이크를 갖고 오기도 했어요. 마틴과 있으면 모든 것을 기록하고 적었고, 그러면 그는 데이터를 컴퓨터에 파일로 저장했어요. 목록 만드는 데 아주 꼼꼼했어요." 조너선은 십 대 초반 기억을 더듬으며 한층 밝아졌다. 어쩌면 독극물 같은 커피가 약효를 발휘하고 있는지도 몰랐다. "처음에는 전부 다 대단하다고 생각했는데, 마틴은 내게도 똑같이 자세히 기록하게 했고 나중에는 지겨워지더군요. 난 그런 종류의 두뇌를 갖고 있지 않거든요. 경험 자체가 좋았어요. 밤 늦게 나가서 덫을 놓고, 아침에 뭐가 잡혔는지 확인하고. 마틴은 나방이 얌전해지도록 병에 넣어 냉장고 안에 뒀는데, 한번은 다음 날 아침 그의 집에 가서 나방 사진을 찍는 걸 구경하기도 했어요. 사진도 아주 잘 찍었어요. 하지만 아주 수동적인 역할이라 난 금방 질렸습니다."

"이런 일이 기억 안 나십니까, 휴어스 씨?" 홀리는 아버지를 돌아보았다.

그는 고개를 저었다. "말했지만 나는 조너선이 정원에서 나방 수집하는 걸 도왔을 뿐입니다. 집에 있을 때요. 그때는 아직 일할 때였기 때문에, 전국 각지 뉴스를 다루느라 출장을 많이 다녔어요."

"그리고 두 분 다 나방 수집가 마틴 벤튼과, 셜리의 사무실에서 일하던 남자가 동일인이라는 걸 알아채지 못하셨고요?"

"난 몰랐어요." 조너선이 말했다. "오래전 일이고, 전혀 다른 상황에서 접한 흔한 이름이라서요. 처음 만났던 마틴은 선생님이었지, 경력직을 찾는 구직자는 아니었어요."

홀리는 말이 된다고 생각했다. 베라가 벤튼을 '회색 남자'라고 지칭하던 기억도 났다. 그렇게 쉽게 잊히는 사람이라는 것은 서글픈 일 같았다. 그러나 마틴이 일자리를 구하러 사무실에 나타났을 때, 셜리는 기억했을지 모른다. 아들과 시간을 보내며 자연사에 대한 관심을 북돋우려고 애쓰던 친절한 교사를.

"그는 아팠습니다." 조녀선은 또 다른 기억이 떠오른 것 같았다. "같이 다니는 게 지루해진 것만은 아니었어요. 어느 날 그의 집에 가 보니 어머니가 마틴은 없다고 했습니다. 병원에 있다고 했죠. 약간 마음이 놓였어요. 아예 그 취미에서 손을 뗄 핑계였으니까요. 그냥 그 시절 잠시 몰두하던 취미였을 뿐이었어요. 그냥 한때죠. 난 이미 다른 관심사로 옮겨가서 청소년 극단에 들어갔어요. 하지만 마틴은 이해 못 했을 겁니다."

잠시 침묵이 흘렀다.

"그런 뒤 그를 다시 만났나요?"

조녀선은 고개를 저었다. "엄마가 그해 여름에 병원으로 찾아가 보겠느냐고 물었습니다. 그런데 세인트 데이비스 병원에 있다는 걸 알게 됐어요. 그러니까, 정신병원요. 엄마는 같이 가 주겠다고 했는데, 내가 그럴 수 없었습니다." 잠깐의 침묵. "지금 생각하니 참 한심한 행동이었네요. 몰인정했어요. 죽었을 때 혼자가 아니었다니 다행입니다. 이중 살인이었다지요? 신문에서 읽었어요. 친구를 방문하던 중이었다고."

시체가 같이 발견된 건 아니라고, 랜들은 채소밭에서, 벤튼은 집 안에서 살해당했다고, 두 남자가 서로 어떤 관계였는지는 아직 알아내지 못했다고 말하고 싶지는 않았다. 홀리는 일어섰다. 잭도 일어났지만, 조녀선은 그대로 앉아 과거에 얼어붙은 채 선생님에게 더 이상 자연사에 관심이 없다는 말을 하기 힘들었던 것이 최악이었던 어린 시절의 기억을 되새기고 있었다.

홀리는 문간에서 멈춰 잭 휴어스를 돌아보았다. "패트릭 랜들의 이름이 왜 귀에 익은 것 같은지 아직 생각이 안 나시나요?"

"미안합니다. 떠올리려고 노력했는데 생각할수록 더 애매해지는 것 같군요."

"혹시 생각나시면 전화주시겠어요?"

"그러죠." 하지만 그는 다시 관심을 잃는 것 같았고, 홀리는 그가 기억이 되돌아올 희망 따위 갖고 있지 않다는 것을 알 수 있었다.

34

오전 중에 날씨가 변하기 시작하더니, 서풍이 거세게 불어 이제 여름이라기보다 봄 날씨 같았다. 조는 호프 노스이스트 이사장이 누구인지 알아보고 만날 약속을 잡았다. 출발하기 전 베라의 사무실에 고개를 들이밀었더니, 그녀는 철학적인 분위기였다. 이따금 이럴 때가 있었다.

"이번 사건에는 온통 죽음을 두려워하는 사람들이 관련되어 있어." 베라는 두렵기는커녕 죽음에 매료된 듯 눈을 반짝이며 조 쪽으로 몸을 기울였다. "시간이 흘러가는 것이 느껴지는 거야. 살인은 그 공포를 한층 현실로 다가오게 해 줬겠지. 어리석지 않아? 언젠가 우리 모두 가게 돼 있는데."

조는 자신이 불치병 선고를 받으면 어떤 반응을 할까 생각해 보았다. 비밀로 할 수 있을 것 같지는 않았다. 난리치고 주목받는 것을 심지어 즐길 것이다. 죽음과 그렇게 가깝다면 흥분될 것이다. 평생 처음으로 무모해질 것이다. 술을 많이 마신다. 모험을 한다.

"어쩌면 추상적인 공포가 당장의 현실을 직면하는 것보다 더 고약하겠지." 베라는 아직도 죽음과 관련된 생각들에 사로잡힌 것 같았지만, 목소리는 활기찼다. 아마 그녀에게는 무서운 것이 없을 것이다. 조는 굳이 대답하지 않았다.

호프의 이사장은 노동당 지방 의회 의원이자 전직 노동조합원이었다. 그는 베빙턴 근교 광부 복지 주택에 살고 있었다. 아버지를 통해 조가 아는 인물이었다. 그들은 동지였고, 같은 전후 세대였다. 존 레이드로는 자기 가족 안에서 일종의 영웅이었다. 집은 깔끔했고, 정원은 잘 관리되어 있었다. 현관 근처에 손잡이가 설치되어 있었고, 유리창을 통해 한 노부인이 옆에 보행기를 세워 둔 채 자수를 무릎에 내려놓고 앉아 있는 모습이 보였다. 여자는 졸고 있는 것 같았지만, 문을 열어 준 남자는 아주 원기왕성하고 건강했으며 아내보다 젊어 보였다.

"바비 애쉬워스의 아들이구나. 정말 끔찍한 사건이야. 도린을 방해하지 않도록 부엌으로 들어가지. 작년에 뇌졸중을 앓아서 그 뒤로 제 상태가 아니야."

셔츠, 타이, 반짝거리는 신발, 존 레이드로는 가장 좋은 일요일 복장을 입고 있었다. 교회에서 막 돌아온 차림새였다. 그들은 포마이카 탁자를 사이에 두고 플라스틱 의자에 앉았다.

"셜리 휴어스는 호프가 얻은 최고의 행운이었어. 나는 치안판사 시절에 그녀를 알게 됐다. 보호 관찰 제도가 변화하는 방향에 불만을 가졌지. 제정신이 있는 사람이라면 누구나 그럴걸…" 마지막 말은 도전처럼 들렸다. 전직 광부는 아직 경찰을 잠재적인 적으로 바라보고 있었다. "내가 소장직을 제안했다. 승낙할 거라는 생각은 못 했어." 얼른 떠오른 미소. "그래서 급여를 줄 돈을 구해야 했지."

"왜 승낙했다고 생각하십니까?" 처음 셜리를 만났을 때부터 계속 떠올랐던 의문이었다.

"원칙과 사회적 양심이 있었으니까." 존 레이드로에게 해답은 자명했다. "그녀는 교도소에서 나오는 사람들이 지원을 받지 못하면 다시 범죄를 저지를 가능성이 높다는 걸 알았어."

조는 자신이 만난 여자를, 레이스 달린 브라를 다시 떠올렸다. 셜리 휴어스에게는 사회적 양심 외에도 다른 것들이 있었을 것 같았다.

"그녀가 조직을 어떻게 변화시켰습니까?"

"전문적으로 접근했지. 그전에는 겉만 그럴듯한 자조 그룹에 지나지 않았어. 전과자들이 교도소 동료에게 조언을 주는 식 말이야. 나는 인맥으로 자원봉사자를 끌어들여 때때로 모임을 가졌고. 누구나 잠깐 들르는 상담 센터 같았지. 아이들을 거리에서 불러들이는 역할은 했지만, 그 이상은 별로 없었어. 셜리는 자금 조달 시스템을 잘 아니까 온갖 출처에서 돈을 끌어들였어. 덕분에 훈련 과정을 개설하고, 우리가 하는 일을 평가하고, 필요한 고객에게 개인 상담도 할 수 있게 됐어. 그러다 신뢰도가 높아지니까, 법정 기관이 우리 서비스를 구매하게 됐어." 레이드로는 잠시 숨을 돌렸다.

"회계 감사를 제대로 했다는 뜻이겠지요?"

"무슨 뜻이지?" 음성은 조용했지만, 화가 났는지 탁자 위에 놓은 손에 힘이 들어갔다.

"조직에 몸담은 두 사람이 살해당했습니다. 나는 이유를 찾는 중입니다. 누군가 장부를 조작했다면, 살해 동기가 될 수 있지요."

"아무도 장부 조작 같은 건 안 했어. 사무실 운영은 빠듯했어. 일하는 사람들이 가져가는 것보다 갖다놓는 게 더 많았어. 셜리는 계약된 노동 시간의 두 배를 일했으니까 내가 잘 알아." 레이드로가 말할 때면, 아버지가 설교하던 모습이 떠올랐다. 둘 다 정의로운 분노에 가득 찬, 계급적 원한에서 연료를 얻는 사람들이었다.

"마틴 벤튼은? 그를 아셨습니까?"

"그를 정보 통신 임시직으로 채용할 때 내가 면접관 중 한 명이었어. 셜리의 아이디어였지. 고객과 직접 얼굴을 마주 보고 일할 시간에 행정

일로 시간을 뺏기고 있다고. 그 뒤에 사무실에서 두어 번 보긴 했는데, 그를 잘 안다고 느낀 적은 없었어."

"채용할 때 당신이 원했던 후보였습니까?" 생각보다 까다로운 탐문이었다. 레이드로는 오랫동안 지방 정치가로 일한 경험이 있었다. 직설적인 응답은 유전자에 없었다.

"그는 단기 계약직으로 일하면서 기적같은 일을 해냈고, 자원봉사로 돌아올 만큼 헌신적이었어." 레이드로는 미간을 지푸렸다. "게다가 셜리가 보증을 섰으니, 내겐 그걸로 충분했네."

조는 레이드로도 혹시 레이스 달린 브라에 정신이 팔렸을까 궁금했다. 말년에 혹시 기독교 사회주의 윤리 의식에 제약받지 않는 다른 종류의 인생에 대한 가능성을 꿈꾸지 않았을까. "하지만 면접 당시 벤튼을 어떻게 생각하셨습니까?"

"뭐, 별 특징 없는 남자 같던데. 개성 없고. 그가 문을 나가자마자 어떻게 생겼는지, 질문에 무슨 대답을 했는지 다 잊어버렸어. 하지만 자격은 최고였고 셜리도 원했으니, 채용했지."

"마지막으로 셜리를 본 게 언제였습니까?"

"2주일 전. 이사진 회의에서 봤지." 그는 사이를 두었다. "그런데 그 뒤로 전화를 한 번 받았어. 금요일 점심 때."

조는 날카롭게 쳐다보았다. "무슨 일로요?"

"약속을 잡자고 하더군. 급한 건 아닌데, 조언이 필요하다고." 레이드로는 다시 잠시 쉬었다가 말을 이었다. "영광이었어. 보통 내가 아니라 그녀가 조언을 하는 입장 아닌가."

일종의 패턴이라는 생각이 들었다. 셜리는 전남편과도 약속을 잡았다. 이 연상의 남자들이 자신을 어떤 식으로 도울 수 있을 거라고 생각한 걸까?

레이들로는 말을 이었다. "난 그날 오후에 시간이 빈다고 했어. 도린은 금요일 오후에 여성 협회에 나가니까, 교회에 그녀를 내려준 뒤에 호프 사무실에 들르면 되지. 한데 셜리가 그날은 약속이 있어서 곤란하고 다음 주 초에 만나자고 했어."

"금요일 오후에 누굴 만날 약속이라고 하던가요?" 조는 짐짓 편안하게 물었지만, 목소리에 흥분이 깃들어 있는 것은 감출 수가 없었다.

레이드로는 신랄하게 대답했다. "날 멍청이로 아나, 친구? 살인범과 만날 약속을 했는지도 모른다는 생각은 나도 진작 했어. 그녀가 내게 자세한 이야기를 했다면, 내가 진작 자네한테 말하지 않았겠나?"

침묵이 이어지는데, 마침 조의 휴대전화가 울려 두 사람 다 깜짝 놀랐다. 조는 레이드로가 겉보기보다 더 긴장하고 신경이 곤두서 있다고 생각했다. 그는 전화를 받았다. 베라의 유쾌한 목소리였다. "여기 들어와 보지? 빌리 카트라이트가 소식을 가지고 왔어."

경찰서로 차를 모는 동안, 조의 상념은 존 레이드로를 처음 만났던 때로 향했다. 할아버지의 장례식이었다. 할아버지는 죽기 전 몇 달 동안 폐암을 앓았다. 아마 캡스턴 가장 강한 향 담배와 지하 갱도에서 보낸 젊은 시절이 원인이었을 것이다. 당시 조는 어린 소년이었기 때문에, 그 행사만 기억에 남았다. 존 레이드로가 성경 낭독을 마쳤다. 화장터로 가는 길에, 조는 아버지에게 죽는 건 어떤 기분인지 물었다. "우리는 영원히 모를 거다." 아버지는 말했다. "모든 사람이 통과해야 하는 마지막 커다란 모험이야." 어린 나이였지만 조는 놀랐다. 아버지가 내세의 삶에 대해 설교하는 것을 들었기 때문에 보다 긍정적인 뭔가를 기대했던 것이다. 보다 확실한 뭔가를.

경찰서로 돌아와 보니, 베라는 홀리와 함께 사무실에 있었다. "빌리는 셜리 휴어스가 살해당한 장소에 대해 거의 확신하고 있어. 자기 차에서 칼에 찔렸다는군. 운전석과 핸들에 혈흔이 있어. 트렁크에도 마찬가지고."

"그게 꼭 차에서 찔렸다는 뜻은 아니잖아요." 홀리는 미간을 찌푸렸다. "운전석과 핸들에 핏자국이 있다면 살인범의 옷에 묻어 있던 피가 다시 묻었을 수도 있는데요."

"그럴 수도 있지, 홀." 베라는 그 정도는 벌써 생각해 봤다는 뜻으로 커다랗게 미소 지었다. "하지만 중요한 점은 어디서 찔렸든지, 범인은 시체를 트렁크에 넣고 계곡에다 버렸다는 거야."

조는 왜 굳이 그런 식으로 했을까 의아했다. "혹시 다른 살인범일 수도 있지 않을까요? 우리가 처음 두 피해자와 관련시켜 수사를 전개하도록 일부러 계곡에 버린 거라면?"

"음, 나한테는 너무 교묘한데. 난 단순한 사람이라서 말이야. 다른 두 살인 사건이 발생한 곳에서 엎어지면 코 닿을 위치에 세 번째 시체가 발견됐다면, 서로 관련이 있다고 봐. 특히 피해자 사이에 이미 연결고리가 존재한다면 말이야." 베라는 느닷없이 일어서면서 책상에서 가방을 집어 들었다. "자, 자네 둘. 비가 오기 전에 나가지. 계곡을 뒤져서 뭐가 나오는지 보자고."

"그게 도움이 될 거라고 생각하십니까?"

베라는 조를 향해 미소 지었다. "해 될 건 없고, 난 여기 있으면 돌아버릴 것 같아. 국립공원에서 그 사건 수사했던 때 생각해 봐. 오래전이야, 조. 환경 조사를 하던 여자들한테 일어났던 일. 실측 자료라는 말이 있었지. 데이터가 실제 현장에서 일어나는 일과 부합하는지 확인하는 일. 경찰 수사에서도 때로 그건 중요해."

조는 아무 말도 하지 않았다. 그 사건이 기억났지만, 베라가 무슨 생각을 하고 있는지는 알 수 없었다.

세 사람은 통으로 된 랜드로버 앞자리에 나란히 끼어 앉았다. 시내를 빠져나가는 동안, 구름이 태양을 가렸다. 길스윅에 도착하니 갑자기 폭우가 쏟아졌고, 빗물이 마른 흙에 튀고 랜들의 시체가 발견된 지점 근처 도로에 웅덩이가 생겼다. 조는 베라가 대저택 드라이브로 꺾어 들어가는 것을 보고 놀라지 않았다. 나무 아래는 컴컴했다. 조는 홀리가 긴장하고 불편한 상태로 옆에 앉아 있는 것을 의식했다. 이번 수사 내내 다른 때보다 홀리가 더 딱딱한 것 같다는 생각이 언뜻 스쳤다.

베라는 다시 말하고 있었다. "나는 범인이 랜들의 차를 이용해서 그의 시체를 도랑에 버렸다고 생각해. 계곡에서 다른 차량을 보았다는 신고는 없어."

"그 점을 뒷받침할 만한 법과학적 증거가 나왔나요?" 경찰서를 떠난 뒤 홀리는 처음으로 입을 열었다.

"트렁크에 혈흔은 없지만, 살인자가 처음에는 더 조심했을 수도 있겠지. 미리 계획할 시간이 많았을 테니까." 베라는 씩 웃었다. "랜들의 차이니, 그가 그 차 안에 있었다는 증거는 당연히 많이 나오겠고."

홀리는 대답하지 않았고, 베라는 말을 이었다. "랜들의 시체를 버린 뒤 범인이 그의 차를 다시 여기로 가져와서 열쇠를 꽂아 두었다는 게 내 생각이야. 우린 처음부터 그게 좀 이상하다고 생각했잖아. 아무도 없는 들판에서도 대부분의 사람들은 차를 잠가 두고, 랜들도 마찬가지로 그게 습관이었을 거야." 베라는 랜드로버를 갑자기 우뚝 세웠다. 차는 자갈 위를 약간 미끄러졌다. "진짜 중요한 문제는 이거야. 벤튼은 그때 이미 죽어 있었는가? 그랬다면 왜 랜들의 시체를 도랑에 옮겼을까?"

베라는 부하들을 보았지만, 대답을 기대하지는 않았다. 그녀는 후진 기어를 넣고 랜드로버의 방향을 도로 쪽으로 돌렸다.

"셜리 휴어스의 시체가 발견된 지점을 한 번 더 보지 않겠어? 금요일 밤에는 어둡고 혼란스럽고 사람들이 북적거려서 제대로 보기가 힘들었어."

그녀는 랜드로버를 언덕으로 이어지는 대문 옆에 세웠다. 수사의 흔적이 남아 있었다. 청색과 흰색 출입 금지선이 바람에 연꼬리처럼 휘날렸고, 타이어 자국과 발자국이 어지러웠다. 베라는 차에서 내렸고, 조와 홀리도 뒤따랐다. 이유가 없다면 베라가 움직이는 것은 드문 일이었다. 게다가 그녀는 몇 발짝 대문 쪽으로 옮기다 멈췄다.

"여기서는 개조한 주택 단지가 안 보이는군." 베라는 랜드로버에 기대서서 계곡을 내려다보았다. "언덕이 오목하게 패어서 집이 숨어 있어. 시체를 다른 곳에 버렸다면, 차가 멈추는 게 보였을 거야."

"셜리의 시체가 여기 버려진 게 그것 때문이라고 생각하십니까?" 조는 그제야 이 여행의 목적을 조금씩 깨닫고 있었다. 그것은 베라의 괴상한 변덕이 아니었다. "하지만 범인은 시체를 오래 숨겨 놓을 수는 없다는 것을 알고 있었을 겁니다. 산길에서 이렇게 가깝고, 주말도 시작되니까요."

"발견되어도 상관없었거나. 단지 차에서 시체를 꺼낼 때 보는 사람만 없도록 하려던 거야."

홀리는 자기도 모르게 입을 열었다. "그 점이 사망 시각에 대한 단서가 되지 않을까요. 최소한 시체를 언덕으로 옮긴 시점에 대해서요. 완전히 어두워진 뒤였다면, 주택 단지 쪽에서 보이든 말든 개의치 않았을 거예요."

"하지만 환한 대낮에 그런 짓을 하다니 너무 위험하잖아!" 조에게는 미친 생각 같았다.

"그럴까?" 베라는 언덕에서 시선을 돌려 계곡 쪽을 보았다. "여기서는 주택 단지를 볼 수 없지만, 그쪽에서 오는 차 소리는 들리지. 언덕 꼭대기에서 개울까지 난 산길도 환히 보여. 모험을 할 준비가 되어 있었을 거야. 특히 밸리 팜 주민들의 습관을 알고 있었겠지. 재닛 오케인이 언제쯤 개를 끌고 나올지, 언제쯤 남편 비위를 맞추며 집 안에 있을지, 이런 것들."

"길스윅 주민 중 누군가 세 사람을 죽였다고 생각하세요?" 조는 베라가 미쳤다고 생각했다. "늙은 사람들이잖습니까!"

"나보다 크게 늙지는 않았지."

"범행 동기도 없어요."

"그걸 우리가 찾아내야지." 멀리서 천둥이 우르릉거렸다. 베라는 랜드로버 문을 열고 그들보다 먼저 올라탔다. "밸리 팜으로 돌아가서 은퇴한 쾌락주의자들을 만나 봐야 한다는 이야기야." 그녀는 차 문을 닫고 시동을 걸었다. "하지만 오늘은 다시 보기 싫군. 한 곳에 점잖은 사람들이 너무 많잖아. 소름이 끼쳐."

35

 리지는 아직 캄캄한 시각에 일찌감치 잠에서 깨어 가만히 누워 있었다. 한창 꿈을 꾸다 퍼뜩 놀라 일어났던 것이다. 교도관이 벌린 입과 누런 이밖에 보이지 않을 정도로 얼굴을 그녀에게 바싹 들이대고 절대 나가지 못할 거라고 소리치는 꿈이었다. 리지는 한참 후에야 그것이 꿈이라는 것을 깨달았고, 여전히 오늘은 출소일이었다. 안도감에 소리내어 웃고 싶었지만, 다른 사람들을 깨우고 싶지 않았다. 교도소에서 혼자 있는 기분을 느끼기란 쉽지 않다.

 리지는 창밖의 텅 빈 공간을 느꼈다. 공간은 피부에, 눈에, 귀에 압력처럼 와 닿았다. 그녀는 자신을 다이버나 우주 공간에 있는 우주인이라고 상상했다. 물론 개방형 교도소에는 비교적 자유가 있었다. 밖에 나갈 수도 있었고, 농장 노동 덕분에 신선한 공기도 마음껏 마실 수 있었다. 그러나 무슨 이유에서인지 그 점이 갇혀 있다는 현실에 더욱 조바심을 느끼게 했다. 마치 끊임없이 이런 말을 듣는 것 같았다. 여기까지는 갈 수 있지만 그 이상은 안 된다.

 바깥이 밝아지기 시작했다. 검은 새의 경쾌한 노랫소리. 그리고 다른 소음들. 주간 근무 교도관들의 차가 도착하는 소리. 고함치는 인사. 이 소리를 듣는 것도 오늘이 마지막이겠지. 두려운지, 가슴이 벅찬지 알 수 없었다. 그러다 도서관에서 발견한 책에 있던 사진이 떠오르고, 세상의 거대함은 뛰어들어야 할 풀장이지 빠져 죽는 장소가 아니라는 생각이 들었다. 그녀는 이 이미지가 마음에 들어서 잊지 않도록 머릿속에서 반복하면서, 문예창작반 수업을 마지막으로 한 번 더 들을 시간이 있으면 다른 사람들에게 말해 줄 수 있을 텐데 생각했다. 선생들이 분명 좋아할 것이다.

주방에서 일하는 로즈는 벌써 옷을 입고 있었다. 리지는 침대에 누운 채 지켜보았다. 관음적인 시선은 아니었다. 로즈는 그나마 프라이버시를 지키려고 항상 이쪽으로 등을 보이고 허겁지겁 속옷을 갈아입었다. 리지는 그런 건 신경 쓰지 않았다. 다른 사람이 자기 몸을 본다는게 불쾌하지 않았다. 그녀는 자기 몸매가 탄탄하다는 것을 알고 있었다. 아이를 가진 적도 없고, 튼살이나 늘어진 젖가슴도 없었다. 일하러 나가기 전에 로즈는 허리를 굽혀 리지의 뺨에 키스했다. 너무나 예상치 못했던 몸짓이라, 리지는 놀라 일어나 앉았다.

"네가 출소하기 전에 다시 못 볼 것 같아서." 로즈는 속삭였다. 사촌들은 아직 잠들어 있었다. 아무것도 그들을 깨울 수 없었다.

"아침 식사 하러 가잖아."

"하지만 사람 많잖아. 똑같지 않지."

리지는 침대에서 내려섰고, 그들은 포옹했다. 리지는 일상적인 육체적 접촉을 그리 좋아하지 않았고 벌레가 피부에서 기어다니는 느낌이 들었지만, 로즈는 교도소에서 그녀를 돌봐 주었다. 악몽이던 처음 며칠 동안에도. 로즈가 요양원의 노인들에게 얼마나 부드럽게 대했을지 짐작할 수 있었고, 앞으로 다시는 그런 종류의 일을 못하게 된 게 유감스러웠다.

구내 식당에서는 모두 다가와서 작별 인사를 하려 했다. 리지는 눈물이 나려는 것을 참으며 아침 식사 배식대에 줄을 섰다. 떠나는 것이 왜 이렇게 섭섭한가 생각해 보니, 아마 여기서는 사람들이 늘 참견하지 않아서인 것 같았다. 규칙만 지키면 여기서는 잘 지낼 수 있었다. 어머니처럼 꼬치꼬치 캐묻고 염탐하는 사람들이 없었다. 무슨 생각을 하든 참견하지 않았다. 안절부절못하고 걱정하지 않았다. 어떻게 지내니, 리지? 어떻게 도와줄까? 우리가 뭘 잘못했니? 어쩌면 엄마에게 돌볼 다른 아이들이 있었다면, 상황이 많이 달랐을지도 모른다. 리지가 태어났을 때 엄마가 좀 젊었더라면. 엄마 자신의 인생을 사는 데 좀 더 조심성이 없었더라면. 보다 이기적이었다면. 그랬다면 훨씬 쉬웠을 것이다.

아침 식사가 끝나고, 교도관 하나가 다가왔다. 출소하는 데는 절차가 있었다. 다시 규칙들. 그녀는 자기 방에서 옷을 갈아입고 검은 가방에 소지품을 넣었다. 그리고 석방 상담을 하기 위해 교도소장실로 갔다.

교도소장은 긴 목이 백조처럼 우아하게 곡선을 그리는 아주 키가 큰 여성이었다. 그녀는 항상 파란 옷을 입었다. 오늘은 종아리 중간까지 오는 부드러운 파란 치마와 거의 회색에 가까운 캐시미어 스웨터 차림이었다. 목에는 진주 목걸이를 걸고 있었다. 교도소가 대저택이던 시절, 이곳에 속했을 사람 같았다.

"자, 엘리자베스, 나가는군요. 여기서 뭔가 배운 게 있기를 바라요." 목소리는 아주 깊었고, 어디인지 짐작할 수 없는 억양이 있었다. 스코틀랜드? 아일랜드?

"네, 고맙습니다." 상대가 기대하는 대답이었지만, 리지는 사실이라고 생각했다.

"요즘 우리는 최선을 다한답니다." 여자는 창밖을 바라보았다. 갑자기 불어온 세찬 바람에 까마귀 떼가 날아가고 있었다. "모든 수감자들이 시팅웰에 있었던 경험에서 뭔가 가져갈 수 있기를 바라니까요." 그녀는 일어서서 리지와 악수를 나누기 위해 손을 뻗었다. 상류층 사립 학교 교장이라고 해도 이상하지 않을 것 같았다. "행운을 빕니다."

리지는 배낭을 집어 들고 방을 나섰다. 복도 끝에서 그녀는 어머니가 자신을 찾고 있는 모습을 보았다.

36

애니 레드헤드는 교도소 밖에 세워 놓은 차 안에 앉아 딸이 석방되기를 기다리고 있었다. 너무 일찍 도착했다. 한동안 라디오로 뉴스를 듣고 있다가, 길스윅 살인 사건 소식이 나오자 꺼 버렸다. 듣고 있을 수가 없었다. 기자들이 계곡까지 올라오지 못하도록 경찰이 막았지만, 그들은 마을에 진을 치고 앉아 가게나 퍼브에 들어가는 사람마다 말을 걸고 있었다. 교회 앞을 지나치는데, 거기도 기자들이 속속 도착하는 신도들을 기다리고 있었다. 재닛은 디퍼와 렌을 산책시키다가 언덕에서 한 기자를 만났지만, 그는 개가 짖기 시작하자 무서웠는지 도망가 버렸다.

"겁쟁이들." 재닛은 화가 난 나머지 밝은 눈동자를 불꽃처럼 반짝이며 말했다. "타인의 비탄을 먹고 사는 기생충들."

애니는 샘에게 시팅웰로 같이 가겠느냐고 물었지만, 그는 그러지 않기로 했다. "처음부터 옆에서 난리를 피워 봤자 좋을 거 없어. 환영 파티나 유난스러운 인사 같은 건 원치 않을걸." 애니는 이렇게 말할 뻔했다. 난 당신이 같이 갔으면 좋겠어. 혼자 그 애를 대면하고 싶지 않아. 같이 가 줘. 그러나 그녀는 샘에게 뭔가 요구하는 데 그리 능숙하지 못했다. 너무 수동적이었다. 어쩌면 그것이 실수였는지도, 좀 더 요구했더라면 그도 그녀가 자신을 사랑하고 의지한다는 것을 보다 실감했을지도 모른다.

마침내 안으로 들어갈 시간이 되었다. 쾌활한 교도관이 리지가 소장과 같이 있으며 오래 걸리지 않을 거라고 했다. "축하 계획 있으신가요? 성대한 일요일 점심?"

애니는 미소 짓고, 남편이 지금 부엌에서 특식을 준비하고 있다고 대답했다. 문득 키머스톤 술집에서 리지가 술병으로 상처를 낸 여자가 떠올랐다. 리지가 유죄를 인정했기 때문에, 그녀는 법정에 출두하지 않았다. 오늘 리지가 석방된다는 소식을 들어도 축하할 리가 없겠지. 그 여자의 가족은 일요일 축하 점심을 나누지 않을 것이다.

그때 리지가 불쑥 나타나서 애니 쪽으로 복도를 걸어왔다. 상상했던 그대로였다. 단지 가까이 오는 리지의 얼굴은 밝아지지 않았다. 언제나 그랬듯 표정 없이 닫힌 얼굴. 리지는 애니에게 고개를 끄덕이고, 책상의 교도관에게 작별 인사를 한 뒤, 어머니보다 앞장서서 큰 아치형 문을 빠져나왔다.

날씨는 밤새 변했고, 정원으로 나오는 순간 갑작스럽게 비바람이 휘몰아쳐서 그들은 차를 향해 달려갔다. 애니는 킥킥거리고 있었다. 긴장한 결과였고, 자기들이 우스꽝스러워 보일 거라고 생각했기 때문이었다. 그녀는 더위 때문에 여전히 가벼운 시폰 드레스와 샌들 차림이었다. 긴 창문에서 여자들이 쳐다보고 있을 것이다. 리지도 같이 웃음을 터뜨렸다. 잠시 그들은 자갈 위에 우뚝 선 채 움직이지 않고 쏟아지는 빗줄기를 향해 얼굴을 들었다. 그러다 애니는 차 열쇠를 꺼냈고, 그들은 젖은 몸으로 얼른 차 안으로 들어갔다.

애니는 한동안 말없이 차를 몰았다. 자신이 리지를 갑갑하게 했다는 것은 알고 있었다. 평정을 유지하고 감정적인 거리를 유지하는 것이 아마 최선일 것이다. 엄마에게 원하는 것이 무엇인지 리지에게 물어보고 싶었지만, 리지는 속내를 캐묻는 그런 대화를 싫어했다. 가족 심리 상담도 받아 보았지만, 리지는 상담 내내 진지하게 굴지 않고 농담만 늘어놓았다. 그래서 애니는 말없이 대문을 빠져나가 도로로 나섰다. 리지는 멀어지는 교도소를 흘끗 돌아보더니 다시 앞을 바라보았다.

앞유리창에 다시 빗줄기가 부서졌다.

"범인은 찾았대요?" 리지의 질문은 갑자기 나왔지만, 교도소를 나선 순간부터 내내 머릿속에 있던 생각이라는 것을 알 수 있었다.

"아니." 애니는 잠시 사이를 두었다. "계곡에서 살인 사건이 하나 더 있었어. 들었니?" 소문이 돌았을 것 같았다. 셜리 휴어스는 교도소에 정기적으로 방문했을 것이다. 분명 교도관들이 이야기를 했을 것이다.

"아뇨." 리지는 어머니를 돌아보았다. 차는 신호등에 걸려 멈췄고, 애니도 돌아보았다. 딸은 천둥이 우르릉거리는 묘한 빛 속에서 아주 창백해 보였다. "누가 죽었어요?"

"셜리 휴어스, 널 찾아갔던 여자."

앞유리창 와이퍼가 메트로놈처럼 규칙적으로 움직이는 소리만 정적을 깨뜨렸다.

리지는 대답이 없었다. 얼굴은 무표정해지고 다시 닫혔다.

"좋은 여자 같았는데." 애니는 말을 이었다. "제인 오케인이 시체를 찾을 때 나도 같이 있었어. 그녀가 비명을 질러서. 우린 루카스 씨 집에 있다가 무슨 일인가 싶어 다 같이 뛰어나갔다."

"계곡에서 살해당했어요?" 이제 리지는 반응을 보였다. 충격과 다른 감정. 불안?

"그렇겠지. 아니면 시체만 거기 버려졌거나. 경찰이 수사 중인데, 우리한테는 아무것도 말을 안 해 주는구나." 내리기 시작했을 때처럼 비는 갑작스럽게 멈췄고, 와이퍼는 마른 유리창 위에서 뽀드득거렸다. 애니는 다시 한 번 얼른 딸을 돌아보았다. "어디로 갈까? 곧장 집으로 갈까, 키머스톤으로 갈까? 커피 한잔해도 돼." 그녀는 자신이 계곡으로 곧장 가고 싶지 않다는 것을 깨달았다. "아빠가 특별 요리를 하고 있는데, 오늘 저녁 준비야. 넌 일찍 먹는 거 싫어하잖니. 그리고 새옷도 사야지. 예전 입던 건 대부분 아파트에 그냥 뒀다. 쇼핑하러 뉴캐슬로 갈까?" 그녀는 자신의 목소리에서 절박함을 발견하고 갑자기 입을 다물었다.

다시 긴 침묵이 흐르고 리지가 입을 열었다. "집에 가요. 교도소에서 저녁을 일찌감치 먹는 데 익숙해졌어요. 게다가 제대로 된 차 한잔 마시고 싶어 죽겠어요."

집을 향해 달리는 도중, 그들은 반대 방향에서 오는 경감의 랜드로버를 지나쳤다. 이번에도 우리 집에 가서 샘을 괴롭혔으면 어쩌나, 애니는 생각했다. 그는 리지가 돌아오는 것만으로도 신경이 날카로운 상태였다. 비위에 거슬리는 말을 하면 어쩌나, 제대로 된 도움을 못 주면 어쩌나.

"누구 차예요?" 리지는 랜드로버가 도랑을 아슬아슬하게 스치며 옆을 지나가자 쳐다보았다.

"경찰 수사 팀."

현관문을 열자, 샘은 이미 홀에 나와 있었다. 차 소리를 들은 모양이었다. 잠시 망설이다 그는 팔을 벌렸고, 리지는 그에게 달려갔다. 애니가 예상했던 것보다 좋았다. 어쨌거나 리지는 아버지를 몇 달 동안 못 봤고, 그녀는 원래부터 갇혀 있을 수가 없는 성격이었다. 하지만 애니의 마음 한구석에 찜찜한 기분은 남아 있었다. 이렇게 쉬울 리가 없다. 리지는 전에도 우릴 속인 적이 있다. 이번에는 왜 믿어야 하지? 너무나 여러 번 상처받았기 때문에, 애니는 기대 수준을 낮추는 것이 현명할 거라고 생각했다. 하지만 이 순간을 즐기고 싶기도 했다. 술을 끊고 손을 씻은 리지가 출소해서 집으로 돌아왔다. 평범한 리지로.

그들은 리지를 위해 방을 준비해 놓았다. 창틀에 놓인 잼 병에 꽂은 꽃. 침대에는 새 듀베 커버. 작은 텔레비전. 모든 것이 밝고 깨끗했다. 옛날 헛간 문의 일부였던 아치형 창문이 나 있어서, 방은 눈부실 정도로 밝았다.

"괜찮니?" 애니는 문간에 서서 리지에게 방을 보여 주었다.

"예뻐요!" 리지는 창가에 서서 강을 내려다보았다. "셜리는 어디서 찾았어요?"

"여기서는 산길이 안 보여." 그 점이 다행이었다. "다른 집에 가로막혀서 안 보일 거다."

"나중에 산책을 해야겠네. 내가 기대하던 게 또 하나 있어요. 어디든지 갈 수 있는 자유. 깨끗한 공기."

"혼자서는 안 돼!" 애니는 입에서 말이 떨어지자마자 통제이자 명령조였다는 것을 깨달았다. 딸을 이렇게 대하면 안 된다고 생각했던 그런 태도. 이번에는 안 된다. 그녀는 심호흡을 했다. "밖에는 살인자가 있어. 난 네가 안전했으면 좋겠다."

리지는 창가에서 돌아서서 애니를 응시했다. "집 안에 있으면 교도소에 있는 것과 다를 바가 없잖아요."

"물론이지. 이해한다. 넌 성인이고 스스로 결정을 내려야 해. 너 자신이 책임을 지고." 애니는 말을 멈췄다가 다시 이었다. "아빠에게 같이 가 달라고 해 주렴. 최소한 오늘 오후 처음 나갈 때만이라도. 네가 부탁하면 아빠는 좋아하실 거야. 안 그러면 네가 나가 있는 동안 내내 엄마는 걱정할 거다."

리지는 갑자기 미소 지었다. "아, 엄마, 정말 너무 노력하세요."

"미안하다. 난 정말 제대로 할 수가 없구나."

그들은 그렇게 잠시 서로 떨어진 채 서서 계곡을 내려다보았다.

리지는 오후 늦게까지 집에 있다가 밖으로 나갔다. 비는 그쳤고, 가끔 눈부신 햇살이 비쳤다. 모든 것이 신선한 녹색이었다. 샘은 요리를 시작했다. 로즈메리에 재운 양다리가 오븐에 들어갈 준비를 하고 있었고, 냉장고에는 샴페인 한 병이 들어 있었다. 리지는 오후 내내 자기 방에서 혼자 전화 통화를 했다. 애니는 딸이 문제를 일으켰던 옛 친구들과 통화하나 싶어 걱정이었지만, 차 한잔과 케이크를 핑계로 리지를 아래층으로 불러 누구랑 이야기하는지 캐묻고 싶은 유혹은 꾹 참았다.

딸이 부엌으로 들어와서 작업대에 기댄 채 샘이 팬을 휘젓는 모습을 바라보기 시작하자, 처음에는 마음이 놓였다.

"지금 잠시 산책하고 올게요." 일종의 도전이었고, 둘 다 그 사실을 알고 있었다.

애니는 심호흡을 한 뒤 평정한 목소리로 말했다. "누가 같이 가는 건 싫고?"

"다음에요. 처음 나가는 거니까 혼자 즐기고 싶어요. 걱정 마세요. 전화가 있으니까." 그녀는 전화를 흔들었다. "알아서 조심할게요. 오래 걸리지 않을 거예요. 7시에 저녁 먹으러 들어올게요."

애니는 휴대전화에 누구 번호가 들어 있는지 궁금했다. 리지가 누구와 만날 약속을 했는지도. 어쩌면 숲에 가려 밸리 팜에서 보이지 않는 도로 끝에 차가 기다리고 있는지도, 그 차를 타고 예전 생활로 달려가려는지도 모른다. 어쩌면 다시는 리지를 보지 못할지도 모른다. 그러다 애니는 피해망상이다, 자신이 딸을 믿지 못하면 이 관계는 절대 잘 될 수가 없다고 자신을 타일렀다. 이렇게 계속 걱정하고 있다가는 정신이 나갈지도 모른다.

리지는 이미 재킷을 입고 있었다. "늦지 않을게요. 약속해요." 리지가 문을 나서는 모습을 보며, 애니는 잔디가 아직 젖어 있을테니 부츠를 신으라고 할 걸 생각했다.

애니는 잠시 샘과 함께 부엌에 머물렀다. 요리는 돕지 않았지만, 같이 있는 것이 좋았다. 그가 일하는 리듬이 마음을 안정시켜 주었다. "어때 보였어?"

그가 양파를 다지던 날카로운 칼이 도마 위에서 우뚝 멈췄다. "음, 살이 좀 붙은 것 같던데."

"정신 상태 말이야."

샘은 미소 지었다. "너무 이르지 않나. 게다가 병 속의 표본처럼 애를 관찰하고 있을 수는 없잖아. 누구든 도망갈 거야." 칼이 다시 눈에 보이지 않을 정도의 속도로 양파를 썰기 시작했다.

애니는 탁자를 차리고 리지의 방에 수건을 갖다놓기 위해 위층으로 올라갔다. 염탐하려는 게 아니야, 그녀는 자신에게 말했다, 아까 잊어버려서다. 게다가 리지의 물건은 쳐다보지도 않았다. 그러나 아치형 창문이 달린 그 방은 집에서 가장 계곡이 가장 잘 보이는 곳이었다. 애니는 창틀의 꽃을 옮기고 거기 앉았다. 딸이 보일까 싶어, 입고 있던 파란 버그하우스 재킷이 보일까 싶어 바깥을 내다보다가, 그것이 처음부터 자신의 의도였다는 것을 깨달았다.

계곡이 저 아래 펼쳐져 있었다. 오른쪽에는 수전이 아버지와 같이 사는 방갈로가 있었다. 애니는 수전을 어떻게 생각해야 할지 알 수 없었다. 좋은 청소부이긴 했지만, 말이 너무 많았다. 마을 사람들에 대한 뒷소문이었다. 애니가 잘 알지도 못하는 사람들에 대한 이야기. 퍼시의 낡은 미니가 더 램을 향해 도로를 내려가고 있었다. 그는 차를 마시기 전 매일 저녁 한 시간씩 퍼브에 들렀다.

혹시 리지의 목적지도 더 램이 아니었을까 하는 생각이 퍼뜩 들었다. 그녀는 계곡에서 자랐고, 아직 남아 있는 몇몇 젊은이들과 같이 학교에 다녔다. 이 생각을 하니 마음이 놓였다. 퍼브라면 안전할 것이고, 돌아올 때 퍼시의 차를 얻어 탈 수도 있다.

애니는 앉은 자리에서 아직 일어서지 않았다. 자신이 망원경으로 새를 보는 척하면서 로레인의 일거수일투족을 감시하는 나이절 같다는 생각이 들었다. 개 짖는 소리가 나더니, 오케인의 집에서 개들이 정원으로 뛰어나왔다. 잰이 아니라 방수 재킷을 구부정하게 입은 존이 개들에게 따라오라고 소리쳤다. 애니는 아래층으로 뛰어내려가서 부엌을 지나 뒷문으로 향했다. "잠깐 잰 좀 만나고 올게."

샘은 고개를 들고 손을 살짝 흔들었지만 아무 말도 하지 않았다.

정원에서는 젖은 흙냄새가 풍겼다. 검은 구름이 태양을 가렸다. 애니는 잰의 부엌 문을 두드리고 곧장 안으로 들어갔다. 실내는 어둑어둑했고, 순간 애니는 이웃이 거기 없다고 생각했다. 하지만 이내 늘 책을 읽는 흔들의자에 앉아 있는 잰이 눈에 띄었다. 애니는 안으로 들어갔다.

보통은 그렇게도 통제력과 분별력이 강했던 잰이 지금은 울고 있었다. 예전에 여러 번 그랬듯 속마음을 털어놓고 싶어서, 리지가 집에 온 것에 대해 말하고 싶어서 간 길이었지만, 잰은 자신의 슬픔에 파묻혀 있었다. 눈은 붉었고, 손수건으로 눈물을 닦고 있었다. 애니는 의자 옆에 쭈그리고 앉아 그녀의 손을 잡았다. "무슨 일이에요? 무슨 문제가 있어요?"

"아니, 아무것도 아니에요." 잰은 일어섰다.

물리적으로 밀쳐내는 듯한 느낌이었다. "하지만 기분 안 좋은 거 아니에요? 내가 도울 수 없어요?"

"아니. 아무도 도울 수 없어요."

집 앞에서 개 짖는 소리, 열쇠 구멍에 열쇠 넣는 소리가 들려왔다. "이제 가 주세요." 잰이 애니 쪽으로 다가와서, 그녀는 부엌 문 쪽으로 뒷걸음질 쳤다. 손수건을 쥔 손이 떨리고 있는 게 눈에 띄었다. 돌아서서 집을 나가면서, 그녀는 자신이 이웃들에 대해 전혀 모르고 있다고 생각했다.

리지는 그녀의 집 부엌에 돌아와 있었다. 젖은 신발을 벗어 던지고, 스타킹을 신은 발이 타일 깐 바닥에 남긴 젖은 발자국을 보며 웃고 있었다.

"당신이 오면 샴페인을 따려고 기다리고 있었어." 샘이 말했다.

애니는 어디 갔기에 그렇게 젖었느냐고 리지에게 물으려다가 그냥 입을 다물었다. 그녀가 상관할 일이 아니다.

37

경찰서에 돌아온 베라는 사건을 복기하고 있었다. 책상 위에는 메모도 없었다. 공식적인 회의도 아니었다. 누가 사무실을 들여다봤다면 그녀가 잠들었다고 생각했을 것이다. 그녀는 의자에 깊이 눌러앉아서 칙칙한 녹색 벨로아 받침대에 발을 얹고 있었다. 이 낮은 받침대가 어떻게 그녀의 사무실에 들어오게 되었는지 기억하는 사람은 아무도 없었고, 보통 파일 무더기에 파묻혀 구석에 놓여 있는 물건이었다. 산책용 샌들을 신은 발 무게 때문에 쿠션은 항상 움푹 패어 있었다. 베라는 눈을 감았다. 그녀는 집중력이야말로 좋은 형사에게 가장 필요한 기술이라고 생각했다. 집중력과 타고난 오지랖.

그녀는 혹시 그간 놓친 지점이 있는지 수사 과정을 머릿속에서 하나씩 뜯어보는 중이었다. 수사를 할 때 새로운 사실이 나타나면 서둘러 앞으로 나가느라 이전에 드러났던 부수적인 사실을 잊기 쉽다. 범죄 수사는 도보 행군이 아니다. 그보다는 정처없이 헤매는 산책길이고, 베라는 언제나 이렇게 걷는 것을 더 좋아했다. 15분 뒤 그녀는 일어서더니 문으로 가서 부하 형사들이 일하고 있는 바깥 넓은 사무실을 향해 소리쳤다. "조. 여기 잠깐!"

그는 사무실에 들어와서 발 받침대를 옆으로 밀고 책상 맞은편 의자에 앉았다.

"누구 제이슨 크로우에게 가서 진술을 받은 사람 있나?"

누구인지 기억해내는 데 시간이 걸렸다.

"제이슨 크로우. 찰리가 미꾸라지 같은 놈이라고 한 사람. 리지 레드 헤드의 전 고용주이자 아마도 애인."

"찰리가 만났습니다." 조는 자세한 내용을 기억하려고 애썼다. "크로우는 리지를 해고한 뒤 전혀 연락한 적이 없고, 마틴 벤튼은 모르는 사람이라고 했습니다."

베라는 눈길을 들었다. "한데 혹시 리지 봤나? 우리가 계곡을 나오는 길에 지나친 애니 레드헤드의 차 안에 있었는데."

"아뇨."

"자네와 홀리는 가물가물 졸고 있었지." 우쭐한 목소리라는 것은 알고 있었지만, 상관없었다.

"왜 그때 말씀하지 않으셨습니까?"

베라는 어떻게 대답해야 할지 알 수 없었다. 때로 그녀는 사실을 혼자만 쌓아 두는 것을 즐겼다. 비밀을 갖고 있으면 우월한 기분이 들었다. 이것이 습관이 되었다. 나쁜 습관. 부하 중 누구라도 이런 짓을 한다면 심하게 꾸짖을 것이다.

"크로우가 무슨 관계가 있을지 모르겠는데요." 조가 말했다. "세 건다 사건이 발생했을 때 리지는 교도소에 있었습니다. 제이슨은 레드헤드 집안의 사업을 싸게 사들인 악당인지는 몰라도, 랜들이나 벤튼과 관련이 없잖습니까."

"그도 교도소에 들어간 적 있나? 나도 아는 이름이고, 예전에 물의를 일으킨 적도 있는데. 셜리 휴어스가 복지 교도관으로 일할 때 알게됐을 수도 있어. 그녀는 시팅웰 말고 다른 곳에도 있었잖아." 베라는 이

부분이 대단한 단서로 이어지지는 않을 거라고 생각했지만, 그래도 두 뇌 어딘가가 가려우면 긁어야 했다. 다리의 습진이 유난히 심할 때와 약간 비슷한 기분이었다.

"제가 확인해 보죠."

"그래, 그럼 가서 확인해."

그는 잠시 후 돌아왔다. "크로우는 미성년자 시절 전과가 있고, 그 뒤로는 없습니다. 그때도 그냥 가벼운 절도였습니다. 구치소에서 석 달 지냈습니다."

베라는 고개를 끄덕였다. 구치소는 미성년자 범죄를 줄이려는 실패한 시도 중 하나였다. 짧고 날카로운 충격 요법은 젊은 애들을 그저 억울하게 만들었을 뿐이었다. 몸도 한층 탄탄해져 나와서 절도 현장에서 더 빨리 도주할 수 있었다.

"내가 직접 가서 말을 한번 해 봐야겠어." 베라가 말했다. 그 가려움. 무시할 수 없었지만, 아마 별다른 일은 아닐 것이다.

크로우는 헥터가 볼 때마다 불평을 늘어놓았던 키머스톤 근교의 고급 주택 단지에 살고 있었다. 있는 척하는 조잡한 흉물 같으니라고. 주택 바깥에 랜드로버를 세우고 앉아 있으니, 아버지의 목소리가 들리는 것 같아서 미소 짓지 않을 수 없었다. 헥터는 화를 표출하고 자신의 편견을 전시할 수 있는 멋진 새 건물을 마주칠 때마다 기뻐했다.

그녀는 초인종을 눌렀다. 일요일 오후, 제이슨이 혼자 있을 것 같지는 않았다. 리지와 무슨 관계였든, 아마 아내도 있고 꽤 자란 자식도 있을 것이다. 여기는 독신 남성의 집은 아니었다. 혼자 산다면, 아마 뉴캐슬 키사이드의 호화로운 새 아파트로 들어갔을 것이다. 마음만 먹으면 현금으로 아파트를 살 재력이 된다는 소문이었지만, 어차피 그 아파트

중 절반은 아마 그의 회사 소유일 것이다.

　중년 남자가 문을 열었다. 한때 빨강이었을 것 같은 모래색 머리. 주근깨. 다 자란, 장난꾸러기 소년 같은 인상.

　"미안합니다, 외판원은 상대하지 않아요." 의외로 유쾌한 목소리였다. 베라는 그가 그 많은 형사 사건 혐의에서 어떻게 빠져나갈 수 있었는지 깨닫기 시작했다. 크로우는 험악한 깡패 인상이 아니었다. 매력적이고 말도 번지르르할 뿐 아니라 아마 높은 데 친구도 많을 것 같았다. 골프 솜씨가 좋을 거라는 점도 예상할 수 있었다.

　"난 외판원이 아닙니다." 베라는 굳이 자신의 신분증을 찾지 않았다. 찾느라 가방을 주섬주섬 뒤지는 것이 싫었다. 프로답게 보이지 않을 것이다. "베라 스탠호프 경감입니다."

　그는 눈썹을 치켜세웠다. 재미있다는 듯한 몸짓이었다. 요즘 경찰은 아무나 시켜 주는 모양이지. "미안합니다, 경감. 들어오시죠."

　집 안은 상상했던 것만큼 호화롭지는 않았다. 보다 품격이 있었다. 나무가 많았고 공간의 여유도 많았다. 단색으로 칠한 벽에 시선을 끌어당겨 감상하게 하는 그림 몇 점. 두 딸의 사진, 하나는 졸업식에서 사각모를 공중으로 던지는 사진이었다. 그리고 피아노. "일요일에 방해해서 죄송합니다."

　"책상에 있었습니다. 요즘은 거의 집에서 일해요. 보스가 되면 그런 게 좋죠. 규칙적인 시간에 일하지도 않습니다. 사무실로 오세요." 그는 앞장서서 걸음을 옮겼다. 중년인데도, 몸은 운동선수 같았다. 셔츠 소매는 걷어올렸고, 팔은 근육질이었다. 베라의 시선은 그의 척추를 따라 다리로 내려갔다. 리지가 나이 차이에도 불구하고 왜 그에게 끌렸는지 알 수 있었다.

　사무실은 집 뒤쪽 정원을 바라보고 있었다. 긴 정원 끝에는 정자가 있었다. 집 가까이 더는 사용하지 않는 것으로 보이는 트램폴린이 보였다. 사무실에는 주문 제작한 가구와 묵직한 파일함이 있었다. 제이슨은 종이를 선호할 나이였다. 그는 책상에 앉아 베라를 향해 눈높이가 아래에 있는 의자에 앉으라는 뜻으로 고개를 끄덕였다. "오래 걸리지 않았으면 좋겠습니다. 10분 뒤에 어디 갈 데가 있어요. 친구를 만나기로 했습니다." 그는 말의 공격성을 상쇄하는, 미안한 듯한 미소를 지었다.

"가족은 집에 없나요?"

"부활절 휴가 동안 프랑스에 갔습니다. 다음 주에 저도 갔다가 같이 돌아올 겁니다." 그는 잠시 사이를 두었다. "무슨 일이지요?"

"리지 레드헤드 건이요."

"아, 네. 리지. 내 크나큰 실수 중 하나죠." 소년 같은 미소는 그다지 설득력이 없었다.

"말씀해 주세요."

잠시 그는 아무 말도 하지 않았다. "그녀는 제 밑에서 일했습니다."

"그리고요?"

"그리고 전 그녀에게 빠졌습니다, 경감. 완전히 낚여 버렸죠. 평소 제 스타일은 아니었습니다. 전 행복하게 결혼 생활을 하고 있는 사람입니다. 이따금 한눈을 팔긴 해도, 어디까지나 유희죠. 양쪽 다 아무 조건 없는. 하지만 리지는 달랐습니다."

"어떤 면에서 달랐습니까?" 베라는 정말 궁금했다.

다시 침묵이 흘렀다. 가족이 여행을 떠난 지금, 그는 여기 혼자 앉아 리지에 대해 생각하고 있었던 것 같았다. 그리고 지금은 들어줄 수 있는 유일한 사람에게 그녀에 대해 말하고 싶은 것 같았다. 그 사람이 경찰이라 해도.

"거칠고, 재미있고, 아주 예뻤죠. 내가 만나는 대부분의 여자들은 내게 매력을 느낍니다. 혹은 제 돈에요. 리지는 그런 것 같지 않았습니다. 전 그녀에게 빠졌어요. 그녀를 위해서라면 뭐든지 했을 겁니다. 처음 사귀기 시작했을 때 전 믿을 수가 없었어요."

베라는 이 이야기를 믿을 수 있을지 알 수 없었다. 치과 진료 시간을 기다리는 동안 여성지에서 킬킬거리며 읽을 만한 이야기 같았다. 하지만 내가 남녀 관계에 대해 뭘 알지? 홀리와 마찬가지로 그녀도 외톨이였다. "그런데 리지가 당신 뒤통수를 쳤군요."

"처음에는 그녀가 그랬다는 걸 받아들일 수가 없었습니다." 그는 입을 다물고 손가락의 결혼반지를 만지작거렸다. "멍청한 소리로 들리겠지만, 전 우리가 영혼의 동반자라고 생각했어요." 잠시 침묵. "저는 너무 일찍 어른이 되었고, 우리 가족이 생계를 유지하던 수단이었기 때문에 사고를 쳤습니다. 제대로 된 연애 같은 것도 해 보지 못했어요. 섹스는 거의 언제나 물질적인 거래였습니다. 심지어 제 결혼도 그런 면이 있어요. 전 정착해서 아이를 갖고 싶었고, 케이트는 안정과 가족을 줬습니다. 약간의 사회적인 존경도요. 그녀의 배경은 나와 아주 달라요." 그는 다시 입을 다물고 창밖을 내다보았다. "리지와는, 마치 난생처음 사랑에 빠진 것 같았습니다. 정신 나간 여자죠. 무서운 게 없고. 우리는 제가 꿈도 꿔 본 적 없는 장소에서 사랑을 나눴습니다. 건설 현장에서, 반쯤 지은 집에서, 붐비는 도로변 자동차 안에서. 단순한 섹스가 아니었어요. 그녀에게 제가 세상에서 아무에게도 해 본 적이 없는 이야기들을 했습니다. 그러는 내내 그녀는 한편으로 제게서 훔치고 있었어요. 장부를 조작하고, 자기 온라인 계좌에 현금을 넣고."

"그래서 대가를 치르게 했다." 베라는 그의 주의를 다시 방 안으로 돌렸다.

그는 어깨를 으쓱했다. "제 위치에서는 순순히 당하는 꼴을 사람들에게 보이면 안 됩니다. 심지어 그러고 싶더라도." 그는 다시 사이를 두었다. "그녀가 돈을 달라고 했다면, 줬을 겁니다. 아내를 버리고 그녀와 결혼했을 겁니다. 하지만 그녀는 절 바보로 만들었어요. 그건 용납할 수 없습니다."

"경찰한테 오지 그랬나요. 기소됐을 텐데요."

"그리고 벌금을 물면 그 부모가 냈겠지요! 아니면 집행 유예로 나오거나." 제이슨의 얼굴이 붉게 달아올랐다. 화가 나면 어떻게 되는 사람인지 알 수 있었다. 펄펄 뛰고, 폭력적일 것이다. 사랑한다고 말하는 상대에게조차도.

"그래서 그 부모에게 식당을 팔도록 설득했군요."

"그 분야에서 일하는 동생이 있습니다. 아주 영리한 녀석은 아니라서, 가끔 도와줘야 하지요. 키머스톤에 사업을 확장하고 싶다고 하더군요. 도울 수 있는 좋은 기회였고, 제게 장난치면 어떻게 되는지 사람들에게 보여 줄 기회였습니다."

"샘과 애니 레드헤드를 협박하셨군요." 베라의 목소리는 조용했다.

"그럴 필요도 없었습니다." 곧장 대답이 돌아왔다.

"물론이죠. 명성이 있으시니까." 베라는 상대가 자신의 목소리에 깔린 냉소를 알아차리기를 바랐다. "상대하기 힘든 분이라고."

잠시 침묵이 흐르고 베라가 말을 이었다. "그러다 리지는 술집에서 싸움에 휘말려 어쨌든 교도소로 갔지요."

"그건 저와 상관없는 일입니다. 우리가 헤어지고 나서 정신이 나갔다는 말을 들었어요. 어쩌면 제가 그녀에게 좋은 영향을 줬는지도, 제 덕분에 한동안 제정신이었는지도 모르죠. 제 등은 치지 말았어야 했습니다. 우린 서로에게 좋은 상대였어요." 그는 다시 입을 다물었다. "그녀는 어떻게 지냅니까?"

"출소했습니다. 오늘 석방됐어요." 쳐다보니, 처음 듣는 소식은 아니라는 것을 알 수 있었다. 리지의 동정을 살피고 있었을 것이다. 그는 아직 그녀에게 사로잡혀 있다. 베라는 제이슨이 시팅웰을 방문한 적이 있는지 확인해야겠다고 생각했다.

"왜 여기 오셨습니까?" 그는 방금 생각난 양 물었다. "오늘 석방됐다면, 벌써 사고를 쳤을 리는 없을 텐데요." 그러거나 말거나 상관없다는 듯 가벼운 말투.

"저는 길스윅 계곡에서 발생한 살인 사건을 수사하는 중입니다. 뉴스에서 온통 떠들었으니 보셨겠습니다만. 피해자 중 알던 사람이 있습니까?"

"없습니다." 생각 없이 곧장 대답이 나왔다. 마틴 벤튼과 절친한 사이였거나 셜리 휴어스와 심심풀이로 가끔 자는 사이였다 해도, 아마 모른다고 했을 것이다. 베라의 비밀 갖기와 마찬가지로, 경찰에 협조하지 않는 것도 아마 습관일 것이다.

"이런저런 소문을 들으실 텐데요. 카운티 전역에 아는 사람이 있으시니까. 길스윅 살인에 대해 누가 무슨 말 안 하던가요?"

"난 사업가입니다." 제이슨은 책상에서 몸을 밀고 시계를 보았다. "그런 종류의 아는 사람은 없습니다."

"그 세 사람을 누군가 살해하고 싶을 이유가 있을까요? 모두 다른 사람들입니다. 젊은 대학원생, 정신병력이 있는 교사, 사회 복지사." 제이슨은 청부 살인범과 어울리지 않을지는 몰라도, 자기 영역에서 무슨 일이 벌어지는지는 파악하고 있을 것이다. 그의 생업이 거기 달려 있다.

이번에는 대답하기 전에 질문을 곰곰이 생각하는 것 같았다. "누가 사고를 쳐서 열 받은 전과자, 이걸까요? 사람들을 교도소에 보내는 건 교화하기 위해서인데, 종종 그 때문에 더 엇나가기도 하지요. 사람의 머릿속이란."

"당신도 그런 경우였나요?"

"아뇨." 그는 미소 지었다. "전 구치소가 효과를 발휘한 사람들 중 하나입니다. 성공 사례예요. 한 번 들어갔다 나와서 다시는 사고를 안 쳤습니다."

"최소한 다시는 기소를 안 당하셨지요." 이제 대화는 다시 게임처럼 되어 있었다. 어쩌면 그는 솔직했던 것을 벌써 후회하고 있는지도 모른다. "리지는 교도소에서 어떻게 변했을 거라고 생각하세요?"

"리지는 나 같은 사람입니다. 타고난 생존자예요. 그리고 개방형 교도소에 들어갔잖아요. 그건 식은죽 먹기죠." 제이슨은 시계를 다시 보았다. "자, 대화 즐거웠습니다만, 경감. 전 이제 가 봐야 합니다."

그들은 집 안을 가로질렀다. 몇몇 마감처리와 방의 배치가 어쩐지 밸리 팜 주택 단지를 연상시켰다.

"혹시 길스윅 계곡의 주택 단지 사업과 관계가 있으십니까?"

"그 헛간 두 채? 농장 개조? 네, 그건 제 회사 중 한 곳에서 맡았습니다." 제이슨은 현관 옆에 서서 그녀가 나가기만을 기다리고 있었다.

"상당한 우연인데요. 리지 레드헤드의 부모가 사는 집을 당신이 짓다니."

"그렇지 않아요. 카운티 이 일대에서 개발된 고급 주택 전부 다 아마 저와 관련이 있을 겁니다."

베라는 밖으로 나갔다. 그는 계단 맨 아래에서 재킷을 낚아채고 그녀를 뒤따랐다. 정말 약속이 있는 모양이었다. 빨리 내보내고 싶어서 한 빈말은 아니었다.

"리지 레드헤드." 베라가 말했다.

"그녀가 왜요?"

"지금 리지에 대해 어떤 감정이세요?"

베라는 역시 가볍고 냉소적인 답변을 기대했지만, 이번에 제이슨은 대답하기 전에 잠시 생각했다. "전 아직도 그녀의 꿈을 꿉니다. 밤에 아내 옆에 누워서, 리지에 대한 꿈을 꿔요."

베라는 랜드로버를 세워 놓은 도로까지 천천히 걸어 내려갔다. 제이슨은 집 앞 드라이브에 서 있는 스포츠카에 올랐다. 타이어 긁히는 소리를 남기고, 그는 멀어졌다. 베라는 누구를 만날 약속이기에 저렇게 서두르나 궁금한 기분으로 그 뒷모습을 바라보았다.

38

홀리는 두어 시간 도피할 생각으로 자기 아파트로 다시 돌아왔다. 안에 들어서서 문을 닫고 이중으로 잠근 뒤 등을 문에 기대고 깊이 숨을 들이쉬었다. 맥박이 느려지고, 머릿속이 침착해지는 것을 느꼈다. 그녀는 자신에게 무슨 일이 일어나고 있는지 곰곰이 생각했다. 전에는 사건에 대해 이런 식으로 반응한 적이 없었다. 보통은 그녀가 가장 마지막까지 버텼다. 육체적으로 튼튼하고 정신도 초롱초롱했다. 누구에게도 뒤지지 않았다. 자신이 맞닥뜨리는 폭력과 비탄에서 거리를 둘 수 있었다. 동료들조차 피도 눈물도 없다고 할 만큼, 감정적으로 동요하지 않는 훈련이 되어 있었다. 그런데 이제는 집 안에 들어와야 깨끗하고 안전하다는 기분이 들었다. 바깥은 온통 죽음과 부패뿐이었다. 게다가 집 안에서조차 그녀는 죽음의 공포에 사로잡혀 있었다. 키머스톤의 보도에서 본 노파와 그녀의 번진 립스틱, 헝겊 인형이 꿈속까지 따라다녔다. 나방 애호가 웹 사이트에서 휴어스의 아들 이름을 찾아내고 느낀 승리감도 잠시, 이미 빛이 바랜 지 오래였다.

홀리는 부엌으로 가서 주전자의 전원을 켰다. 작업대 위에 얼룩을 보고 소독약을 꺼내 닦아냈다. 우유를 꺼내려고 냉장고를 열었더니, 와인 병이 눈에 띄었다. 코르크 마개를 열고 큰 잔에 술을 가득 따르고 싶은 유혹이 불쑥 치솟았다. 아마 불안감을 누그러뜨리고 남은 근무 시간을 견디는 데 도움이 될 것이다. 그녀는 손을 뻗어 얼음 같은 병을 손가락으로 느껴 보다가 마음을 바꿨다. 베라 스탠호프조차 근무가 있는 오후에 술을 마시지는 않는다. 자존심은 자신의 적이기도 하지만, 동시에 구원자이기도 하다는 생각이 스쳤다.

그녀는 차를 끓여 거실로 가져갔다. 비는 그쳤고, 햇빛이 가끔 비쳤다. 바깥은 모든 색채가 어린아이 그림처럼 선명했다. 공동묘지에서 젊은 가족이 오래된 무덤에 꽃을 놓고 있었다. 바람이 도로 쪽으로 걸어가는 그들의 머리카락과 옷자락을 휘날렸다.

도대체 무엇 때문에 이렇게 불안한지 알 수 없었다. 하루 동안 무슨 일이 있었기에 안전한 아파트로 서둘러 돌아와야 했을까? 물론 피곤했지만, 그녀는 피로에 대처하는 법을 알고 있었다. 로레인 루카스가 암이라는 소식에 충격을 받은 것 같기도 했다. 밸리 팜의 모든 주민 중에서 그녀가 가장 살아 있는 것처럼 보였던 것이다.

어쩌면 일종의 신경 쇠약인지도 몰라. 종교적인 경험이거나. 홀리의 부모님은 종교를 믿었다. 영국국교회, 그중에서도 복음주의파였다. 손을 공중에서 휘두르는 열정적인 설교. 홀리가 전혀 관심을 갖지 않자 부모님은 실망했지만, 철학적이었다. "언젠가 너도 교회로 돌아오게 될 거다, 아가. 우린 기도하마." 홀리는 언젠가 조에게 신도 집안에서 혼자 무신론자로 산다는 것이 어떤 문제가 있는지 언급한 적 있었다. 그는 별말을 하지 않았고, 홀리는 혹시 그도 신자인가 생각했.

전화가 울렸다. 무시하고 싶었지만, 베라였다. "어디야?"

"물건 몇 개 챙기려고 방금 집에 들렀어요."

"뭔가 조사할 게 있는데, 자네가 가장 적임자야."

베라는 경찰서에서 그녀를 기다리고 있었다. 이제 저녁이었고, 넓은 개방형 사무실은 거의 비어 있었다. 나뒹구는 콜라와 레드불 캔이 하루 동안 수사 팀이 어떻게 버티는지 말해 주고 있었다. 아직 계속해서 제대로 생각할 에너지가 있어 보이는 것은 베라뿐이었다.

"얼마나 늦었는지 미처 몰랐어. 좀 전에 대부분 집에 보냈고, 조는 뛰었어. 부인이 긴급 등원 명령을 내린 모양이야. 마누라가 살인을 저질러도 모른 체할 화상. 자네가 하겠나? 원한다면 내일 해도 돼."

홀리는 고개를 저었다. "지금 시작하죠."

"밤에 데이트는 없고?"

홀리는 놀랐다. 베라는 그녀의 사생활에 대해 묻는 법이 없었던 것이다. "없어요."

그들은 베라의 사무실에 앉았고, 베라는 제이슨 크로우와 리지 레드헤드의 관계에 대해 이야기했다. "리지의 어떤 부분이 그를 건드렸어. 뭔가 묘한 부분이."

"그에게 나방 취미가 있는 건 아니겠죠? 정원 끝에 덫이 있다든가?"

홀리는 농담으로 던진 질문이었지만, 베라는 진지하게 받아들였다. "음, 그것도 가능성이 있겠군. 난 잊어버리고 안 물어봤어. 알아봐야겠군. 하지만 내가 볼 때 그는 여자 취미가 더 많아. 리지가 그를 제대로 낚았어." 베라는 날카롭고 자세한 지시 사항을 목록으로 알려 주었다. 하나씩, 홀리는 메모를 하느라 속도를 따라가기 벅찼다.

지시가 끝난 뒤 베라는 다시 이야기를 시작했다. "로나 도슨의 보고서를 읽었어. 랜들의 머리에 난 상처에 미량의 흙이 있는 것으로 보아, 피터 맥브라이드가 살인 무기에 대해 한 말은 정확했던 것 같아. 삽이었을 거야. 하지만 살인 지점 가까운 채소밭의 흙 샘플과는 일치하지 않았어. 보다 유기물이 풍부하고 동물 성분이 함유되어 있어."

"어떤 동물 성분요?"

"닭똥." 베라는 사이를 두었다. "오케인이 집에 닭을 키우지. 밸리 팜으로 돌아가 봐야 할 것 같아. 오늘 밤 말고. 오늘 밤에는 우리 둘 다 집에 가야지."

"제가 흥미로운 사실을 찾아낸 것 같은데요." 홀리는 목소리의 흥분을 감추려고 애썼다. 베라가 이 정보에 대해 어떻게 반응할지 알 수 없었다. 때로 홀리가 새롭다고 생각하는 사실들은 이미 베라가 그 거대한 두뇌 어딘가에 정리해 둔 뒤였다. "모든 용의자들의 과거를 파헤치다가, 약간의 연결고리를 찾아냈어요." 그녀는 베라가 볼 수 있도록 컴퓨터 화면을 켰다.

39

아침 식사 자리에서 그들은 거의 말이 없었다. 애니는 무슨 화제를 꺼내야 할지 알 수 없었다. 오늘 아침에는 집 안에 낯선 사람이 있는 것 같은 기분이었다. 리지는 비위를 맞춰 주어야 하는 숙박객 같았다. 샘은 일찌감치 신문을 가지러 밖에 나갔다 왔다. 그는 나가는 길에 베라 스탠호프의 랜드로버를 지나쳤고, 지금 그 차는 저택 드라이브에 세워져 있다고 했다.

이 말을 듣더니 리지가 고개를 들었다. "베라 스탠호프가 누구예요?"

"살인 사건 수사를 지휘하는 경감."

"어떤 사람이에요?"

"뚱뚱해." 샘이 말했다. "꼬치꼬치 캐묻고."

리지는 희미하게 미소 지었다.

"난 그 여자가 상당히 영리하다고 생각해." 애니는 딸이 오해하지 않길 바랐다. 베라 스탠호프가 경계해야 할 인물이라는 사실을 이해하길 바랐다. "사람들에게서 말을 끌어내는 재주가 있어."

"오늘 계획은 뭐지?" 샘의 질문은 두 사람을 동시에 향한 것이었다. 아마 어색한 분위기를 눈치채지 못한 모양이다. 어쩌면 소녀처럼 모녀가 같이 하루를 보내며 고개를 맞대고 매니큐어라도 칠하는 광경을, 한

탈의실에서 같이 옷을 입어 보는 광경을 상상했는지도 모른다. 애니와 리지는 그런 관계를 가져 본 적이 없었지만, 샘은 교도소가 기적을 일으킬지도 모른다고 한 아내의 말을 믿고 싶은 것 같았다.

"난 키머스톤에 갈지도 모르겠어요." 리지는 '나'라는 단어에 강세를 두었다.

"내가 태워 줄까?" 그렇게 하면 딱이다. 애니는 도서관에 가고, 쇼핑을 하다가, 나중에 만날 수도 있다. 최소한 리지가 어디 있는지 알 수 있고, 나중에 안전하게 집에 데려올 수 있다. 리지가 일곱 살 때 길스윅의 마을 학교까지 혼자 언덕길을 내려가겠다고 선언했던 때와 같은 기분이었다. 애니는 잘 도착하는지 확인하려고 멀리서 딸을 따라갔다. 이모든 건 내 문제야, 리지의 문제가 아니라. 난 통제광이야. 늘 그랬어.

리지는 생각하는 것 같았다. "마을까지 걸어가서 버스를 탈래요. 운동이 필요해요."

"그래라." 애니는 머리싸움에서 당했다고 생각했지만, 자신이 할 수 있는 일은 없었다. "돌아올 때 차가 필요하면 전화해. 오후에는 버스가 한 대밖에 없다."

"그럴게요!" 밝고 초조한 미소.

샘은 환히 미소 지었다. 그는 조심스럽게 선택한 단어들, 입 밖에 내지 않는 질문 주위로 변죽만 울리는 대화를 역시 눈치채지 못하는 것 같았다. 어디 갈 건데, 리지 레드헤드? 또 무슨 일을 벌이고, 누굴 만나려고? "토스트 더 먹을 사람? 커피도 한 주전자 더 끓일게. 좋지?"

리지는 버스 시간에 정확히 맞춰 집을 나섰다. 잠시 애니는 어린 시절 리지가 처음 학교까지 혼자 가던 날처럼 길을 따라 내려가고 싶은 충동을 느꼈지만, 곧 얼마나 우스꽝스러울까 생각했다. 풀숲 속에 몸을 숨기고, 대문 뒤에 도사리고. 리지는 엄마보다 튼튼하니 곧 따라잡을 수 없을 정도로 앞서갈 것이다. 그래도 나이절 루카스가 아마 위층에서 망원경으로 계곡을 내려다보고 있을 거라는 사실을 몰랐다면, 아마 애니는 그렇게 했을 것이다. 집에 남아 리지가 돌아오기만을 기다리는 무기력함이 싫었다.

아침을 먹은 뒤, 애니는 리지가 누군가와 통화를 하며 만날 약속을 잡는 소리를 들었다. 아마 옛 학교 친구겠거니 생각하려 애썼지만, 이 과민한 상태에서는 모든 것이 수상하게 보였다. 모두가 절반의 진실만 이야기하고 기만할 계획을 짜는 첩자로 보였다. 전화는 단 1초도 리지의 손에서 떨어지지 않았다. 몰래 훔쳐볼 수만 있다면, 심지어 애니는 통화 기록 조회까지 해 보았을 것이다. 왜 나는 마음을 놓지 못하나? 왜 그냥 딸이 하는 말을 있는 그대로 받아들일 수 없나?

애니는 리지가 집을 나서자마자 곧장 위층으로 올라갔다. 리지의 방이 아니었다. 오늘은 지나친 사생활 침해처럼 여겨졌다. 그녀는 대신 그럭저럭 전망이 괜찮은 층계참의 계단으로 향했다. 비는 오지 않았지만, 하늘이 흐리고 어둑어둑했고 리지의 재킷 색깔이 눈에 확 들어왔다. 딸은 도로를 걸어 내려가다 한 무더기의 나무 뒤로 모습을 감췄다. 마치 어머니가 보고 있다는 것을 알고 있기라도 한 듯, 경쾌하고 반항적인 걸음걸이였다. 어깨에는 작은 가방만 메고 있었는데, 그 점이 애니에게 약간의 위안을 주었다. 그러나 가녀린 체구가 사라지자마자, 애니는 갑자기 상실감에 빠졌다. 딸이 자신의 인생에서 완전히 떠나가고 있는 기분이었다. 최소한 교도소에 있을 때는 거처가 확실하고 안전했다. 애니는 과잉 반응하고 있다고 자신을 타일렀다. 이 살인 사건 때문이다. 모두들 신경이 곤두서 있다. 평소 그렇게 침착하고 어머니처럼 주위 사람들을 잘 돌보는 재닛조차도. 다들 기묘한 감정 폭발에 쉽게 흔들린다. 리지가 집을 떠날 때마다 계곡을 쳐다보고 있을 수는 없다.

샘은 아직 십자말풀이를 하고 있었다. 최소한 그는 평소 습관을 바꿀 필요를 느끼지 못하는 것 같았다. 그는 애니가 방에 들어서자 쳐다보았다. "우린 뉴캐슬로 갈까? 어디 좋은 데서 점심이나 먹을래?"

"싫어!" 대답은 즉각적이고 격했다. 리지가 돌아올 때까지 계곡을 떠날 수는 없다. 그러다 다음 순간 애니는 자신이 우스꽝스럽다고 생각했다. 왜 뉴캐슬로 가면 안 되지? 상황을 넓게 바라보는 데 도움을 줄 수도 있고, 여기서 기다리면 조바심만 칠 것이다. 그녀는 샘의 머리 위에 키스했다. "하지만 안 갈 이유도 없겠지. 재미있을 거야. 옷 갈아입는 동안 몇 분만 기다려." 침실로 가는 길에 계단참 창가에서 계곡을 다시 내려다보니, 도로 바로 끝에서 파란 점 같은 것이 보였다. 나중에 침실에서 나와 보니, 리지의 흔적은 전혀 없었다.

비록 근심이 애니의 마음 한구석에 도사리고 있기는 했지만, 그들은 도시에서 기분 좋은 하루를 보냈다. 돌아오는 길에, 그녀는 리지에게 문자를 보냈다. 아빠와 나는 뉴캐슬에 있어. 그래도 필요하면 나중에 태우러 갈 수 있다. 곧장 대답이 돌아왔다. 간단명료했다. 좋아.

그들은 엘든 스퀘어에서 상점 구경을 하며 돌아다녔다. 샘은 애니에게 선물을 사 주고 싶어했지만—옷, 장신구, 기분 전환이 될 만한 것—선택하는 것이 힘들었다. 그냥 키머스톤의 상점 몇 군데를 둘러보는 것이 편했다. "정말, 난 그냥 보는 걸로 만족해." 시간이 아주 천천히 흐르는 것 같았다. 살인범이 잡히고 나면 리지에 대해서 덜 마음이 쓰일까. 세 사람을 죽인 살인범이 돌아다니고 있으니, 어쩌면 걱정하는 것도 미친 짓은 아닐 것이다. 하지만 자신이 리지를 잠재적인 피해자로 바라보는 것이 아니라는 건 알고 있었다. 리지가 어떤 일을 당할까가 아니라, 리지가 무슨 짓을 할까가 두려운 것이었다. 살인이 발생했을 때 리지가 교도소에 있었다는 것이 믿을 수 없을 만큼 기뻤다. 그녀가 칼을 휘두르며 누군가의 얼굴을 베는 장면을 상상하기는 어렵지 않았다. 어쨌거나 깨진 병조각으로 다른 여자를 공격한 전력이 있으니까.

샘이 펜윅에서 부엌 살림을 둘러보고 있는데, 애니의 전화가 울렸다. 그녀는 리지이기를 바라며 조용히 전화를 받았지만, 전화를 건 것은 소년 같던 형사였다. 스탠호프 경감이 그들을 만나 보고 싶어한다는 전갈이었다. 긴급한 용건은 아니다. 애니는 뉴캐슬에 있다고 설명했다. 그러자 애쉬워스는 리지에 대해 물었다.

"키머스톤에서 친구를 만나고 있어요. 그 애가 당신들에게 무슨 도움이 되는지 모르겠군요." 무례하게 들릴 거라는 것을 알고 한 대답이었다.

샘은 주물 팬 구경을 하다 와서 누가 전화했는지 물었다.

"또 경찰이야. 중요한 건 아니고. 좀 있다 집에 들어간다고 했어."

그들은 키사이드 근처의 프랑스 식당에서 점심을 먹었다. 주방장은 키머스톤에서 샘과 한동안 일했던 사람이라 그들을 만나 기쁜 것 같았다. 음식은 단순하고 요리가 잘 되어 있었다. 애니는 배가 고팠고 와인도 넘치게 마셨다. 샘은 계속 잔을 채워 주었다. "내가 운전할게. 리지가 집까지 태워 달라고 하면 내가 나중에 키머스톤에 나가면 돼." 오후에 바깥으로 나오자, 다시 회색 부슬비가 내리고 타인 강 건너편이 잘 보이지 않았다. 발틱 미술관은 한 덩어리의 그림자였고, 세이지 게이츠헤드의 반사 유리가 어둠 속에서 희미하게 어른거리고 있었다.

"좋은 날씨 다 지나갔군." 샘이 말했다. "여름날 같았어."

차 안에서 그는 리지에게 전화해 보라고 했다. "가는 길에 태워 가면 좋잖아."

"음, 글쎄. 그냥 문자를 보내 볼까."

"바보짓 하지 마. 사사건건 문자라니. 왜 통화를 안 해?"

그래서 애니는 리지의 번호로 전화를 걸었지만, 곧장 음성사서함으로 넘어갔다. 그녀는 메시지를 남기지 않았다.

"안 받아? 또 술 마시고 있나 보군." 샘은 도로를 주시했다. 그는 리지의 문제가 거의 술 때문이라고 생각했다. 애니는 어린 시절부터 리지의 성격과 고함, 욕설을 기억하고 있었다. 그때는 술을 마시지 않았다. 그녀는 딸의 문제가 두 사람이 아는 것보다 더 복잡하다고 생각했다. 애니는 문자를 보냈다. 돌아가는 길이야. 가는 길에 같이 타고 가려면 연락해. 이번에는 답이 오지 않았다.

밸리 팜에 도착하자, 베라 스탠호프의 랜드로버가 마당에 서 있었다. "지긋지긋한 여자!" 샘이 입속에서 중얼거렸다. "저 여자한테서 도망친 줄 알았는데." 집에는 불이 켜져 있지 않았고, 애니는 리지가 길스윅에 돌아왔을 것이다, 버스를 탔다면 올라오는 길에 그녀를 지나쳤을 거라고 생각했다.

그녀는 문을 열고, 혹시 리지가 친구 차나 택시를 타고 돌아왔나 싶어 위층을 향해 소리쳤다. "리지, 우리 왔어!"

대답이 없었다.

"말했잖아." 샘이 말했다. "술 마시고 있다고. 더한 짓을 하거나." 교도소의 기적에 대한 믿음은 벌써 사라진 것 같았다. "다시 전화해 봐."

애니는 휴대전화 재발신 버튼을 눌렀지만, 여전히 응답은 없었다. 샘은 주전자를 켰다. 뒷문 두드리는 소리가 났다. "들어오세요!" 그들은 동시에 소리쳤지만, 돌아보니 그것은 리지가 아니었다. 리지라면 문을 두드리지 않고 곧장 들어왔을 것이다. 그것은 베라 스탠호프의 육중한 덩치였다.

40

월요일 아침 그들은 다시 계곡으로 갔다. 처음 갔을 때 베라는 그곳이 목가적이라고 생각했다. 이제 개울 양옆으로 가파르게 이어진 언덕과, 도로가 사라져 끊기는 동네라는 사실이 너무나 갑갑하고 폐소 공포를 유발해서 비명을 지르고 싶을 지경이었다. 마을을 떠나자 부슬비가 등 뒤를 막아서, 이제 나갈 길이 보이지 않았다. 빨리 수사가 끝나서 다시는 돌아올 필요가 없었으면 하는 마음이었다. 그녀는 길스웍 저택 바깥에서 조와 홀리를 기다렸다. 카스웰 부부는 귀여운 첫 손녀가 태어났다, 다음 주에 집으로 돌아간다는 연락을 전해 왔다. 베라는 그들이 곧장 일상과 책임으로 복귀하는 광경을 상상했다. 정원, 개. 치안판사 업무와 여성 의용군. 농장 개조 단지의 이웃과는 계속 쌀쌀한 사이로 지낼 것이다. 직위는 없을지라도, 여전히 농장 주인 같은 태도로. 계속 오스트레일리아에 있는 것과 다름없는 거리를 유지하면서.

조와 홀리는 같은 차로 도착했다. 베라는 홀리가 얼음장처럼 창백하다고 생각했다. 그들은 저택 밖 자갈길에 잠시 서 있었다. "부엌으로 들어가지." 베라가 문으로 향했다. 별다른 계획은 없었고, 계곡 위로 더 올라가서 은퇴한 쾌락주의자들을 대면하기가 싫었다. "감식반이 아래층은 끝냈고, 시작하기 전에 몸이 젖으면 곤란해."

집 안은 아가 화덕 덕분에 온기가 있었다. 베라는 등을 그쪽으로 두고 서서 엉덩이를 뜨끈하게 데웠다. 뒷문 주변과 창틀에 아직 지문 감식 가루가 묻어 있었다. "외부에서 침입한 흔적은 없었어."

그녀는 탁자 옆 의자를 고갯짓으로 가리켰다. "다리 아플 텐데 앉지 그래." 이제 따뜻한 방 안에 들어오니, 베라는 급한 기분이 싹 사라졌다. 아늑한 공간에 있으니 차와 버터가 흘러내리는 따뜻한 크럼펫 팬케이크 생각이 났다.

"이게 다 무슨 일입니까?" 조는 저녁 내내 집에서 보낸 뒤라 까칠했다. 아이들과 같이 있는 시간을 좋아하는 척했지만, 그것도 정도 문제였다. 베라는 그가 샐이 잔소리를 하기 시작하면 일을 핑계로 도망친다는 것을 알고 있었다.

"우리는 간밤에 살인범이 계곡을 잘 아는 사람이라는 결론을 내렸어." 그녀는 사이를 두었다. "자네가 행복한 가족 놀이 소꿉장난을 하러 간 동안, 홀이 조사를 좀 했지. 흥미로운 연결고리를 발견했어." 그녀는 화덕에서 떨어져서 일행이 앉은 식탁에 자리잡았다. "보여 줘, 홀."

"연결고리는 범행 동기가 아니지 않습니까?" 조는 그 어느 때보다 심술을 부렸다. 기록을 보고 이것이 돌파구라는 것을 짐작했지만, 홀리의 성과를 칭찬하기에는 너무 어린아이 같았다. "계획은 뭐죠?"

베라는 계획이 없다는 것을 인정하고 싶지 않았다. "체포하기에는 너무 일러. 밸리 팜의 점잖은 친구들과 다시 이야기를 해 보고 싶었어. 이번에는 약간 공식적인 분위기로. 경찰서로 연행할 근거는 없고, 어쨌든 우리가 거기서 누군가를 심문하기 시작하면 언론이 물 만난 물고기처럼 날뛸 거야. 대신 사람들을 여기로 데려오자고. 한 번에 한 명씩. 안전 지대 밖으로 끌어내는 거지." 말하면서 즉흥적으로 전략을 만들다니. 게으르다. 베라는 조를 돌아보았다. "잠깐 마을에 다녀오지 않겠어?

꼭 필요한 먹을거리를 좀 사 와. 차, 커피, 우유." 홀리가 아니라 그에게 심부름을 시킨다고 토라지기 시작하는 눈치를 읽을 수 있었다. 그래도 싸다. 베라는 뒤통수에 대고 소리쳤다. "비스킷도. 하지만 리치 티는 말고. 그건 정말 맛없어."

그들은 제일 먼저 나이절 루카스를 불렀다. 베라가 그에게 전화했다. 그가 호출을 어떻게 받아들이는지 짐작하기는 어려웠다. 겉으로는 언제나 유지하는 호탕하고 미끈한 말주변을 잃지 않았다. "물론이지요, 경감님, 도움이 된다고 생각하신다면."

그는 부엌 문을 두드렸고, 안에 들어서면서 주위를 둘러보았다. 전에 이 집에 한 번도 와 본 적이 없는 태도였고, 실망하는 눈치였다. 지주의 저택답게 뭔가 더 거창한 실내 장식을 기대한 것 같았다. 그들은 면접을 보듯이 큰 부엌 식탁에 둘러앉았다. 세 사람이 한쪽에, 루카스가 반대쪽에. 탁자에는 유리잔과 물 주전자가 놓여 있었다. 베라는 이번 면담에서 증인들에게 초콜릿 비스킷을 대접하지 않겠다는 뜻을 분명히 했다. 홀리는 루카스에게서 가장 먼 자리에 앉아서 메모를 하고 있었다. 루카스를 가장 먼저 호출한 것은 이것이 가장 까다로운 대화일 거라고 생각했기 때문이었다. 피치 못할 상황이 아니면 지켜야 하는 비밀이 있었기 때문에—베라는 아직도 로레인의 병이 사건과 관계 있다고 보지 않았다—적절한 표현을 잘 고르는 것이야말로 관건이었다.

루카스는 자리에 앉아 베라가 침묵을 깨뜨리기를 기다렸다. 추운 밖에서 막 들어온 참이라 방이 따뜻하게 느껴졌는지, 그는 재킷을 벗고 셔츠 바람으로 앉아 있었다. 이마에는 땀이 배어 있었다.

"마지막 살인 때문에 혼란스럽습니다." 베라는 고개를 약간 저었다. "셜리 휴어스. 그녀는 발견된 장소에서 칼에 찔리지 않았습니다. 그런데 왜 계곡에 데려왔을까요? 나는 살인자가 우리에게 뭔가 말하려 한

게 아닌가 하는 생각이 들어요."

"우리를 끌어들이고 싶었다는 말씀입니까?"

"네, 어쩌면. 범인이 그렇게 할 이유가 있을까요?" 베라는 탁자에 팔꿈치를 괴고 몸을 앞으로 내밀었다. 피부에 나무의 촉감이 까칠하게 느껴졌다.

"전혀요. 우리는 다른 마을 주민들과 아주 잘 지냅니다."

"셜리 휴어스를 만난 적이 있습니까? 법정에서 본 적이 있나요? 때로 고객과 함께 출두했던 것으로 압니다. 치안판사로 일하신다지요."

"교육을 마친 지 얼마 안 됐습니다." 루카스는 말했다. "몇 번 참관만 했습니다. 흥미롭더군요, 경감님. 하지만 휴어스 부인을 만난 기억은 분명 없습니다."

"그럼 혹시 다른 상황에서는요?" 베라는 물 한 잔을 따라 한 모금 마셨다.

루카스는 고개를 저었다. "미안합니다, 경감님. 도움이 못 되는군요."

"당신 아내는 재소자 교육 분야에서 일했습니다. 이 지점이 만남의 기회였을 수도 있을 텐데요. 보호 관찰관 시절, 휴어스 부인은 여러 교도소 복지과에서 일했습니다." 베라는 정중하지만 끈질기고 고집스럽게 물었다. 상대가 짜증이 나서 뭔가 흘리지 않을까 하는 바람으로.

"그건 우리가 남부에 살 때였습니다." 루카스가 말했다. "게다가 로리는 업무를 집까지 가져오지는 않았습니다." 그는 잠깐 쉬었다가 말했다. "결혼한 직후 그녀는 아팠습니다. 유방암이었죠. 그래서 일찍 은퇴했어요. 북쪽으로 이주해서 계곡에 정착하기로 한 이유 중 하나였습니다. 다행히 지금은 나았고요."

베라는 대답하지 않았다. "제이슨 크로우와 당신의 관계에 대해 이야기해 주세요."

"네?"

"제이슨 크로우. 당신 집을 작업한 건축 업자 말입니다. 그가 먼저 헛간을 개조했고, 당신도 그를 고용해서 농장 개조 작업을 맡겼잖아요. 그렇게 알고 있습니다. 건물 등기부를 확인한 우리 형사에 따르면 말입니다."

"그 사장이 그런 이름이던가요? 회사 이름은 키머스톤 빌딩 서비스입니다. 거기서 오는 편지와 밴 옆면에 그렇게 찍혀 있었어요." 루카스는 작게 미소 지었다. "내가 수표를 보낸 곳도 그 회사입니다. 어마어마한 돈이 들었지요."

"그럼 크로우 씨는 만난 적이 없나요?"

"제가 아는 한 없습니다."

"금요일 오후." 베라는 곧장 주제를 바꿨고, 잠시 루카스는 혼란스러운 표정이었다.

"그게 왜요?"

"그날 당신 동선을 다시 말해 주세요."

"그건 이미 증언했습니다. 누가 토요일 오후에 집에 왔더군요." 그는 바지 주머니에서 손수건을 꺼내 이마를 닦았다.

"알고 있어요. 내가 여기 갖고 있습니다." 그녀는 기록을 앞에 놓았다. "그냥 이 사람은 이러려니 하고 말해 주세요. 다시 순서대로 짚어 보죠. 점심시간부터."

"로리와 나는 집에서 점심을 먹었습니다. 그녀는 그림을 마치려고 작업실에 계속 있었어요. 그날 저녁 친구들 파티가 있어서, 저는 술과 먹을거리를 사러 키머스톤에 나갔습니다. 형사님에게 슈퍼마켓 영수증도 보여 드렸어요. 오후 4시로 찍혀 있었습니다." 그는 점점 짜증을 내기 시작했다. 머릿속에서 베라는 환호성을 올렸다.

"그리고 그다음엔요?"

"집에 왔습니다. 로리와 나는 같이 차를 마셨고요. 애니의 비스킷을 곁들여서요. 애니와 샘은 아직 식당을 운영하는 사람들처럼 빵을 구워서 대부분 나눠 줍니다." 그는 사이를 두었다. 베라는 침묵을 깨뜨리지 않았다. "그리고 우리는 마을의 더 램에 갔습니다. 퍼시 더글러스가 거기 있어서 같이 잡담을 했습니다. 퍼시는 항상 옛날 이야깃거리가 많죠. 우리와 이야기한 건 그도 확인해 줄 겁니다. 우리는 술을 한잔 마셨습니다. 로리가 하루 종일 집에 있었기 때문에 밖으로 끌어내리려고 간 걸음이었어요. 그리고 돌아와서 파티 준비를 했습니다."

"슈퍼마켓에서 돌아온 건 몇 시인가요?"

"5시 15분 전이요. 사람을 죽일 시간은 없었습니다!" 그는 농담이라도 한 듯 둘러보고 웃음을 기다렸다. 아무도 웃지 않았다.

"혹시 무슨 이유에서든 파티 자리를 뜬 적이 있었나요?"

"한 번, 별을 보려고요. 난 아직 신기합니다, 경감님. 가로등이 없는 곳에 산 건 처음이에요."

"혼자 있었습니까?"

"나와서 같이 보자고 로리를 불렀습니다. 난 아내를 사랑합니다. 우린 중년이 된 후에 만났고, 나는 인생을 공유할 수 있는 사람을 찾는다는 걸 포기한 뒤였습니다. 로리와 함께 어둠에 둘러싸인 채 꿈에 그리던 집 밖에 서 있다는 건, 특별한 일이에요."

로레인 루카스는 연약하고 힘이 없어 보였다. 광대뼈 위에 피부가 달라붙어 있었다. 그녀는 은실로 묶은 얇고 헐렁헐렁한 셔츠 차림이었지만, 그 위에 손으로 뜬 재킷을 두르고 있었다. 따뜻한 부엌에서조차 그녀는 추워 보였다.

"뭘 좀 드릴까요?" 베라는 뭘 먹여야 할 것 같다고 생각했다. 따뜻하고 든든한, 몸에 좋은 수프를 먹으면 더 좋아지지 않을까 하는 우스운 생각이 스쳤다.

로레인은 고개를 저었다. 그 동작조차 힘든 것 같았다. "미안해요. 좋은 하루가 아니었어요."

"남편에게 상태가 안 좋다는 말을 해야 하지 않을까요?" 그들 둘만 있는 것 같았다. 홀리와 조는 화덕 앞의 멍석 매트와 서랍장 위의 도자기나 다를 바 없는, 가구의 일부가 된 것 같았다.

"그래야겠어요. 몇 주가 아니라 며칠 내로. 하지만 당신들이 범인을 잡고 생활이 평소대로 돌아올 때까지 기다리고 싶어요. 그렇게 빨리 끝날 수 있을까요?"

"곧이요. 하지만 우선 당신 도움이 필요합니다."

로레인은 대답하지 않았지만, 알겠다는 표시로 보일락 말락 어깨를 으쓱했다.

"어떻게 교도소에서 일하게 됐는지 말해 주세요."

로레인은 의자에 등을 기댔다. "나는 에섹스에서 큰 종합중등학교 교사였어요. 그럭저럭 지냈죠. 사실 일을 좋아했어요. 아이들의 주의를 집중시킬 수 있었고, 가끔 스타도 탄생했죠. 미술에 열정을 지닌 아이, 다른 사람들과 다른 방식으로 세상을 바라보고 그 시야를 화폭에 담아낼 줄 아는 아이." 그녀는 올려다보고 자조적으로 씩 웃었다. "무슨 소릴 하고 있담! 속기 쉬운 젊은 사람들을 미술 전공에 끌어들이는 광고 문구 같은 말을 하고 있네요."

베라는 아무 말도 하지 않았다. 바깥에서는 물이 새는 배수관에서 물방울이 뚝뚝 떨어지고 있었고, 비가 더욱 세차게 내리고 있었다.

로레인은 잠시 눈을 감았다. "그리고 이혼을 했어요. 특별한 일은 아니었어요. 남편이 더 젊은 여자, 동료에게 빠진 거예요. 진부한 이야기 예요. 그런데 그 일이 내 자신감을 무너뜨렸어요. 갑자기 학급 앞에 서서 어린아이들을 통제하는 일을 할 수가 없었어요. 밤에는 걱정 때문에 뜬눈으로 지샜죠. 보다 순종적인 청중이 필요했어요."

"교도소에 그런 청중이 있었나요?"

"구석에 교도관이 서 있으면, 재소자들이 소란을 피울 가능성이 적죠." 로레인은 사이를 두었다. "대체로 교도소 일이란 어린아이 보살피는 일을 성인에게 적용하는 거예요. 의미 있는 활동을 제공한다, 그쪽 용어로, 물론 사실 대체로 무의미한 일이긴 하죠. 때로 관심을 보이는 사람이 있긴 했지만, 나한텐 학교에서 가르치는 스트레스 없이 생계를 유지하는 수단이었어요."

"나이절은 어떻게 만났나요?" 베라는 불필요한 질문이라고 생각했다. 로레인은 자기 인생 이야기를 하고 있었고, 어쩌면 자신의 시간이 다하기 전에 이런 기회가 생긴 것을 반가워하고 있었다.

"사교 행사였어요. 교도소에서 제작한 그림과 공예품에 대한 시상식이었죠. 나이절의 회사가 후원 기업 중 하나였고, 내가 가르친 학생 하나가 최종 후보에 올랐어요. 음식은 형편없고 연설은 끝이 없는, 다들 그 자리를 견디기 위해 싸구려 와인을 너무 많이 마셔대는 그런 저녁 식사였죠. 우린 옆자리에 앉아서 이야기를 하기 시작했어요. 그는 아주 매력적이고 사려깊었어요." 그녀는 잠시 말을 멈췄다. "첫눈에 반한 사랑은 아니었어요. 적어도 내게는요. 하지만 첫 남편에게는 첫눈에 반했는데, 그래서 그 결혼이 어떻게 됐나요." 다시 쉬었다가 말을 이었다. "솔직히 나이절이 부자인 게 도움이 됐어요. 난 돈에 따라오는 모든 게 좋았어요. 걱정 근심 없고. 파리 주말 여행 같은 선물도. 최고급 식당에서 식사도요. 난 공짜에 익숙해졌어요."

"안 좋을 게 있나요?" 하지만 베라는 자신이라면 자신의 독립을 그렇게 싸게 팔 수는 없을 거라고 생각했다. "하지만 계속 일은 하셨죠?"

"병에 걸리기 전까지요. 자존심 문제였어요. 완전히 남편에게 의존하는 여자가 되고 싶지는 않아서요. 아이 문제도 없었고. 처음 만났을 때 우리 둘 다 40대 중반이었어요."

다시 침묵. 바깥에서 물방울 떨어지는 소리가 시계 초침처럼 규칙적으로 들려왔다.

"제이슨 크로우를 만난 적이 있나요?" 로레인이 부드럽게 자신의 인생 이야기를 펼쳐 놓은 뒤라, 질문은 퉁명스럽게 들렸다. 베라는 덧붙였다. "이 건물들을 개조한 회사를 소유한 사람입니다."

로레인은 고개를 들고 베라를 응시했다. 블라우스처럼 파랗고 반짝이는 눈동자였다. "아니, 모르겠는데요. 하지만 그 일은 나이절이 다 알아서 했어요. 우리 관계에서 실용적인 사람은 그예요. 나도 아주 잘 돌봐 줘요."

41

　재닛 오케인은 늙어 보였다. 철사처럼 뻣뻣한 머리의 흰 가닥이 한결 확연히 눈에 띄었다. 베라는 대저택에 증인들을 불러모으자는 생각이 천재적인 것이었다는 결론을 내렸다. 각자의 집에서는 주변 환경에 의해 인물을 판단하게 될 수 있다. 그러나 여기서는 그 가정의 분위기가 벗겨져 나간다. 재닛은 피곤해 보였지만 대단히 생기 넘치고 초조해 보였다. 게다가 암탉과 개, 정원 이야기를 하지 않으니, 분명 대단히 지적인 인물이었다. 은퇴 전의 여자가 보이는 것 같았다.

　"새로운 소식이 있나요?" 재닛은 홀리와 조를 무시했다.

　"유감이지만 수사 진척 상황은 말씀드릴 수 없습니다." 베라는 이 말투가 자신의 보스 포터처럼 들린다는 것을 깨달았다. 그를 볼 때마다 때리고 싶다는 비이성적인, 그러나 거의 압도적인 충동이 치밀곤 했다.

　"진척이 없지만 인정할 수 없다는 뜻인가요?"

　베라는 대답하지 않았다.

　"이건 끔찍해요. 이 일이 우리에게 어떤 영향을 주고 있는지 모르실 겁니다. 이제 마을에 갈 때마다 사람들이 나를 피해요. 아니면, 그 불쌍한 여자의 시체에 대해 온갖 섬뜩한 정보를 꼬치꼬치 묻기도 하는데, 이게 오히려 더 괴롭죠. 우리가 무슨 역병에 접촉한 것도 아니고." 재닛은 얼굴에서 머리카락을 쓸어 올렸다. "다들 우리가 아는 누군가가 또 죽기만을 기다리고 있는 것 같아요."

"힘드실 거라는 건 압니다. 당신이 시체를 발견했으니까요."

"우리 모두에게 힘들어요."

"그날 일을 다시 차근차근 말씀해 주시겠습니까? 이미 증언하셨다는 건 압니다만, 그날 오후와 저녁 내내 여러분 각자가 정확히 어디 있었는지 파악하는 것이 대단히 중요합니다." 자신이 말하는 동안 경멸하는 포터의 목소리가 머릿속에서 들리는 것 같았다. 정확한, 콧소리 억양.

"존과 나는 하루 종일 집에 있었어요. 존은 위층 자기 사무실에서 일하고 있었고요. 그는 이렇게 말해요. 일한다고. 그는 다른 책을 계획 중이에요. 하지만 지난 책 판매가 실망스러워서 출판사를 찾을 수 있을지 모르겠네요." 여자의 목소리는 아주 딱딱했다. 부부 사이에 무슨 일이 있었기에 남편에 대한 재닛의 태도가 바뀌었는지 궁금했다. 어쩌면 가까운 곳에서 발생한 살인이 한층 정직한 눈으로 남편을 바라보게 했는지도 모른다.

"그리고 당신은요?" 베라는 물었다. "뭘 하셨습니까?"

"정말 알고 싶으세요, 경감님? 극도로 따분해요." 재닛은 멈추었다가 다시 말했다. "세탁기에서 빨래를 꺼내 빨랫줄에 널었어요. 아주 빨리 말라서 다시 걷어와 다림질을 했고요. 침대에 깨끗한 시트를 깔았어요. 존이 방해받지 않도록 조용히 하려고 애썼죠. 점심 준비를 하고, 점심을 먹고, 설거지를 했어요."

"외출은 하셨나요?"

"개를 산책시키러 나갔어요. 그게 하루 중 가장 흥미진진한 일거리죠." 단단하고 날카로운 말들.

"언덕으로 올라갔습니까?" 베라는 주택 단지에서는 땅이 움푹 들어간 지형 때문에 보이지 않는, 셜리 휴어스의 시체가 발견된 산길을 생각하고 있었다.

재닛은 이 질문의 속뜻을 알아차렸다. "아뇨. 다른 길로 갔어요. 개울 쪽으로 내려갔죠. 그 여자가 그때 이미 죽은 시점이었다고 생각하시나요? 시체가 이미 언덕에 있었을 거라고?"

"몇 시에 산책하러 나가셨느냐에 달렸겠죠."

"점심 직전에 나갔어요. 오후에는 존이 개를 데리고 나갔고요."

"그럼 휴어스 부인은 당신이 나갔을 때 언덕에 있지 않았습니다. 오전 내내 자기 사무실에 있었으니까요." 베라는 사무적인 목소리였다. "오후에는 왜 남편이 나갔습니까? 평소에도 그런가요?"

재닛은 한동안 말이 없었다. 의자 팔걸이를 쥔 주먹의 관절이 희게 변한 것이 눈에 띄었다. "아뇨." 그녀는 마침내 말했다. "평소에는 그렇지 않아요."

"한데 왜 평소대로 하지 않았습니까?" 베라는 환자를 소파에 눕혀 놓은 정신과 의사처럼 조용히 물었다.

"상황이 변하지 않으면, 내가 그를 떠나겠다고 협박했으니까요." 재닛은 베라를 쳐다보았다. "따분해 미칠 것 같다, 날 집안일 하는 노예 취급하지 말라고 했어요. 나도 좋은 케임브리지 학위가 있는 사람이다, 이 개떡 같은 계곡과 빌어먹을 이웃들을 떠나서 내 두뇌를 사용하지 못한다면, 아주 시끄럽게 발광해 버릴지도 모른다고. 그러면 당신 인생도 피곤해지고, 집필 일정도 예정대로 안 될 거라고."

바깥에서는, 부서진 배수관을 통해 빗물이 계속 뚝뚝 떨어지고 있었다. 카스웰 부부가 돌아오자마자 저것부터 수리하지 않으면 그쪽이 먼저 미칠 것 같았다. "시골로 이사오기로 한 건 당신 생각이라고 들은 것 같은데요. 좋은 인생. 자연으로의 회귀."

"맞아요. 그 때문에 더 화가 나는 거죠. 존은 도시에서 잘 살았을 거예요. 나는 우리 관계에 변화가 필요하다고 생각했어요. 우리가 더 가까워질지도 모른다고. 더 정직해질지도 모른다고. 하지만 여기 온 뒤에도 우리 사이에는 하나도 바뀐 게 없어요. 계곡 생활은 한층 불편하고, 상당히 따분했죠. 애당초 내 생각이었기 때문에 좋은 척했어요. 이 실험이 완전한 실패라는 걸 인정하고 싶지 않았고요."

"주택 구입 협상은 누가 했지요?" 이번에도 베라는 주제를 갑자기 바꿨다.

"무슨 뜻인가요?"

"밸리 팜에 살겠다고 결심한 뒤, 일이 어떻게 진행됐습니까?"

"아, 내가 다 알아서 했어요." 재닛은 다시 얼굴에서 머리카락을 쓸어넘겼다. "존은 일상의 자질구레한 일들을 싫어해요. 그때는 그도 아직 일하고 있었고. 핑계가 있었던 거죠."

"개발자를 직접 상대하셨다고요?" 베라는 그녀를 쳐다보았다.

"최종 마무리를 상의하기 위해 한 번 만났어요. 타일, 페인트 색, 그런 거요."

"제이슨 크로우는 어디서 만나셨습니까?"

"현장에서요. 그가 우리를 이끌고 집 안을 안내했어요."

"그럼 그때는 존도 같이 있었군요?" 베라는 아직 메모하고 있는지 확인하기 위해 홀리를 슬쩍 보았다.

"아뇨, 그는 대학에서 일이 있었어요. 애니와 샘이 같이 있었죠. 제이슨은 두 집 다 안내했어요. 이웃을 만난 건 그날이 처음이었어요."

베라는 어떤 분위기였을지 상상해 보았다. 샘과 애니는 자기들의 사업을 망친 남자에게 얼마 전 산 집을 안내받는다. 나오기 전에 제이슨 크로우가 개발 업자라는 걸 알고 있었을까? 분명 키머스톤 빌딩 서비스라는 회사명 배후의 인물 정도는 알고 있었으리라.

"당신과 존은 아이가 없죠?" 다시 화제를 빠르게 바꿨다. 그러나 재닛은 이번에는 당황하지 않았다.

"없어요." 긴 침묵이 흘렀다. "나는 아이가 있었으면 했어요. 사실 생물학적 시간이 흐르고 마흔 살이 가까워갈 때 말은 하지 않았지만 필사적이었죠. 한데 결혼하기 전에 존은 가족을 원하지 않는다는 점을 분명히 했어요. 그걸 알고 결혼했으니, 내가 그 규칙을 바꿀 수는 없다고 느꼈어요."

"왜 그와 결혼하셨나요?" 재닛이 입을 연 순간부터 궁금했던 질문이었다.

"그는 내가 만난 가장 아름다운 남자였어요." 말이 울음처럼 터져나왔다. "그는 날 필요로 했고요. 그러다 결국 그는 내가 가져 보지 못한 아이가 된 것 같아요. 내가 그를 그렇게 만들어 놓고 어떻게 너무 의존적이라고 불평하겠어요?"

"당신이 하던 일에 대해 말씀해 주시죠."

"학위를 딴 뒤 사회 복지사 훈련을 받았어요. 위탁과 입양 전공이었고, 보다 최근에는 가정 법원 중재자로 일했죠." 말이 편하게 나왔다. 저녁 파티에서 할 만한, 감정 개입 없는 정석적인 답변. "나는 일이 좋았어요. 정말 즐겼고요."

"셜리 휴어스를 업무적으로 만난 적이 있었나요? 베빙턴에서 전과자 자선 단체를 맡기 전에 보호 관찰관으로 일했는데요."

베라는 즉각적인 답변을 기대했지만, 재닛은 확실하지 않은 것 같았다. "만난 적은 없는 것 같아요. 위탁 및 입양 분야에서 일할 때, 혹시 마주쳤을 수도 있겠는데. 그녀 고객의 아이들을 위탁 가정에 맡기는 업무를 내가 처리했다든가. 재소자들은 보통 다발적인 문제를 갖고 있고,

인생이 복잡하거든요. 보호자로 문제가 있을 수 있어요. 그런데 정말 기억은 안 나네요." 그녀는 아주 오래 사이를 두었다. "시체를 봤을 때, 난 얼굴만 잠깐 봤어요. 가까운 친구였더라도 알아볼 수 있었을 것 같진 않아요." 다시 잠시 동안의 침묵. "간밤에 악몽을 꿨어요. 언덕 위에 있는데, 다시 시체가 나왔어요. 하지만 꿈에서는 '내가' 거기 가슴에 칼 자국이 난 시체로 누워 있었어요. 내가 본 건 내 얼굴이었어요."

존 오케인은 매력을 발휘하기로 마음먹은 모양이었다. 그는 맞은편 의자에 앉아 학생 시절부터 여자들을 유혹하는 데 사용한 미소를 지었다. "마지막으로 이 부엌에 왔을 때는 집주인의 아주 좋은 몰트 위스키를 마셨는데요." 가장 높은 사람들과 어울린다는 것을 알려 주려는 말이었다.

"하지만 이건 사교적인 자리가 아닙니다, 오케인 씨."

"그렇지요."

그는 아직 청년처럼 옷을 입고 있었다. 비싼 청바지와 희끗희끗한 색깔이 보이지 않도록 너무 길게 기르지 않은 맵시 있는 수염. 혹시 머리카락도 염색을 하는지 궁금했다. 그런다 해도 놀라지 않을 것이다. 그는 경청하는 학생들과 젊은 강사들로 이루어진 청중을 그리워하는 것 같았다.

"끔찍한 일입니다. 하지만 제가 어떻게 도움이 될지는 모르겠군요."

"이 계곡의 집에 끌리게 된 계기는 무엇이었습니까?" 그가 원래 어울리던 친구들 무리와 술집, 식당을 뒤로하고 여기로 온 이유를 알 수가 없었다.

"재닛이 어딘가로 옮겨야 한다고 생각했고, 저도 괜찮은 생각 같았습니다. 새 책에 집중해야 했어요. 전에 살던 곳에는 주의를 산만하게 하는 놀거리가 너무 많았습니다. 뭔가 가치 있는 것을 쓸 수 있는 마지막 기회라고 생각했어요. 저보다 오래 살아남을 뭔가를요. 시간 속의 한 시기와 장소를 규정하는 책." 그는 미간을 찡그렸다. "어쩌면 터무니없이 들릴지도 모릅니다, 경감. 거창하다고요. 하지만 젊은 시절부터 이것이 제 꿈이었고, 전 그 꿈을 이룬 적이 없습니다. 집필에 집중한다면, 이 책이 가장 그 꿈에 근접할지도 모른다고 생각해요."

"그래서 기꺼이 옮기셨군요." 베라는 자신이 뒤에 남길 것은 무엇인가 생각해 보았다. 범죄자 몇 명을 잡아넣었다. 좋은 경찰 몇몇을 훈련시켰다. 어쩌면 그것으로 충분할 것이다.

"공동의 결정이었습니다." 오케인은 말했다. "잰은 언제나 좋은 삶에 대한 낭만적인 갈망을 갖고 있었어요. 아직 집이 헛간에 지나지 않던 시절에 장소를 먼저 보고 돌아와서 침이 마르도록 칭찬했습니다. 경치, 평화."

"이웃과는 어떻게 지내십니까? 은퇴한 쾌락주의자 동료들과는?"

"피상적인 수준에서 그럭저럭 아주 잘 지내고 있지요. 사교적으로요. 금요일 밤 술 몇 잔. 카스웰 대령은 아마추어 역사가라서, 전 아마 다른 사람들보다 그분과 더 공통점이 많을 겁니다."

속물.

"이 살인 사건 말인데…" 베라는 그를 쳐다보았다. "전에 피해자 중 누구도 만난 적이 없다고 확신하십니까?"

"하우스시터는 더 램에서 한 번 본 적이 있고, 잠시 이야기를 나눴습니다."

"그 말은 전에는 안 하셨는데요." 거의 꾸짖는 듯한 날카로운 목소리였다.

"그랬나요? 죄송합니다. 하지만 묻지 않으셨겠지요." 그는 사이를 두었다. "전 하루 종일 컴퓨터 앞에서 지내고 나서 더 램으로 도피합니다. 사람이 필요해요. 배경 소음 같은 것도요. 전 여기보다 도시 소년이었던 모양입니다." 그는 다시 한 번 사람의 마음을 홀리는 미소를 지어 보였다.

"당신과 패트릭은 무슨 이야기를 나눴습니까?" 베라가 만나 본 사람 중에 패트릭의 어머니를 제외하고 그 청년과 진짜 대화를 나눠 본 유일한 사람 같았다.

"학계 생활이요. 엑세터로 돌아가서 박사 후 연구원 생활을 하고 싶다고 해서, 전 왜 잠시 쉬느냐고 물었습니다. 혹시 작가가 될 꿈도 있는지. 그에게는 뭔가 있었어요. 언어를 다루는 방식 말입니다."

"뭐라고 하던가요?" 베라는 퍼브에 있는 자신을 상상해 보았다. 글로리아는 바 뒤에 서서 소문 이야기를 주고받을 것이다. 퍼시와 나이든 남자들은 도미노 판 주위에 모여 있을 것이고, 패트릭은 모르는 사람만 가득한 낯선 곳에 와 있다. 은퇴한 교수는 그가 새집에서 동질감을 느낄 수 있는 유일한 사람으로 보였을 것이다.

"언젠가 뭔가를 쓰고 싶다고 했어요." 오케인은 말했다. "아주 끝내주는 이야기가 있다고. 하지만 길스윅에 온 이유는 그것 때문이 아니라고 했습니다."

"왜 이곳에 왔는지 그 이야기를 하던가요?" 베라는 자기도 모르게 숨을 멈췄다.

"아니요. 자기만의 연구를 하고 있다고 했습니다."

"마틴 벤튼이라는 이름을 언급했습니까?"

오케인은 고개를 저었다. "아뇨, 그 말은 확실히 한 적이 없습니다."

"그 대화에 대해 더 하실 말씀은 없습니까?" 베라는 이 남자에게서 뭔가 유용한 것을 얻어 내리라는 희망을 잃고 있었다. 그녀는 창밖을 바라보았다. 아직 보슬비가 정원 전망을 가리고 있었다.

"여기 나무 밑에 나방 덫을 놓을 거라고 했습니다. 하룻밤 와서 자기가 잡은 걸 구경해도 된다고 초대했고요. 전 그거 좋겠다고 했습니다. 사실 별 관심은 없었지만, 괜찮은 볼거리라고 생각했어요. 게다가 그는 아주 열성적이었습니다. 진심에서 우러나는 열정 같았어요. 그가 기뻐할 거라는 걸 알 수 있었습니다."

42

조는 대저택 부엌에서 베라 옆에 앉아 그녀의 솜씨를 바라보고 있었다. 그것은 목격자 심문 대가의 공개 수업이었다. 이전까지만 해도 인형처럼 보이던 사람들이—순종적인 아내, 유쾌한 남편, 죽어가는 미술가, 뚱한 학자—그의 눈앞에서 실제로 변신하고 있었다. 베라의 언어가 그들에게 생명을 불어넣었다. 그는 이 기술이 베라에게는 너무나 쉬워 보이는 것이 분했다.

존 오케인이 방을 떠나자 베라는 의자에 등을 기댔다. "자네들은 어떻게 생각해? 교수만 말고, 전부 다."

"은퇴한 쾌락주의자라는 별명이 좀 공허하게 들리는데요." 홀리가 말했다. "사기극 같아요. 다들 상당히 불쌍하군요."

"집 앞에서 살인 세 건이 일어난 탓일까?" 베라의 눈은 밝았다. 자신이 심문을 탁월하게 해냈다는 것을 알고 있었다. "상당히 우울한 일일 수 있잖아."

"오히려 살인이 그나마 따분함을 좀 덜어 준 것 같다는 느낌이 들어요." 홀리는 메모를 내려다보았다. "그런데 재닛 오케인은 정말 괴로워 보이는군요."

"자네 생각은 어떤가, 조?"

그는 보스를 돌아보았다. 머릿속이 텅 비고 모든 이성적인 생각이 싹 빠져나갔다. 때로 베라는 이런 효과를 발휘했다. 이 경험을 샐에게 이야기했더니, 그녀는 웃었다. "지적인 관장처럼 들리는데. 대장 세척, 단지 그게 두뇌에서 일어나는 일인 거지." 하지만 지금 머릿속에 생겨난 진공은 그리 우습게 여겨지지 않았다.

"회사를 통해서지만, 모두 제이슨 크로우와 접촉한 적이 있습니다." 그는 마침내 중얼거렸다. "이것도 묘한 인연 같군요." 한심한 감상이라는 것은 알고 있었다.

"음, 내가 우연을 어떻게 생각하는지는 자네도 알고 있잖아." 베라는 시계를 보았다. "애니와 샘은 어디 있지? 골치 아픈 리지도 있으면 이야기를 해 보는 게 좋겠지. 내가 직접 만나보고 싶어. 전화해서 여기 오라고 했어?"

"외출 중이었습니다." 조가 말했다. "응답기에 메시지를 남겼습니다."

"음, 다시 걸어 봐. 내가 일이 잘 될 때 다 만나 보자고. 지금 아무도 없으면, 휴대전화도 걸어 봐. 잘 풀리면 내일 이 시간까지는 다 끝날 거야." 베라는 눈을 감았다. 사건에 대해 갖고 있는 생각을 남한테 알려주지 않는, 뚱뚱하고 자족적인 부처의 모습이었다.

조는 밖으로 나가 레드헤드 가족에게 전화를 걸었다. 예전에 치매에 걸린 나이 많은 친척 아주머니를 요양원으로 찾아간 적이 있었는데, 숲속의 산비둘기 울음소리가 마치 요양원 노인들의 신음 소리처럼 들렸다. 부드럽고 구슬픈 소리였다. 그는 처마 밑에 서 있었다. 창문을 통해 움직이지 않는 베라가 보였다. 레드헤드 집 전화는 응답이 없었기 때문에, 애니의 휴대전화에 다시 걸어 보았다. 그녀는 조의 번호인 줄 모르고 곧장 전화를 받았다. "네?" 거의 겁에 질린 목소리였다.

그는 경감이 되도록이면 빨리 저택에서 그들을 만나고 싶어한다고 전했다.

"우리는 오늘 뉴캐슬에 나왔어요, 형사님. 오후 늦게야 돌아갈 것 같은데요. 괜찮을까요? 다른 일은 없지요?"

"네, 다른 일은 없습니다." 뭐라고 더 말할 수 있을까? 베라는 빨리 부르라고 했지만, 그녀의 비위를 맞추기 위해 당장 길스윅에 돌아오라고 할 수는 없는 노릇이었다. 애니는 전화를 끊으려 했다. "혹시 따님과 통화할 수 있을까요?" 조는 물었다. "집에 있습니까?"

"아뇨." 곧장 대답이 돌아왔다. "키머스톤에서 친구를 만나고 있어요. 리지가 어떻게 수사에 도움이 되는지 모르겠네요. 그 끔찍한 일이 일어났을 때 여기 있지도 않았잖아요. 그 애는 그냥 내버려 두세요."

그들은 늦은 점심을 먹으러 퍼브로 갔다. 조는 지금 할 수 있는 다른 일도 얼마든지 있다고 생각했다. 샘과 애니 레드헤드가 돌아오기만을 기다리기 위해 계곡에 머무르는 것은 쓸데없는 짓이다. 베라는 이해하기 어려운 현자 같았다. 자기 생각에만 몰두해서 말이 없었다. 그들은 라운지 구석에 앉았고, 조는 베라가 바에서 오가는 대화에 귀를 기울이고 있다는 것을 알 수 있었다. 퍼시 더글러스가 나이 든 친구와 같이 앉아 카스웰 영지가 아직 소작농에 의해 유지되고 양의 두수에 따라 유럽연합에서 보조금이 괜찮게 나오던 좋은 옛 시절 이야기를 하고 있었다. 홀리는 심문 도중 적은 메모를 읽고 있었다. 조는 소외감을 느꼈다. 홀리가 거기 없었다면, 베라는 그에게 말을 걸었을지도 모른다.

더 램을 나서자, 베라는 갑자기 마음이 바뀐 것 같았다. "자네 둘까지 여기 죽치고 있을 필요는 없지. 키머스톤으로 돌아가. 홀, 그 메모를 오늘 저녁 회의에서 발표할 수 있는 형태로 정리해. 이제 그들 모두의 배경을 좀 더 알아냈으니까. 조, 자네는 키머스톤을 돌아다녀 봐. 젊은 리지가 친구와 어울리고 있을 만한 곳을 둘러보라고. 내가 그녀와 이야기하고 싶으니까, 혹시 발견하면 연락해. 그리고 제이슨 크로우가 가족과 함께 휴가를 보내러 프랑스로 갔는지, 아직 시내에 있는지 알아야겠어." 베라는 그들을 랜드로버에 태우고 홀리의 차가 세워져 있는 저택 앞에 내려주었다. 떠나면서, 조는 보스가 다시 눈을 감고 운전석에 그대로 앉아 있는 모습을 보았다.

경찰서에서 조는 키머스톤 빌딩 서비스에 전화해서 제이슨 크로우와 통화하고 싶다고 했다. 중년 여성이 대답했다. "크로우 씨는 하루 종일 약속이 있습니다. 다른 분이 도와드리면 안 될까요?"

"내일은 시간이 나십니까?"

잠시 침묵이 흐르고, 종이 넘기는 소리가 났다. 구식 일정표였다. "이번 주 크로우 씨 일정은 잘 모르겠습니다." 그러면 프랑스 시골에서 가족과 완벽한 휴가를 즐기러 떠나지는 않았다는 이야기다. 최소한 아직은. 조는 감사 인사를 하고 전화를 끊었다.

그는 시내로 나갔다. 키머스톤에서 젊은 사람들이 낮에 어디서 어울리는지 알 수가 없었다. 그는 버스 정류장부터 가서 그날 아침 길스윅에서 온 운전사를 추적했다. 살해되던 날 마틴 벤튼을 실어 준 바로 그 운전사였다. 조는 리지의 인상을 설명했다. "피부가 아주 희고, 빨강 머리. 미인입니다."

"네, 길스윅 첫 정류장에서 기다리고 있었지요." 그는 흡연 구역 밖에서 자기 생명이 달려 있기라도 한 듯 작게 만 담배를 빨고 있었다.

"시내까지 죽 타고 왔습니까?"

"그렇지는 않고요. 중앙 정류소 두 정거장 못 미쳐서 내렸습니다. 언덕 위의 그 멋진 주택 단지 앞에서요. 이름이 뭐더라? 구닥다리 이름이었는데. 헤더뷰." 그는 남은 담배를 바닥에 던지고 밟았다. "주택 단지 앞으로 지나가게 하려고 버스 노선 전체를 바꿨는데, 거기서 대중교통을 이용하는 사람은 어차피 별로 없어요."

"누가 거기서 기다리던가요?" 제이슨 크로우가 헤더뷰 가장자리의 궁궐 같은 주택에 살고 있기 때문이었다.

운전사는 고개를 저었다.

"그녀가 어느 쪽으로 걸어갔는지 보셨습니까?"

"네." 느릿한, 공모하는 듯한 미소. "쳐다볼 만한 여자잖아요. 무슨 뜻인지 아시죠?"

"그래서요?"

"언덕 쪽으로 올라갔습니다. 시내 반대쪽으로요."

조는 베라에게 전화를 걸었고, 그녀는 전화 때문에 잠에서 깬 것 같았다. 늘어진 나뭇가지에서 자동차 지붕으로 뚝뚝 떨어지는 빗소리를 들으며, 대저택 바깥에 주차한 랜드로버에 계속 앉아 있는 베라의 모습을 상상할 수 있었다.

"리지는 제이슨 크로우의 집에 있는 것 같습니다. 어떻게 할까요?"

침묵이 흘렀다. 그녀는 가능한 선택지를 짚어 보고 있었다.

"가 봐. 그럴듯한 핑계가 있잖아. 공사 당시 밸리 팜 사람들과 어떤 관계였는지 물어봐. 같이 일하기 어땠는지. 이런 상황이 아니라도 유용한 이야기들이야."

"리지가 거기 있으면요?"

다시 긴 침묵.

"같이 계곡으로 돌아가자고 설득해 봐. 차를 태워 주겠다고. 그녀가 어디 있는지 알고 있는 게 좋잖아."

조는 리지를 교도소에서 만났던 때를 기억했다. 재미있다는 듯한, 반항적인 표정. 원하지 않는 일을 하도록 설득하는 건 매우 어려울 것이다. 제이슨 크로우의 집으로 차를 몰고 간 그는 주눅 드는 기분으로 잠시 집 밖에 앉아 있었다. 으리으리한 저택과 리지 레드헤드의 기억이 자신감을 꺾어 놓았다. 그는 차에서 내려 초인종을 눌렀다. 크로우가 나타났다. 수사 본부에 붙여 놓은 사진보다 더 나이 들어 보였지만 아직 몸매는 탄탄했다. 그는 맨발이었고, 청바지와 스웨터 차림이었다. 조가 볼 때 하루 종일 사람을 만난 것 같지는 않았다.

"리지 레드헤드가 여기 있습니까?"

"누구십니까?" 크로우는 리지의 아버지라고 해도 좋을 나이였지만, 두 사람에게는 똑같은 오만함과 똑같은 우월감이 있었다.

조는 신분증을 보여 주었다.

"아, 그렇죠. 짐작했어야 했는데. 그 재킷은 정말 경찰 분위기군요."

"리지 레드헤드는요?" 조는 어떻게 해야 안에 들어가서 둘러볼 수 있을까 궁리하고 있었다.

"방금 놓치셨소." 크로우는 말했다. "30분 전에 갔습니다."

"여기서 뭘 했습니까?"

그는 잠시 망설였다. "아마, 평화를 얻고 싶어서 온 것 같습니다."

조는 무슨 뜻인지 묻지 않았다. 직설적인 대답을 얻지 못하리라는 것은 알고 있었다.

크로우는 참을성을 잃는 것 같았다. "여기 없습니다. 말했잖소. 원한다면 들어와서 확인해요. 문간에서 지저분한 꼴을 보고 이웃들이 오해하는 건 원하지 않소."

홀의 계단 맨 아랫단에 값비싼 여행 가방이 놓여 있었다.

"내일 가족을 만나러 프랑스로 갑니다. 일찌감치 출발할 예정이라

준비를 마쳤소." 그는 말을 이었다. "자, 마음대로 하시오, 형사. 어디든 지 가 보시오. 필요하면 나는 내 사무실에 있겠소." 크로우는 조의 불편한 기색에 갑자기 재미있다는 표정을 지었다. 짜증이 사라졌다.

조는 집 위층부터 시작했다. 여기서 리지를 찾을 거라고 생각하지는 않았지만, 그래도 둘러보지 않고 순순히 물러날 수는 없었다. 그도 궁금했다. 집에 가서 샐에게 주인 침실에 딸린 으리으리한 욕실과 각각 샤워실과 맞춤 가구, 평면 스크린 텔레비전이 딸린 아이들 방 이야기를 하는 모습이 떠올랐다. 옷장을 열어 보니 그의 월급보다 더 비쌀 것 같은 정장이 걸려 있었다. 아래층에서 그는 다용도실을 살펴보았고 차고로 통하는 문을 발견했다. 아무것도 없었다. 크로우의 사무실 문은 열려 있었다. 그는 맨발을 의자에 걸친 채 자기 책상 앞에 앉아 컴퓨터 화면을 바라보고 있었다. 아주 편안해 보였다.

"리지가 어디로 가는지 말하던가요?" 조는 물었다.

"계곡의 집으로 돌아갔겠지요. 쇼핑을 하고, 버스를 잡겠다고 했습니다." 크로우는 컴퓨터 화면에 시선을 고정하고 있었다.

"차를 태워 주겠다고 제안하지 않으셨습니까?"

"난 바쁜 사람이고, 그녀는 성인 여성이지. 충분히 알아서 집에 갈 수 있어요."

조는 달리 뭐라 물어야 할지 알 수 없었다. 돈 많은 남자의 집에 불청객으로 들어와 사무실 문간에 서 있으려니 멍청한 기분이 들었다.

"멀리 안 나갑니다, 형사." 크로우는 조가 현관 쪽으로 걸음을 옮기자 돌아보지도 않고 말했다.

43

홀리는 규칙을 깨뜨리는 사람이 되어 본 적이 없었다. 학교에서는 학급 수석에 가까웠지만, 사람을 돋보이게 해 주는 천재의 반짝임이나 지적인 모험에 대한 용기를 가져 본 적은 없었다. 끈질긴 성실함으로 대학에 자리를 차지했고, 이런 특성이 보답받는 조직이라는 사실을 이해했기 때문에 경찰에 지원했다.

베라는 저녁 회의에 대비해 오늘 심문 내용을 정리하라고 그녀를 키머스톤으로 보냈고, 그래서 홀리는 바로 그 일을 하기 위해 책상 앞에 앉았다. 그런데 키보드에 손가락을 얹은 순간 별다른 의식적인 노력 없이, 그녀는 리지의 머릿속에 들어가서 리지의 눈으로 세상을 바라보고 있었다. 그 젊은 여자가 무슨 계획을 세우고 있는지 정확히 알 수 있던 것이다. 이 예상치 못했던 한순간의 직관 때문에 현기증이 나서 홀리는 잠시 움직이지 않고 그대로 앉아 있었다. 그녀는 재킷을 집어 들고 사무실에 남아 있는 사람들을 향해 길스윅으로 돌아가겠다고 소리쳤다. 중년 형사가 고개를 들고 손을 흔들었지만, 나머지는 별다른 주의를 기울이지 않았다.

홀리는 키머스톤에서 온 버스와 동시에 마을에 도착했다. 우체국 바깥 보도 근처에 차를 세우고, 승객들이 다 내릴 때까지 기다렸다. 세 사람이었다. 쇼핑 바구니를 든 나이 지긋한 여자 두 명, 그리고 리지 레드 헤드였다. 리지는 마지막으로 내려서 잠시 망설이다 계곡 쪽으로 이어 지는 도로를 올라가기 시작했다. 홀리는 리지가 시야에서 사라질 때까 지 기다렸다가 전화를 무음으로 전환하고 뒤따르기 시작했다. 비는 한 층 가벼워서 이제 축축한 안개에 지나지 않았지만, 시야는 좋지 않았 다. 리지는 가끔 저 멀리 그림자처럼 언뜻언뜻 보였다. 수사 본부 화이 트보드에 꽂혀 있던 사진에서 눈에 확 띄던 구릿빛 머리카락은 색깔을 알아볼 수 없었다. 풍경 안의 모든 것이 회색이었다.

저택 대문 근처에서 리지는 사라지는 것 같았다. 홀리는 서서 귀를 기울였다. 아무 소리도 들리지 않았다. 홀리는 항상 저 멀리 어딘가에 서 도로의 소음이 들리고 가끔 사이렌이 울려 퍼지는 도시의 정적에 익숙했다. 하지만 이것은 짙고 약간 두려운 진짜 정적이었다. 그녀는 등 뒤에서 움직임을 감지했다. 어쩌면 방수 처리된 옷가지가 부스럭거 리는 소리였거나, 젖은 잔디를 디디는 조심스러운 발소리였는지도 모 른다. 뒤돌아보았지만, 마을 쪽으로 이어지는 도로밖에 보이지 않았다. 왼쪽에는 높은 돌벽과 랜들이 나방 덫을 설치했던 숲에 가려 여기서 보이지 않는 대저택이 있었다. 오른쪽은 강으로 이어지는 관목 풀숲이 었다. 양쪽 다 숨기 좋은 곳이었다. 홀리는 가만히 선 채 계속 귀를 기 울였다. 리지의 위치가 바뀌었는데, 홀리가 못 보았을 리가 없다. 하지 만 등 뒤에서 움직이고 있는 것이 리지가 아니라면, 도대체 누구지?

다시 정적이 내렸다. 아무도 따라오고 있지는 않았다. 풀숲 안에서 동물이 움직인 소리였으리라. 홀리의 불안한 모습을 보면 베라는 아마 웃을 것이다. 광활한 자연에서 일하는 데 어울리는 분은 아니지, 안 그 래? 홀리는 저택 입구를 나타내는 기둥 사이로 들어섰다. 리지는 이쪽 으로 갔을 것이다. 달리 설명할 길이 없었다.

44

리지는 천천히 계곡을 올라갔다. 두 손은 주머니에 푹 찌르고, 보슬비 때문에 후드를 뒤집어쓰고 있었다. 버스에서 내렸을 때 부모님에게 차를 가지고 내려오라고 전화할 수도 있었지만, 그녀는 다른 계획이 있었다. 곧장 집으로 갈 생각은 아니었다. 지금은. 오른쪽 주머니에는 아까 키머스톤의 싸구려 공구점에서 산 스탠리 칼이 들어 있었다. 날이 노출되도록 나사를 풀어 놓은 상태였다. 그녀는 엄지손가락으로 금속 날을 문질렀다.

제이슨 크로우는 실망스러웠다. 그녀가 교도소에 있는 동안 늙은 것 같았다. 날카로움을 잃었다. 무르고 감상적인 사람이 되어서, 마치 신경이나 쓰는 것처럼 제 가족 이야기뿐이었다. 배짱도 없었다. 리지를 사랑한다고 말은 했지만, 아이들이 대학에 다니는 동안에는 같이 도망칠 수 없다고 했다. 사업을 정리하고 자산을 현금화할 때까지는 힘들다고 했다. 변명이 너무 많았고, 그녀는 아무것도 믿지 않았다. 제이슨은 말했다. "넌 불장난을 하고 있어, 리지 레드헤드. 그냥 잊어버려. 다시 교도소로 돌아가고 싶나? 다음번에는 이렇게 쉽게 끝나지 않을 거야."

그때 칼이 있었다면, 그에게 사용하고 싶은 충동을 느꼈을 것이다. 그녀는 잠시 눈을 감고 어떤 기분일까 상상해 보았다. 가위로 천을 자르듯, 칼날이 피부를 가르는 감촉. 그 감촉이 제이슨 크로우를 다시 살아나게 할 것이다. 그녀를 무시하지 못할 것이다.

리지는 눈을 떴다. 길스윅 대저택으로 들어가는 갈림길까지 와서 잠시 멈춘 채 어린 시절 카스웰 집 아이들과 함께한 차 시간을 떠올렸다. 정신없었던 부엌. 꿀이나 마마이트를 바른 흰 빵, 탁자 위의 지저분한 병, 상자에 든 케이크. 집에서는 허락받지 못했던 일들. 대령은 포크랜드 전투에 참전했고, 그가 들려주는 이야기들에 리지는 넋을 잃었다. 모험을 격려하는 그 집에서 자랐다면, 그녀도 다른 사람이 되었을 것이다. 드라이브로 들어서자, 발밑에서 자갈이 부석거렸다. 리지는 걸음을 늦추고 드라이브 길에서 벗어나 숲 가장자리를 따라 걸었다. 아침에 버스를 타러 나올 때는 형사의 랜드로버가 이 안에 서 있었는데, 지금 그녀가 가장 피하고 싶은 것이야말로 한 무더기의 경찰들이었다. 비는 심하지 않았지만, 나뭇가지에서 빗물이 뚝뚝 떨어졌다. 랜드로버는 없었다. 저택에는 인기척이 없었다.

셜리 휴어스는 시팅웰에서 마지막으로 대화했을 때 나방 덫 이야기를 했다. 그전 만남에서 그들은 패트릭 랜들과 마틴 벤튼에 대해 이야기했다. 같은 열정을, 그리고 같은 비밀을 지녔던 죽은 남자 둘. 리지는 자신이 무엇을 찾고 있는지 알았고, 숲을 가로지르다 마침내 나방 덫을 발견했다. 긴 풀 때문에 신발이 축축했고, 양말도 다 젖어 있었다. 그녀는 시계를 보았다. 오래 기다릴 필요는 없었다.

스위치를 켜자, 불이 들어왔다. 긴 네온 조명은 너무 밝아서 똑바로 쳐다보면 눈이 아팠다. 너무 희어서 차가운 파란색을 띠는 불빛. 이 불빛은 그날 밤 벌레 외에 다른 것을 끌어들였을 것이다. 리지는 엉덩이가 너무 젖지 않도록 방수 재킷 자락을 펴고 덫 옆에 쭈그리고 앉았다. 그리고 여기서 만나기로 한 사람에게 할 말을 연습하기 시작했다. 〈내셔널 지오그래픽〉에서 출간된 책을 교도소에서 발견한 뒤로 죽 계획했던 말. 밤에 뜬눈으로 침대에 누워 다른 여자들의 숨소리를 들으며 연습했던 말. 사막과, 숲과, 광활하고 자유로운 하늘을 꿈꾸며 거듭 되풀이했던 문구였다.

45

베라는 레드헤드 집 거실에 앉아 계곡에서 사라져 가는 햇빛을 바라
보았다. 애니와 샘이 같이 있었다. 너무나 긴장해서 걱정으로 집 안 공
기가 정전기처럼 지직거리는 것 같았다. 애니는 가만히 있을 수가 없었
다. 그녀는 몇 분마다 일어서서 계단을 달려 올라갔다. 베라는 그녀가
무엇을 하는지 알고 있었다. 딸이 도로를 걸어 올라오는 모습이 보이지
않나, 층계참 창밖을 내다보는 것이다. 그러나 이제 거의 캄캄해서 아
무것도 볼 수 없었다.

베라는 리지가 길스윅으로 가는 마지막 버스를 탔는지 버스 정류장
에 다시 확인해 보라고 아까 조에게 지시했다. 아직 그에게서는 보고가
없었다. 샘은 딸을 찾기 위해 이미 도로를 내려갔다가 돌아왔다. 지금
그는 계곡 수색대를 소집하고 싶어했다. "살인범이 돌아다니는데, 내
딸이 없어졌습니다. 그런데 당신은 여기 앉아서 차나 마시다니요."

"키머스톤의 술집에 있을 수도 있지 않습니까." 베라가 말했다. "당신
입으로 그러고 있을 가능성이 가장 높다고 했잖아요. 아직 당황할 필
요는 없어요." 하지만 베라는 당황하고 있었다. 경찰서에서 단서를 취
합하고 있어야 할 홀리 역시 아무도 행적을 아는 사람이 없었다. 조는
리지가 부모님 잔소리를 피해 휴대전화 전원을 끄고 6개월의 금주 생

활이 끝난 것을 축하하는 의미에서 친구들과 진탕 마시고 있는 경우에 대비해 키머스톤에 가 있었다. 그리고 베라는 여기서 이제 어떻게 해야 할지 결정을 내려야 했다. 우유부단한 기분이 드는 것이 그녀답지 않았다. 체포하기 직전이지만, 아직 준비가 끝나지 않았다. 게다가 리지 레드헤드는 언제 터질지 모르는 폭탄처럼 노섬벌랜드의 황야를 돌아다니고 있다.

베라의 전화가 울렸다. 그녀는 방을 나가서 부엌에서 전화를 받았다. 조였다.

"CCTV로 행적을 추적했습니다. 크로우의 집을 나선 뒤, 마을 중심가로 갔습니다. 가게 두 군데에 들렀다가—공구점과 여행사였습니다—버스 정류장으로 갔습니다. 길스윅으로 가는 3시 30분 버스를 탔습니다. 뭘 했는지 알아내기 위해 가게에 경찰을 보냈습니다."

"그럼 천천히 걸었다 해도 한 시간 전에 집에 들어왔어야 하는데." 머릿속이 지직거리며 불꽃이 튀었다. 공기 중에 이성적인 생각을 가로막는 전기장이 걸려 있는 것 같다는 생각이 다시 들었다.

"저는 이제 어떻게 할까요?"

베라는 잠시 입을 다물었다. 대규모 수색 팀을 조직하면, 범인은 잠적할 것이다. 증거도 없고, 해결도 없다. 실질적인 자초지종도 없다. 가장 답답한 수사 종결이다. "마을로 가서 거기 차를 세워. 걸어서 계곡을 올라와. 천천히. 서두르면 아직 앞은 보일 거야. 샘이 이미 차로 내려갔다 왔지만, 아마 도로만 쳐다봤겠지. 개울로 이어지는 오솔길과 언덕으로 올라가는 산길로 가 봐. 나는 이쪽에서 시작하지."

"알겠습니다." 벌써 움직이는 소리가 들렸다.

"빨리 와." 이제 어떻게 행동할지 결정하고 나니, 어서 마무리하고 싶었다. 집 안을 가득 채운 긴장 때문에 아직도 신경이 곤두서 있었다. 지금처럼 확신할 수 없는 기분도 처음이었다. 전화를 끊은 뒤 잠시 그대로 서 있다가, 그녀는 샘과 애니에게 돌아갔다. 그들은 설명을 기대하며 그녀를 기다리고 있었다. 집에 둘만 놓아 두어도 될지 알 수 없었다.

"좋은 소식입니다." 베라는 경쾌하게 말했다. "리지는 시내에서 버스를 타고 길스윅으로 왔답니다. 계곡에서 친구를 만난 게 아닐까요? 더램에서 회포를 풀고 있는 거겠죠. 아니면 마을 어느 집에 놀러갔거나. 비가 그칠 때까지 말입니다. 아마 부모님이 걱정할 거라는 건 미처 생각 못 했나 봅니다."

그들은 베라를 응시했다. 애니는 그저 정신이 나간 것 같았다. 샘이 머릿속으로 무슨 생각을 하는지는 전혀 알 수 없었다. "확인해 보시는 게 어떨까요?" 베라는 말했다. "퍼브로 내려가서 혹시 거기 있는지 둘러보세요."

"글로리아에게 전화하면 됩니다." 샘은 베라가 전혀 도움이 안 된다는 결론을 내린 것 같았다. "그게 더 쉽죠."

애니는 그의 소매를 잡아당겼다. "아니, 차 몰고 마을로 내려가 보자. 기다리는 건 견딜 수가 없어. 이 집… 버스에 같이 타고 온 다른 사람들이 있을지도 모르잖아. 길에서 리지와 마주칠 수도 있고."

베라는 부부의 차가 멀어지는 소리가 들릴 때까지 그대로 있다가 밖으로 나갔다. 마당을 바라보는 다른 집들은 날씨 때문에 커튼이 닫혀 있었다. 모든 것이 고요했다. 비는 부드럽고 꾸준했다. 베라는 재킷 후드를 뒤집어쓰고 어둠에 시력을 적응시키며 도로를 따라 내려갔다. 주머니에 전등이 있었지만, 아직 필요하지는 않았다.

그녀는 셜리 휴어스의 시체가 발견된 언덕으로 올라가는 산길로 접어들어 잠시 귀를 기울이며 서 있었다. 이번에도 역시 여기서 밸리 팜 주택 단지를 볼 수 없다는 사실이 뇌리를 스쳤다. 겨우 몇 분 걸음이었지만, 인간 세계에서 몇 마일은 떨어진 것 같았다. 아무 소리도 들리지 않았다. 움직임도 없었다. 그녀는 발소리가 나지 않도록 길가 풀을 밟으며 퍼시와 수전의 방갈로를 향해 도로를 따라 내려가기 시작했다. 숲에 도착하니 어둠은 한결 짙었고, 방갈로 바깥벽에 달린 정교한 전등 불빛이 길을 비출 뿐이었다. 두 사람은 커튼을 내리지 않았다. 베라는 가만히 서서 집 안을 들여다보았다. 퍼시는 손에 머그를 들고 부엌에 서 있었다. 수전은 보이지 않았다. 비는 그쳤고, 하늘은 약간 개는 것 같았다.

앞이 한결 잘 보여서, 그녀는 더 빨리 걸었다. 다음 갈림길은 저택 드라이브로 접어드는 지점이었다. 길이 굽어지고 숲이 있어서, 저택은 보이지 않았다. 하지만 저 멀리 불빛이 있었다. 으스스한 청백색, 땅 가까운 곳에서. 패트릭 랜들의 나방 덫이었다. 이 불빛을 볼 거라고는 전혀 예상하지 못해서, 마치 청년이 유령으로 돌아온 것 같았다.

베라는 다시 멈춰 서서 귀를 기울였다. 목소리가 들리는 듯했다. 또렷하지 않고 너무 멀어서 누구의 목소리인지 가늠할 수는 없었다. 멀리서 들으니 속삭임 같았다. 연인의 애정 표현 같은 소리. 처음에 베라는 그냥 나뭇가지 사이로 불어가는 바람 소리겠거니 생각했다.

그녀는 움직이지 않았다. 조가 어디쯤 있는지 알면 좋을 텐데. 그가 묵직한 부츠로 어둠 속에서 발이 걸려 넘어지면서 소리를 지르는 것은 원치 않았다. 이것은 민감한 상황이었다. 리지는 언제 터질지 모르는 폭탄 같다는 생각이 다시 스쳤다. 갑작스러운 움직임이나 요란한 소음이 들리면 폭발할지도 모른다. 베라는 주머니에서 전화를 꺼내 무음으로 돌렸다. 그런 다음 조에게 문자를 보냈다. 길스윅 저택 나방 덫 근처에 리지. 조심스럽게 접근할 것. 소란 피우지 말고. 소리 내지 말고. '전송'을 눌렀고, 메시지는 소리 없이 공기 속으로 사라졌다. 베라는 다시 귀를 기울였지만, 나무 밑의 대화는 멈춘 것 같았다.

그녀는 덩치 큰 여자였지만, 헥터를 위해 망 보는 일을 오래 했기 때문에 걸음걸이는 매우 조용했다. 축축한 풀이 완충 역할을 해 주었다. 저 멀리 덫의 보라색 조명은 마치 춤추는 것 같았다. 계속 걸었지만, 가까워지는 것 같지 않았다. 그때 갑자기 저 앞의 공터에서 그들이 보였고, 목소리가 다시 들렸다. 강렬한 음성. 덫 바로 너머에 두 사람이 서 있었다. 비슷한 키였다. 둘 다 방수 재킷과 부츠 차림이었다. 희미한 불빛 속에 검은 그림자, 누구인지 알아볼 수는 없었다. 베라는 굵은 너도밤나무 둥치 뒤에 몸을 숨기고 귀를 기울였다.

"당신한테 달렸어." 여자 목소리. 이성적이었다. 설득력이 있고, 또렷했다. 베라도 들을 수 있을 정도로 컸다. "선택해. 당신은 돈도 충분해. 다른 사람이 알 필요 없잖아."

침묵.

코트를 입고 있었지만, 거친 나무껍질이 등에 느껴졌다. 형체를 보다 분명하게 보기 위해 움직이지는 않았다. 굳이 볼 필요도 없었다.

"당신은 이해 못 해." 그림자는 덩치가 컸고, 고집이 셌고, 목이 두꺼웠다.

"돈만 주면 떠날 거야. 다시는 나를 볼 일이 없어." 그녀의 목소리는 아직 이성적이었지만, 베라는 말하는 사람이 인내심을 잃고 있다는 것을 알 수 있었다. 몸싸움, 작은 비명 소리. 그때 저택의 보안등이 켜졌다. 타이머가 작동했는지, 경내가 흰 불빛으로 가득 찼다.

조명을 받은 빅토리아 시대 멜로드라마 등장인물처럼, 나이절 루카스가 공터 한복판에 서 있었다. 그는 한 팔을 리지 레드헤드의 목에 감고 다른 한 팔은 내려칠 준비를 한 채 잔뜩 치켜들고 있었다. 손에 든 것은 스탠리 칼이었다. 불이 켜지기 직전에 리지에게서 빼앗은 게 틀림

없었다. 모든 것이 아주 천천히 진행되는 것 같았다. 베라는 나무 뒤에서 나왔지만, 공격을 멈추기에는 너무 멀었고 루카스는 너무 화가 나서 그녀의 고함 소리를 듣지 못하는 모양이었다. 마치 악몽 같았다. 그녀는 달리고 있었지만, 발은 땅에 뿌리박은 것 같았다. 묶여 있었다. 무기력했다. 제때 거기까지 가지 못한다는 것을 알고 있었다. 베라는 샘과 애니의 대화를 상상했다. 정말 미안합니다. 우리가 할 수 있는 일은 없었어요. 부모들의 창백한 얼굴과 비난하는 눈길.

바로 그때 슬로우 모션처럼, 다른 형체가 나타났다. 밝은 조명을 등지고 윤곽만 보이는 검은 그림자. 베라는 잠시 후에야 그것이 홀리라는 것을 깨달았다. 루카스는 리지를 놓고 새로 등장한 인물에게 덤벼들었다. 날렵한 칼날이 빛을 반사하다가 홀리의 옷에, 혹은 몸에 박혀 사라졌다. 누군가 비명을 지르고 있었다. 그것이 베라 자신의 목구멍에서 나오는 소리라는 것을 깨닫는 데는 잠깐의 시간이 걸렸다. 공포가 그녀의 몸을 떠밀었다. 베라가 거의 공터까지 도착했을 때, 홀리가 그를 발로 찼다. 루카스는 얼굴을 축축한 나뭇잎에 박고 땅에 쓰러졌고, 홀리는 그를 깔고 앉아 손을 비틀어 칼을 빼앗았다. 리지 레드헤드는 나무 사이로 달아나기 시작했다.

"잡아요!" 인공적인 불빛 속에서 홀리의 얼굴은 창백했다. 베라는 핏자국이 없나 살펴보았지만 없었다.

"리지 레드헤드는 신경 쓰지 마. 조가 잡을 거야. 그가 자넬 때렸나?"

홀리는 들리지 않는 모양이었다. 내가 정말 여기 있는 게 맞나? 베라는 생각했다. 혹시 내가 유령인가? 눈에 보이지도 않고 아무 힘도 없는. 나 없이 다 괜찮을까?

그녀는 홀리를 도와 루카스를 일으켜 세웠다.

"난 괜찮아요." 홀리가 말했다. "그냥 긁혔어요."

루카스는 베라를 올려다보았다. 얼굴에 진흙을 묻히고도, 그는 반사적으로 미소를 지었다. 아직도 자신을 믿어 달라는 투였다. "경감님, 오해하지 마십시오. 상황을 보셨습니까? 이 젊은 여자들이 절 폭행했습니다."

"교도관으로 일할 때도 이런 일이 있었나 보지?" 베라는 아직도 걱정에 부들부들 떨며 숨을 헐떡이고 있었다. 자기도 모르게 말이 흘러나왔다. "구치소에서 당신이 학대한 청년들 말이야. 그 청년들이 먼저 당신을 폭행했어?"

오른쪽에서 발소리가 들리더니, 조 애쉬워스가 드라이브 길에서 다가오는 모습이 보였다. 그가 리지의 팔을 잡고 끌고 왔다.

"피의자의 권리를 읽어주고, 일으켜 세워서 경찰서로 데리고 가, 홀리." 베라는 갑자기 매우 피곤해졌다. "조, 리지는 부모한테 데려다줘. 부모는 길스윅에 있어. 거기 없으면 집에 돌아가 있을 거야. 나는 밸리 팜으로 가서 이 남자의 아내에게 남편이 세 사람을 살해한 살인자라는 소식을 전해야 해." 아마 이것이 그녀가 할 수 있는 최소한일 것이다.

4b

로레인은 집 뒤쪽 자기 작업실에 있었다. 이젤 앞에서 작업 중이었고, 각도를 조정할 수 있는 전등이 화폭을 곧바로 비추고 있었다. 베라가 들어오자, 로레인은 시선을 들었다. "끝났나요?"

"알고 있었습니까?" 베라는 조각보 쿠션이 놓인 나무 안락의자에 앉았다.

"몰랐어요. 알고 싶지 않았어요. 그냥 짐작한 것 같아요. 난 편집증이라고 자신을 설득하면서 잊으려고 노력했어요. 나이절이 낯선 사람 둘을 무슨 이유로 죽이겠어요?" 그녀는 입을 다물었다. "암세포가 뇌까지 퍼져서 신경을 갉아먹는 게 아닌가, 그래서 이상한 상상을 하는 게 아닌가 생각했어요. 조용히 미쳐가고 있는 게 아닌가. 정말 끔찍한 한 주였어요."

"당신은 내가 아는 가장 온전한 정신을 지닌 사람입니다. 언제 수상하다고 생각하셨어요?"

"금요일 오후, 파티 직전에요. 그때는 나이절이 살인범이라고 의심하지는 않았고, 뭔가 이상하다고 생각했어요. 그는 시내에 나가서 음료수와 먹을거리 쇼핑을 했어요."

"그는 우리에게 영수증도 보여 줬지요."

"아주 오랫동안 나가 있던 것 같았어요. 돌아온 뒤에는 옷을 갈아입고 벗은 옷을 전부 세탁기에 넣었어요. 그는 집안일도 잘 하는 사람이지만, 그건 그냥 이상하더군요." 그녀는 그림에서 고개를 돌리고 기름때 묻은 걸레에 붓을 닦았다. "그리고 아주 흥분하고 들떠서는 날 끌고 굳이 더 램에 한잔하러 가자고 했어요."

베라는 아무 말도 하지 않았고, 로레인은 말을 이었다.

"그의 과거에 뭔가 있다는 건 나도 알고 있었어요. 잊고 싶은 뭔가 있다는 건. 그는 내게 말하지 않으려 했어요. 어느 날 무슨 뉴스가 시작되니까, 그는 무슨 내용인지 내가 보기 전에 텔레비전을 꺼 버리더군요. '세월이 이렇게 흘렀는데 왜 그냥 덮어두질 못하지? 지금 파헤쳐서 뭐가 좋을 게 있다고.' 며칠 동안 그는 기분이 안 좋은 기색이었어요."

"그는 자기 보안 회사를 설립하기 전에 상급 교도관으로 일했습니다." 베라가 말했다. "사업이 그렇게 잘된 이유 중의 하나였어요. 연줄이 많았으니까요. 사람들은 그를 신뢰했어요. 교도소 기능 중의 상당 부분이 민간 부문에 넘어가던 시기였죠."

옆집 정원에서 무슨 소리가 났다. 재닛 오케인이 밤에 닭장 문을 잠그고 있었다.

"교도소에서 일했다는 건 나도 알고 있었어요." 로레인은 말했다. "그는 그때 이야기를 하기 싫어했지만. 나는 일종의 속물 근성이려니 생각했어요. 사람들이 자기를 성공한 사업가로 봐 주기를 원했으니까요."

"그는 스태퍼드셔의 젊은 전과자를 위한 구치소에서 일했습니다. 셜리 휴어스는 같은 교도소에서 갓 임관한 보호 관찰관으로 일했고요. 우리도 이 연결고리를 찾는 데 시간이 좀 걸렸습니다. 아마 우리가 뭘 찾는지 미처 깨닫지 못하고, 다른 정보에 정신이 팔려 있었던 거겠죠."

"도대체 무슨 일 때문에 나이절이 세 사람을 죽여야 했던 건가요?"

베라는 로레인이 너무나 침착해서 놀랐다. 이야기에 대한 그녀의 관심은 거의 학구적으로 보일 정도였다. 어쩌면 자기 자신의 죽음을 머릿속에 그리고 있어서인지도 모른다.

"지금과 다른 시기였습니다." 베라는 말했다. 어쩌면 그렇게 다르지 않을지도 몰라. "내무부는 짧고 강렬한 충격 요법이야말로 청소년 범죄에 대한 해답이라고 생각했어요. 군대식으로, 모든 것이 정신없이 돌아가는. 변명도, 연민도 없는 그런 곳."

"미국 신병 훈련소 같은 곳인가요."

"아마도요. 교도관 몇몇은 이 착상을 지나치게 밀고 나갔어요. 어쩌면 잔인함을 즐겼는지도 모릅니다. 권력이죠. 학대가 있었습니다. 몇몇 청년은 병가 사유로 나가기 위해 자기 팔다리를 부러뜨리기도 했어요." 제1차 세계 대전 당시 군인들이 그랬듯, 물론 이 체제가 그렇게까지 끔찍하지는 않았을 것이다. "많은 사람들이 교도소에서 당한 경험의 후유증을 오래 앓았습니다. 당시 청년들을 대표한 변호사들이 공적인 조사를 요구하는 최근 소송도 있었고요. 재소자들은 젊었습니다. 어떤 아이들은 겨우 열네 살, 열다섯 살이었어요. 많은 청년들이 망가지고 정신적인 장애를 앓았습니다."

"나이절이 꺼 버린 뉴스가 그거였군요." 로레인은 몸을 죽 펴고 불편한지 목을 문질렀다.

"그중 한 명은 유복한 집안 출신이었어요. 마약 문제에 휘말린 불량 학생이었죠. 이름은 사이먼 랜들이었습니다."

"카스웰 집 하우스시터의 친척인가요?"

"형이었어요. 그는 그 경험을 극복하지 못했습니다. 옥스퍼드에 진학했지만, 첫해 절반쯤 지나 자살했습니다. 부모는 패트릭에게 사이먼이 전과가 있다는 말을 하지 않았지만, 어떻게 알아냈던 모양이에요. 패트릭은 이 사연에 몰입해서 무슨 일이 있었는지 과거를 파헤치기 시작했습니다. 부모가 형의 사연 전부를 말해 주지 않았다고 원망했어요. 영리한 청년이었고, 자료 조사를 할 줄 알았습니다."

"그가 나이절을 추적해서 계곡까지 왔다는 말인가요?" 로레인은 일어서서 방구석의 작은 냉장고로 향했다. 그녀는 와인 한 병을 꺼내고 선반에서 잔 두 개와 코르크 따개를 집어 들었다. "이거 좀 따 주시겠어요, 경감님? 난 더 이상 팔에 힘이 없네요. 어떤 날에는 붓을 들 힘도 없답니다."

베라는 병을 따고 잔 두 개를 채웠다. "나이절은 사이먼 랜들이 가장 미워했던 교도관이었습니다."

"사디스트 나이절은 상상할 수가 없어요." 로레인은 베라를 쳐다보았다. "정말 이 모든 내용이 확실한가요?"

"어쩌면 사디즘보다는 차라리 무리에서 튀고 싶지 않다는 욕구였을지도 모르죠. 명령에 따르고, 기대에 따라 행동하고, 자기 일을 잘 하고. 그도 그때는 젊은 남자였으니까요."

로레인은 슬쩍 미소 지었다. "그게 나이절과 더 가깝군요."

"사전 계획된 범죄였습니다." 베라는 로레인을 기쁘게 해 주기 위해서라도 루카스에 대해 좋게 말하고 싶지는 않았다. "그는 오케인의 집에서 훔친 삽으로 랜들을 죽였고, 길에 존의 사탕 포장지를 뿌렸죠. 가짜 흔적을 만든 거예요. 다른 사람이 죄를 뒤집어썼다면 흡족해했을 겁니다."

"필사적이었던 거겠죠."

비현실적인 대화였다. 베라는 곧 죽을 여자와, 세 사람을 죽인 남자에 대해 상당히 침착하게 대화하고 있었다.

"갇힌 기분이었을 거예요." 로레인은 말을 이었다. "그는 너무나 존경

받기를 원했고, 내가 자신으로 인해 자부심을 느끼기를 원했어요. 얼마 전에 치안판사직을 얻은 것도 괜찮은 사람들을 만나기 위해 필요한 기회라고 생각했어요." 그녀는 와인 절반을 한 번에 비웠다. "나는 여기가 좋아요. 내게는 낙원 같은 곳이에요. 그가 다른 곳으로 옮기자고 했어도 내가 싫다고 했겠죠."

"구치소 청년 중에 제이슨 크로우라는 이 지방 젊은이도 있었습니다. 랜들보다 몇 년 뒤에 들어갔어요." 베라는 평정한 목소리로 말을 이었다. 이 여자는 들을 자격이 있었다. 이제 바깥은 캄캄했고, 작업실을 밝히는 불은 화폭을 비추는 전등 하나뿐이었다. "건축가이자 사업가. 리지 레드헤드가 사고를 치고 교도소에 가기 전에 그녀의 연인이죠."

"그럼 리지도 나이절에 대해 알았나요?"

"크로우는 이 집 공사 때 협상을 하면서 나이절을 알아봤습니다. 리지에게 말했겠죠." 베라는 잠시 사이를 두었다. "제이슨은 구치소에서 아주 잘 살아남았습니다. 그 경험이 자신을 만들었다고 했어요. 법을 어기는 것은 그만두지 않았지만, 다시는 유죄 판결을 받지 않았습니다. 하지만 리지는 거기서 그가 당했던 학대 이야기를 잊지 않았습니다. 제이슨은 아직도 그때 일로 악몽을 꾸죠. 오늘 저녁 나이절을 체포했을 때, 리지는 그를 협박하고 있었습니다."

로레인은 손을 뻗어 잔을 다시 채우고 베라를 향해 병을 흔들어 보였다. 그녀는 고개를 저었다. "나이 든 남자는요? 마틴 벤튼. 그도 구치소에 있었나요?"

"아뇨. 그는 컴퓨터광이었습니다. 약간 서글픈 얘기죠. 패트릭 랜들은 옛날 내무부 기록을 뒤져서 구치소 체제에 대해 정부가 알고 있던 내용을 빼내 달라고 마틴을 고용했어요. 그는 형의 자살에 대해 언론에 대형 제보를 할 계획이었습니다. 마틴과 패트릭은 나방에 대한 관심을 통해 처음 만났습니다. 우연이라고 할 수는 없었지만, 수사를 혼란스럽게 한 묘한 연결고리였죠." 베라는 마틴이 얼마나 들떴을까 생각했다. 자영업 컴퓨터 컨설턴트로서 맡게 된 첫 업무로 패트릭이 윤리적인 해커 노릇을 해 달라고 했으니. 평생 해 본 일 중에 가장 흥미진진했을 것이다. 그는 친구 프랭크에게 비밀 업무다, 프랭크가 자신을 자랑스러워할 거라고 했다.

"그리고 여자는요? 사회 복지사요?"

"말씀드렸듯이, 그녀도 같은 구치소에서 일했습니다. 벤튼은 기록을 찾아보다가 그녀의 이름을 봤겠지요. 자기한테 일자리를 준 사람이라 존경하고 고마운 마음이 있었을 테지만, 그는 그녀의 이름을 랜들에게 말했고 그래서 두 사람은 서로 편지를 주고받았습니다. 셜리는 이미 구치소 시절에 대해, 거기서 벌어지는 일을 저지하기 위해 아무 일도 하지 않았다는 사실에 대해 죄책감을 갖고 있었습니다. 사실상 공짜나 다름없는 급여로 재소자를 위한 자선 단체에서 일하게 된 것도 그것 때문이었지요. 난 그녀가 나이절이 살인에 연루된 것이 아닌가 의심하고 정면으로 부딪히러 갔다고 생각합니다." 베라는 이 모든 것이 추측이라는 것을 알고 있었다. 나이절이 빠진 부분을 조와 홀리에게 실토하고 있기를 바라는 마음이었다. "이런 이야기는 원래 당신에게 하면 안 됩니다." 그녀는 말했다. "검찰이 알면 펄펄 뛸 거예요. 하지만 당신은 알아야 할 것 같아서."

"걱정 마세요, 경감님. 사건이 법정에 갈 때쯤에 난 이미 이 세상에 없을 겁니다. 검찰에 내가 무슨 말을 할 이유는 없어요."

"네, 나도 그렇게 생각했습니다." 베라는 잠시 눈을 감고 있다가 잔을 비웠다. "혼자 지낼 수 있겠어요?"

"나이절은 언제 볼 수 있을까요?"

"오늘 밤은 안 됩니다. 어쩌면 내일쯤요."

로레인은 고개를 들었다. "그는 이 모든 일을 나 때문에 했어요. 독신이었다면, 언론과 변호사 정도는 혼자 견뎠을 거예요. 그는 세상의 관심으로부터 날 보호하려던 거예요. 그에게 중요한 것은 그저 자신의 평판만이 아니었어요."

베라는 고개를 끄덕였다. 아마 사실일 것이다. 나이절은 자신이 좋은 남편이자 보호자라고 믿었다.

"가서 재닛을 만나 봐야겠어요." 로레인은 말했다. "그녀는 좋은 친구예요. 애니와 샘은 얼굴을 볼 수가 없네요."

"같이 가시죠." 베라는 로레인을 따라 계단을 내려와서 어둠 속으로 나갔다. 하늘은 드문드문 맑았고, 희미한 달과 별무리가 보였다. 로레인이 이웃집 문을 두드리는 동안, 베라는 랜드로버 옆에 서 있었다. 집 안 불빛을 배경으로 두 여자가 포옹하는 모습을 보다가, 그녀는 차에 올라 계곡에서 멀어졌다. 저택 앞을 지나치는데, 문득 비극적인 일이 생겨도 자신을 위로할 사람은 아무도 없다는 생각이 떠올랐다. 어쩌면 그쪽이 더 간단하지 않을까, 게다가 그녀는 동정을 감당하지 못하는 성품이었다.

수사 중 두 번째로 홀리는 언덕 위 베라의 집에 와 있었다. 바깥은 완전히 어두웠고, 부슬비 때문에 저 아래 마을의 불빛도 보이지 않았다. 베라는 어디서 가져왔는지 뚝딱 음식을 내놓았다. 양고기 스튜와 집에서 구운 빵이었다. "조애나는 내가 바쁠 때를 아는 것 같아. 좋은 이웃이고, 나를 잘 돌봐 줘." 홀리는 오래전부터 붉은 고기를 먹지 않았지만 너무나 맛있는 냄새가 나서 한 그릇 먹었다. 베라는 화덕의 불을 뒤적였다. 그들은 무릎에 음식을 놓고 앉아 있었고, 빵 덩어리는 두 사람 사이 바닥의 접시에 놓여 있었다.

"루카스는 처음부터 마음에 안 들었어." 양고기 기름이 베라의 스웨터 앞자락에 묻어 있었다. 의기양양한 목소리였다. "안 믿었어."

"하지만 나쁜 사람은 아니었어요. 처음에는." 홀리는 루카스가 제이슨 크로우 같은 악당이었던 적은 없다고 생각했다. 애당초 젊은 범법자들을 교화하는 데 잔인한 처벌이 필요하다고 결정한 것은 루카스가 아니었다. 그런 생각을 한 것은 정치가들이었고, 기자들이 당시 내무부를 폭로와 법적 행동으로 협박하지도 않았다. 신문은 그저 자신의 업무를 수행하던 평직원들을 쉬운 목표물로 삼았다. "패트릭 랜들이 들볶기 전에는."

"그냥 지시를 따른 것뿐이었다, 그렇게 생각해?" 베라는 재미있다는 듯 물었지만, 눈빛은 날카로웠다. "청년 몇몇이 교도소 안에서 당한 일 때문에 머리가 돌아서 자살을 하고, 알코올 중독자가 되고, 폭력적인 인간이 된다 해도 그의 책임이 아니다?"

"그가 선을 넘지만 않았다면요." 그냥 넘어가는 것이 좋은 문제겠지만, 베라가 따지고 드는 데는 신물이 났다.

"아, 그 선…." 베라는 눈을 반쯤 감으며 등받이에 몸을 기댔다. "그 선이 정확히 어디 있는지 우리가 안다면."

잠시 침묵이 흘렀고, 홀리는 베라가 잠들었나 생각했다. 하지만 덩치 큰 여자는 일어나서 등 뒤의 탁자에 그릇을 놓으며 말을 이었다. "이번 수사와 관련시키자면, 오래전 정확히 무슨 일이 있었는가는 중요하지 않아. 중요한 것은 패트릭 랜들이 나이절 루카스가 형의 자살 원인이라고 믿었고, 구치소에서 벌어진 일을 세상에 알리고 싶어했다는 사실이야. 루카스는 그가 언론에 알리기 전에 막기로 결심했고." 그녀는 홀리를 보았다. "사전에 계획된 살인이야. 최악의 범죄지. 그래서 개인적으로 나이절 루카스가 자기가 관리하는 청년들을 폭행할 수 있는 인간이었다고 생각하느냐? 고문해서 미치도록 만들 수 있는 인간이었느냐? 그래, 난 그렇게 생각해."

조는 불편하게 자세를 고쳐 앉았다. 그는 대립에 능숙하지 않았다. "자초지종을 말해 주세요. 구체적으로 어떻게 된 건지."

베라는 그를 향해 환히 웃었다. 그가 대화를 다른 방향으로 유도하려 한다는 것을 알고 있었다. "그래, 그러지. 철학 이야기를 계속하자면 다들 밤새도록 여기 있어야 할 거고, 난 잠이 필요해. 아니, 홀리가 말해 주는 게 어떨까. 우리보다 먼저 해답을 찾았으니까." 이 말에는 가시가 있었고, 홀리는 움츠러들며 지시를 수행하지 않고 뭘 했느냐는 설교를 기대했다. 하지만 베라는 의자에서 몸을 똑바로 세우며 자초지종을 설명하기 시작했다. 홀리는 단순 명쾌한 이야기 전개와 베라의 날카로운 두뇌에 감탄했다.

"패트릭은 형의 자살에 관한 정보와, 사이먼이 교도소에 간 적이 있었다는 사실을 알아냈어. 그 때문에 어머니 알리샤와 소원해졌지. 패트릭은 어머니가 그 모든 상황을 자신에게 숨겼다는 게 원망스러웠어. 그는 셜리 휴어스와 나이절 루카스를 추적했어. 셜리는 사이먼의 복지 담당관이었고, 나이절은 사이먼이 있던 구역을 책임진 교도관이었어. 셜리는 분명 전 고객이 자살했다는 소식에 충격을 받고 집에 가서 털어놓았을 거야. 기억하겠지만, 잭 휴어스는 랜들이라는 이름을 들어본 것같다고 했어."

베라는 잠시 쉬며 생각을 정리한 뒤 다시 말을 이었다.

"패트릭은 셜리에게 편지를 썼고, 그녀는 공감을 표했어. 형이 교도소 안에서 겪은 일에 대해 정보를 얻고 싶은 마음도 이해했겠지. 하지만 학대 은폐에 연루되는 건 두려웠을 거야."

"마틴 벤튼은 어떻게 얽혔을까요?" 홀리는 항상 회색 전직 교사의 사연이 궁금했다.

"패트릭은 나방의 종을 식별하는 세밀한 특징에 대해 온라인에서 한동안 벤튼과 대화하던 중이었어. 벤튼이 나이절 루카스 밑에서 있었던 일에 대해, 당시 관련자가 누구인지 알아내기 위해 정부 기록물을 뒤질 만한 컴퓨터 기술을 갖고 있다는 것을 알았지. 패트릭은 자기가 길스윅 계곡에 있다는 걸 숨기지 않았어. 루카스에게 겁을 주고 싶었고, 불편하게 해 주고 싶었어. 사이먼이 구치소에 있는 동안 있었던 일을 알려 달라고 루카스에게 이미 편지까지 보냈으니까. 하지만 루카스가 살인까지 계획하고 있다는 건 미처 생각하지 못했겠지."

홀리는 패트릭 랜들에 대해 생각했다. 그에게 인생은 쉬웠다. 그에게는 사랑하는 어머니, 좋은 교육, 좋아하는 연구가 있었다. 왜 굳이 낯선 사람들의 인생을 어지럽히면서까지 형의 자살 원인을 파헤쳐야겠다는 필요를 느꼈을까? 어머니가 처음부터 아들에게 솔직했다면 상황이 달라졌을까? 어쨌든 이제 이 이야기는 일반인에게도 널리 알려질 것이다. 이 강박 때문에 그는 자신을 사랑하던 여자 친구 베키를 잃었다.

베라는 말을 이었다. "루카스는 계곡에서 일어나는 상황을 지켜보고 있었어. 아내에 대해 편집증이 있었고 그녀가 어디 있는지 알고 싶었지만, 주변에서 일어나는 일에 대해 관음적인 호기심도 있었어. 물론 하우스시터에 대해 특별히 관심이 많았겠지. 그는 랜들의 하루 일과를 파악하고 있었어. 살해 당일 오후 루카스는 랜들의 차가 도로를 올라와 저택으로 가는 걸 봤어. 하지만 벤튼도 차에 같이 탔다는 건 몰랐을 거야. 그 거리에서 차 안이 보이지는 않았을 테니까. 그는 랜들이 보통 오후에 카스웰 집 정원에서 일한다는 걸 알고 있었을 거야. 이건 하우스시팅 계약에 포함되어 있었어. 그는 저택으로 가서 랜들이 집에서 나와 채소밭으로 갈 때까지 기다렸다가 샐러드 잎을 따려고 할 때 삽으로 내리쳤어. 시체를 드라이브로 끌고 가서 랜들의 차로 도로변에 버렸지. 랜들의 재킷이 차 안에 있었고, 루카스는 뺑소니 사고처럼 보이게 하려고 옷을 시체에 입혔어. 그런 다음 랜들이 구치소에서 있었던 일에 대해 혹시 증거를 가지고 있으면 다 없애 버리려고 저택 다락방으로 올라갔어. 물론 벤튼이 거기 있다는 건 짐작조차 못하고."

"그럼 그 살인은 사전 계획된 것이 아니었군요." 홀리가 말했다.

베라는 고개를 저었다. "플랫에 들어가서 탁자 위에 랩톱을 놓고 일하는 중년 남자를 본 순간 대경실색했겠지. 벤튼은 자료 조사 중에 본 사진을 통해 루카스의 얼굴을 알아봤을 테니까, 그도 죽어야 했어. 일이 끝난 뒤 루카스는 랩톱을 가지고 아내가 산책에서 돌아오기 전, 다른 여자들이 여성 협회에서 돌아오기 전에 개울 옆 산길을 따라 집에 돌아왔어." 베라는 사이를 두었다. "랜들의 랩톱은 루카스의 멋진 주방에서 찾아냈어. 커피를 보관하는 서랍 안에 숨겨져 있더군." 그녀는 교활한 미소를 지었다. "그 멋진 커피머신에 손을 대는 게 허락되는 사람은 그뿐이었으니까, 그 안에 넣어 두면 안전하다는 걸 알고 있었겠지."

"셜리 휴어스는 루카스가 범인이라는 걸 짐작했을 텐데요." 다시 조였다. 그는 화덕에 손을 녹이려고 몸을 앞으로 내밀었다. "왜 우리한테 말하지 않았을까요?"

"옛 동료가 사람 둘을 죽인 살인범이라고까지는 생각하지 않았을지도 모르지." 베라는 말했다. "묘한 충성심 같은 것이 있었거나. 그리고 물론, 그녀가 루카스를 지목했다면, 구치소 내 학대에서 자신의 역할도 알려지게 되잖아. 직접 학대를 저지르지는 않았지만, 그녀도 무슨 일이 벌어지고 있는지는 알았을 거고 침묵을 지켰을 거야. 최소한 일종의 비겁자였던 거지."

"하지만 그녀가 루카스를 의심한 건 맞잖아요." 홀리는 이제 이야기에 완전히 빠져들었다. "자신이 어떻게 해야 하는지 두 번이나 조언을 얻으려고 했어요. 퍼브에서 전남편과 만났고, 자선 단체 이사장과도 약속을 잡고요."

"하지만 이사장을 만나기로 한 시간에는 이미 루카스가 그녀를 죽인 뒤였죠." 조가 말했다.

"셜리는 리지 레드헤드와도 이야기를 했어." 베라는 커튼이 없는 창문 밖을 내다보았다. 바깥은 아직 안개가 짙어서 아무것도 보이지 않았다. "제이슨은 구치소에서 무슨 일이 있었는지 리지에게 말했고, 그때 셜리의 이름도 언급했어. 두 여자 사이의 비밀이었지."

"엘리자베스는 어떻게 될까요?" 홀리는 리지 레드헤즈를 좋아하지 않았다. 애정 깊은 부모님 밑에서 편안한 삶을 누리면서도 타인의 삶을 힘들게 하려 드는 부류.

"협박으로 고소할 이유는 안 보이는데." 베라는 말했다. "루카스가 유일한 증인일 텐데, 세 사람을 죽인 살인범 말을 누가 믿겠어?"

홀리는 반박하려다가—그녀 자신이 리지의 협박을 들었다—베라를 바라보고 그냥 입을 다무는 게 좋겠다고 생각했다.

"어쨌든 리지는 이 동네에 오래 붙어 있을 것 같지는 않아." 베라는 말을 이었다. "세상 구경을 그렇게 하고 싶다면, 부모님이 모험 비용 정도는 대겠지. 골칫덩이 딸이 지구 반대편에 있으면 그 부모 인생도 편해질 거고. 돌아오면 나이도 들고 좀 더 현명해져 있지 않을까." 그녀는 쉬었다가 말을 이었다. "리지는 이 넓고 험한 세상에서 자신을 책임지는 법을 좀 더 배워야 해. 교도소에 돌려보내는 건 쉬운 방편이겠지만, 당사자는 성장하지 않겠지."

그들은 다시 조용해졌다. 불은 이제 잉걸만 남았고, 베라는 장작을 더 던져 넣지 않았다. 조는 몸을 죽 펴고 일어나서 작별 인사를 했다. 홀리도 일어나서 그를 따라 문으로 향했지만, 베라가 그녀를 불렀다.

"괜찮나, 홀?"

"네. 그냥 피곤해요." 뭐라고 말할 수 있을까? 이 일을 계속하고 싶은지 확신이 안 서요. 이 수사가 신경을 건드리고 내 자신감을 갉아먹었어요. 난 당신처럼 되고 싶지 않아요.

"어떤 사건은 다른 사건보다 신경이 더 많이 쓰이지." 베라는 말했다. 빛이 너무나 어둑어둑해서, 홀리는 방 건너편의 얼굴만 겨우 알아볼 수 있었다. "원래 그런 거야. 교과서에서 뭐라고 하든, 감정적으로 얽히는 건 나쁜 일이 아니야."

"내가 일을 잘했는지 모르겠어요." 자신의 불편한 기분을 정확하게 설명할 수 있는 가장 가까운 표현이었다.

"무슨 소리!" 베라가 말했다. "자네가 사건을 해결했어. 중요한 연결 고리를 찾았잖아. 크로우, 루카스, 휴어스가 모두 같은 교도소에 있었다는 사실." 그녀는 일어섰다. "그리고 자넨 젊은 여자의 목숨을 구했어. 그보다 더 중요한 일은 없지." 침묵. 목소리가 한층 크고 단단하게 변했다. "하지만 한 번만 더 자신의 목숨을 그런 식으로 위험에 빠뜨린다면, 그 역겨운 허브인지 뭔지 자네가 차 대신 마시는 물건 한 주전자 끓일 틈도 없이 내 수사 팀에서 쫓아낼 거야. 이제 집에 가 봐. 푹 자고, 식사 잘 하고, 이틀쯤 쉬고 나면, 다음 수사 준비가 될 거야. 나머지는 잊어버리자고."

베라의 집 밖으로 나오니 산들바람이 구름에 구멍을 냈고, 계곡 저 아래에서 빛이 다시 보였다. 홀리는 미소 짓고 있었다. 어쩌면 베라의 말이 맞을 것이다. 늘 그렇듯이.

〈끝〉

나방 사냥꾼

1판 1쇄 인쇄 2019년 4월 5일
1판 1쇄 발행 2019년 4월 15일

지은이 앤 클리브스
옮긴이 유소영

발행인 김지아
디자인 풀밭의 여치

펴낸곳 구픽
출판등록 2015년 7월 1일 제2015-27호
주소 서울시 광진구 동일로 459, 1102호
전화 02-491-0121
팩스 02-6919-1351
이메일 guzma@naver.com
홈페이지 www.gufic.co.kr

ISBN 979-11-87886-36-5 03840

이 도서의 국립중앙도서관 출판시도서목록(CIP)은
서지정보유통지원시스템 홈페이지(http://seoji.nl.go.kr)와
국가자료공동목록시스템(http://www.nl.go.kr/kolisnet)에서 이용하실 수 있습니다.
CIP제어번호: CIP2019011450